C000136280

BOB DYLAN

François Bon est né en 1953, en Vendée. Après quelques années dans l'industrie, il publie en 1982 son premier livre, *Sortie d'usine*, aux éditions de Minuit. *Bob Dylan, une biographie* est le second volet d'une trilogie rock commencée avec *Rolling Stones, une biographie* (Le Livre de Poche, 2004) et *Rock'n roll, un portrait de Led Zeppelin* (Albin Michel, 2008).

Site Internet : www.tierslivre.net.

FRANÇOIS BON

Bob Dylan

Une biographie

Postface inédite de l'auteur

ALBIN MICHEL

© Éditions Albin Michel, 2007.
ISBN : 978-2-253-12579-2 – 1re publication LGF.

il a été célèbre mais c'était il y a si longtemps
vous savez il jouait du violon électrique

Desolation Row.

Introduction,
ou comment devient-on Bob Dylan

C'est soi-même qu'on recherche.

À l'époque, nous n'avions pas même l'idée de ce qu'il aurait fallu comprendre, archiver. Tout allait trop vite, et nous étions trop jeunes. Sans doute en va-t-il ainsi pour toutes les générations, sur ce bord qu'on n'affronte qu'une fois. Mais cette bascule-là, nous y sommes encore.

Je l'ai compris d'abord par les Rolling Stones : pour rejoindre cette traversée à tâtons de mai 1968 dans notre petite ville des Charentes, là où la mémoire ne délivrait que quelques images fixes, j'étais tombé par hasard, bien plus tard, à l'éventaire d'un bouquiniste, sur une image de Keith Richards et Mick Jagger que j'avais, je m'en souvenais, gardée longtemps punaisée dans le bord intérieur de mon casier d'interne au lycée de Poitiers. Pour eux, les Rolling Stones, des milliers de photographies, des centaines de pages cumulées de témoignages et de récits : en enquêtant sur leur histoire, je découvrais les objets, les symboles de la mienne.

Et c'est en se cherchant soi-même qu'on trouve Bob Dylan installé. Vieux compagnon, compagnon sombre. Parfois énervant, toujours instable. Ce n'est pas le meilleur côté de nous-mêmes, celui par lequel il nous touche.

Savoir qui nous sommes, et de quoi dépositaires. Il faut en passer par les objets : du gros poste de radio familial à la révolution du transistor, puis au magnétophone à cassette. Ou l'importance qu'avait été l'irruption des couleurs, et découvrir dans *Paris Match* que les Beatles avaient des pantalons mauves. L'histoire des Rolling Stones culmine à la fin des années soixante. C'est une décennie de crête, de 1963 à 1973. Dylan, lui, c'est juste avant.

Le réel n'existe qu'à condition qu'on le raconte. On nous apprenait dans nos réunions politiques que l'histoire avait un substrat, le conflit du capital et des usines. Ce vieux champ persiste, toujours terriblement douloureux. Et qu'en surface il y avait ces vents malléables des idéologies, les mœurs qui en étaient le reflet. On s'est réveillés un peu tard, dans un monde où la consommation à échelle mondiale, le statut de l'image, la distraction devenue industrie avaient déjà tout retaillé pour nous conduire en douceur. C'est la fabrique de ces processus que quelques visionnaires comme Debord, Adorno, Marcuse avaient déjà dépliée, avec l'excès nécessaire au dévoilement. Mais eux n'étaient pas nés dans ces musiques comme, nous, nous étions élevés avec elles.

Si l'histoire des Rolling Stones commençait bien avant 1963 et se prolongeait bien après 1973, elle n'entre en résonance avec l'histoire du monde que dans cette décennie. Si on veut comprendre la suivante, des *seventies*, mieux vaut s'appuyer sur un autre marqueur, Led Zeppelin puis l'irruption du punk avec les Sex Pistols. Et pour ce qui concerne l'avant-1963, il faut entrer dans une nuit plus opaque.

1963, c'était la première année où nous avions la télévision. L'assassinat de Kennedy en reste le point le plus rémanent. Mais la guerre froide, et Cuba, et Khrouchtchev ? Mais ces dépliants qu'on distribuait aux familles, avec les indications à suivre en cas de guerre atomique ? Alors, ce n'est pas que j'aie décidé d'écouter ou réécouter Dylan autrement : c'est que, simplement, ses chansons étaient déjà là dans la tête, qui venaient de ce point exactement, et qu'on les portait depuis lors, à commencer par *Blowin' In the Wind* ou, pour ceux de mon âge, ce qui reste d'une couleur : les duos en noir et blanc de Joan Baez et Bob Dylan comme indissolublement mêlés, timbres de voix superposées et que c'est par là que s'ouvre la traversée du temps.

J'ai toujours écouté Bob Dylan. Avec des intermèdes : même aujourd'hui, et après tout ce travail, je ne saurais pas reconstituer de mémoire la totalité de sa discographie. Le bruit nous arrivait que le Dylan bisannuel était de bon cru : alors on s'y remettait, et on redécouvrait intacts la voix détimbrée, l'harmonica dissonant, et on se disait qu'un peu du miracle revenait. Ça a été le cas pour *Oh Mercy*, le disque enregistré avec Daniel Lanois, ou pour quelques disques austères, Dylan revenant seul avec sa guitare pour chanter le vieux répertoire américain ou, toute rage en avant, cette voix cassée écorchant les images, épaulée par d'impassibles silhouettes délivrant un rock violent. Et puis, sorti tout droit d'un passé qu'on découvre, dans sa propre tête, comme intact et aux angles rugueux, ces réimpressions régulières, comme celle du concert de Manchester en mai 1966, avec ce type qui crie « Judas ! » au barde en lunettes noires et guitare électrique sous prétexte qu'il aurait trahi le folk.

C'est cette présence de Bob Dylan, au plus secret de nous-mêmes, qu'il fallait rouvrir.

11

Dylan a constamment séparé sa vie privée et sa vie de musicien, mais c'est où elles interfèrent qu'il faut chercher comment il a su tant catalyser de ce que nous ne savions pas dire.

Un excès qui déplie ce que nous recelons certainement, mais n'avons pas su réaliser à cette échelle, et contribue sourdement à la façon dont nous percevons le monde et nous y conduisons. C'est notre légitimité à nous saisir des errances, des fissures, des hésitations et des franchissements de ce qu'une vie comme celle de Bob Dylan exhibe au plein jour. Et quand bien même on ne saurait pas tout : comment on arpente le monde et qu'on y heurte les villes où on est allé, les amitiés qu'on y a faites, les maisons qu'on a habitées ou bâties, et ce risque fragile chaque fois pris – la musique, la solitude où cela vous met, et dont la chanson porte à jamais trace.

Ce sont des vies documentées comme aucune autre : à mesure que le destin s'en affirmait comme singulier, des marcheurs étaient déjà sur la route, Robert Shelton le premier, pour aller à la rencontre des témoins et remonter vers les sources. Et à mesure que s'amplifiait ou durait ce qu'on puisait à ce même destin, s'assemblent les témoignages secondaires, qu'on n'irait pas solliciter sinon. Des histoires parfois de rien, mais qui fixent une scène, un instant, voire un objet, telle guitare, un camion, un livre.

Il faut rendre hommage à ceux qui ont suscité ces témoignages, en ont organisé la confrontation. Clinton Heylin y a passé sa vie, et a bousculé le flou général. Il ne s'agit pas de reproduire ce que d'autres ont ainsi peiné à établir : mais lire ce que cela change pour nous.

Dylan comme masque obscur de nous-mêmes.

Des vies comme celle de Bob Dylan sont des dépôts où condense toute une époque, un miroir des questions que se pose une société sur elle-même, mais qui ne se révèlent que rétrospectivement. D'abord à cause de l'échelle : c'est une sorte de secousse mondiale qui se rassemble sur les épaules d'un seul. Ensuite à cause de cette jeunesse préservée à jamais parce que tout se dessine et s'accomplit avant ses vingt-cinq ans.

La vie de Bob Dylan, chacun en connaît les grandes lignes : les chansons contestataires que nous avons tous apprises avec leurs accords, le basculement dans l'électricité qui donnera l'élan à toute la musique rock, l'accident de moto qui fera de lui un ermite, et puis les longues années de confusion, incluant une provisoire conversion chrétienne, avant le nouveau surgissement, épuré, austère, et si secret, si protégé.

Et, traversant quarante ans de tous ces avatars et légendes, la même complainte tendue, où s'affrontent vieux monde et pratiques neuves, mais au prix de presque un sacrifice de soi et acceptation de l'abîme : 16 juin 1965, enregistrement de *Like a Rolling Stone*.

Il reste tellement à explorer : les moments dans lesquels il s'invente restent souvent, dans les biographies existantes, des zones opaques ou vierges. On n'a pas non plus assez approfondi la relation de Dylan à l'écriture : les croisements avec Allen Ginsberg, sa lecture de Rimbaud. Comment est-il donné à un garçon de vingt et un ans d'incarner, avec seulement l'écriture et la voix, cette secousse historique d'un monde ? Et parce que l'émotion au fait artistique gigantesque que sont *Desolation Row* ou *Ballad Of a Thin Man* est tout intacte et fraîche.

Et voilà que Bob Dylan est venu déranger la place des meubles qu'on croyait bien en ordre. À plus de soixante ans, il s'assoit comme nous tous devant un ordinateur et publie le premier tome de ce qu'il appelle ses *Chroniques*. C'est un mot qu'on connaît bien dans notre littérature, et même depuis sa fondation : depuis que Jehan Froissart, né à Valenciennes vers 1337 et fils de peintre, quitte à vingt-quatre ans sa ville et vient se faire poète à la cour. Presque une histoire à la Bob Dylan. Il voyagera dans toute l'Europe, de l'Espagne à l'Écosse, des Flandres à l'Italie. Et quand il longe les Pyrénées, en compensation de l'hébergement qu'on lui fournit, il raconte ce qu'il a appris lors du séjour dans les châteaux précédents, et les événements auxquels il a assisté, le siège de Rennes et les jacqueries, la bataille de Cocherel et les Anglais à Calais, la mort de Du Guesclin ou *comment messire Pierre de Berne fut malade par fantôme, et comment la comtesse de Biscaye se partit de lui.*

Ainsi des *Chroniques* de Bob Dylan : d'admirables pages sur une suite d'instants sans chronologie précise. Et pourtant, bâtissant leur illusion sur une formidable capacité concrète d'évoquer, et sur des faits qui, chaque fois, sont autant de transitions ou d'inflexions déterminantes, les *Chroniques* sont une de ces autobiographies fictives qu'à chaque période de sa vie, depuis son arrivée à New York à vingt ans, Dylan n'a cessé de produire : comme s'il fallait que nous voyions, en avant de ses chansons, le personnage construit de toutes pièces qu'il déciderait de nous imposer, et dont lui-même resterait à distance, en arrière. Y aura-t-il d'autres tomes des *Chroniques* ? L'énergie que demande ce travail est considérable, et la période décisive de l'explosion Dylan a été trop trouble, trop rapide, pour que la mémoire ait pu simultanément enregistrer et trier, et lui peut-être sous le poids de trop de démons.

Les *Chroniques* ont déplacé toutes les pièces de ce qu'on croyait disposé comme un problème d'échecs (jeu de prédilection de Dylan). Là où elles inventent, là où elles se taisent, se sont amorcées en trois ans une nouvelle collecte de témoignages, une lecture différente des faits. Ce dont il est question, c'est la place de l'artiste dans un monde en confusion, lourd de risques et de changements. Ce qu'on doit, sinon démêler, du moins reconstituer dans sa complexité, c'est la place qu'y prennent le hasard et l'arbitraire. C'est comment cela se passe obscurément dans la tête, par des décisions parfois folles et un écart permanent, pour tenir et infléchir. La partie publique de la vie de Bob Dylan reste pour nous tous, et de façon encore plus aiguë après ses *Chroniques*, un considérable chantier de fouilles.

Ou bien parce que, même aujourd'hui, dans cette étrange figure du barde errant de scène en scène par le monde (on dirait un homme sans bonheur), menant un orchestre où chacun est coiffé du même chapeau qui le rend anonyme, cette voix qui écrase les mots, les décortique pour en produire la nudité absolue de rythme et d'image, ravive régulièrement le vieux miracle. Bob Dylan, au présent, un concert en panne, un concert au sommet.

Une empreinte de pieds nus sur le sable argenté
Une trace de pas sur la terre tatouée
J'ai croisé les fils de l'obscurité les fils de la lumière
Aux villes frontières du désespoir

15

Je n'ai pas d'endroit où disparaître, pas même de man-
  teau
Je suis sur le torrent dans un bateau qui bouge
J'essaye de lire ce papier que quelqu'un m'a donné
À propos de dignité

L'homme malade en quête du bon médecin
Cherche dans les lignes de sa main il n'y en a plus
Alors il cherche dans tous les grands livres de la lit-
  térature
Ce que c'est, la dignité.

Good as I been to you : que vous soyez là nous a
été favorable, Bob Dylan.

Avant Hibbing, Duluth

Le port le plus loin de toutes les mers. Définition qu'aime à se donner Duluth, Minnesota, et image qui conviendrait à Bob Dylan, puisqu'il faut d'abord imaginer Duluth pour le rejoindre. Il faut commencer par prendre des cartes ou un atlas pour rejoindre Bob Dylan. Pour cheminer vers lui, on doit poser ce fond, ce paysage, une perspective, et lui donner la bonne taille : celle où on le retrouvera, l'échelle du monde. On connaît les noms des Grands Lacs : on les apprenait au lycée en même temps qu'on apprenait ses chansons à lui. Après l'Ontario et le fracas des chutes du Niagara, se succèdent le lac Érié, le lac Huron, le lac Michigan, le lac Supérieur. C'était vague, pour nous autres, qui vivions dans nos provinces : mais l'embouchure du Saint-Laurent avait attiré bien des nôtres. Une bonne part de sa vie, on se dit qu'un jour on pourrait bien soi-même s'en aller là-bas. Plus tard, travaillant sur Rabelais, qui avait passé quatre mois chez Jamet Brayer, pilote de Jacques Cartier, je découvrais ces premières cartes ouvrant sur des horizons blancs inexplorés, inconnus à ceux qui s'y risquaient.

Le lac Supérieur est le plus éloigné, le plus immense, de ceux qui séparent le Canada des États-Unis d'Amérique. Il est encore, dans sa partie nord, bordé des forêts et des marais où les trappeurs faisaient commerce de fourrure : les villes sont rares.

Non pas qu'on soit tellement au nord : à peine plus haut en latitude que New York, mais c'est l'intérieur continental, plein ouest. Il faudrait savoir, mais il ne l'a pas dit, comment c'est dans la tête d'un enfant : ces mers de pleine terre et leurs labyrinthes. Il parlera cependant, Dylan, d'avoir été emmené enfant par ses parents jusqu'à Detroit, et c'est pour le gosse de dix ans un souvenir définitif, immensité de la ville et du monde rapporté à la petite ville où on vit, et les musiques que soudain il entend, datant de ce jour-là « ma fascination pour le rhythm'n blues ». Est-ce que les Zimmerman ont suivi la côte en voiture (une Ford Essex), en train, ou plus probablement en prenant les bateaux qui desservent, jusqu'à Duluth, les ports et les villes des Grands Lacs ? C'est ce genre de détail qui nous aiderait à comprendre, évidemment ce sont ces détails-là qui nous manquent.

À échelle des quarante ans qui nous séparent de l'explosion Dylan, l'histoire de la ville de Duluth est récente. C'est un territoire indien, d'hommes qui savaient depuis les fonds de l'histoire extraire et travailler le cuivre, cultiver le riz sauvage, les Ojibwa. Et le premier qui vient ici créer un comptoir d'échange était français, Daniel Greysolon du Luth, et ce rejointement de notre langue et d'un instrument à cordes, pour faire à Bob Dylan sa ville natale, on peut en avoir plaisir (même s'ils ont une manière que je n'arrive jamais à prendre de prononcer le nom de cette ville, plutôt comme on dirait nous *de l'œuf*, et non comme on jouerait *du luth*) : on est en 1679, et le second comptoir sera aussi fondé par un Français marcheur des forêts, Jean-Baptiste Cadotte, agissant pour la Compagnie du nord-ouest, et le comptoir s'appelle de façon bien imagée *Fond du Lac*. Au XVIIIe siècle, c'est un émigré allemand, John Jacob Astor, qui transforme les comptoirs et fait de Duluth une ville. En 1852, on extorque aux Ojibwa l'emplacement de leurs ressources en cuivre, et on les fait signer le traité qui les en dépossède, histoire connue, c'est la ruée : en une seule première année de l'âge minier, la ville passera de quatorze familles à trois mille cinq cents habitants, c'est lancé. En 1900, au tournant du siècle, on a approfondi les chenaux, lancé des quais : de Duluth partent les minerais de fer et de cuivre qui vont alimenter Chicago et Detroit, et transitent les céréales dont ont besoin les grandes villes, Boston, New York, Philadelphie. Duluth est, à deux mille sept cents kilomètres de l'Atlantique, le premier port des États-Unis, avant Boston ou New York : une ville de commerce et de transit, comment s'étonner qu'elle appelle de nouveaux émigrants. Ou que les nouveaux arrivants acceptent de s'enfoncer au bout des lacs, dans la ville brumeuse, froide et loin de tout, si l'accroissement du trafic et le développement minier leur permettent du travail.

De toute façon, il n'y a plus rien après. Ce qui est étonnant peut-être, c'est que s'installent ici des émigrants venus d'Odessa en mer Noire : là-bas, il y a aussi le pétrole et les minerais, là-bas aussi la mer intérieure plus vaste que l'horizon et sans rivage. Là-bas aussi le port, ses arrivées et migrations, organise toute la ville. Dans les vingt-cinq mille habitants que compte la ville (quatre-vingt mille maintenant, presque rien, dans ce morceau d'espace, rapporté à Chicago, Detroit ou Minneapolis), une communauté de trois mille juifs d'Europe centrale, venus principalement de la mer Noire :

« On s'installait quelque part parce qu'on y connaissait quelqu'un », dit le père de Bob Dylan, Abe Zimmerman.

Son propre père, un Zigman, qui deviendra Zimmerman en Amérique, tient un prospère magasin de chaussures dans le centre d'Odessa : ils arrivent en 1907, fuyant les pogroms tsaristes, et les premières années il promène son stock de chaussures à vendre et ses talents de cordonnier en carriole, de puits de mine à puits de mine, méditant à rythme de mule sur ce retour à rien, dormant en forêt, amassant de quoi installer dès qu'il le pourra une simple échoppe de cordonnerie dans la ville. On met les enfants au travail à sept ans : « On ramassait des papiers », dit Abe. Et lorsque les enfants de ceux-ci auront eux-mêmes des enfants, il n'y a pas quarante ans qu'ils se revendiquent de ce sol, qu'ils ont remplacé par l'anglais le yiddish qu'on parle entre soi, ou à la maison.

Que porte-t-il de cet exil, Bob Dylan qui chantera les chansons des premiers immigrants irlandais de ce sol comme si elles pouvaient être les siennes ? Et s'il nous fallait comprendre ces paysages, cette histoire, pour mesurer l'arrière-fond sombre de ses chansons, ce qu'elles ont d'impalpable qui les rendra uniques, jusqu'au Dylan d'aujourd'hui ?

Et légende vraie de Hibbing,
ville de nulle part

Hibbing n'a même pas l'horizon d'eau qui sauve Duluth. À peine une ville : juste un carrefour de routes et un peu plus loin, dans la forêt, la source quand même du Mississippi – un filet d'eau parmi d'autres, et savoir qu'en se laissant dériver on traverserait son pays du nord au sud, pour rejoindre à quelques milliers de kilomètres Memphis et la Louisiane.

Le nom Hibbing vient d'un illuminé, natif de Hanovre, trente-six ans en 1892, qui s'installe à Duluth et pendant quatre ans arpente en vain toutes ces collines jusqu'à cinq ou huit jours de marche dans la forêt sans routes ni chemins, étudiant la couleur des ruisseaux et l'étymologie des noms indiens puis finit par trouver du fer, mais alors bien plus qu'il ne le croit quand il se fait attribuer la concession de la « section 22 – 58 20 ». Bien plus en fait que Frank Hibbing, qui avait comme horizon d'enfance les terrils de Hanovre, n'en aurait imaginé ou rêvé jamais : un gisement géant, quand l'Amérique se gave de fer. On l'exploitera à ciel ouvert, à double flanc d'un canyon de huit kilomètres de long, une saignée haute de cent soixante mètres par endroits : plaie faite à la terre, et qui s'épuisera d'un coup. Maintenant, plus rien qu'un parc d'attractions qui se proclame *Metal World*, monde de l'acier. Une ville qui, en 1941, n'a pas cinquante ans d'existence, depuis que Frank Hibbing, subodorant sa richesse à venir, a embauché trente ouvriers pour défricher une route et pratiquer les premiers sondages. Un an plus tard, il fonde la ville à laquelle il donne son nom, en possède évidemment la compagnie minière, un hôtel puis deux, la banque, l'alimentation en eau potable et la centrale électrique : à l'époque on pouvait jouer à cela sans passer par les consoles vidéo de *Sim City* ou *Second Life*. Fortune à mains nues selon ces légendes qu'ils aiment, là-bas, et qui leur semblent peut-être encore indéfiniment reproductibles selon le mythe américain : la légende de comment s'enrichira Bob Dylan, lui aussi à mains et voix nues, en est peut-être un ultime avatar.

Mahoning, Hull Rust, Sellers, Burt, les mines prolifèrent, et Frank Hibbing, souhaitons-lui une vieillesse heureuse, je ne sais pas s'il reste là à contempler ce qu'il a initié, ou migre plus au sud ou se convertit dans la finance à New York, et revient fortune faite en son pays natal, ni s'il repense à lui-même cette année de ses quarante ans, après quatre années à manger de la semelle et vivre d'expédients ou des petits trafics de la forêt, jaloux de garder le plus grand secret, pendant au moins quelques semaines, sur ces trois collines à l'étymologie indienne plus étrange que leurs voisines, et où l'eau des ruisseaux se colore vaguement de rouge, avec à la bouche ce goût qui ne trompe pas, et que probablement sur ses cartes il n'en note pas l'emplacement sans quelque code qui le rendra indéchiffrable.

En 1915, la ville compte vingt mille habitants, et quelques-uns déjà de ces immigrants venus d'Ukraine : on ne sait pas ce qui les a amenés là, ni comment, dans ces villes où ils se sont d'abord installés, migrant peu à peu vers ces nouveaux eldorados aux ciels noirs de la fumée de charbon que sont Detroit et Chicago. On leur a parlé de la minuscule ville nouvelle, là-bas dans la forêt, sans train ni accès, mais où le gisement mesure cent fois la surface de la ville et où les baraques de mineurs plantées dans la boue appellent des épiciers, des comptables, des tailleurs et probablement aussi des maîtres d'école, des croque-morts et tout ce qui fait que cette collectivité d'hommes durs, occupés à creuser la terre pour en extorquer ce qui fera l'acier et la fonte des rails, des locomotives, des charpentes, une cité véritable quand bien même Hibbing ne sera jamais qu'une ville toute petite, une ville de bout du monde.

Benjamin David Solemovitz arrive donc à Hibbing en 1906, treize ans après l'invention de la ville. Lorsque ses parents ont immigré de Lituanie, en 1888, lui ayant cinq ans, c'est déjà à Supérieur, le port de Duluth, qu'ils s'étaient installés, mais ils ont ensuite déménagé à Connor's Point, dans le Wisconsin. Ce sont déjà d'anciens Américains, les Solemovitz, comparés aux Zigman. Solemovitz a bientôt trente ans, quand il trouve à Hibbing ce travail d'employé auprès d'un ami et coreligionnaire, Abraham Friedman, et change de nom : désormais, il s'appellera Ben Stone, se fera marchand de meubles, et sous cette nouvelle et très américaine enseigne épouse Florence Elderstein, aînée de dix enfants, dont le père, originaire de Kovno, a abandonné un peu plus tôt le commerce de poêles et ustensiles qu'il avait à Supérieur pour le premier cinéma-théâtre de la jeune Hibbing.

Ce premier cinéma s'appelle The Victory, le deuxième The Gopher, le troisième The Homer et le quatrième The Lybba Theater, du prénom de son épouse. Benjamin Harold Elderstein possédera en tout quatre cinémas à Hibbing : fallait-il qu'ils en bavent, les mineurs du canyon, pour qu'on propose ainsi de quoi les distraire en continu. Une baraque, un drap qu'on tend, et la machine magique à lumière : cela suffit peut-être, pour la première mouture du Victory. Mais le Lybba sera un vaisseau amiral, une gloire moderne. Pour le cinéma en 1910, c'est cette promiscuité joyeuse et la venue à vous du monde, visages et corps en marche, par ce qu'on dit actualités même si ça date d'un mois ou de quatre, et puis le mélodrame, les trucages et l'illusion – Hollywood et Charlie Chaplin – feront le reste.

C'est le moment aussi où on découvre, en 1921, que Frank Hibbing a construit sa ville sur un autre gisement de fer, et qu'il faut creuser dessous. Alors on la démolit et on la déplace, on l'installe dans le quartier bas, qu'on appelait Alice, et la première ville là-haut devient une ville fantôme, abandonnée et trouée, qui surplombe la nouvelle : étrange réalité, qui marquera Bobby Zimmerman, même né vingt ans plus tard.

Ces villes qu'on dresse de toutes pièces sur les réserves de fer à ciel ouvert, dans la forêt quasi sauvage, ce monde de traceur de routes, constructeurs de canaux, et la horde de petits commerçants qu'ils entraînent, pour lui, Bob Dylan, c'est son enfance et ce dans quoi il baigne. Les immigrants avaient tôt fait d'adopter l'Amérique et d'en prendre la langue : c'est probablement déjà en anglais, mais un anglais qu'on imagine rauque, avec peu de mots, que parle à ses petits-enfants la grand-mère d'Odessa, dont Dylan, dans ses *Chroniques*, dit qu'elle avait la peau très brune et mate, n'avait plus qu'une jambe sans qu'il nous dise à la suite de quel accident, et qu'elle fumait la pipe. Lui n'était qu'un de ses dix-sept petits-enfants, mais, puisque Duluth est un genre de falaise, il en associe le souvenir aux grands étirements des cornes de brume des cargos remontant le lac, un son, dira Dylan, qui lui donnait l'impression d'être « creux en dedans », et l'émerveille encore à soixante ans : si chaque musicien, quand on scrute ses dires, évoque un de ces sons particuliers qui lui sont une origine, et que toute la musique jouée ensuite sera le chemin de la rejoindre, alors pour Bob Dylan ce sont les cornes de brume des cargos du Supérieur, comme ils disent là-bas, *lac* ce n'est pas la peine, ça amoindrit.

Ce sont des familles avec beaucoup d'enfants (Abe, le père, est le cinquième d'une fratrie de six, Beatty la seconde de quatre), et plus tard, pour la génération suivante, plein de cousins, nièces et neveux. À Hibbing, la communauté juive est minuscule : la ville est trop petite. Beatty, fille de Ben Stone le fabricant de tables, commodes, armoires, lits et chaises, et petite-fille du projectionniste aux quatre cinémas, trouvera son mari à Duluth : aussi bien, c'est le port pour partir, la ville aux chemins de fer, d'où on peut rejoindre Chicago par les villes jumelles, Minneapolis et Saint Paul, deux cent cinquante kilomètres plein sud, puis Milwaukee, et de là tout le continent. La bonne santé de Duluth, avec le grain et le minerai, exige du pétrole : bateaux qui l'apportent, usines qui le raffinent, distributeurs qui le revendent. Les centrales électriques commencent à remplacer les chaudières à charbon par des moteurs Diesel. Abe travaille chez Esso. Ils se marient, Beatty Stone et Abe Zimmerman, en 1934 : on n'a pas d'argent, et Abe traîne avec lui son enfance pauvre, on vit dans une chambre sous-louée ou prêtée par une tante.

Leur premier enfant, Robert Allen Zimmerman, de son nom hébreu Shabtai Zisel ben Avraham, naît le 24 mai 1941, même si plus tard il changera la date pour le 11 mai, préférant, du point de vue astrologique, se faire taureau plutôt que gémeaux. On est en guerre, mais les États-Unis pas encore : ça attendra Pearl Harbor, en décembre. David, leur deuxième enfant, le petit frère de Bob, naîtra seulement cinq ans plus tard, en 1946. La guerre est terminée pour le pays, elle commence pour les Zimmerman : Abe contracte la polio. Nous, on nous vaccinait petits, mais c'était quinze ans après. Et on savait les reconnaître, dans les villes, ceux que la maladie avait saisis et comme tordus. Mondes oubliés, pour le mieux. Abe est hospitalisé brièvement, mais il lui faudra deux ans pour guérir. Plus de travail chez Esso : dans ce pays-là, dans les réservoirs ou raffineries de l'arrière-port, et les cahutes mal éclairées qui servent aux comptes et aux papiers, sans doute qu'on ne s'embarrasse pas de l'emploi d'un jeune père de famille qui tombe malade.

Si on déménage, avec le gosse de six ans et le second qui marche à peine, c'est qu'on n'a probablement plus de quoi se nourrir. La famille de Beatty est à Hibbing, c'est à Hibbing qu'on emporte ses trois meubles, et sans doute n'est-ce pas de gaieté de cœur qu'on s'éloigne de la grande ville pour la concession minière afin de demander de l'aide à la famille côté maternel : le grand-père Stone vient de mourir, mais la grand-mère va les loger, et ensuite habitera chez eux. Il semble pourtant que deux frères d'Abe, Maurice et Paul, soient déjà sur place et sont électriciens : les trois frères Zimmerman, réunis, se lancent dans l'électroménager. Maurice et Paul s'occuperont des chantiers, et Abe, qui garde une jambe faible, tiendra le magasin.

Hibbing, cent soixante kilomètres au nord de Duluth, la ville du lac, est à jamais le berceau de Bob Dylan.

Zimbo, Echo Star et la Ford rose

Hibbing : *a great place to call home* : « un chouette endroit pour dire : c'est chez moi », mais Bob Dylan ne le pensera pas réellement, en fait. *There was really nothing there* : « Il n'y avait vraiment rien, là-bas, à part être mineur et encore : de moins en moins. »

Ce sera le bref et seul hommage de Dylan à sa ville d'enfance.

Le plus grand village du Minnesota, ils disent aussi, mais c'est de la superficie qu'ils parlent : au bout, la frontière. Une ville dans laquelle on passe sans s'arrêter, mais une ville maintenant au carrefour de plusieurs routes, avec d'énormes camions remontant vers le Canada : « On voyait des types débarquer avec un gorille dans une cage, ou bien une momie sous vitrine, dira Bob Dylan. Une ville avec des routes qui s'en allaient de tous les côtés. »

La petite entreprise d'électroménager que montent les trois frères s'appelle la Micka Electrics. On voit poindre l'année 1950 et l'arrivée du Frigidaire, la révolution de la machine à laver, les progrès à n'en pas pouvoir suivre des appareils radio, la communauté des ondes, ce qu'on en vit en direct. Un contemporain de Dylan a raconté ça dans un film magnifique, *Radio Days*. Le magasin donne sur la rue principale, et on a eu la chance d'être les premiers : sans doute qu'avant il fallait aller à Duluth, pour rapporter un gramophone comme dans *As I Lay Dying* de Faulkner, dont il est peu probable que les livres se vendent ici.

Dès 1951 on s'installe dans une maison à soi, une maison avec étage, au 2425 de la Septième Avenue : la maison que photographient maintenant ceux qui viennent à Hibbing, et la fenêtre de ce qui fut la chambre d'enfant de Bob Dylan est exposée à la bibliothèque municipale – on n'en fera jamais assez pour le héros. Regardez ce qu'il voyait, vous saurez ce qu'étaient ses rêves ? Que ce serait beau, si chacun ici-bas avait droit qu'on lui garde ainsi sa fenêtre d'enfance, et tout ce qui vous a traversé la tête, là, immobile, contemplant la pluie, le soleil ou la neige (à Hibbing, si souvent la neige). Au coin de la rue, le bistrot s'appelle The Zimmy's, vous ne pouvez pas vous tromper, et on vous expliquera chaque fois que non, Bob ne revient pas souvent, mais qu'on l'a vu l'an dernier, qu'on le verra peut-être le mois suivant – c'est que le Zimmy's doit tout mettre en œuvre pour ne pas décevoir le touriste de passage, qui entre forcément là, puisqu'il n'y a rien d'autre à faire dans cette rue, une fois sorti de la bibliothèque municipale avec son musée Bob Dylan, la première méthode de guitare, trois disques et quatre photos.

Ce qu'on laisse en arrière des objets et exploits de son enfance ne porte pour personne d'empreinte anticipée de ce qu'on deviendra. Mais lorsqu'on l'examine plus tard et qu'on y fouille, qu'on tente de démêler l'arbitraire et les hasards, ces signes de l'enfance sourdement résonnent : ils sont le premier croquis, la disposition des forces, et les légendes reçues qui préparent à accueillir celle qu'on construit pour soi.

Alors nous voilà à notre tour à Hibbing sur ses traces maigres, et quand bien même on est le dix millième à entrer au Zimmy's, on regarde les photographies au mur avant de s'enquérir de ce qu'on y mange : et le gros patron moustachu du Zimmy's vous apostrophe devant le cornet de carton trop grand du café trop léger mais à goût de brûlé, dans une prononciation qu'on comprend mal : *Looking for Bob, isn't it : where're you from ?...*

Qu'est-ce qui décide Abe et Beatty Zimmerman à acheter et installer dans le salon de leur maison neuve, cette année 1952, quand un fils a onze ans et l'autre six, un piano de marque Gulbransen ? Parce qu'on considère, dans cette petite communauté juive de la ville minière, que prendre des cours de piano est un lien, même vague, mais symbolique, avec l'exil encore récent de l'Europe centrale, ses rythmes et ses chants ? Parce que le piano, dans la famille Elderstein, gérante des quatre cinémas-théâtres de Hibbing, est la marque d'une nouvelle respectabilité, qu'il s'agit de rendre plus manifeste ? Ou simplement parce qu'il y a une jeune cousine, Harriet Rutstein, diplômée de l'université de Minnesota, qui l'enseigne à Hibbing ? Ou encore plus simplement parce qu'on a tous touché un peu la musique en son enfance : Abe jouait des airs d'Europe centrale au violon en duo avec son frère, une sœur au piano, instrument que Beatty aussi a pratiqué étant jeune. Mais de cette miss Harriet-là (cousine du côté maternel : est-ce que cela compte ?), on n'en saura jamais plus. Bobby et la cousine resteront proches longtemps : à New York elle sera une des rares à qui il écrira régulièrement (peut-être on en disposera un jour, de la correspondance de Bob Dylan, à sa cousine, à Larry Kegan ou encore à Johnny Cash).

On saura par Beatty que ce n'est pas allé tout seul. David, le petit frère, prendra longtemps des cours. C'est évoqué dans la conversation de Robert Shelton avec la mère de Bob Dylan : elle dit que lorsque son propre père avait souhaité qu'elle prenne des leçons pour conduire la voiture, elle avait rétorqué qu'elle n'avait pas besoin de mentor et qu'elle se débrouillerait seule pour apprendre, s'était mise au volant et était partie, et que tel était aussi le caractère de son fils aîné. Après la première leçon avec Harriet, Bobby aurait décidé qu'il apprendrait le piano seul, et pour jouer ce qu'il voulait. Mais Beatty juge son fils à l'aune de ce qu'il est devenu, et les parents ne sont pas les mieux qualifiés pour juger : lorsqu'elle évoque avec Robert Shelton – le seul vrai entretien dont on dispose avec les parents de Dylan – la douleur qui lui reste de ce que Bob s'est longtemps proclamé orphelin (elle en attribue l'idée à Albert Grossman, le futur producteur, ce qui n'est pas vrai) contamine tout ce qu'elle dit : c'est comme si chaque phrase appelait le fils prodigue à revenir, voulait le réancrer dans ce qu'il a quitté pour accéder à lui-même.

Reste probablement la proximité affective du cousin et de la cousine, avec la musique au milieu. Et que même si ça ne s'appelle pas leçon de piano, quelqu'un est là qui vous guide et vous montre, apprend la *Méthode rose* à votre jeune frère et s'amuse de vous voir tenter de la main gauche les lignes *walking bass* du morceau de Hank Williams entendu à la radio : – C'est un accord de neuvième, Bobby, regarde, si tu rajoutes ce doigt, là… Et que même s'il ne prend pas de vrais cours, Dylan a une initiatrice. Plus tard, lorsqu'il voudra vraiment s'y mettre, après la découverte de Little Richard, et parce qu'il veut jouer les chansons de Hank Williams, une nommée Clarabelle

Hamilton viendra lui donner des cours particuliers : avec Harriet, la cousine, c'était un autre fonctionnement.

Enfant musicalement précoce, poète en herbe, génie renfermé et prêt à poindre, personne pour le prétendre sauf sa mère. Un gamin consciencieux à l'école. Les poèmes ? Oui, il en écrit, pour la fête des mères, pour la fête des pères. On se souvient qu'il chante aux fêtes familiales : mais tous les enfants le font, non ?

Ce qui pour nous est plus précieux, c'est ce dont témoignera Dylan lui-même : et notamment que les faits qu'il définit comme associés à sa genèse musicale, ou fondateurs pour l'accès à son propre personnage, n'appartiennent pas forcément à la musique.

Ce premier souvenir, c'est la télévision. On n'est pas marchand d'électroménager pour rien : en 1952, les Zimmerman ont la première télévision de la ville. Ça vous pose. L'étonnement des images, et tout le monde au-delà de Hibbing qu'on aperçoit soudain, à onze ans : ce n'est pas rien. Et le second tient aussi à l'image, aux personnages auxquels on rêve : le cinéma, les cowboys. Pour aller au cinéma on va au Hibbing's Lybba Theater, on reste donc chez soi, on est chez son arrière-grand-mère. Et c'est au cinéma, en 1955, à quatorze ans, le choc James Dean : *East Of Eden*. Dylan s'achète une veste rouge, couvre les murs de sa chambre d'affiches et de posters. Et comme c'est l'année de sa barmitsva, il y a une altercation avec son père, qui les arrache, les images du Dieu en petit. 1955, c'est l'année de sa mort, à James Dean, et son dernier film, *Rebel Without a Cause*, Dylan le verra cinq fois. 1955, c'est aussi l'année Elvis : mais ils sont combien de millions, au même âge, à avoir le même choc, à dire, comme plus tard Bob Dylan : « Vous ne pouviez pas voir ça sans voir quelque chose de vous-même » ? Quant à savoir ce qu'il a vu, il ne nous l'explique pas.

Et dans les *Chroniques* que Dylan publie à soixante ans, livre magnifique tant chaque récit y est concret, comme une suite de zooms autobiographiques, donnés sans chronologie, au fil d'associations libres, silence délibéré sur tout cela : le vieux sage nous parle d'autres souvenirs d'enfance, comme si c'était important pour lui de prouver, à un demi-siècle de distance, qu'il a surgi du plus anonyme. Il parle des lance-pierres avec élastique en caoutchouc (des élastiques qu'on ramassait près de la mine), ou bien de comment on attrapait le marchepied d'un wagon de marchandises, l'été, pour se faire remorquer jusqu'au trou d'eau où se baigner – les souvenirs d'enfance ont toujours autour d'eux cette auréole d'authenticité qui dispense d'en raconter plus, comme si la musique venait par miracle à qui sait grimper en route dans un train de marchandises (et quelle belle page, celle qui suit, sur la fascination sans doute réelle, ou qui rétrospectivement recouvre symboliquement les autres souvenirs, pour ces cargos de tous les pays du monde qui remontaient jusqu'à Duluth, les langues, les noms, les visages, et le surgissement de ces étranges et majestueuses formes dans les brouillards du Nord).

On n'en saura pas beaucoup plus de la famille Dylan : lorsqu'il sera temps de les interroger, Bob a suffisamment de contrôle pour veiller à ce que rien ne soit dit qui le gêne, l'exception étant cet entretien de Robert Shelton avec Abe et Beatty Zimmerman : Shelton, un gars de Chicago qui a contribué au lancement de Bob à New York, rédigera, début des années soixante-dix, la première biographie de Dylan et restera le seul à avoir bénéficié du passeport officiel pour Hibbing, avec une lettre manuscrite de Bob enjoignant à ses proches de le recevoir en ami. On lui montre les photos, on parle des souvenirs d'enfance : mais l'éclosion d'un adolescent c'est secret, même pour les plus proches de ses proches. Où la musique explose en lui, c'est déjà hors la relation aux parents. Il y a cependant des choses émouvantes dans ces notes du consciencieux Shelton : par exemple, le père de Bobby lui montre la première méthode genre *La Guitare pour tous* ou *La Guitare facile*, achetée avec la première petite guitare espagnole, et qui fait partie des quelques affaires, disques et bouquins, laissés dans la maison familiale. On en trouve facilement, aujourd'hui encore, des exemplaires d'occasion de ce grand classique *Spanish Guitar Easy* publié une première fois en 1935, et qui a dû être une mine pour son éditeur, vendue dans tous les Sears & Roebuck du pays.

Les vacances en famille : on s'en allait, ou pas ? Et on a emmené les enfants visiter les célèbres chutes Niagara à quel âge (et cette année où, les chutes, on les a asséchées et déviées, pour en contrebalancer l'érosion, on a bien dû en parler jusqu'à Hibbing) ? Et la mer il l'a vue où, la première fois ? Il parlera seulement de ce voyage à Detroit, pour voir de la famille, quand il a dix ans. C'est une grande expédition : encore plus loin que Chicago, et sur le lac suivant. Découverte que, dans les grandes villes, pour les tâches subalternes, on emploie des hommes noirs et que la musique qu'on entend à la radio, dite *rhythm' n blues*, c'est la leur. Ce souvenir-là c'est pour longtemps. Et que la musique qu'on écoute à la maison, Hank Williams, Hank Snow, Hank Perry, « tous ces Hank », a cousinage avec l'autre. S'il y a eu ce voyage à Detroit, forcément qu'il y en a eu d'autres, mais silence. Et si une clé de la vie de Bob Dylan était justement le fait que, dans toute cette enfance à Hibbing, avec excursions à Duluth, habituelles encore à Minneapolis et Saint Paul, mais bien plus rares dans le Wisconsin ou jusqu'à Detroit, avait grandi ce rêve de partir ? Cela vaudrait alors pour tous les gamins de son âge, à Hibbing.

Tout commence peut-être en cet été 1955 à Herzl, camp de vacances pour enfants juifs, à cent cinquante kilomètres au sud de Hibbing, dans la forêt : c'est le second été qu'il vient. On nage dans les lacs, on fait du tennis, on pratique l'hébreu et on s'arrête pour prier, habillés en blanc, le jour du shabbat. Il y a un piano, Bobby Zimmerman en joue, un autre gamin s'approche, Larry Kegan, un an plus jeune, et qui vit à Saint Paul, la ville jumelle de Minneapolis :

– Tu sais jouer ces trucs-là, toi ?

C'est l'été de la révélation Elvis. Ça vous vient par la télévision, la radio : il y a aussi Bill Haley et ses Comets, une autre façon de jouer trois accords. Larry Kegan et Bobby Zimmerman deviennent inséparables, et Bob fera après le camp plusieurs séjours chez les parents de Larry à Saint Paul, ils chantent ensemble. Un troisième se greffe, Howard Rutman, et on forme The Jokers, plutôt une chorale qu'un groupe, un pianiste et des chanteurs, ou tout le monde a capella. On passera même à la télévision de Minneapolis, dans la rubrique « Jeunes talents » d'une émission de variétés, et on fera enregistrer, pour la somme de cinq dollars avancée par la famille Kegan, une bande magnétique aujourd'hui en lieu sûr – un medley où l'on reconnaît, voix et piano, *Be Bop a Lula* : Bobby Zimmerman est entré en rock'n roll. C'est assez imprécis, mais il semble qu'à Saint Paul The Jokers aient duré, et que Bob, pour chanter avec eux, ait fait plusieurs années des allers-retours depuis Hibbing. On a des tee-shirts marqués The Jokers, et même si Bobby arrive la veille des concerts pour l'ultime répétition, il reste dans l'équipe. La chute : celle de Kegan, au printemps 1958, en vacances en Floride (ce qui doit sembler, et même le mot *Floride*, bien abstrait au gamin du magasin d'électroménager à Hibbing, qu'on envoie en camp scout l'été) – un accident de surf lui brise la colonne vertébrale. Il semble que l'accident de son premier frère en musique, et aussi son premier lien à la ville et au grand dehors, ait été une vraie tragédie pour l'ami, enfermant Dylan dans le silence.

Le piano sera toujours son premier instrument, avant la guitare, l'instrument pour composer, pour enregistrer les maquettes. Il essaye aussi la trompette et le saxophone. Mais, apparemment, la guitare vient tôt : cette guitare espagnole, avec sa méthode pour les accords, qu'ont gardée ses parents, et un copain d'école, Monte Edwardson, qu'on retrouvera bientôt, pour lui en donner les rudiments. La guitare, en gros, c'est un piano transportable. L'été on continue de se retrouver dans le camp scout, à Herzl. Avec les Jokers Bobby a pris du galon, il devient l'animateur des soirées : on montrera à Shelton les photos familiales, et c'est durant ces feux de camp que Dylan joue probablement ses premiers accords de guitare en accompagnement de chansons.

À Hibbing, le copain le plus proche c'est John Bucklen, et c'est par lui qu'on en sait un peu plus sur la traversée des années adolescentes. La première guitare électrique achetée sur l'argent de poche en cachette d'Abe, toujours chez Sears & Roebuck. Et puis, en cours d'année, parce qu'un Finlandais du nom d'Hautala a ouvert à Hibbing un magasin d'instruments de musique, que les deux copains, John et Bobby, négocient auprès de lui une remise s'ils achètent d'un seul coup deux guitares et un amplificateur : deux modèles *solid body* Supro. Trois guitares successives, donc, dont la première est restée propriété de la famille Zimmerman, et non pas une seule comme résument, sans date, la plupart des livres (hommage à Howard Sounes pour la qualité de son enquête). Ce qui semble avéré, c'est que la guitare électrique devient pratique quotidienne pour Dylan bien longtemps avant qu'il s'en serve sur scène, où il se contente de son numéro de piano. Et cela aussi, combien étrange de ne pas l'avoir retrouvé comme élément important dans le premier livre des *Chroniques*, là où il évoque Hibbing ?

Donc, en cet automne 1956, et peut-être parce que Saint Paul où vit Kegan c'est trop loin, Bobby aborde des copains d'école : n'auraient-ils pas envie de jouer « autre chose que de la polka » ? Parce que la polka est immensément populaire ces années-là, et peut-être encore plus parmi eux, les Américains de si fraîche date (mais, ironiquement, la seule fois où on les fera passer à la télévision locale, à nouveau dans la rubrique « nouveaux talents », l'émission s'appelle *The Polka Hour*) ? Les copains à qui s'adresse Bobby sont plutôt dans le jazz, et n'ont jamais entendu parler de Little Richard. Ce sont Bill Marinac (qui joue de la contrebasse pour un groupe folklorique yougoslave), Larry Fabro (guitare) et Chuck Nara (batterie). On s'appelle The Shadow Blasters. On aura des chemises roses et des lunettes noires, et le surnom de Bobby devient son nom de scène : Zimbo. Apparemment, John Bucklen, qui se met aussi à la basse, n'est pas de la bande.

36

On jouera pour une fête d'école, mais personne n'a jamais vu ça : un garçon si doux et réservé, planté debout devant le piano qu'il frappe comme pour le démolir, hurlant des paroles inaudibles. Il y aura un concert, mais pas deux. La réaction est trop forte : à Hibbing, ils sont les seuls à s'être risqués dans ce qu'on appelle la « musique nouvelle ». Et trois ans de suite, à ce même Jamboree du mois de janvier, Dylan sera présent via une formation éphémère.

Maintenant qu'il a quinze ans, il a une moto. Bobby a obtenu de son père l'achat d'une Harley Davidson d'occasion. Il paraît qu'elle occupe presque toute la place dans le garage. C'est l'âge d'or de l'équipement électrique, et Bobby bénéficie de la prospérité du magasin : c'est lui qui promène sur le tansad les copains, certains s'en souviennent lorsqu'on se risque, une fois, un peu trop tôt sur un passage à niveau sans avoir pensé qu'un second train pouvait survenir, on s'en tire avec une bonne trouille. Peut-être n'a-t-on pas assez signalé, dans les précédentes biographies de Dylan, ce que représente pour un gamin de cet âge la mobilité qui en résulte : il fera à volonté les allers-retours à Duluth. Puis il bricole au magasin, et, pour un peu d'argent de poche, part en camion avec ses oncles sur les chantiers des nouvelles maisons où on installe câbles, prises et interrupteurs, stratégie familiale qui occupe le gosse en même temps qu'elle l'enracine dans l'entreprise. Mais avec le prochain groupe et la première petite amie, on ne le verra plus beaucoup sur les chantiers, même pour l'argent de poche : quant à intégrer l'entreprise familiale, encore moins – Bobby Zimmerman ne sera pas électricien.

Le copain qu'il promène le plus souvent sur la Harley 45 répond au magnifique patronyme de LeRoy Hoikkala, témoignant de l'importance de ces communautés finlandaises, peuplement de Nord à Nord. Celui-ci a décidé de se mettre à la batterie : « Il ne jouait pas vraiment très bien, mais il savait tenir un rythme », disent les copains. Il y a aussi Monte Edwardson, qui s'affirme maintenant comme bon guitariste, voire le meilleur guitariste de la petite Hibbing. Tant pis pour Bucklen qui n'en fera pas non plus partie (on aurait pourtant besoin d'une basse ?), on se retrouve dans le garage à l'arrière de la maison des Zimmerman et on constitue un trio : The Golden Chords. *Golden* parce que dorée, la batterie neuve de LeRoy Hoikkala, et *Chords* parce que c'est devenu la réputation de Zimbo : son art, au piano ou à la guitare, de trouver des séquences d'accords inusités sous les morceaux apparemment simples du rock – l'indication est précieuse. En plus de fournir le garage, on emprunte à la maison Zimmerman la Buick familiale pour transporter le matériel, on jouera au traditionnel Jamboree de l'école en janvier, et dans quelques fêtes familiales de bonne volonté, des barbecues, puis à la chambre de commerce locale, et le samedi 1er mars 1958 à une fête de la National Guard Armory, pendant l'entracte du disc-jockey : ce sera la première fois que Bobby Zimmerman aura son nom imprimé sur une affiche, et qu'on sera rémunéré. Au répertoire : *Blue Suede Shoes*, *Tutti Frutti* et *Rock'n Roll Is Here To Stay*, qui sonne comme un mot d'ordre.

Au printemps, il rencontre Echo. Echo Star Halstrom : elle aussi de famille finlandaise, habitant à six kilomètres de la ville, en pleine forêt, Echo parce que venue tard après une sœur plus âgée, et Star parce que la nuit de sa naissance le givre sur la fenêtre dessinait de belles constellations. Echo s'habille en rebelle, blouson de cuir sur pantalon large, et la première fois qu'elle aperçoit Zimbo il joue seul de la guitare dans la rue, non pas qu'il fasse la manche, simplement parce qu'il attend John Bucklen et que c'est probablement la meilleure manière de s'afficher musicien quand on a seize ans et qu'on va encore au lycée. Ces deux-là, le muet et la rebelle, sont faits l'un pour l'autre, ce sera le premier amour : on discute musique dans le bar (L&B Cafe) où Echo retrouvait une copine, et on découvre que le soir tard, ou la nuit, on écoute à la radio les mêmes chansons, on n'est pas tant à le faire. Puis on s'en va dans l'établissement d'en face (Moose Lodge) où on commande à nouveau une boisson chaude, parce qu'ici on peut s'asseoir au piano, et Bobby joue à Echo du boogie-woogie : cinq semaines plus tard on en est à échanger les bracelets avec le prénom, John Bucklen doit détourner le regard par discrétion. Bobby, qui a quand même la fibre électrique et chez lui les outils qu'il faut pour les branchements, a installé trois micros dans l'intérieur du piano et deux micros pour sa voix, tout ça branché sur l'amplificateur guitare. Ils disent fièrement : « On était le groupe qui jouait le plus fort de tout le coin. » C'est pour ça que les Golden Chords ont tant de mal à trouver de nouveaux engagements ?

Cet été 1958, Bobby repart au camp Herzl. L'amie de cœur a nom Judy Rubin : elle était déjà, l'été précédent, son grand amour platonique. Il la retrouvera à Minneapolis, autre rencontre importante sur sa route pour les discussions secrètes, et les livres vers lesquels elle l'amène. Mais il faut cette indiscrétion concernant la vie du cœur pour vérifier que les livres et les poèmes ne sont pas loin, déjà, du rocker. Au retour, mauvaise surprise : Edwardson et Hoikkala se sont associés à deux lycéens, Jim Propotnick et Ron Taddei, pour jouer du rock façon Buddy Holly et Gene Vincent, sous le nom de The Rockets. C'est la musique au goût du jour, mais la provocation du pianiste, c'est fini, et on le lui fait savoir. Coup dur, même un peu la honte. Et le journal local parle des Rockets comme d'un groupe « sensationnel » : *the sensational young Rockets*, mais sans lui. La force d'un artiste se forge souvent, comme pour les boxeurs, autant à ce qu'il crée qu'à la capacité d'encaisser les coups sans broncher et de continuer quand même : Dylan en aura besoin plus d'une fois – la trahison d'Edwardson et Hoikkala sera le premier coup, peut-être le plus symbolique puisqu'il en parle encore, parfois.

Jusqu'à ses quatorze ans, le fils aîné des Zimmerman était bon élève et a eu souvent son nom au tableau d'honneur du lycée. Depuis deux ans, The Shadow Blasters, puis The Golden Chords, enfin la relation avec Echo Halstrom absorbent une bonne part de l'énergie, du temps et de l'imaginaire, et les résultats scolaires baissent en continu. Les tensions principales, c'est avec Abe. Il semble qu'en cette fin d'été on ait placé le fils aîné dans une institution privée loin de Hibbing, internat, la Devereux Foundation, à Devon en Pennsylvanie : est-ce qu'il s'agit d'un rattrapage de quelques semaines, après quoi il réintègrera la *high school* de Hibbing ? Plusieurs évocations indirectes, mais pas de précision ni de confirmation côté Dylan : sans doute pas un bon souvenir.

N'empêche que pour cette ultime année à Hibbing, en plus de la moto, il a sa première voiture, et que c'est une Ford convertible de couleur rose, plus confortable pour promener Echo ou emporter du matériel, amplificateurs et guitares, à Duluth ou Saint Paul.

Il y est de plus en plus souvent, à Duluth et Saint Paul, et ce n'est pas seulement pour la musique. Echo

40

la Finlandaise est peut-être la plus belle fille du lycée, mais ces semaines-ci elle lui rend son bracelet et aura du mal à pardonner les infidélités de ville. Avec ses yeux bleus et ses airs de gamin, dans les deux ans à venir Bobby ne manquera pas de havres féminins. Lui, il dit que s'il est sans cesse en virée, c'est pour la musique.

À Duluth, où il peut toujours se faire héberger chez oncles et tantes, il joue avec deux gamins de son âge, Stevie Goldberg, un cousin, et Dan Kossoff : on apprend mieux à trois. Ils joueront sous le nom de The Satin Tones, alors que la musique qu'ils font ne sera pas vraiment de satin. Nouvelle indication que la guitare émerge progressivement au premier plan : on rend visite, tous trois, à un disc-jockey noir d'une radio locale, ils disent même que c'est le seul Noir du comté, et se font raconter chez lui l'histoire du blues – un personnage important, encore un secret sur la route, mais tout d'un coup une porte s'ouvre. À Minneapolis, lorsque jouent Sleepy John Estes ou d'autres, on fait le voyage, en moto ou dans la Ford rose.

En janvier, pour le Jamboree du lycée, The Rockets sera le groupe principal : ceux qui l'ont abandonné. Alors il forme un groupe de rattrapage : Zimbo au piano, Bucklen à la guitare, et un cousin de Bobby, Bill Morris, pour jouer à la batterie, on reprend Marinac à la contrebasse, trois filles pour les chœurs (avec les Jokers, Bob a appris comment faire). Une seule après-midi de répétition et on fait l'ouverture sous le nom très ronflant de Elston Gunn And His Rock Boppers, piano joué debout au milieu de la scène : malheur, la pédale droite casse, le proviseur fait tirer le rideau et couper le micro. Et pareil le soir, lorsqu'en plein *Tutti Frutti* c'est le nom d'Echo qui surgit des allusions érotiques de

Little Richard (la version disque avait été refaite avec des paroles sages : « Oh, mec, tu sais pas ce qu'elle me fait », mais chacun se faisait un honneur de la chanter avec les paroles originales plus vertes…) : *I gotta got a girl, his name his Echo* sur le refrain célèbre de Little Richard *Awop-bop-a-loo-mop alop bam boom*, à nouveau le proviseur intervient pour couper le sifflet aux paroles obscènes, mais quelle gloire – c'est ainsi qu'il se sera vengé des Rockets. Elston Gunn And His Rock Boppers n'aura pas d'autre existence avérée que les deux prestations interrompues de ce jour-là. Comme on n'avait répété que le jour même et la veille, ce n'est pas très grave, la vie de Bobby semble déjà s'être transférée vers d'autres horizons. Et Bob retrouvera les Rockets en tant que chanteur et pianiste lorsque leur fondateur, Ron Taddei, sous la pression de ses parents, doit revenir à ses études : sans rancune, apparemment.

Et c'est en cette même fin janvier qu'ils assistent, à Duluth, un voyage de plus pour la Ford rose, à un concert de Buddy Holly. Charles Hardin Holley n'a pas vingt-trois ans, à peine cinq de plus que ses spectateurs. Dylan dit qu'il est au premier rang, collé contre la scène, à quelques mètres de la Fender Stratocaster. Trois jours plus tard, le 2 février, alors que le prochain concert de sa tournée est à Fargo, le Bonanza Beechcraft de Buddy Holly s'écrase au décollage : comment un môme de dix-sept ans n'en serait-il pas choqué ? Après la mort de Buddy Holly, parlant de ce concert, il dit : « Il n'arrêtait pas de me regarder », comme à se sentir dépositaire d'un testament moral, et bien capable d'y croire. Mais il a toujours été capable, Bob Dylan, de relire sa propre histoire comme une légende, quitte à en inventer tel ou tel détail.

42

Il lui reste quoi, de cette année, à Bobby ? Probablement les tensions irréversibles avec le père, et la mère
au milieu qui fait l'arbitre et pardonne. Il reste aussi,
plus secret, ce travail souterrain de formation et d'élar-
gissement musical entrepris avec les Satin Tones, son
cousin de Duluth plus un copain, et la découverte de la
musique noire, à laquelle Hibbing reste imperméable.
Il reste aussi, certainement, la fascination grandissante
pour la ville : les virées à Minneapolis. Mais pour en
faire son destin, il faut prendre écart, sauter de côté, là
où personne ne vous donnerait une chance : ce qui sera
toujours, plus tard, la marque de Bob Dylan. Ce qui
reste de cette ultime année à Hibbing, c'est bien moins
Buddy Holly qu'un musicien de légende, mais qu'ils
sont trop peu à admirer, à l'échelle du pays, pour consti-
tuer une communauté secrète : Huddie Ledbetter, dit
Leadbelly, ventre de plomb.

C'est attesté : pour son bac, dit *graduation*, un des
frères de son père, associé dans le magasin d'électroménager, lui offre une pile de sa propre collection de
78 tours : le folk noir, la voix rauque et la douze cordes
de Leadbelly. La musique de provocation, la musique
qu'on dresse contre les adultes, voici donc qu'il l'abandonne pour s'en remettre à un vrai rebelle, un homme
à qui la couleur de peau vaut le ban sociétal, et qu'Alan
Lomax, en 1931, a enregistré pour la première fois
dans la prison où on l'a enfermé pour le meurtre d'un
homme, voilà ce que vous offre le propre frère de votre
père. Mais si l'oncle se sépare de sa collection de 78
tours et l'offre au neveu, il sait l'importance qu'a cette
musique pour le gamin : qu'on l'a écoutée ensemble,
qu'on s'est raconté la vie de ce colosse à la douze
cordes sonnant plus fort qu'un orchestre, Leadbelly.

Echo Star Halstrom figure aujourd'hui parmi les personnages importants de Hibbing pour ce seul fait d'avoir été la première petite amie de Bob. Mais quand il quitte Hibbing, il emporte les Leadbelly, et abandonne Echo. Pas de témoignage non plus que Bobby emporte à Minneapolis la Ford rose ni la Harley Davidson : si elles sont revendues, c'est sur le budget familial et non sur le sien propre. Mais oui, des objets qui comptent : son premier argent de chanteur sera pour se racheter une moto, et la Ford rose il reviendra à Hibbing pour la racheter, et l'accrocher sous la coupole de l'immense maison qu'il fera construire face au Pacifique près de Malibu – personne pour aller vérifier, l'entrée est trop bien gardée, mais probablement qu'elle y est toujours.

Sur l'ultime photo de classe, collée dans le livre d'or du lycée, où les gamins de terminale se disent adieu, Bob écrit la phrase suivante : « Et maintenant je m'en vais rejoindre Little Richard. » Pas moins, pas plus.

De Fargo à Minneapolis :
l'année charnière

D'abord Fargo. Dans ce pays, on apprend par les *jobs*. Entre le lycée et l'université, la tradition veut qu'on s'essaye à travailler, et de toute façon, il devient apparemment difficile de partager la maison familiale. On a des cousins à Fargo, Bobby aura l'hébergement fourni, il fera serveur au Red Apple Café.

Fargo, c'est une ville récente aussi, un port de transit sur la rivière Rouge, dans une ancienne vallée glaciaire plate et fertile : c'est de là que viennent les céréales qu'on exporte à Duluth. Une sorte de destination naturelle, pour ceux du lac : une ville bien plus grande que Duluth, une ville de l'intérieur (c'est là que Buddy Holly venait jouer quand son Beechcraft s'est écrasé). C'est la première fois que Bobby vit seul, loin de chez lui, là-bas dans le Nord-Dakota.

L'homme célèbre à Fargo, cet été-là, s'appelle Robert comme lui, Robert Thomas Velline, on l'appelle Bobby Vee. Il a deux ans de moins que Dylan, né en 1943. Mais dès ses seize ans il monte sur scène avec deux copains, un bassiste et un batteur : leur premier concert payé, c'est le soir où s'écrase l'avion de Buddy Holly qui, pour eux aussi, est le modèle. En juin, le trio enregistre à Minneapolis une chanson, *Susie Baby*, qui les propulse vers le succès. Non pas que la musique soit révolutionnaire, mais c'est qu'ils ont seize ans.

Bobby Vee et ses Shadows ont devant eux une suite de concerts, ils cherchent à étoffer leur groupe et sa prestation. Le frère de Bobby Vee entend parler de cet étudiant embauché comme serveur au Red Apple Café et qui joue du piano, on le rencontre au studio de la radio locale. On joue ensemble *Whole Lotta Shakin'*, et le pianiste leur donne comme référence d'avoir joué avec Conway Twitty, un chanteur de country né en 1933 et qui s'est engouffré dans le rock'n roll depuis le succès d'Elvis. Ce n'est pas vrai, bien sûr, mais peut-être l'autre est-il venu jouer à Duluth ou Hibbing.

Un gars de leur âge qui, comme eux, a déjà l'expérience de cette musique et tout le répertoire dans les doigts, et qui plus est, un gars de la grande famille des États de l'intérieur nord, Bobby Vee et ses copains l'accueillent avec curiosité, il pourrait même être le pianiste idéal. Dylan se fait à nouveau appeler Elston Gunn avec deux *n* (confirmation donc, pour ceux qui le rapportent dès la période Hibbing, que le pseudonyme Dylan n'est pas encore forgé). Il a son bac, le contrat paternel honoré, il se verrait bien musicien professionnel avec Bobby Vee et ses copains : et il s'en faut de très peu pour que ça ne colle pas.

Dans une version assez méchante, mais colportée depuis une phrase de Bobby Vee (bien après la célébrité devenue universelle de Dylan), on n'a pas voulu de lui parce qu'il ne savait jouer qu'en *do* majeur, et voulait à tout prix prendre la première place, au détriment du chanteur, dans son numéro de pastiche de Little Richard. Mais les musiciens qui travailleront avec Dylan, dès les deux années suivantes, diront au contraire sa propension à utiliser beaucoup d'accords

« remplis de touches noires », ce qui n'est pas la caractéristique du *do* majeur.

Bobby Vee, sur le tard, corrigera cette version, en la ramenant à de meilleures proportions : c'est en *do* majeur, effectivement, que Dylan était le plus *hot*, et c'est la tonalité qu'il emploie pour son numéro d'imitation.

Dans cet entretien, Bobby Vee rectifie donc : « Il était bon, mais vraiment limité », ce qui est moins méchant, d'autant que probablement Vee, qui a maintenant cinquante ans de carrière mais n'avait que seize ans à l'époque, devait lui-même trouver assez vite ses limites.

Le pianiste nouvellement recruté vient faire aussi, sous le nez du chanteur, un bref numéro de *clap hand* (accompagnement rythmique à mains frappées) comme le fait Gene Vincent, la prestation est aussi visuelle que sonore. Surtout, dit Bobby Vee, et c'est un compliment : « Il était exactement pareil à nous, comme s'il avait toujours été là. » Alors ils lui achètent à leurs frais une chemise à fleurs pour la scène, et on le paiera quinze dollars la soirée pour les trois concerts qu'on va faire ensemble cet été. Le problème, c'est le piano : un instrument qui n'est pas transportable, on doit se contenter de celui qu'on trouve sur place. Et bien trop tôt pour que Bobby Vee, juste avec ce premier succès, investisse dans un clavier électrique. Réflexion de Dylan plus tard, dans un entretien : on trouvait toujours un piano, là où on allait jouer, mais toujours désaccordé…

Au revoir et merci : Elston Gunn revient à Hibbing, n'empêche, il fait écouter à tout le monde le *Susie Baby* de Bobby Vee And The Shadows en disant que c'est lui qu'on y entend, au piano. Il a effectivement joué le morceau sur scène avec eux, mais pour le disque on avait adjoint au trio, afin de l'épauler, un pianiste professionnel : ce n'est pas si grave – juste une histoire, et ses copains sont habitués. Au point que plus tard, quand il leur écrira fièrement avoir rencontré Woody Guthrie ou joué au Carnegie Hall, ils y verront une exagération de plus. Il a même dû rendre la chemise à fleurs. Elston Gunn aura été musicien professionnel à Fargo, un été, pour trois fois quinze dollars et une chemise provisoire : pas de quoi compenser la vexation d'avoir été tout simplement renvoyé. Un échec de plus. Bobby Vee continue de chanter.

Minneapolis. Grande cité céréalière et ville de vieille implantation, partageant avec Saint Paul, de l'autre côté du Mississippi, l'appellation de Twin Cities, Minneapolis est une ville froide, cinq mois de neige par an. Ville ouverte, à forte population noire, c'est probablement un dimanche soir de fin d'été qu'a lieu la définitive séparation d'avec le cocon familial. La coupure que représente Minneapolis pour Dylan a peut-être été simplifiée par ses premiers biographes. Minneapolis, il y vient depuis longtemps, et depuis l'an dernier y fait fréquemment des équipées de fin de semaine. Il a de la famille à Saint Paul, la ville jumelle : une tante dont le fils, Chucky, le parrainera pour obtenir une chambre dans la résidence universitaire. Puis Larry Kegan, son alter ego des Jokers, dans un établissement qui accueille l'adolescent à la colonne vertébrale brisée. Minneapolis, c'est entre trente mille et quarante mille étudiants, quatre cités universitaires juives, dont la Sigma Alpha Mu, où il a une chambre, n'est pas la plus pauvre.

Dylan dit que ses parents l'ont mis à l'autocar, depuis Hibbing ou Duluth, avec juste sa valise et sa guitare.

Peut-être, un dimanche soir, les parents et le jeune frère l'ont-ils accompagné dans la Buick familiale : le nouvel étudiant qu'on laisse dans sa petite chambre de la grande ville n'est pas forcément le moins ému. Il ne reverra Hibbing qu'à Noël. N'empêche qu'à la Sigma Alpha Mu il y a un piano dans le hall : c'est là qu'on le trouvera souvent, le dos un peu voûté, même s'il est difficile de savoir ce qu'étaient les morceaux qu'il jouait ou improvisait. Les Sammies, comme ils se définissent d'après les initiales de la résidence, partagent les tâches : mais Bobby Zimmerman, qui a promis à ses parents de bien se vêtir et se brosser convenablement les dents, ne voit pas vraiment intérêt à faire la vaisselle et le ménage de ses camarades. Parce qu'il ne *fraternise* pas, et que ce ne sera jamais réellement son genre, dès la fin de l'hiver on lui demandera de rendre la chambre et de s'en trouver une en ville.

Bonnie Beecher prend le relais de John Bucklen et Echo Halstrom pour témoigner de la vie de Bobby Zimmerman cette année-là. Ils se connaissaient depuis l'année précédente. On est à Minneapolis, quartier étudiant, il est venu en stop de Hibbing avec un copain (Bucklen, ou le cousin de Duluth ?) et les deux parlent musique, elle se mêle de la conversation. Ils la regardent bizarrement, ne supposant pas qu'elle puisse partager leur univers d'initiés. Mais elle a sur eux l'avantage d'aller régulièrement à New York, et elle cite des noms, Cat Iron (William Carradine, dit), Rabbit Brown (Richard Brown, l'auteur du classique *James Alley Blues*), musiciens noirs nés dans l'autre siècle, et qu'ils ne sont qu'une poignée à connaître. On finira par la suivre chez elle pour écouter ses disques. Bonnie entre à la fac cet automne en même temps que Bobby, elle pour suivre des cours de théâtre (elle se fera un nom dans l'univers ingrat des séries télévisées), ils sont côte à côte pendant les cours d'histoire de l'art et de littérature anglaise, elle est la seconde liaison forte du futur Dylan.

Dylan : un rural qui découvrirait tout d'un coup les livres ? Son professeur de lettres au lycée se souviendra facilement de lui comme d'un de ceux qui promènent un livre de poèmes dans leur poche. Et Dylan Thomas, qui meurt alcoolique en 1953, est jusqu'à Hibbing, dès ces années-là, une légende.

Dylan, quand il rédige ses *Chroniques*, avec cette rage à composer des scènes concrètes et précises, n'a pas pu s'empêcher de reconstruire, simplifier, gommer. L'assurance qu'il a pour raconter vous ferait douter de vous-même, le faisant arriver dès le début de l'été à la résidence universitaire, descendant du car Greyhound avec sa valise et sa guitare. Son cousin, occupé à jouer aux cartes avec ses copains, lui trouvant une chambre mi-abandonnée dans un fond de couloir, dont il devra déloger à la rentrée après avoir passé deux mois à chanter en duo avec John Koerner, le meilleur guitariste local. Pourtant, même s'il y a tout un arbitraire des apprentissages, tout ira assez vite pour qu'il n'y ait pas besoin d'en rajouter pour la légende.

Cette année 1958, c'est la parution de *Sur la route* de Jack Kerouac : l'onde de choc est forte sur les campus. Avant même d'être musicien, compte la posture, et comment on s'affiche dans la vie.

Musicalement, c'est l'époque des *anthologies* de la maison de disques Folkways. On redécouvre ces inconnus enregistrés à la fin du siècle précédent, ou dans les années trente. On ouvre les studios à ceux qui sont dépositaires des vieux styles, ainsi Elisabeth Cotten, gauchère jouant d'une guitare dont les cordes n'ont pas été inversées. Elle adapte le jeu traditionnel avec le pouce et l'index dans un contrepoint basse et mélodie qui ouvre à la guitare un nouvel horizon. Le père de Pete Seeger, Charles, n'a pas hésité à la prendre chez lui comme femme de ménage pour l'enregistrer et lui permettre de jouer. Fascinante, lancinante Elisabeth Cotten, inventant sans le savoir le *finger picking* qui sera la base du folk. Et c'est facile à reprendre, à partager : un tabouret, au fond d'un café, dans le quartier dit Dinkytown, les rues étudiantes, vous vous asseyez et on chante tous ensemble puisque, aussi bien, tout le monde connaît les mêmes chansons. On n'appelle pas encore cela le folk. Du répertoire chanté au Ten O'Clock Scholar, Dylan dira : « Du vieux jazz, et aussi des chansons de cow-boys nostalgiques. »

Bobby est inscrit en musicologie. Il suit aussi des cours de littérature américaine et d'histoire de l'art et paraît-il, pour le plaisir, un cours d'astronomie. On ne sait pas ce qu'il en retient, de l'université. Lui, plus tard, dira seulement : « On jouait toute la nuit, et le matin je dormais, alors je ne suis jamais allé en cours. » Dans une autre autobiographie fictive, celle que rédige Izzy Young pour le concert fondateur du 4 novembre 1961, la version officielle devient : « Étudiant à Minneapolis, il assiste à une demi-douzaine de cours et puis arrête. » Comment accorder une crédibilité à ce premier autoportrait fictif, si trente témoignages d'étudiants qui l'ont connu disent le contraire ?

Le cœur de Dinkytown, c'est une ancienne épicerie, rebaptisée le Ten O'Clock Scholar : une boutique tout en longueur, la petite scène est installée juste contre la vitrine, et de quoi se tasser à vingt ou trente dans la salle étroite. Ceux qui jouent de la guitare et lisent des poèmes ont droit à un café gratuit (c'est l'époque où la mode passe à l'espresso). Bobby a vite compris que ce qui a droit de cité ici, c'est le folk. Dès le premier mois, il revend la guitare électrique et l'amplificateur apportés de Hibbing, complète sans doute par ce qui reste de l'argent rapporté du boulot de serveur à Fargo, et s'achète une guitare acoustique. Dans ses *Chroniques*, il laisse entendre qu'il lui faut obtenir un crédit de deux ans, et qu'il l'a honoré : avec la caution des parents, pourquoi pas. Et puis, à qui exprime son besoin d'un vrai instrument, les marchands sont prêts à faire confiance.

Déjà, en 1959, avant l'explosion du folk et la nouvelle religion des guitares, Martin est une marque ancienne, prestigieuse et chère. Cette première guitare qu'achète Dylan est une D-17, la « double O », comme on l'appelle, de fabrication pas si récente : 1949. On reconnaît les Martin à leur netteté de timbre et leur *sustain*, la tenue de son, qui en fait presque un piano. Ce jour-là, dépositaire de la Martin dans son étui noir (il en parle, de l'étui, confirmant combien il est symbolique), Bob Dylan sort armé du magasin de musique.

Ils le diront tous : ce type paraissait deux ans de moins que son âge. Imberbe, les yeux clairs, et cet adjectif qui lui collera à la peau les années suivantes : *scruffy*, dépenaillé, miteux, les cheveux en désordre. Qu'il portait toujours le même pantalon marron, et que parfois il ne sentait pas bon. Qu'il se met sérieusement à la guitare, on en a aussi témoignage par un détail que rapporte Bonnie Beecher : c'est elle, dès cet automne 1959, qui lui achète dans le magasin de cosmétique féminin où lui n'ose pas entrer, le flacon de durcisseur transparent pour les ongles. Les Martin sont des instruments rudes à jouer, pour en obtenir le son. Plusieurs couches de vernis, qu'on raye verticalement lorsque c'est sec, avant d'appliquer la couche suivante.

Et on complète par des cures de vitamine E, supposée fortifier les ongles aussi : les musiciens folks considèrent avec suspicion ces convertis du rock, incapables d'oublier leur Little Richard, et qui remplacent par une sorte de rage la technique qui leur manque.

Bobby Zimmerman, ce printemps 1960, sera devenu Bob Dylan. D'aucuns ont dit qu'à Minneapolis il essayait de se dégager de sa judéité : peut-être qu'effectivement l'étiquette en est lourde, quand on vit à la Sigma Alpha Mu, le foyer pour étudiants juifs, et qu'on est censé même en porter l'uniforme. On a vingt ans, on est né en Amérique, on en a accepté la langue et les poètes, et on joue la musique de tous les révoltés du monde, et c'est assez de détermination. Mais un nom d'artiste, c'est, en avant de soi, un personnage, un emblème, un idéal : que ça sonne comme Buddy Holly, comme James Dean, comme Elvis, c'est un label sonore, une enseigne. Tous ces noms qui sont les premiers repères de Dylan sont des pseudonymes. Un nom d'artiste, c'est quitter la coquille de là où on vient, c'est être considéré pour ce qu'on fait, indépendamment de son histoire.

Echo Halstrom dit que, dès Hibbing, il lui avait montré son édition de Dylan Thomas, et dit que c'est ainsi qu'il s'appellerait : mais Echo est à Minneapolis cet automne, ils se revoient, et on ne prononce pas le prénom, le *Dylan* de Dylan Thomas, comme on prononcera le patronyme *Dylan* dans Bob Dylan.

Lui, il dit que sa première idée c'était quelque chose comme Matt Dillon, son acteur fétiche lorsqu'il était môme.

Il dit aussi que, comme bien d'autres, il avait juste voulu au départ se servir de son double prénom, Robert Allen. Qu'il voulait s'appeler Robert Allen, ou Bobby

Allen. Mais qu'il y avait déjà un saxophoniste du nom de David Allen, même s'il avait changé son nom de Allen en Allyn, pour que ça sonne mieux. Bobby Allen, dit-il, « ça faisait marchand de voitures d'occasion », et c'est vrai aussi qu'il lisait Dylan Thomas à cette époque-là, avant de découvrir les poètes de la Beat Generation. Mais rien ne sera jamais simple, si c'est de lui qu'il s'agit, et qu'avec Dillon et Allen il fabrique son Dylan.

Ce qui est sûr, c'est que dès ce premier hiver à Minneapolis, et en synchronie avec l'achat de la guitare Martin et l'abandon de la mèche à la Elvis (c'est encore Bonnie Beecher qui lui coupe les cheveux et lui invente, à sa demande, cette façon de lever les cheveux verticalement qui sera sa première marque), le nom de Bob Dylan est là, et plus celui d'Elston Gunn. Et si Bob Dylan voisine encore un bon moment avec Bobby Zimmerman, c'est à cause de ceux qui déjà l'ont croisé avant qu'il se dote de son nom de guerre, de sa marque d'artiste.

« De toute façon, tout le monde avait comme ça un nom de guerre, dira plus tard Dave Van Ronk, et on fabriquait aussi l'histoire qui allait avec, alors on ne prenait pas ça au sérieux plus que ça. »

Sa volonté de n'être plus Bobby Zimmerman mais désormais Bob Dylan, des années avant qu'il ait le souhait contraire : « Je suis Bob Dylan seulement quand j'ai besoin d'être Bob Dylan. – Et qui vous êtes, quand vous n'êtes pas Bob Dylan ? – Moi-même. » Ce qui facilite le travail des biographes (mais c'est cela, justement, que nous avons à charge d'explorer).

Minneapolis, ville du Nord, dans cet hiver aux jours courts, aux nuits longues, c'est pour l'étudiant de première année un parcours d'initiation, l'accueil par des camarades plus âgés, qui pourtant ne devaient pas laisser si facilement s'incruster les nouveaux arrivés. Et Dylan maîtrise trop mal la guitare pour qu'elle lui soit un passeport. On a pu reconstituer ce parcours, que lui-même efface en bonne partie dans ses *Chroniques*. La célébrité future de Dylan les fera surgir de la nuit, où sinon peut-être nous les aurions laissés, comme probablement dans tant d'autres universités au même moment on aurait pu trouver leurs équivalents, témoignant de cette pression qui s'accroît dans le vieux monde noir et blanc d'après-guerre et qui s'ébroue, le ronge du dedans.

Ainsi Tova Hammerman, une étudiante chez qui on se retrouve pour parler politique, et parce qu'on peut rester dormir par terre : elle se dit « trop juive » pour Dylan, qui cherche ses marques ailleurs que dans cette référence-là. Mais c'est Tova qui est la référence « beatnik », en porte les valeurs, en diffuse les livres. Premier pas.

Ainsi Spider John Koerner. Il a trois ans de plus que Dylan, avait commencé à la fac de Minneapolis des études d'aéronautique, puis semble avoir traversé une phase troublée : il abandonne en fin de première année et décide de se faire musicien ambulant. Ce ne doit pas être si facile, puisqu'il y a trace ensuite d'un engagement dans les Marines, et d'un accident de voiture qui l'en dégage, retour à Minneapolis. Koerner, au Ten O'Clock Scholar, offre un accompagnement très technique et rapide (d'où son surnom : Spider John ?) à un rouquin spécialiste de Leadbelly, Dave Ray. Plus tard, avec Tony Glover, qui joue de l'harmonica mais ne croisera la route de Dylan que l'année suivante, il formera un trio (Koerner, Ray and Glover) qui aura sa part de succès dans la grande vague folk. Il continue aujourd'hui les tournées et les disques. C'est le premier guitariste de niveau professionnel qui se tiendra sur la route de Dylan, à probablement le former : si Dylan est débutant en guitare acoustique, il a sa formation de chanteur des Jokers, et l'expérience de la scène. Dylan chantera en duo avec Koerner, et ils développent une technique d'harmonie (Simon et Garfunkel la feront plus tard culminer). Première chance pour Dylan, qui pourra accéder au tout petit nombre de ceux qui montent sur le tabouret de la vitrine et ont droit au café gratuit, parce qu'il chante avec Koerner.

On se retrouve chez Tova, non pour des leçons (Koerner dit que le concept de cours ou de leçon leur était étranger : on apprenait à faire comme celui qu'on avait devant soi – *watching his finger techniques, and take it or leave it*), mais parce que c'est chez elle que se font héberger ces musiciens qui vont de campus en campus, qu'on invite le samedi soir pour le concert de la semaine, et qui restent deux ou trois nuits. Koerner dira de Dylan qu'il n'avait pas de vraie assurance (*confidence*), mais qu'il faisait « comme s'il était en pleine confiance », et qu'à cause de ça, là où tant de gamins se lançaient dans le folk, et parfois avec plus de technique, lui on le remarquait.

Chez Tova Hammerman encore, il rencontre Dave Morton : il est nettement plus âgé, et le seul sur le campus, prétend-il, à oser porter les cheveux longs : « À cette époque-là, dit-il, même les beatniks ressemblaient à Sinatra. »

Morton écrit, et c'est probablement par lui que, pour la première fois, les poèmes de Ginsberg, Ferlinghetti, Corso et les autres arrivent et à Minneapolis et à Dylan. Dave Morton est respecté : sa mère, en 1948, l'avait emmené voir Leadbelly en concert. Il joue du blues et du folk lui aussi, certainement moins bien que Koerner désormais, mais il donne des leçons à domicile (il a

56

formé Dave Ray, qui joue maintenant avec Koerner), et c'est lui le premier qui a fondé, deux ans plus tôt, les concerts du Ten O'Clock Scholar, avec un banjoïste du nom de Vic Kantowski. L'année précédente, Morton a lancé parallèlement, comme il y en aura une sur chaque campus, la Minnesota Folk Society. Dylan y sera bientôt fourré : un local où on stocke les publications de la Bibliothèque du Congrès sur l'histoire de la musique américaine, et surtout un fonds de ces disques précieux, les enregistrements historiques des fondateurs.

Malgré la différence d'âge, Dylan se trouve très vite dans l'orbite proche de Morton, partagera même avec lui pendant quelques semaines une colocation, quand il sera viré de la Sigma Alpha Mu. Soi-disant qu'il a été pris à voler un paquet de steaks congelés au foyer, un soir qu'il devait retrouver Morton ou Whitaker ou les autres, et que ce petit monde-là, dont aucun n'a vingt-cinq ans, a faim d'un peu plus que de musique. En tout cas, puisque l'histoire n'est pas attestée par ailleurs, c'est juste ce que Dylan raconte à Morton pour donner une bonne raison au fait qu'on lui ait demandé de quitter le foyer.

Il n'y a aucune prédisposition à ce qu'un étudiant de première année, hébergé dans un foyer juif, et inscrit en cours de musicologie, fasse si vite chemin non pas seulement vers les bars où on joue de la guitare, mais vers un aîné qui déjà n'est plus considéré comme référent pour la guitare, et a l'autorité de celui qui a fondé la Folk Society locale, promène avec lui les livres encore illisibles pour Dylan des nouveaux poètes, ceux qui ont porté atteinte à la rime et au vers, et chargent leurs performances sonores d'un excès revendiqué de soi, quelque chose de maudit : Ginsberg écrit *The Fall Of America*, l'Amérique qui chute. Alors qu'est-ce qu'il porte en lui, Dylan, qui leur plaît tant ? Tous donnent le même élément de réponse : ce type nous écoutait comme si tout ce qu'on disait était de première importance.

Ainsi de Gretel Hoffmann et Dave Whitaker. Gretel dès le début de l'année, apparemment parce qu'ils ont le même âge, qu'elle fréquente elle aussi le cours de musicologie, et que probablement il l'aperçoit au Ten O'Clock Scholar ou dans le petit local de la Folk Society, ou tout simplement parce qu'ils promènent jusque dans les amphis leur étui noir à guitare. Mais elle est plus avancée que lui. Elle a vécu à New York, y retourne souvent. C'est là-bas qu'elle se procure ces disques dont lui, Bobby, ne dispose pas, et a appris les bases du *picking*, la révélation qu'est le style de Mississippi John Hurt ou celui de Lightnin' Hopkins avec les basses étouffées par la paume. Il est avéré que ce premier trimestre, au moment de l'achat de la Martin, Gretel et Bobby passent pas mal de temps ensemble : on joue de la guitare, on apprend mieux à deux.

Et puis, plus tard dans l'hiver, au retour d'un nouveau voyage à New York, Gretel lui apprend qu'elle s'est mariée avec Whitaker. Dylan, qui pourtant est toujours avec Bonnie Beecher, lui répond rageusement : « Appelle-moi après ton divorce. » Elle lui en gardera rancune même quand, les prochains mois, Whitaker sera devenu le mentor de Dylan, et qu'il passe chez eux ses soirées, y dort aussi parfois. Au point que c'est chez Whitaker qu'appelle Beatty quand elle cherche à savoir ce que devient son fils, puisqu'il ne donne plus de nouvelles.

Whitaker a quatre ans de plus qu'eux (il est né le 12 novembre 1937), ses parents sont venus tôt à Minneapolis. Pour ses vingt ans, en 1957, parce que le

58

campus de Minneapolis est trop sage à son goût, il traverse le pays jusqu'à San Francisco et se trouve immergé dans le début du mouvement beatnik, y croise Kerouac et Ginsberg avant même le succès de *Howl*, avec lesquels il restera en contact. C'est une époque généreuse pour ce genre d'aventures : il part en Europe, étudiant américain guitare sur le dos, est à Londres lorsqu'on y découvre le skiffle, pousse jusqu'en Israël, revient par New York. Quand il se réinstalle à Minneapolis, cet hiver-là, il est lesté d'un autre monde, d'autres images. Il est de ceux qui sont tous les soirs au Scholar, il y joue lui-même mais apparaît davantage comme celui qui porte ici les poètes et la politique. Il dit de Dylan que ce jeune type était bien singulier dans sa rage à apprendre et à jouer, mais que les désespérait son absence d'intérêt pour ce qui concernait la révolution sociale et la politique en général.

Dès cette fin d'hiver, dans ce qu'affirme Whitaker, l'aveu de leur consommation de marijuana et de pilules excitantes : « On était les seuls à connaître ça, sept ou huit types sur quarante mille étudiants. » Beatty se doute-t-elle de ce que son fils de dix-neuf ans découvre à croiser la route d'aînés comme Whitaker ou Morton ?

Whitaker reviendra vivre à San Francisco dans le milieu des années soixante et s'y enfoncera dans la drogue comme des milliers d'autres, divorcé de Gretel (qui ne réapparaîtra pas pour Dylan devenu légende) et sans doute aigri aussi de l'intérêt porté à celui qu'il avait connu gamin mal coiffé. Puis il réagira, fondant sous le pseudonyme de Diamond Dave Whitaker une communauté qui voyagera dans un autobus, The Rainbow Family, *ceux de l'arc-en-ciel*, l'installant dans les regroupements de sans-abri, les victimes d'ouragans ou les rassemblements pacifistes comme celui intitulé *Food not bombs* qu'il contribue à créer, animant des émissions de radio. Il ne risque pas, sur ces chemins-là, de recroiser ceux de Dylan.

Dave Whitaker, celui qui a voyagé, celui qui est en prise directe avec les figures émergentes, Ginsberg et Kerouac, est le rassembleur, celui qui est en avant, et leur fait rêver à des horizons neufs qui soudain semblent nécessaires si on souhaite échapper à la foule anonyme des voisins d'amphi. Mais aussi celui à qui on emprunte les livres (Dylan parle de sa découverte de Sartre, de Yeats, et bientôt de Woody Guthrie). Avec ce qui en est à la fois la récompense et l'échappée, le goût de la marijuana comme symbole d'identité restreinte, les nuits qui n'en finissent pas de parole et de musique : un Dylan timide et silencieux, tête butée, les yeux bleus, qui écoute et qu'on accepte.

Et pour finir, il y a Larry Kegan, le compagnon de Herzl, celui avec qui on s'était lancé dans The Jokers. Depuis l'accident qui lui a brisé la colonne vertébrale, il est hospitalisé, condamné à la position allongée, n'a pas droit encore au fauteuil roulant. Il dit que Dylan vient le voir quasi tous les jours, chaque après-midi s'il peut, selon les contraintes de la fac, qui s'évanouissent progressivement. Que dans l'hôpital il y a un piano, qu'il y porte le brancard de son copain, sa tête tournée vers le plafond tout près du clavier, et que là Dylan joue les chansons des Jokers, ou les titres de Hank Williams qu'ils ont chantés ensemble et qu'ils reprennent, l'un avec ce qui lui reste de voix dans un corps en panne, l'autre à voix presque chuchotée (écouter *One Too Many Morning* dans *Times They Are a-Changin'*).

Le nouveau dénommé Bob Dylan commence à se produire au Scholar (en fin de soirée, quand Koerner, Morton et les autres laissent la place), mais est-ce la même chose, jouer dans le bruit, pour quarante personnes, des chansons connues d'avance, et jouer pour un seul les chansons qu'on est deux à connaître ? Dylan ne s'ouvre à personne des heures qu'il passe avec Kegan : ni Bonnie Beecher ni Whitaker ne sont au courant.

Et si ces heures, où on chante pour un seul, dont la tête est à quelques centimètres de l'instrument, étaient aussi un repère dans l'apprentissage de Dylan cette année-là, un des éléments qui feront la différence entre lui et mille autres de son âge pareillement équipés de guitare, parce que la chanson on la chante pour un seul, et qu'il y a tellement plus à dire que ce qu'en porte le texte ? Kegan restera proche de Dylan, alors même qu'il traversera ses phases les plus isolées ou secrètes. En 1975, un bus équipé convoiera l'infirme dans la Rolling Thunder Review, et Dylan viendra chanter un duo à la fin du passage sur scène de son copain d'enfance. Kegan aura depuis lors mené à bien ses études à Minneapolis, travaillé dans une plantation d'orangers et de citronniers en Floride et sera revenu à Minneapolis pour y conduire dans le secteur médical de l'université un séminaire sur « le réexamen des questions de sexualité et de handicap ». Il ouvrira plus tard un établissement pour les soldats amputés ou paralysés de retour du Vietnam. Puis, avec un groupe qui s'appelle The Mere Mortals, *les simples mortels*, et l'appui de Dylan puis de Neil Young, il accomplira enfin son rêve d'une carrière de chanteur. L'homme au fauteuil roulant est mort d'une crise cardiaque, à Minneapolis, le 11 septembre 2001.

Central, Minneapolis *bis* et au revoir

Ainsi, la première année d'université, les examens pas vraiment brillants, la moyenne cependant obtenue en musicologie même s'il se présente à l'oral avec une gueule de bois carabinée, préférant la veille boire jusqu'à en vomir dans la rue (témoignage de Bonnie Beecher avec réserves d'usage) pour compenser le trac de celui qui n'a pas assez travaillé. Et le soir au Ten O'Clock Scholar pour écouter ceux qui ont la légitimité d'y tenir la scène, chantant lorsqu'on l'y autorise, ou dans les soirées ouvertes, et bénéficiant d'un premier engagement rémunéré, dont Bonnie Beecher s'attribue l'obtention, pas bien cher mais cinq dollars quand même, dans un restaurant à pizzas du quartier, The Purple Onion, puisque le folk devient à la mode, qu'on sait chanter du Leadbelly et du Mississippi John Hurt, même si le bistrot n'a pas le prestige du Ten O'Clock Scholar.

Il a été exclu dès la fin de l'hiver de la Sigma Alpha Mu : l'histoire des biftecks volés que rapporte Morton en a peut-être été le prétexte, mais en fait pour ses échappées nocturnes continuelles, et son refus de participer à quoi que ce soit des corvées collectives. Peut-être même que ses parents ne seront pas mis au courant, puisque jusqu'à la fin de l'année il se fait héberger où il peut, chez Morton, chez les Whitaker ou chez Tova Hammerman.

Le folk que joue Dylan, même si avec Gretel Hoffmann il découvre Mississippi John Hurt et qu'avec Koerner on travaille Leadbelly, ce n'est pas tout de suite une musique radicale. Dave Morton : « Non, il ne me doit rien, je l'ai juste encouragé à laisser tomber ces chansons à la Harry Belafonte. » Belafonte, né d'un père martiniquais et d'une mère jamaïcaine, né en 1927, marin de la US Navy pendant la Seconde Guerre mondiale, est un des premiers, dès 1954, à avoir proposé sur disque les vieilles chansons du répertoire américain (*Mark Twain And Other Folk Favourites*), et son troisième disque se vendra à plus d'un million d'exemplaires : rien de commun avec ce qui s'amorce sur les campus, mais le terrain préparé pour le retour au folk. Belafonte tient ses chansons directement de Woody Guthrie ou Leadbelly, mais les arrangements sont définitivement bien trop « grand public » pour eux. Reste que c'est l'étape obligée, une grande figure d'initiation pour Dylan en cette première année, avant d'aller plus loin.

Un travail d'écoute massif, savoir où sont les disques, qui les possède, et puis y prendre ce dont on a besoin : Dylan ingurgite tout, dira n'avoir besoin que d'écouter deux fois une chanson pour s'en souvenir. Et ses amis de l'époque confirmeront : il était incroyable, paraît-il, pour survoler un disque et tomber tout de suite sur la chanson qu'il lui fallait apprendre. Une des bonnes amies de Bob s'appelle Ellen Baker : c'est son père qui cautionne la Folk Society fondée par Morton, et chez eux on trouve la plus belle collection d'archives, en particulier une intégrale des disques Folkways. Et chez eux se déroulent aussi des soirées où on joue et chante. La mère d'Ellen, Marjorie Baker, se souvient d'avoir cuisiné souvent pour Bobby, qui dévorait comme de n'avoir pas mangé depuis cinq jours, et de lui avoir offert aussi une brosse à dents pour quand il reste dormir.

La date exacte, si c'est au début du printemps ou juste avant l'été, aucun moyen de la connaître. Mais, en cette fin de sa première année universitaire, Whitaker prête à Dylan l'autobiographie de Woody Guthrie : *Bound For Glory*. Comment expliquer que cet ouvrage soit un tel choc, une telle révélation ? Ce livre était déjà à portée de Dylan : parce que le moment n'était pas venu de comprendre en quoi il vous concernait ? Woody Guthrie, Bobby doit en connaître le nom depuis des mois, comme il connaît les noms d'Odetta ou Pete Seeger, et d'autres qui labourent le pays pour collecter les chansons des anciens jours. On a plusieurs versions, celle de Dylan disant avoir lu ce livre en une nuit et en être sorti ébloui, changé, et celle de ses amis qui disent qu'il a eu le bouquin dans sa poche pendant des semaines et voulait à tout prix le raconter à tout le monde. Mais voilà : le courant s'est établi. Et cet été, pour partir à Denver, il semble que Bob Dylan n'ait qu'un seul livre dans sa valise, celui de Woody Guthrie.

En juillet, probable qu'il revient à Hibbing quelques jours, mais il repart aussitôt, comme il l'a fait l'an passé pour Fargo, cette fois encore plus loin : à Denver, Colorado, ville perchée dans les Rocheuses et cinq fois plus grande que Minneapolis.

Denver : quasi muet sur ce séjour, ou bien il affabule. Il n'y a pas d'humiliation, même après avoir fait mille cinq cents kilomètres en auto-stop (ou en train, ou en autocar ?) pour découvrir un des clubs folks de référence du pays, à ne pas se voir accorder le droit immédiat d'en occuper la scène. L'auto-stop aussi, on aimerait en avoir le détail : camions, voitures, gens croisés ? Qui donc, à dix-neuf ans, à cette époque, promènerait un appareil photo avec soi ? À Denver, pas de cousins pour l'héberger comme à Fargo. Probablement une chambre d'hôtel au rabais : les bruits des chambres voisines, et les toilettes au bout du couloir, et puis, dès qu'on peut, les hébergements de fortune chez qui veut. Denver, c'est la capitale pour toutes ces musiques qu'on exhume de l'Amérique profonde, et le club qui en est l'emblème, l'Exodus, fait référence pour y enregistrer les concerts publics : tout le monde y est passé, alors pourquoi pas lui ?

Denver est une bascule : il sera seul. Qu'est-ce qu'il s'imagine ? Parce qu'à Minneapolis les places sont prises, qu'il est à jamais le blanc-bec qui vit dans l'ombre de Whitaker et de Koerner, qu'on laisse pousser sa chanson gratuitement au Ten O'Clock Scholar, qu'à Denver on va le prendre au sérieux tout de suite ? Mais c'est sérieux aussi, l'Exodus où il se présente, et où probablement on connaît Morton, Koerner et les autres. On le reçoit poliment pour une audition, et c'est non merci. L'autre club folk, moins connu, s'appelle le Satire. Ceux qui y jouent le soir sont accessibles : un nommé Walt Conley, avec en première partie un duo, Dick et Tommy Smoothers. Conley acceptera que Dylan joue une fois en ouverture, avant le duo des deux frères. Mais Dylan a devant lui les mêmes obstacles : un jeu rageur mais brouillon, une voix qui ne sait pas être juste, des chansons qui ne savent pas se démarquer de celles de Woody Guthrie : on ne le réinvite pas le lendemain. Beau personnage que Walt Conley, né à Denver en 1929, élevé par des parents adoptifs mais tôt orphelin. Il croise Pete Seeger dans un ranch du Nouveau-Mexique, à Taos, où il est le seul Noir du chantier d'été. Que se passe-t-il entre eux pour que Pete Seeger, dix ans de plus, lui offre une guitare (ou Pete Seeger avait-il toujours, avec lui en voyage, une guitare à offrir ?). Il est marin pendant la guerre de Corée, et de retour à Denver il fonde ces concerts de l'Exodus, joue sur le premier disque *Folk Song Festival At the Exodus*, un répertoire traditionnel qui est le même que celui de Seeger et de Guthrie – des chansons à connotation sociale comme *Worried Man Blues* ou *John Henry*, ou une autre contre le Ku Klux Klan, qu'il a lui-même écrite et dont il se plaindra que Dylan la lui ait reprise en la présentant comme sienne. Mais il faut se méfier de ces témoignages rapportés (Conley est mort en 2003) : soi-disant que Dylan qui dort chez Conley, par terre dans le salon, Conley occupant une chambre et les frères Smoothers la seconde, serait parti en embarquant quelques disques – transposition trop simple de l'anecdote Pankake qu'on va lire bientôt. Plutôt qu'il est bien respectueux, Bobby Zimmerman, devant ce musicien noir, de douze ans son aîné, qui a bourlingué pendant la guerre, reçu l'appui de Pete Seeger et enregistré un disque de référence.

Les premiers soirs, il s'y incruste, à l'Exodus, même si ce n'est pas pour y jouer. Plus tard, dans la première tournée américaine, celle du break Ford, il viendra montrer l'endroit à Maymudes et Clayton : petite vengeance d'amour-propre ? On s'y assoira pour boire, on se fera admirer, on refusera de sortir la guitare de sa boîte.

C'est tout cela, dont on aimerait entendre Dylan parler. Ces heures de silence, et la solitude qui, après Minneapolis, brutalement s'est faite. On le tolère dans un coin de salon chez Conley, mais personne pour le connaître, l'aider, lui parler. Il a sa guitare, son répertoire avec le cahier de paroles, et ce livre de Woody Guthrie où on chante les trains de marchandises, les grèves et les colères. Seulement, rien n'est prêt.

Il y a la grande ville qui s'occupe de son fric, indifférente à eux tous, et la rue étudiante où, le soir, le club folk ouvre ses portes, avec son invité principal, Jesse Fuller, un bluesman, un vrai.

Jesse Fuller est presque une légende. Il a soixante-quatre ans, est l'auteur d'un classique que tous savent jouer, *San Francisco Bay Blues*, même s'ils sont tellement peu alors à s'intéresser aux derniers porteurs du blues noir. Jesse Fuller s'accompagne en tapant l'estrade du pied (ça va devenir la marque de Dylan pour les deux années à venir), et porte au cou une petite tringle de fer qui lui permet d'y maintenir un harmonica, d'en jouer même avec les mains prises par la guitare : pour Dylan, une révélation.

L'harmonica, pas de trace qu'il en ait touché un plus tôt, même si Whitaker le pratique aussi : c'est ça le folk, on joue les mêmes morceaux sur tous les instruments qui vous tombent sous la main. On a son instrument de prédilection, le banjo, le dulcimer ou la guitare, mais qu'on vous donne une autoharp (cette cithare avec les cordes dédoublées ou triplées, et une série d'étouffoirs selon les accords principaux qu'on maniait de la main gauche : je me souviens encore du jour où chez Thévenet à Poitiers, pour trois cent vingt francs je crois, j'ai acheté la mienne), et vous saviez comme les autres reprendre *Jesse James* ou *Old Joe Clark* en vous croyant original – je connais encore les paroles. L'harmonica, c'est une lamelle qui vibre : mais qu'on appose les mains en conque devant, et on en sculpte à volonté le timbre et la hauteur : il y a de grands spécialistes de cela, le plus connu à l'époque c'est un bluesman aveugle, Sonny Terry. L'harmonica sans les mains est privé de ce jeu sur le son : mais Jesse Fuller a une façon, avec la langue et la bouche, d'en extirper des dissonances et des effets presque comparables.

Dylan dit qu'à Denver il ne trouve pas à s'en procurer chez un marchand de musique, mais que c'est ici qu'il fabrique son premier support d'harmonica en tordant un portemanteau en fil de fer. Alors quoi, il n'est qu'un imitateur, absorbant tout ce que le hasard met sur sa route ?

Il donnera pour preuve l'adresse du magasin de Minneapolis, Hennipen Avenue, où il achètera, le mois suivant, son premier porte-harmonica véritable, et que celui-ci datait de 1948 : on ne l'avait jamais sorti de son emballage. Ce qui tend à prouver la véracité de la révélation, c'est qu'à Denver, s'achetant son premier harmonica, il se trompe et choisit un harmonica diatonique, au lieu du petit Marine Band Hohner, celui qui permet les altérations du blues. C'est Tony Glover, au retour à Minneapolis, qui le fera changer de modèle, et lui montrera comment, en aspirant plutôt qu'en soufflant, le tout petit instrument produit la gamme blues de dominante.

C'est l'été, Dylan est venu pour trouver du travail, et probablement qu'il est prêt, comme à Fargo l'an passé, à servir dans un bistrot. Il aura l'information par Walt Conley : à Central, on cherche chanteurs sachant chanter. Sauf que Central, pour le peu que doit en savoir Dylan, c'est comme si on vous disait d'aller jouer de la bombarde dans un restaurant du Mont-Saint-Michel.

Central ? Un attrape-touristes, un souvenir reconstitué de la ruée vers l'or, un dessin animé de Lucky

Luke grandeur nature. À cinquante kilomètres de Denver une ville-jouet transformée en résidu western, avec suffisamment de casinos et d'établissements de jeu pour qu'on puisse y amener les touristes et les retraités en autocar. Les plus connus sont le Doc Holiday, le Famous Bonanza Casino (nous, *Bonanza*, c'est une série télévisée de ces années-là, les premières où on a eu un poste), le Titan Poker ou Fortune Valley. The Gilded Garter, dans la rue principale (la ville compte à peine cinq cents habitants permanents), dirigé par Sophia St John, est un de ces bistrots avec serveurs déguisés en cow-boys, où on propose de la musique couleur Wild West. Y officie sans honte Judy Collins, deux ans de plus que Dylan, qui a été une de ces pianistes prodiges qu'on promène à douze ans jouant leurs concertos de Mozart. Mère à dix-neuf ans, elle commence à chanter avec guitare pour subvenir aux besoins de l'enfant. Elle tourne avec Conley, faisant les premières parties de Josh White ou Bob Gibson quand ils se produisent dans leur région. Elle a participé à l'aventure du *Folk Song Festival At the Exodus*, et plus tard Albert Grossman essayera d'en faire une concurrente de Joan Baez.

Mais c'est l'été, elle a d'autres engagements à tenir, et les cow-boys aussi ont besoin de vacances : c'est ainsi que Bob Dylan, sous ce nom et rémunéré pour la première fois dans le cadre d'un engagement régulier, sera embauché pour jouer de véritables chansons de cow-boys dans ce Mont-Saint-Michel de western, pour des touristes dont les casinos ont allégé le portemonnaie, et qui rentrent pour avaler une ou quelques bières consolatrices avant de remonter dans le Pullman qui les ramènera dans leur campagne. Et cela aussi, c'est beaucoup de silence : prendre le bus en journée sans rien savoir qu'une adresse. Entrer dans l'établissement sombre aux relents de tabac et d'alcool, alors qu'en fin d'après-midi il est vide, et proposer une démonstration de trois chansons, là dans la salle vide, pour Sophia St John, qui n'est pas une néophyte puisque amie de Conley et qu'elle sait ce que vaut un gratteur de guitare. Elle en profitera pour payer celui-ci pas trop cher. Il ne raconte pas, Dylan. Il sera nourri et logé, et quelques dollars en prime. Le remplacement dure probablement trois semaines, de quoi s'user un peu les ongles et roder ses accords. Répertoire : chansons de cow-boys donc, et petit jazz si tout va bien, le folk façon Harry Belafonte, et non pas ce qui se jouait au Ten O'Clock Scholar de Dinkytown. Tenue de combat avec chapeau et gilet à franges sur chemise à carreaux fournie par la maison, mais on est le guitariste officiel de l'établissement et on joue tous les soirs. Plus tard, il en fera tout un plat : il jouait entre deux numéros de strip-tease, ça complète bien le tableau de l'artiste errant. Probablement qu'il alterne avec Judy Collins ou une attraction genre danse indienne, mais certainement pas du strip-tease. Est-ce que tard le soir, quand les touristes sont sortis, et puisqu'il fait partie des coulisses, du personnel, il en croise ou qu'on boit le dernier pot, le verre pour la route, *4th time around*, avec des filles qui bossent dans un strip-tease voisin ? La vie à Central n'a pas été forcément si facile : les tours qu'on fait à Denver quand on peut profiter d'une voiture ou parce qu'on vous laisse votre soir libre. La mauvaise piaule d'hôtel à la semaine, les coups de téléphone à la famille pour rassurer sans donner de détails (son père, quand il en parlera à Shelton dix ans plus tard, mentionne fièrement l'engagement de son fils à Central). Et ces heures où on s'assoit sur le lit, dans la semi-obscurité, pour travailler à nouveau ces chansons qu'on découvre, celles qui vont avec le livre de Woody Guthrie et son répertoire que progressivement on maîtrise : Woody Guthrie, c'est des dizaines et dizaines de chansons à apprendre, et il les saura toutes. Qu'on se fasse la voix un peu nasillarde, qu'on mette son chapeau un peu en arrière, qu'on oublie ce qu'on sait du picking et qu'on affronte la guitare plus près des cordes, avec un simple arpège au médiator, et elles n'ont plus rien à voir avec ces rengaines folks que tout le monde joue, les chansons de Woody Guthrie. Et si Dylan, plus tard, avait raconté la ville de carton-pâte et les touristes buveurs de bière entrant à plein autobus au Gilded Carter, probablement sans un regard pour le faux cow-boy, sous son lumignon, jouant *I Ride an Old Paint* et autres rengaines de prairies qu'il n'a jamais vues, est-ce que ça n'aurait pas d'autant mieux témoigné du chemin parcouru, et de ce qu'il faut d'abord avaler sans rien dire, qui explique peut-être l'armure dont ensuite, sur les chemins de la légende, on est équipé ? Après tout c'est un travail, et il est enfin considéré comme chanteur, saltimbanque sur la route, de cette communauté d'artistes qui comptera tant pour Dylan (lire, dans les *Chroniques*, le nombre de références à ces voix qu'il entend à la radio, et qu'il reconnaît toutes). Probablement qu'il l'aura aimé, ce travail, même si au retour on n'en veut rien avouer.

Retour à Minneapolis et réapparition le soir même au Ten O'Clock Scholar. Il loue pour la première fois sa propre chambre, une mansarde au-dessus d'un drugstore : « et pour le frigo, l'appui de la fenêtre ». La météo à Minneapolis fait de l'appui de la fenêtre, de toute façon, un excellent réfrigérateur. Et tant pis si on se moque de lui pour cet accent de l'Alabama qu'il affecte depuis le Colorado, parce que c'est la façon traînante qu'il a adoptée pour chanter à Central. L'ami de ce trimestre s'appelle Tony Glover. Lui aussi joue de la guitare et de l'harmonica. Ils se connaissent de l'année précédente, mais Dylan doit prendre ses marques ailleurs que dans le cocon Whitaker et Dave Morton, ils se mettent vraiment à travailler ensemble.

C'est par Glover qu'on en sait un peu sur Dylan, cette seconde année d'université, qui restera incomplète. Il y a cette histoire avec un nommé Jon Pankake, un des rares à ne pas jouer de la guitare mais qui avait la plus belle collection de disques rares, ceux de Pete Seeger et ses Weavers, en particulier un enregistrement public de Ramblin' Jack Elliott (je n'en parle pas ici, on va le croiser bientôt) chantant Woody Guthrie : *Jack Takes the Floor*, édité en Angleterre, impossible de le trouver ailleurs qu'à New York, ou chez Pankake.

Histoire caractéristique de l'ambiance ces années-là : même quand on part de chez soi cinq semaines, on ne ferme pas sa porte à clé, les copains peuvent venir y dormir. Quand Pankake revient, manquent les Ramblin' Jack Elliott. Dylan prétend ne rien savoir, les disques ne sont pas chez lui. Glover raconte que Pankake prend Dylan par le col et le plaque contre le mur pour le forcer à rendre les disques, Dylan les lui rapportera le lendemain. Le problème, c'est que Pankake lui-même ne se souvient de rien. Choses qui ont de l'importance à échelle de deux étudiants, un qui joue de la guitare et veut se positionner par rapport à Woody Guthrie, un autre qui ne joue pas mais veut prouver un peu doctoralement que Guthrie ne s'imite pas.

Pankake, au contraire (il est né en 1938 et ça compte, à cet âge, trois ans de plus), a fait découvrir à Dylan et Glover son disque préféré, les Texas Folk Songs collectés par Alan Lomax, et ils ont déchiffré ensemble *Shake Sugaree* d'Elisabeth Cotten. Dylan se souvient de Pankake comme d'un type au sérieux trop grave pour lui (*Pankake was no fun to be around*), ce qui confirmerait que la relation a pu connaître un épisode à épines. Dans ces communautés, chacun se donne un rôle : Jon Pankake était celui qui se procurait les revues confidentielles, savait les références précises des enregistrements, des biographies, c'est lui aussi qui rédige les comptes rendus de concerts dans les polycopiés qu'on distribue. Dans une de ces micro-revues, *Little Sandy*, Pankake fera deux ans plus tard un article pour souligner ce que les premiers disques de Dylan changent à la conception du folk, mais ça ne suffira pas à lui faire pardonner ce côté donneur de leçons que lui reproche Dylan. Dans les *Chroniques*, Pankake est un des rares personnages après lesquels Dylan traîne encore une vieille colère. Pankake rétorque que Dylan le confond avec un autre, et donne comme preuve qu'il n'a jamais loué de chambre au-dessus du bouquiniste McCosh, où Dylan le fait habiter : « Un flic du folk », dit Dylan dans ces rares pages des *Chroniques* où il semble avoir à régler des comptes personnels, *un de ces snobs attachés au traditionnel*. Il s'en prend aussi au chanteur Bob Gibson, qualifié de *propret*, colère qui prend apparemment date un jour où Gibson s'est levé au milieu d'un morceau d'un des premiers concerts new-yorkais de Dylan débutant, et a quitté la salle de la façon la plus visible possible. On en connaît tous, de ces sermonneurs à la Pankake, dans la littérature aussi : tellement facile, pour ceux qui restent à distance du *faire*. Pire, quand il réentend Dylan quelques semaines plus tard, il lui dit qu'après avoir fait du sous-Guthrie il fait maintenant du sous-Elliott : que suivre un suiveur, ce n'est pas un fait de gloire…

Dylan confirme néanmoins que Pankake, cet automne-là, en lui faisant découvrir Ramblin' Jack Elliott, lui a permis un degré de plus dans l'appropriation de Woody Guthrie : un autre déjà s'était mis sur les traces de Guthrie, y avait ajouté sa personnalité propre, vous forçait ainsi à prendre écart. À cause de cet incident du disque de Ramblin' Jack Elliott en public disparu puis rendu ? C'était très convenu, de la première biographie de Dylan (Scaduto, puis Shelton), aux meilleures d'avant les *Chroniques* (Howard Sounes et Clinton Heylin), de faire passer Dylan pour ce type mutique piquant des disques pour les revendre, vivant d'expédients : portrait de lui-même auquel Dylan avait bien contribué. On verra que Dylan, dès le printemps suivant, produit des autofictions en Rimbaud du Minnesota qui mettront du temps à se défaire. Mais dans les *Chroniques*, il en fait trop : de ces parleurs un peu trop sérieux, il a dû en croiser d'autres, pourquoi n'avoir pas oublié Pankake, et en faire, à presque un demi-siècle de distance, une telle bête noire ? Si Jon Pankake n'a jamais eu l'occasion de recroiser Bob Dylan de décembre 1959 à 2004, date de la parution des *Chroniques,* il a eu une carrière honorable de professeur de lettres, auteur d'un essai sur le folk et de nombreuses recensions de films ou de disques. Découvrir, quarante-cinq ans après les faits, la rancune de Dylan et le rôle qu'il lui fait jouer dans son livre n'a pas dû être vraiment agréable.

Bonnie Beecher est toujours l'amie de cœur. Et si elle a droit à un petit signe de la main au passage dans les *Chroniques*, cette discrétion nous confirme bien la parfaite mise en scène du récit autobiographique de Bob

Dylan. Elle aussi quitte sa résidence universitaire, la Sorority House, où souvent elle mettait de côté dans son sac, à la cantine, de quoi faire dîner ensuite son amoureux, et prend à Dinkytown avec une amie une colocation qui va devenir une nouvelle base pour se rencontrer. L'amie dispose, objet rare à l'époque, mais qu'explique peut-être leur passion commune pour les collectages rassemblés depuis toutes ces années pour la Bibliothèque du Congrès par Alan Lomax (c'est ainsi qu'ils ont découvert Leadbelly et tant d'autres), d'un magnétophone à bande Webcor. C'est le premier enregistrement connu de Dylan chanteur de folk : la première des trois séances qu'on appelle *The Minnesota Tapes*. Plusieurs personnes dans la pièce qui résonne, la guitare Martin devant le micro, des bourdonnements, des chocs, des maladresses, où on entend les voix mêler leurs commentaires, Bonnie Beecher éclater de rire, et Bob expliquer avant de jouer quelle est cette séquence d'accords. Et que les chansons sont belles.

Elle rapporte deux autres événements, Bonnie Beecher, pour ce mois de novembre. Le premier c'est que, mode de vie, mauvaise alimentation, trop de cigarettes et pas assez de précautions pour soi, Dylan attrape une sale bronchite, qu'il ne soigne pas et qui s'aggrave, tousse pendant des semaines, et qu'après cette bronchite sa voix ne sera plus la même : sa façon éraillée, c'est dans cette toux qu'il la trouve, finie la voix claire du folkeux qui chante bien. Deuxième événement, la venue à Minneapolis d'Odetta. Une drôle de femme petite et ronde, aux dents de devant qui avancent séparément, qui a été femme de ménage avant qu'on découvre ce que cette grande voix de blues pouvait donner d'énergie et de coloration à l'immense répertoire folk. Odetta est la plus célèbre chanteuse folk avec Belafonte. On dirait à Dylan que dans cinq ans elle enregistrera un album de ses chansons, il refuserait de le croire. C'est le premier disque, dit-il, qu'il a acheté en arrivant à Minneapolis, et il en a appris toutes les chansons par cœur. Entendre Odetta pour la première fois, sur le campus, c'est une nouvelle révélation : la présence physique sur scène, ce qui passe par ce qu'on dit tenir au *magnétisme*, le personnage qu'on incarne. Raconter une histoire, emporter le public avec sa voix : chanteur, c'est une appartenance, et la musique n'est pas la totalité de ce que cela requiert.

Le monde de la Folk Society de Minneapolis est tout petit : dans la soirée qui suit, Gretel Whitaker et Tova Hammerman (plutôt que Bonnie Beecher qui s'en attribue la médiation) présentent le timide Dylan à la grande chanteuse, et obtiennent qu'il lui chante une chanson. Il n'écoute pas les commentaires, mais on les lui rapporte : – *He can make it* : « Il peut y arriver. » Odetta a dû dire cela de bien d'autres, sur tous les campus où elle passe, mais on peut le prendre au sérieux, non ?

Bonnie Beecher et Tony Glover disent séparément que sa passion pour Woody Guthrie est devenue monomaniaque : il en apprend tout le répertoire (Tony Glover spécifie que le cahier où il recopie les accords et les paroles ne compte pas moins de cent vingt chansons à son départ de Minneapolis), veut qu'on l'appelle lui-même Woody, et abandonne sa propre voix pour cette façon traînante à la frontière du parlé et du chanté.

Si John « Spider » Koerner est discret sur sa relation avec Dylan, les *Chroniques* confirment que c'est chez lui que Dylan découvre les disques des New Lost City Ramblers et de Dave Van Ronk. Et, à cause des New York City Ramblers, et parce qu'ils jouent le même répertoire, que maintenant lui et Koerner chantent à deux voix au Ten O'Clock Scholar : autre petite étape sur les chemins de la formation – précision, justesse, synchronisation. Après le départ de Dylan à New York, Koerner s'associera à Tony Glover et Dave Ray : peut-être Dylan, resté à Minneapolis, y aurait-il eu sa chance modèle réduit.

Whitaker se souvient de Dylan venant lui jouer, cet automne 1960, la totalité de la longue ballade *Tom Joad*, de Guthrie, qu'il vient d'apprendre. On a dit à Whitaker que Guthrie, quarante-huit ans, victime de cette dégénérescence nerveuse irréversible, dite chorée de Huntington, est à New York à l'hôpital, incapable désormais de jouer de la guitare ou de taper sur une machine à écrire, à peine de tenir debout. Le premier trimestre de l'université se termine, mais Dylan n'est pas allé beaucoup en cours. Il a travaillé, mais la guitare. Il a joué pour trois sous dans son restaurant à pizzas, à l'enseigne de l'Oignon Pourpre, il a pris à Whitaker et Tony Glover tout ce qu'ils savaient d'harmonica (il en joue mieux qu'eux, maintenant), il sait à la note près tout son Woody Guthrie. Alors, très simplement, Bob Dylan décide de partir à New York, et voir Woody Guthrie avant qu'il soit trop tard : telle est la légende, pas d'autre bagage qu'une idée, pas d'autre volonté qu'un idéal.

On est fin décembre, les étudiants rentrent à la maison. De retour à Hibbing, négociations avec le père : qu'on lui donne un an pour chanter. Mais ne pas quitter Minneapolis, c'est tuer la vocation dans l'œuf. Le père campe sur ses positions : le diplôme d'abord. Bob refusera de rester pour les fêtes familiales de fin d'année, et repart à Minneapolis : New York, dit-il, il ira quand même et se débrouillera seul. Il demande à Bonnie Beecher de l'héberger pour les vacances : mais ses parents à elle refusent, solidarité des familles.

« Quand je suis venu la première fois à Minneapolis, dira plus tard Bob Dylan, ça me semblait le modèle des grandes villes. Un an et demi ici, tu ne voyais plus que ce genre de village que tu vois filer de la fenêtre d'un train (*when I left it was like some rural outpost you see once from a passing train*). »

Il prend donc l'autobus pour Chicago : s'il y a marché dans les rues, on ne le sait pas. La saison n'est pas favorable, la ville, *the windy city*, est ingrate. S'il est allé voir du dehors les studios Chess, s'il est entré dans les clubs de blues, pas facile de le savoir, ni ce que représentait pour eux, ceux du bout des lacs, la ville qui en était la porte d'accès.

À Chicago, il retente le plan Denver. Les adresses, d'un campus à l'autre, on se les passe. Fréquenter les boîtes folks, et ceux qui y jouent. S'héberger comme on peut chez les musiciens de rencontre, et maintenant faire son nouveau numéro : celui qui connaît tout Woody Guthrie par cœur. Il paraît qu'on le trouve un peu collant, le squatteur, toujours à demander qu'on lui laisse pousser sa chanson sur la scène où vous jouez. En même temps, ce qui change par rapport à Denver, c'est qu'il a une technique et un répertoire : pas assez pour se faire payer dans les clubs, mais assez pour entrer dans la proximité de ceux qui y sont reconnus. Il rencontre ainsi le New-Yorkais Eric Weissberg, qui créera plus tard le duo de banjo du film *Délivrance* et participera à un des plus grands disques de Dylan, *Blood On the Tracks*, même s'il ne reste quasi rien de Weissberg lui-même sur le disque définitif. Et, à Madison, Danny Kalb.

Parce que le mystère, au bout de quelques jours à

Chicago, c'est que Dylan fait demi-tour : au lieu de New York, il revient à Madison, à mi-chemin de Minneapolis, une ville où il est venu bien souvent pendant son année de fac. Comme à Minneapolis, on joue du folk dans les bars du campus, et il y a un appartement un peu plus grand où on peut prolonger la nuit, continuer la guitare, l'herbe et les discussions, et dormir par terre quand vient le jour. Marshall Brickman qui n'est pas musicien mais poète, et deviendra scénariste (il écrira *Annie Hall* avec Woody Allen), et Danny Kalb, bon technicien de la guitare picking, sont en colocation. Brickman dit que leur appartement était ce passage permanent de types du genre de Dylan, qui venaient chanter, poétiser, jouer et qu'ils avaient bien de la peine à défendre leur réfrigérateur de leurs emprunts. Il se souvient de Dylan comme d'un type poli et réservé, plutôt discret, habillé d'un complet marron avec une cravate lacet, ce qui n'est pas l'image habituelle de Dylan, rien pour spécialement impressionner. Le New-Yorkais Danny Kalb, qui a juste quelques mois de moins que Dylan, a eu le même trajet : il a pratiqué lui aussi le rockabilly et le rock'n roll avant de découvrir Greenwich Village et le folk naissant. C'est Dave Van Ronk qui lui a appris ce qu'il sait. Une des chansons des Minnesota Tapes, *Poor Lazarus*, vient ainsi de Van Ronk à Dylan via Kalb, bien avant que Dylan rencontre Van Ronk. La relation de Kalb et Dylan se renforcera dans les premiers mois à New York : grâce à Danny Kalb, à Madison, Dylan a un accès de première main à ceux qui fabriquent la scène folk de New York, et c'est une amitié qui n'est pas d'élève à maître, une solidarité plutôt, qui va compter dans l'année à venir. Dylan : « Un gars qui jouait les chansons folks que tout le monde chantait,

79

rien d'extraordinaire », dit Danny Kalb. Chez eux, Dylan jouera plutôt du piano : « Une sorte de blues », dit encore Kalb. Alors quand Dylan accompagne Danny Kalb au bistrot qui est l'équivalent à Madison de leur Ten O'Clock Scholar, ce n'est pas avec la guitare ni le piano qu'on l'invite à monter sur scène : il jouera de l'harmonica sur les chansons de Kalb, et ainsi feront-ils encore à New York.

Peut-être que c'est ce soir-là, à Madison, que Dylan comprend comment le petit harmonica Marine Band peut devenir pour lui un passeport.

Pour dormir, c'est chez une étudiante du nom d'Ann Lauderbach : d'un campus à l'autre on se connaît tous. Il dira plus tard qu'il est venu à Madison parce que Pete Seeger y donne un concert. C'est là qu'il l'entend pour la première fois, et c'est une raison plausible. Et Pete Seeger est un des principaux compagnons de vie et de musique de Woody Guthrie, finalement ce n'est peut-être pas se détourner du voyage. Dylan ne pourra pas approcher Seeger ni lui parler, mais c'est après ce concert qu'on lui présente un type, étudiant lui aussi, Fred Underhill, qui doit partir à New York avec un certain David Berger : ils cherchent un troisième pour partager les frais d'essence.

On est le 19 ou le 24 janvier 1961, la voiture est une Chevrolet Impala de 1957, et Bob Dylan s'en va à New York. Le propriétaire de la voiture, David Berger, qui conduit en alternance avec Underhill, dira plus tard avoir lâché exprès ses passagers au bord de la ville, à l'extrémité de Queens : parce que le type à l'arrière, quand il ne dormait pas, chantait sans arrêt Woody Guthrie, et qu'il n'en pouvait plus.

New York sous la neige,
une guitare à la main

Telle est la légende : New York, le 24 janvier 1961, ses vingt ans dans quatre mois. Du vent sur la ville, de la neige. Une voiture s'arrête, venue de Madison, et deux jeunes types en descendent, remercient le chauffeur. L'un a une guitare à la main.

Il dit qu'il a dormi sur la banquette arrière de la Chevrolet Impala, les vingt-quatre heures qu'a duré le voyage depuis Madison, et qu'à l'entrée dans New York il a simplement demandé qu'on le laisse là, au bord du trottoir. Mais faut-il le croire ?

C'est qu'elle est tellement belle, cette image de Dylan portant son étui à guitare avec sa Martin d'occasion, sous les immeubles qui émergent juste du brouillard de l'aube (c'est vrai qu'ils ont roulé toute la nuit, est-ce vrai qu'il y a du brouillard : est-ce pour la force de l'image, ou pour le flou du souvenir ?), et les congères de neige salie au bord des rues de Queens : mais pour lui, qui vient du Minnesota, la neige n'a rien d'inhabituel ou effrayant.

Et comme c'est loin, d'un coup, Hibbing et le Minnesota. À vingt ans, même pas besoin de valise. Il y est, à New York. Il a quelques adresses en poche, il connaît les lieux du folk et sait qui ils accueillent. Il aura un appartement seulement en septembre, six mois plus tard, mais à New York plein de gens vivent comme ça, dit-il, sans adresse fixe, juste en s'hébergeant les uns chez les autres : « Je revenais un peu avant l'aube, je faisais attention à ne pas me prendre le pilier, j'ouvrais le canapé et je dormais. » Il y aura aussi ces chambres d'hôtel à la semaine, le moins cher possible, quitte à entendre tout ce qui se passe chez le voisin ou le vacarme de la rue, ou juste un galetas sans chauffage qu'on vous prête à Brooklyn à condition de marcher à pied dans la nuit un bon kilomètre après la station de métro : ça fait partie de l'apprentissage.

Les endroits où on peut se présenter, quand on a une guitare et qu'on connaît trois chansons, c'est une île dans New York : près de la vieille université, traverser Washington Square, où sont les joueurs d'échecs et les bateleurs, et prendre MacDougal jusqu'à Bleecker Street : Greenwich Village, ce sera la base de Dylan, le pays à conquérir, un pâté de maisons qui sera sa maison. La première adresse, ce n'est pas très brillant, mais c'est quand même le Village. Ça s'appelle The Wha ?, Le Quoi ? avec point d'interrogation : il existe encore, vivant de la légende et des souvenirs, même si Mac-Dougal Street est devenue un genre de Montmartre à bouffe pas chère et tee-shirts humoristiques (aller à East Village pour retrouver un peu de l'ambiance d'époque). Le patron s'appelle Fred Neil, chanteur lui-même, qui fera plus tard un tube et pourra enfin arrêter la galère. Le soir, on accueille des professionnels, comme dans les bars à côté. Mais l'après-midi, on laisse passer qui veut, et on partage la recette. Il y a des comiques, des imitateurs, raconte Dylan, dont un certain Woody Allen. Il y a Tiny Tim, qui chante en falsetto en s'accompagnant d'un ukulélé. Il y a ceux qui ne connaissent qu'une seule chanson, comme un nommé Billy, qui avait fait de la prison et chantait *High Heel Sneakers* et rien d'autre, mais commençait chaque soir par : « Celle-là elle est pour vous, les filles. » Il y a ce type qui s'habille en curé avec des bottes à grelots et déclame des versets de la Bible, il y a cet aveugle qui s'appelle Moondog, chien de la lune, qui porte un casque viking sur la tête, une couverture sur ses épaules, et joue du flageolet et de la flûte de Pan en égrenant des monologues. Quand il y a un peu de monde, Fred Neil prend sa guitare et chante des chansons de forçats évadés, des histoires de marins et de vagabonds. Un homme à tiroir secret, Fred Neil, qui parfois disparaît pour de mystérieux séjours en Floride, abandonnant provisoirement son vaisseau.

Dylan apparemment s'y présente le jour même de son arrivée. Fred Neil lui demande de lui montrer ce qu'il sait faire. Première chance, première malchance : jouer le soir, non, pas au niveau, dit le patron. Mais l'accompagner, lui, Fred Neil, à l'harmonica, il aimerait bien. Bob Dylan va donc jouer avec le patron, ce n'est pas très prestigieux, mais c'est un pied dans la place. Dylan et Tiny Tim sont copains avec le cuisinier : on se sert de Coca-Cola directement dans le pot à lait, et il y a toujours un hamburger de trop dans la poêle, ou une assiette de frites. The Wha ?, c'est le début de tout, mais déjà une situation puisqu'on y mange, et que le patron vous assure chaque soir quelques dollars. Et ce premier soir, à la fin de son tour de chant avec accompagnement d'harmonica, le patron demande si quelqu'un dans la salle ne pourrait pas héberger le petit nouveau, venu de son Nord lointain…

En tout cas, c'est ainsi que Dylan, dans ses *Chroniques*, raconte son début à New York. Sa vie auparavant ? Il n'en parle à personne, probablement parce que personne ne lui demande.

Pas plus que personne n'a retrouvé Moondog ni Tiny Tim pour en reconstituer un peu plus : cette cour des miracles, ce sera la première et brève famille adoptive de Dylan à New York, ces saltimbanques plus tard de passage dans toutes ses chansons. On essaye de se placer dans les autres cabarets, mais les places sont chères. On va de bistrot en bistrot, on chante, on fait passer le chapeau. Le plus doué pour ça, c'est Richie Havens : il a une jolie fille avec lui, et c'est elle qui fait la manche quand lui chante. Dylan fait pareil, prétend-il, avec la serveuse de The Wha ?, à ses heures libres. Même en partageant moitié-moitié, il se fait plus d'argent avec elle que tout seul : ce qui veut dire, pas beaucoup.

Dans ses *Chroniques*, avec cette même qualité sculpturale que dans ses chansons, Dylan dresse une galerie de personnages qu'on dirait vaguement magiques, sortant de la brume de la ville pour y repartir, tels qu'on les aime dans Dickens, que Bobby vénérait. Les deux livres qui ont accordé une large part au témoignage de Fred Neil donnent de The Wha ? une idée plus conventionnelle, déclinant par exemple la liste des artistes qu'il recevait le soir : Dino Valente, Lou Gosset, Mark Spoelstra pour les musiciens, Godfrey Cambridge ou Adam Keefee pour les humoristes, sans quasi évoquer les saltimbanques de l'après-midi, qui se rémunéraient au chapeau. Sans doute, ces premières semaines, qu'il devait falloir à « Bobby » compter les dollars qui lui restaient en poche avant d'acheter un bagel ou de s'offrir un gobelet de café. Mais, autre fantasmagorie, parlant de ses débuts à New York, il dira avoir fait le gigolo à Times Square, parlera d'une dame rousse de soixante ans qui l'hébergeait moyennant douceurs privées : il n'insistera pas sur cette version, et semble avoir compris, pour ses *Chroniques*, que la légende est d'autant plus belle et forte qu'elle se passe de ce genre d'inventions, qu'il vaut mieux parler de Tiny Tim ou du casque viking du faux prophète.

Et si, pour retrouver la légende, il nous fallait plutôt le suivre aussi dans les heures de silence, le suivre dans ces chambres où toutes vos possessions tiennent dans un sac, et que le plus précieux on l'enferme dans la petite case rigide sous le manche de la guitare dans l'étui ? Comme tout Greenwich Village tient en trois rues, on remet le grappin sur quiconque croisé à Minneapolis, Madison ou Chicago. Mais qui rament comme vous, et n'ont pas l'intention de s'encombrer d'un concurrent de plus sur la même route : passer sur scène, dans la hiérarchie de quelques salles en sous-sol, il n'y a que dans les *hootenannies* de Pete Seeger qu'on fait croire que ce n'est pas sauvage. Alors, l'après-midi, on se présente à nouveau parmi ceux qui feront la manche parmi les clients de The Wha ?, quand bien même chaque jour on se promet que c'est fini, que demain on trouvera mieux. Fred Neil est mort en 2001, trop tôt pour qu'on lui demande son avis sur la fresque si nocturne et expressionniste que Dylan dresse de son The Wha ? – et pour ce qui est des autres témoins, comme l'excellent Bruce Langhorne, qu'on recroisera bientôt : – *I don't remember*…, dit-il. En 1966, Fred Neil enregistrera un disque qui s'appellera simplement *Bleecker And MacDougal* qui le fera reconnaître : sur la vague de la célébrité neuve de Dylan. Il y a peut-être cependant à rétablir l'importance de Fred Neil, qui a dans les tout premiers donné l'élan à ces chanteurs à texte, Phil Ochs, Judy Collins avec Dylan, alors que les poètes beatniks qui avaient fait la réputation du Village partaient maintenant vers la côte Ouest. Et que Fred Neil était un artiste lui aussi, une voix de basse puissante. Charlie Brown, le patron du Gaslight, donne ce témoignage curieux : « Tous ces mois que Dylan accompagnait Fred, c'était une sorte de compétition entre eux, à qui aurait le dessus. Dylan c'était pas le genre copain-copain (*wasn't a very friendly person*), et Fred le contraire : qu'est-ce qui les a fait s'accrocher de cette façon ? »

Le rêve est à portée de main, mais les portes difficiles à franchir. Et d'abord celles de ce Gaslight, La Lampe à gaz, une cave où on peut s'entasser à cent quinze (jauge officielle, mais souvent on est plus), et où jouent les forts du folk : figures inaccessibles, et quelques légendes vivantes, comme Mississippi John Hurt ou Reverend Gary Davis.

Dave Van Ronk, par exemple. Certains l'appellent « le maire de MacDougal ». Il a pourtant été absent plusieurs années de New York, ayant tenté sa chance sur la côte Ouest. Dylan connaît ses disques, et Eric Weissberg ou Danny Kalb ont travaillé avec lui. Dylan raconte qu'un de ces jours de neige, début février, il marche dans Bleecker Street quand Van Ronk arrive à sa rencontre sur le même trottoir. Il s'arrête et le regarde, fasciné, mais Van Ronk ne bronche pas, et Dylan n'ose pas lui adresser la parole. Un jour, lui, Bob Dylan, pourra comme ça être reconnu dans la rue et jouer dans un cabaret connu ?

Dans New York, aux rues comme des tranchées dans le ciel, le Village est une petite province. Grâce à l'éclosion du mouvement beatnik, les bistrots ont proliféré, et chacun s'est doté d'une scène : The Mills Tavern, The Village Gate, The Night Owl, The Café Au Go Go, The Coconut Grove. C'est encore un quartier populaire : longtemps, au Gaslight, au lieu d'applaudir les musiciens on se contente de claquer des doigts, pour ne pas réveiller les ouvriers italiens à l'étage. Au coin de MacDougal et de Bleecker Street, ce bistrot où on ne s'inquiète pas si vous restez la demi-journée sans renouveler votre consommation. Quelques centaines de mètres à pied, et vous voilà sur Brooklyn Bridge, ou le long des *piers* par où arrivaient les immigrants, et où accostent encore les paquebots : il ne semble pas que New York, la ville, ait passionné Dylan : la grande ville pourrait être un mythe aussi dans ses textes, elle ne le sera pas, ou très peu. Dylan n'est un piéton que de la musique. Des chambres qui l'hébergent, il se souvient des livres, du mobilier et des disques, plus que des ciels.

New York, 1958, vue par Allen Ginsberg : « Quelquefois j'en ai les yeux tout rouges / grimpant en haut du gratte-ciel RCA / je l'admire ce monde, Manhattan, les buildings et les rues de mes prouesses / les apparts, les matelas, les robinets eau froide seulement / et la Cinquième Avenue je m'y promène aussi en rêve / vieilles bagnoles taxis jaunes / gens qui marchent gros comme une épingle / panorama des ponts, coucher de soleil sur Brooklyn machine / les chemins qui s'en vont dans ces rues cachées / coucher de soleil sur tout ce qui est à moi / [...] je marche dans la tristesse hors temps de l'existence / ma tendresse coule à travers les immeubles / du bout des doigts tu racles le visage de toute réalité / mon visage à moi en larmes dans les miroirs [...] ébloui par le spectacle tout entier / combat des hommes dans la rue / leurs paquets leurs journaux, les cravates les beaux costumes / hommes femmes luttant sur le bitume / les lampes rouges clignotent les montres accélèrent et tous ces mouvements en courbe... » Est-ce que c'est aussi ce qu'il a vu et perçu de New York, Bob Dylan ?

En attendant, le soir, parce qu'à part accompagner à l'harmonica Fred Neil on ne peut même pas jouer sur la scène de The Wha ?, on se retrouve dans la catégorie d'en dessous : au Café Bizarre (en français dans le texte), avec sa scène sans micro, et les ouvriers et tous les fauchés qui mangent du bifteck pas cher, en parlant fort, « des types qui mangeaient de la viande rouge en parlant de cul », dit Bob Dylan.

C'est qu'il n'est pas seul, le jeune Bob, à faire la tournée des scènes ouvertes. Alors on doit en faire un peu plus, ou le faire un peu mieux : c'est une école, une rude école. Les folksongs de Leadbelly ou de Big Bill Broonzy, des chansons qui raclent, et en rajouter sur la guitare. Lui, il dit : « Une guitare furieuse, soit je faisais fuir les gens, soit ils s'approchaient pour écouter mieux. »

On doit être trois semaines après son arrivée. Il est comme les autres : il frappe à chaque porte l'une après l'autre. Cet après-midi, il cherche les bureaux des disques Folkways : pour solliciter quoi, une audition ? L'adresse c'est Bleecker Street, angle Troisième Avenue, deux cents mètres sur la droite de MacDougal Street (à côté de ce vieux cinéma, maintenant tout recouvert d'aluminium, où Woody Allen a tourné *La Rose pourpre du Caire*). Mais pas moyen de trouver Folkways, et quand au retour il voit sur une porte American Folklore Center, il sonne et entre : au moins pour se renseigner.

Ce n'est pas complètement un hasard : il y serait forcément arrivé, au Folklore Center. La chance, c'est que ce soit si vite, non pour gagner quelques semaines dans la course à la légende, mais parce qu'à New York il est seul, personne à qui parler vraiment, et qu'en ces jours de froid et de si peu d'argent en poche on a tous les après-midi pour soi, pourvu que ce soit avec chauffage. Le propriétaire s'appelle Izzy Young : un grand gabarit en salopette et grosses lunettes, célibataire à vie, né en 1928, donc juste passé la trentaine, fils de boulanger à Brooklyn. Dix ans plus tôt, il avait monté avec des amis un groupe de square dance, et assisté au dernier concert de Leadbelly, s'était rendu à son enterrement : autant de références directes pour Dylan. Puis, cinq ans plus tôt, à la recherche de jobs alimentaires, il a rédigé pour un universitaire, Kenneth Goldstein, une recension bibliographique des publications, articles et revues rares concernant les musiques qu'on dit de folklore : il n'est plus sorti de cet univers. Deux ans plus tard, il emprunte mille dollars pour payer la caution de deux pièces au 110 MacDougal : « J'avais quelques bouquins et des disques, je les ai mis sur les rayons et j'ai commencé le commerce avec ça. »

L'idée c'était de rassembler en un seul endroit les disques, les partitions, des instruments d'occasion mis en dépôt-vente par leur propriétaire, mais aussi tous ces accessoires dont les musiciens folks avaient besoin, jeux de cordes, capodastres (l'apparition des petits capodastres Dunlop à élastique qui ont leurs faveurs et n'ont rien à voir avec les grosses pinces métalliques qu'on utilise en classique ou en jazz). *Like a shoebox institution*, dit un musicien de l'époque : « une institution grosse comme un carton à chaussures ». Là où les *Chroniques* de Bob Dylan sont les plus belles et inventives, c'est dans ces suites de descriptions d'intérieur qu'il nous donne (voir la boutique de La Nouvelle-Orléans où il achète un autocollant pour pare-chocs tandis que le vieux propriétaire l'entretient de la menace chinoise, et qui provoquera l'écriture de *Man In a Long Black Coat*).

Dylan, quarante ans plus tard, est capable de revenir en pensée à ces après-midi dans la petite boutique vide, avec dans la première pièce ses banjos et dulcimers d'occasion, les quelques livres et disques à vendre, et dans la seconde pièce les cartons de partitions, les revues cornées : toute l'histoire du folk et du blues.

Dave Van Ronk, dans son livre publié en 2006, donne une version moins romantique : Izzy Young est un type capable de revêtir à l'occasion des grelots de square dance pour descendre jusqu'à Washington Square en dansant au milieu de la rue. Quant au Folklore Center, il prétend que, sitôt créé, tout le petit monde du Village y passait sans arrêt, parce que ça servait de lieu d'échange de nouvelles : un grand tableau rempli de messages punaisés. « Ça grouillait de monde sans arrêt », dit Van Ronk, mais comment savoir s'il ne parle pas de l'année 1963, une fois que le Folklore Center aura initié la révolution Dylan ?

Parce que la première fois qu'entre Dylan, il a les yeux un peu écarquillés, reste timide, ose à peine fouiller. Mais Izzy Young n'a pas tant de visites, on cause et Dylan, à Minneapolis, a assez pratiqué cet univers d'archives et de disques rares pour qu'on ait de quoi partager, sans doute plus qu'avec ceux qui sont seulement – ou plus purement – musiciens. Le journal d'Izzy Young atteste de ses heures sans clients, où Dylan et lui-même ont à eux tout le temps.

Et de qui un Izzy Young pourrait-il devenir le grand frère ou l'aîné respecté, avec ses treize ans de plus, qu'un type de dix-neuf ans frais arrivé de sa province, qui n'a même pas de chambre à soi et tente sa chance au café The Wha ? Izzy Young sera une rencontre capitale pour Dylan, pour la prise de confiance de ces premières semaines, et même, deux ans plus tard, pour louer, un dimanche après-midi (il l'a fait pour bien d'autres musiciens qu'il souhaitait soutenir), la petite salle du Carnegie Hall et prendre à ses frais l'organisation du premier vrai concert de Dylan.

Dans cette pièce qui est sa pièce à vivre, on discute près du poêle à charbon : le grand ébrouement d'après-guerre n'est pas encore venu ici. Possession fabuleuse : la machine à écrire d'Izzy Young, et c'est celle dont se servira Dylan pour ses premiers textes. Dans *No Direction Home*, le film de Martin Scorsese sur l'histoire de Dylan, Izzy Young raconte qu'il disposait à l'époque d'un contact chez Vanguard, et qu'il y emmène Dylan pour une audition : c'est eux qui impulsent le renouveau folk, grâce au succès incroyable du premier disque de Joan Baez. « On ne prend pas les cinglés » (*we don't sign freaks*), diront-ils à Izzy Young après l'audition. Bob Yellin, des Greenbriar Boys, revendique lui aussi d'avoir présenté à Maynard Solomon, le responsable de chez Vanguard, un enregistrement de Dylan, peu importe. La pièce du fond sert de chambre et de cuisine à Izzy Young, et il y a son phonographe (alors qu'arrive déjà l'ère des électrophones) avec des disques 78 tours en acétate noir, rigide qu'on passe et repasse, suivant pour chaque chanson les versions depuis le collectage original jusqu'aux reprises de Pete Seeger : « Le naufrage du *Titanic*, John Henry et son marteau, John Hardy qui avait tué un homme en Virginie, sur la ligne de chemin de fer… » Il les portera toujours, ces chansons-là, Dylan, c'est son vocabulaire de base. Non pas la protestation, ni la politique, mais l'Amérique et son aventure. Dylan prend sa guitare, on essaye de retrouver les accords et le rythme, Izzy Young écoute et commente : peut-être que bien du monde passait au Folklore Center, mais ce rapport privilégié entre un musicien et

Izzy Young, aucun des gratteurs de guitare lancés dans ce circuit ne le revendiquera. Qu'est-ce qu'il a pour déclencher ça, le gamin myope et imberbe du Minnesota, avec sa voix aigre et son ambition bien trop grande ?

Dylan n'a pas de lieu où répéter, et ne sera jamais du genre à jouer seul dans une chambre : d'ailleurs, il n'en a pas, de chambre. Et le soir, au Wha ? ou au Café Bizarre, trop de bruit : « Répéter, pour moi, c'était jouer pour quelqu'un », dit Bob Dylan et cela aussi Izzy Young le lui permet.

Une belle chanson étrange, en mineur, on la décortique tout l'après-midi. Maintenant, il peut les situer dans leur histoire, les déployer dans leur champ. Dylan ne précise pas combien de semaines auront duré ses visites au Folklore Center : en avril, un premier virage le fera basculer dans l'étape suivante du parcours professionnel, et sans doute alors que la petite pièce au poêle à charbon, avec son gros binoclard en cravate mal nouée sur salopette d'ouvrier passera au second plan. Dans son journal, un an plus tard, en date du 26 janvier 1962, Izzy Young note avoir rencontré Dylan en pleine rue : « Je ne comprends pas comment autant de trucs peuvent m'arriver, en ce moment », lui dit-il. Ce qui tend à prouver que la période des visites est finie, et que c'est bien sur cette exacte durée d'un an que s'accomplit la mutation.

Parce qu'il tient un journal, Izzy Young. Un gros cahier ouvert en permanence sur sa table, où il consignera avec soin, pendant des années, tout ce qu'il entend dans sa boutique. Le Folklore Center est une sorte d'agenda vivant du renouveau folk : son journal en témoigne. Il y note donc, ce mois de février 1961, ce que lui déclare de sa propre biographie Bob Dylan.

Et pas d'autre musicien dont Izzy Young a dressé le portrait pour s'être livré à pareille invention orale, tant pis pour les naïvetés ou les contradictions. Même lorsqu'il lui offre un poème (preuve qu'il écrit déjà), il signe d'une traite *Bob Dylan of Gallup, Phillipsburg, Navarota Springs, Sioux Falls, and Duluth...* Plus d'études à Minneapolis, et plus de Hibbing : orphelin de bonne heure, il a grandi au Nouveau-Mexique. Izzy Young note scrupuleusement les détails.

« Je joue beaucoup aux cartes. Je crois beaucoup à *la main du mort*, les as, les huit noirs, la main du mort. Ça paraît illogique. Mes autres croyances sont logiques. La longueur de mes cheveux par exemple. Moins on a de cheveux sur la tête, plus on a de cheveux dans la tête. Si tu les coupes en brosse, ta cervelle elle est dans la pagaille des cheveux de l'intérieur. Si je laisse mes cheveux pousser, c'est pour être libre de penser... Et aussi les religions. Je suis sans religion. Essayé un paquet de religions. Je n'ai jamais vu un Dieu. Et je n'en parlerai pas avant d'en avoir vu un... »

Dans un autre passage du journal d'Izzy Young, Dylan énumère les musiciens qu'il est censé avoir rencontrés, au long des routes : fiction. Sans doute en a-t-il vus certains en concert, à Minneapolis : mais quand même, au seul New-Yorkais qui si vite lui fasse confiance, une telle enfilade de mensonges... Fiction qui aura sa version radiodiffusée, et une version imprimée sérieusement par Izzy Young sur le programme de ce concert de novembre, dans la petite salle du Carnegie Hall, et Dylan dans les *Chroniques* ne cherchera pas à s'expliquer sur le mensonge, produira au contraire une autre fiction, en énumérant les musiciens qu'il dit avoir croisés au Folklore Center : Clarence Ashley, Gus Cannon, Mance Liscomb, Tom

Paley. Certainement que chacun de ceux-là est passé un jour chez Izzy Young : en la présence de Dylan, inconnu, timide et muet, peu probable. Ce n'était donc pas si désert, le Folklore Center ?

Quoi qu'il en soit, ces semaines de plein hiver du début 1961, Dylan est sans cesse fourré au Folklore Center et la plupart du temps y est seul avec le patron, Izzy Young, quand un après-midi de fin février ou début mars un client pousse la porte : parce qu'il y a une Gibson accrochée au mur, et qu'il veut l'essayer. C'est Dave Van Ronk, et Dylan ne s'est jamais trouvé à si peu de distance de celui qui dispose d'une telle autorité artistique dans leur petit monde. Van Ronk, qui joue plutôt du ragtime et du blues, essaye un rythme de valse sur la guitare, et remercie. Il a enlevé son blouson à col de fourrure et s'apprête à le reprendre, quand Dylan se décide : « J'ai posé mes deux mains sur le comptoir. » Violence qu'on se fait à soi-même, dont le récit donne dans ses *Chroniques* cette force d'immédiateté : les mains sur le comptoir, avant même de savoir ce qu'on va oser dire au grand rouquin qui s'en va.

C'est l'énigme que toujours on cherche à ouvrir : si on ne sait pas intérieurement que c'est possible, on ne le fait pas. Mais si on n'a pas ce culot, on peut être aussi bon qu'on veut, on ne franchit pas l'étape : « Comment on fait pour être pris au Gaslight ? »

Dave Van Ronk, un grand gabarit haut comme le plafond, le regarde de très haut : « Tu veux quoi, mon gars, un poste de concierge ? »

Dylan ne se démonte pas. « Non, jouer. »

Van Ronk, dans son livre publié deux ans après les *Chroniques*, ne raconte rien de tel : pour lui, ç'aurait été un instant comme un autre, rien qui mérite qu'on le retienne. Il se souvient de Dylan accompagnant Fred

Neil à l'harmonica, et qu'il lui aurait demandé : « T'as appris où, à jouer comme ça : sur Mars ? » Mais cela n'empêche pas l'épisode des deux mains sur le comptoir, au Folklore Center.

Ça tombe bien, la Gibson est encore à plat sur le comptoir, Dylan la prend et joue une chanson pour Van Ronk, et la trouille, forcément qu'on l'a, dans ces conditions. Dylan se souvient de la chanson, un classique : *Nobody Knows When You're Down And Out*, même pas une chanson de l'univers folk, et surtout pas l'une de ses Woody Guthrie de démonstration, juste un vieux standard du jazz.

Van Ronk n'est pas le genre à tartiner trois tonnes de compliment et puis au revoir. Il regarde le type en face, et lui dit de passer le soir vers neuf heures au Gaslight, qu'il le laissera jouer trois chansons en ouverture de son propre passage. À vous de vous débrouiller, si c'est raté ce n'est pas si grave, mais on ne vous le proposera pas une seconde fois.

Il est quatre heures de l'après-midi, et on a la chance de sa vie le soir même à neuf heures : jouer au Gaslight, à peine un mois après son arrivée à New York. Alors on fait quoi, en attendant, on va où, on voit qui ? Dans ses *Chroniques*, Dylan ne raconte que ce genre d'instants. Et soi-même, on aurait fait quoi, dans la même situation ?

On est fin février ou début mars, il gèle encore à New York, même si pas tout à fait moins vingt-cinq degrés Celsius, comme Dylan le prétend. Il jouera ses trois chansons et personne ne se souviendra de son nom quand Van Ronk le grognera en remerciement, avant d'entamer son propre set.

Woody Guthrie voulait-il un fils ?

Un homme sec, au physique étriqué : *a thin man*, avec une guitare. Un homme infiniment mobile, qui connaît l'auto-stop et les trains de marchandises. Un homme présent où ça lutte, dans les grèves, au-devant des colères. Un homme qui se met à l'écoute des grandes voix, chante avec ceux qui ont appris en prison, ou dans l'immense pauvreté des Noirs. Bob Dylan ? Non. Pas encore. Mais celui qui a écrit sur sa guitare : *This machine kills fascists*, Woody Guthrie.

Il faut en revenir à cette année d'entre Hibbing, l'adolescence, et l'arrivée à New York. L'année où le fils aîné de cette famille moyenne, commerçante en électroménager, entre à l'université de Minneapolis, avec sa chambre dans la résidence juive de la cité universitaire. Dans le hall de la cité U, il y a un piano droit, il est celui qui en joue constamment. Il a revendu sa guitare électrique pour une acoustique Martin d'occasion. Ses copains l'appellent Bobby, Bobby Zimmerman. Minneapolis, pour ce gamin qui depuis ses quatorze ans passe son temps à jouer dans les groupes qu'il forme, c'est aussi la découverte des livres, pour une petite part *via* les cours de littérature à la fac, pour l'autre part *via* ses amis beatniks, Whitaker ou Morton, ou ces filles dont il fréquente la famille : Judy Rubin, ou Ellen Baker. Dylan lit plutôt Dickens, Dostoïevski, et pour les poètes anglophones Yeats. Rimbaud ce sera un peu plus tard, et cette année, à New York, c'est Edgar Poe qu'il découvre.

L'autobiographie de Guthrie, *Bound For Glory*, c'est donc une lecture décisive, mais prise dans un ensemble. Pourtant, l'identification pour lui est totale. Au point qu'au retour de cet été où il a joué les faux cow-boys à Central, il dit à ses amis de fac être allé en Californie en stop, sur les traces de Woody Guthrie.

Même si, de la part de Jon Pankake, c'est pour lui rabattre le caquet, Dylan découvre que d'autres avant lui ont emprunté ce chemin. Woody Guthrie est né en 1912, pendant toute la période de la Seconde Guerre mondiale il s'est fait accompagner par Cisco Houston, né en 1918 mais qui va mourir ce printemps 1961, Cisco qui a pris la route avec Guthrie, enregistré avec lui, vécu avec lui, puis Elliot Adnopoz, dit Ramblin' Jack Elliott, né le 1er août 1931 (donc dix ans de plus que Dylan), fils de toubib à Brooklyn, qui est venu vivre dans la maison de Guthrie pendant ses années new-yorkaises, puis est parti à Londres où il lui a fallu tirer le diable par la queue. Dans une autre note du journal d'Izzy Young, le 20 octobre, Dylan parle de Ramblin' Jack, comme s'il lui fallait devancer l'accusation de plagiat lancée par Pankake : *Jack hasn't taught me any songs, Jack doesn't know that many songs. He's had his chances* : « Jack ne m'a pas appris de chansons, d'ailleurs il n'en connaît pas tant que ça, plutôt ça s'est fait par hasard… » Comme s'ils avaient passé leur vie à chanter ensemble au travers des États-Unis…

Le paradoxe, c'est que Guthrie est un inventeur : il pioche dans le répertoire folk, mais le refait à sa manière. Être fidèle à Guthrie, c'est donc non pas restituer religieusement ses chansons, mais en reprendre l'esprit et la démarche : les vieilles chansons américaines traitent d'événements sociaux précis, Guthrie en décortique le rythme, la mélodie, et leur fabrique un texte issu des problèmes qu'il trouve, lui, sur son propre chemin de vie, là où il l'emmène, grèves et colères comprises.

Et si la révélation, lorsque Dylan découvre l'autobiographie de Guthrie, avait été de comprendre qu'une chanson n'est rien sans le personnage qui la porte ? Alors comment faire, lorsque soi-même on est issu d'un milieu banal, et qu'on ne porte pas d'histoire ? Dylan n'osera donner sa réponse qu'en 1964, dans ces *Thoughts For Woody*, « pensées pour Woody » improvisées sur scène, et qu'on découvrira en leur temps. Mais il aura la stature nécessaire pour être enfin dispensé de persister dans ces autobiographies fictives par quoi il se fabrique son personnage, orphelin, embauché dans un cirque, apprenant dans la rue.

Lorsqu'il découvre *Bound For Glory*, dans les heures d'isolement de son voyage au Colorado, à Denver et Central, Robert Zimmerman, petit-fils d'un Zigman, parti un jour de Trébizonde ou d'Odessa, fils d'un marchand d'électroménager dans une ville de mine et de chemins de fer, croit qu'il lui faut renier son histoire personnelle et s'invente une histoire en décalque, un homme-histoire qu'il appelle Bob Dylan, bien avant d'être devenu Bob Dylan. En attendant, il en apprend les chansons, et prétend en connaître désormais l'intégralité (tous ses amis et relations confirment leur propre surprise, maintenant et même encore dans les années soixante-dix, pour la quantité phénoménale

98

de chansons que connaît Dylan, et comment il en a retenu par cœur les paroles).

Ces mômes élevés dans la révolution du rock, de Buddy Holly à Elvis Presley, découvrent *via* Leadbelly, Big Bill Broonzy, Mississippi John Hurt et d'autres, la musique noire, le son du blues âpre et rigoureux. Et quand ils écoutent Woody Guthrie, ils apprennent qu'eux aussi disposent, non pas du blues, mais d'une musique qui a rapport à l'origine : les chansons des pionniers américains, ceux qui ont marché le long des rails, ont conduit des troupeaux, ont construit, là où s'arrêtaient les bateaux, l'ébauche de ces grandes villes qu'eux arpentent aujourd'hui. Ceux-là, des ethnologues comme Alan Lomax les ont enregistrés avec passion, dès la fin du dernier siècle. Le retour du folk, avec les Almanach Singers de Pete Seeger et Woody Guthrie, puis des gens comme Odetta ou Harry Belafonte, et à une nouvelle échelle de succès avec le Kingston Trio, c'est d'adapter ces musiques dans des arrangements qui ne les différencient pas vraiment de la chanson de variétés. Le renouveau du folk, ce sera de retrouver l'austérité et l'originalité de ces musiques en les jouant à l'identique : cure d'amaigrissement, retour des vieux instruments. C'est une bonne école, mais c'est une impasse : au Ten O'Clock Scholar, c'est ce que tout le monde sait faire. Découvrir Woody Guthrie, c'est faire un pas de côté : sa musique, il l'inventait.

Se faire le fils de Woody Guthrie, ça va servir à ça : oublier le folk appris. Le folk, c'est l'archéologie rurale. Jargon de l'authenticité : recopier, faire le plus pareil possible. Woody Guthrie injecte la même démarche, et sa silhouette de clochard céleste, bien plus radicale que celle de Kerouac, dans les combats du présent. Il est fragile, il est maigre, il est léger, presque aérien, mais il met sa guitare au service des colères, des grèves : Dylan y renoncera au printemps 1964, mais il aura tenté lui aussi, en voiture neuve et avec un scribe payé pour raconter, de croiser les mineurs en grève. Les temps auront changé, c'est tout.

Le premier texte qu'écrit Robert Zimmerman, dit Bob Dylan, *Song For Woody*, est un hommage filial à la figure du barde. Dylan dira avoir écrit ce texte à New York, après la rencontre de Woody, et des témoins jureront l'avoir pourtant entendu le chanter dès Minneapolis et Chicago. Dylan s'invente, par sa première chanson écrite, une rencontre imaginaire avec Woody Guthrie. Et ce qu'il invente, c'est l'histoire de ce personnage qui a nom Bob Dylan. Le chanteur qu'il est désormais, c'est celui qui doit toute son histoire à Woody Guthrie.

Et je suis perdu à mille kilomètres de chez moi
Marchant sur une route où tant d'autres se sont perdus
Et je le vois, ton peuple et ton monde...

Parce qu'ainsi sont faits les cœurs et les mains des
  hommes
Qui sont sortis de la poussière, furent soufflés par le
  vent...

Dylan dira plus tard que, si on veut le comprendre, il faut aimer les puzzles. Dans ce premier texte, celui de la dette, cette vie qu'il s'invente à la ressemblance de Woody Guthrie est certainement la première pièce de ce grand puzzle à venir.

Je partirai demain, mais j'aurais pu partir aujourd'hui
N'importe où n'importe quand la route

Si c'est ça l'ultime chose que j'aurai à faire
De dire que moi aussi j'ai brinquebalé dur...

Ce n'est pas du mensonge, juste un art de jouer avec le temps. Plus un usage rare, en chanson, du conditionnel. On *aurait* pu voyager, on *aurait* pu trimer, prendre les trains de marchandises, pratiquer l'auto-stop, être pris dans les grèves. Mais on était fils de marchand d'électroménager à Hibbing, Minnesota, on a découvert Woody Guthrie durant sa première année de fac : alors le personnage imaginaire que vous êtes, quand vous jouez de la guitare, c'est celui que vous inventez vous-même. Toute la question est d'y croire. Ce n'est pas la *trimbale*, qui compte, pour reprendre le beau mot de Louis-Ferdinand Céline, mais créer pour soi-même l'illusion que tout cela on l'a fait.

À New York, quand il arrive, Dylan joue et chante les chansons de tout le monde en général, et de Woody Guthrie en particulier, plus cette chanson-là, qui est la sienne, la seule. Comme Guthrie, au départ ce n'est rien qu'une transposition – un air de Woody Guthrie (*1913 Massacre*, qui fonctionne déjà comme une improvisation orale, et que Dylan joue comme le joue Guthrie). Il la datera plus tard de ces jours-ci à New York, donnera le nom du café au coin de MacDougal et de Bleecker Street où il l'aurait écrite d'un trait : s'il affirme que sa chanson est postérieure à la rencontre du grand Woody, l'illusion est plus solide : sa légitimité à chanter, à son tour, l'épopée de son pays.

Quand Izzy Young recopie sa biographie dans son journal, sous la dictée de Dylan, il prétend avoir vécu enfant au Nouveau-Mexique, à Gallup, et y avoir été baigné dans les chants de cow-boys. Puis qu'adolescent il a été pris dans un cirque, a voyagé dans toutes les villes de l'Ouest, et c'est pour cela qu'il connaît tant de chansons. Est-ce qu'il y croit, Izzy Young, à ce qu'affirme d'un ton sûr le gamin aux yeux bleus, qui vous regarde si droit ? Et Dylan, est-ce que tout cela il l'invente parce que quelqu'un l'écoute, et qu'il trouverait décevant de donner les vrais éléments, ou bien s'y est-il intérieurement préparé, durant cet été à ruminer la biographie de Guthrie ?

Dylan mythomane ? Non. Celui qui chante est de toute façon cette fiction de lui-même, dès lors qu'il chante. Jusqu'en 1964, il va se prétendre orphelin. Et, trop célèbre pour que le conte reste non vérifiable, il aura du mal à gérer le retour au réel. En découvrant Woody Guthrie, il a laissé derrière lui l'enfant, le fils qu'il a été. Apprendre à chanter, c'est apprendre à se dépouiller. Et celui qui vient là, avec juste ses mots, son visage imberbe, ses mains précises sur la guitare, a le droit de prétendre qu'artistiquement c'est Woody Guthrie qui le traverse. Lui-même, Guthrie, que transmet-il, sinon ce qu'il a appris sur la route, de ce qui l'a traversé des autres, des colères, des grèves, des visages de la détresse ?

Impossible de savoir quand Dylan se rend pour la première fois au chevet de Guthrie. Ce qui est magistralement fort, chez lui, à un âge où il ne s'agit certainement pas de stratégie délibérée ou consciente, c'est de mener deux vies de front, et que le moment venu elles puisent s'inséminer l'une l'autre. La vie côté The Wha ?, Izzy Young, Van Ronk et le Gaslight : le parcours d'initiation de vingt folkeux de province dans son genre. Et l'élève respectueux de Woody Guthrie de l'autre, les visites à l'hôpital, et très vite – mais certainement sans préméditation – l'accès à cette petite communauté des proches de Woody, où il croisera le monde invisible mais influent des organisateurs de festivals, des mécènes et des producteurs, et qu'il est probablement la seule intersection de ces deux communautés.

Les versions là aussi diffèrent : côté Guthrie, on dit que Dylan s'est présenté d'abord chez eux, et Marjorie Guthrie, remariée, ne donne pas si facilement l'autorisation d'accès à l'hôpital où Woody, à quarante-huit ans, affronte la chorée de Huntington, qui a déjà emporté sa mère et qui mettra encore sept ans pour l'emporter, lui. Ses enfants lui rapportent, à son retour du travail, qu'un jeune type est venu, portant une guitare, pour savoir où et comment rencontrer leur père, qu'il voulait à tout prix entrer et qu'on ne l'a pas laissé faire.

Dans la version de Bob Dylan, il dit que la première fois il lui a fallu une heure et demie d'autobus pour se rendre à l'hôpital Greystone, à Morrisville, dans le New Jersey. Il lui apporte un paquet de cigarettes (des Raleigh) comme on fait à l'époque pour n'importe quel malade. Des pertes d'équilibre, des mouvements convulsifs, la tentation de se gratter en permanence. Bob attend dans le parloir, on amène Guthrie dans un fauteuil. Et lui, Bob Dylan, dix-neuf ans, lui jouera ses chansons, apprises par les disques, *Tom Joad* qu'il sait depuis Minneapolis ou l'accident de la vieille locomotive 97... Il dit que bientôt c'est Woody qui lui dit les titres qu'il veut entendre ou bien qu'il chantonne sur les accords, et que sans doute ce sont autant de portes à ses propres souvenirs : il n'est plus en état de tenir une conversation, Woody. Dans les *Chroniques*, on comprend que ce n'est pas forcément la première semaine ni la deuxième de son séjour à New York que

Dylan a pu remonter la piste jusqu'à Woody, et il ne précise pas combien de fois il est allé à l'hôpital. Et dans le tourbillon qui va le prendre, les visites cesseront vite.

Il y a le témoignage de Bonnie Beecher, qui vient à New York avec son groupe de théâtre étudiant de Minneapolis, et bien sûr retrouve Bob. Il l'emmène rendre visite au chanteur, dit-elle. Pour avoir un témoin direct, à Minneapolis, qu'il fréquente effectivement Woody ? Mais il y a des étrangetés dans le récit de Beecher, disant par exemple que Dylan avait placé sur sa guitare la même inscription *This machine kills fascists* que Guthrie avait rendu célèbre. Or, personne d'autre n'en parle. Est-ce que, dans ces visites, Dylan utilisait la vieille guitare de Woody, ou Bonnie invente-t-elle à partir de ce que Dylan lui en racontait ? Ou a-t-elle si peu accordé d'importance au malade que l'emmène visiter Dylan qu'elle l'associe rétrospectivement à la célèbre image de Woody promenant sa guitare à l'inscription antifasciste ?

« Bob n'était qu'un visiteur parmi d'autres, dit Pete Seeger, et Woody même plus en état de reconnaître personne. Bien sûr, quand on lui jouait des chansons, il avait ce rire, et il penchait la tête, mais qu'est-ce que ça voulait dire ? » Et les autres visiteurs de Guthrie, puisqu'ils n'ont pas eu le destin de Dylan, on ne s'est pas préoccupé de savoir qui ils étaient et comment ça se passait avec le grand malade, quasi incapable déjà de se mouvoir et de parler.

Il y a aussi ce que rapporte Dylan de sa visite aux enfants de Woody, dont l'aîné, Arlo, a quatorze ans. Doit-on croire à cette première leçon d'harmonica donnée par l'héritier moral à l'héritier biologique ? Étrange incise des *Chroniques*, disant qu'il souhaite

104

récupérer des documents et chansons inédites que Woody, lequel le lui aurait demandé, aurait laissés dans sa cave : et Marjorie Guthrie les aurait confiés à ce provincial débutant plutôt qu'à des autorités comme Alan Lomax ou Pete Seeger, intimes de Guthrie ? Nouvelle exagération pour la beauté de l'histoire, à quarante ans de distance ? Petit mystère de plus. Mais Dylan saura donner avec générosité les coups de pouce qu'il faut, au début de la carrière d'Arlo Guthrie.

Chaque dimanche, Ben et Sidsel (Sid) Gleason sortent Woody de l'hôpital et l'accueillent chez eux. Il est là dans un fauteuil, on rassemble autour de lui ceux qui l'affectionnent. Ils ont rencontré Dylan après un concert de Ramblin' Jack Elliott au Carnegie Hall. Il y a là Eve McKenzie, une proche de Marjorie Guthrie : on a la générosité d'accepter que le gamin de Minneapolis, comme bien d'autres avant lui, se joignent à eux le dimanche suivant. Version certainement la plus plausible de comment a eu lieu la rencontre. Eve McKenzie se souvient de la timidité de son interlocuteur, qui entendait pour la première fois Ramblin' Jack Elliott en concert, après en avoir tant admiré les disques, et s'était glissé dans la réception qui suivait, et la façon, dit-elle, dont il regardait les sandwichs : elle lui avait dit d'en manger autant qu'il voulait, pas besoin de le lui dire deux fois. C'est Eve McKenzie qui présente Dylan aux Gleason et c'est chez eux, les dimanches suivants, que Dylan rencontrera Pete Seeger, Alan Lomax, et même Cisco Houston, déjà malade : Dylan est probablement présent chez les Gleason l'ultime fois que Cisco chantera pour Guthrie. Lui, Dylan, reprend la fable de l'orphelin venu du Nouveau-Mexique, ce roman auquel il tient. Sid Gleason n'a pas besoin de ça pour l'accueillir comme l'avait fait à Minneapolis

Marjorie Baker : il l'appelle *Mom*, maman, et souvent restera chez eux jusqu'au mardi ou au mercredi avant de regagner le Village et ses cafés enfumés. Dylan, toute cette période, dans chaque maison où il dort, lira les livres, écoutera les disques, restera capable, dans les *Chroniques*, d'associer chaque poète ou chanteur à la maison où il l'a découvert.

Un dimanche, chez les Gleason, il paraît que Guthrie écrit sur un bout de papier *I ain't dead* : « Je ne suis pas mort », et le donne à Dylan. Si toi tu chantes, alors moi je survis. Vrai ou pas, comment savoir ?

Marjorie Guthrie et Sid Gleason auront toutes deux cette remarque : « On ne reconnaissait plus la voix de Woody, avec sa maladie. Or tous ces jeunes qui venaient lui rendre visite se sont mis à imiter sa voix non pas comme il était, mais comme il parlait depuis sa maladie. » Et de dire que ce qu'ils reprochaient à Dylan, au temps des premiers succès, c'est bien cette façon de prononcer où on ne comprenait pas les mots : « Jamais Woody n'aurait accepté ça. » Elles ajoutent que Dylan, comme d'autres, prenait pour chanter les mouvements brusques de la tête et du cou qui étaient ceux que la maladie entraînait chez Woody : jamais, disent-elles, Guthrie n'aurait chanté avec ces secousses et ces simagrées, et elles trouvent cela ridicule. Si Dylan se prétend l'héritier de Guthrie, ce sera sans l'aval de Marjorie.

Confirmant donc au passage, puisqu'elle parle toujours au pluriel, que Dylan n'est pas le seul jeune folkeux à guitare à être accueilli par les Gleason, et auxquels on propose de chanter ses anciennes chansons au malade, un des rares fils qui le retiennent à la conscience et à son identité : c'est la légende future de Dylan qui rend les autres invisibles.

106

Dette qu'il saura payer jusqu'au bout, Bob Dylan : quand Woody Guthrie mourra en 1967, six grandes années plus tard, six années de spasmes, avec la paralysie grandissante, la mutité qui s'installe, Dylan sortira de sa réclusion pour aller chanter, en hommage, les chansons du vieux maître. Elles sont la racine de son premier disque, le socle de son travail.

Oublions tout cela, pour relire, dans les *Chroniques*, ce qui en est une des plus belles pages : les malades en uniforme rayé, dans l'hôpital, et celui qui se croit poursuivi par des araignées, tourne sur lui-même à l'infini en se claquant le ventre, les bras, les cuisses. « Je n'irais pas voir Woody aujourd'hui », écrit Bob Dylan, parlant de ce premier hiver à New York. Il pourrait y retourner mais non, il reste là, lit des livres, il a le droit, maintenant, de chanter Woody Guthrie : puisqu'il en a chanté les chansons à l'auteur même.

Dans un de ses premiers concerts enregistrés, en 1963, alors que Dylan commence seulement à chanter ses propres chansons plutôt que celles des autres, il s'arrête sept minutes et parle de Woody Guthrie. Peut-être son plus bel hommage, parce qu'il ne chante pas, mais parle : poème improvisé, parole qu'on offre, qu'on n'a pas préparée, mais à quoi l'intensité seule commande…

« Je déteste ce genre de chanson qui te fait croire que tu n'es bon qu'à des conneries, que tu n'es rien pour personne, bon à rien parce que trop vieux trop jeune, ou trop gros trop maigre ou moche, trop ceci trop cela, fonds de commerce ta mauvaise chance tes dérives : moi c'est pas mon truc de chanter des chansons pour prouver que le monde est de telle façon, que si avant ça vous a cogné bien dur, et fichu en l'air pour une douzaine de tours, on s'en fiche la façon dont tu t'es cogné, fichu en l'air ou que tu as tourné en rond, on s'en fiche de votre couleur, votre taille et comment vous êtes fait... »

Version des *Chroniques*, sur le même thème, quarante ans plus tard :

« On est interprète ou on ne l'est pas. Je n'étais pas un chanteur engagé, je ne contestais rien de plus que Woody Guthrie dans ses chansons. Si lui est engagé, alors Jelly Roll Morton et Sleepy John Estes le sont aussi. En revanche, j'écoutais très souvent des chants de révolte, et eux me touchaient, me touchaient vraiment. Même dans une vraie chanson d'amour, la révolte gronde au coin du couplet. »

Ce qu'il résume en disant :

« Ma plus grande peur, ça a toujours été que la guitare se désaccorde. »

Quand, cinq mois plus tard, Dylan reviendra pour la première fois à Minneapolis, c'est ce que diront tous ses copains : il chantait les mêmes chansons, mais ce qui se passait, et la façon dont il posait sa voix, ça n'avait plus rien à voir, rien.

Et personne pour avoir dit de Bob Dylan qu'il avait été fils indigne, qu'il n'avait pas su hériter de Woody Guthrie. Un héritage pourtant qui n'est pas seulement fait des dizaines de chansons qu'il lui a empruntées : plutôt, ce qu'il prend à Woody Guthrie, c'est la posture. L'histoire qu'il vous faut vous raconter à vous-même pour chanter.

Woody Guthrie, que la maladie peu à peu enferme, est celui qui a permis à Dylan d'être orphelin, de l'être pour de vrai.

Mr Dylan's voice
is anything but pretty

Dylan, par la générosité ou l'intuition de Dave Van Ronk, vient donc de gagner, sur le comptoir du Folklore Center d'Izzy Young, ses entrées au Gaslight.

Ils sont cinq à y chanter le soir, se relayant pour des passages de vingt minutes. En bas, c'est tellement serré, dans la fumée et la chaleur, qu'à peine on a fini de jouer on traverse la cour et on se retrouve dans un galetas du deuxième étage. Là, c'est les cartes : apprendre l'art du bluff, dit-il, c'est une leçon qui valait bien les autres. Ne pas répondre, faire croire à des fulls qu'on n'a pas, ne pas se faire plumer même si c'est pour rire. Un peu d'exagération dans le récit ? Avec Van Ronk, Dylan se mettra bientôt aux échecs, mais il semble que les souvenirs de poker soient au même plan pour Bobby que l'apprentissage musical. Il y a un haut-parleur qui transmet ce qui se joue en bas, on sait quand revient votre tour. Les autres, avec Van Ronk, s'appellent Hal Waters, Paul Clayton, Len Chandler.

À côté, dans la rue, The Kettle of Fish, La marmite aux poissons, avec le jeu de mots que rend bien, en français, l'expression *micmac*. Là, pas de musique, mais ceux qui refont le monde. « J'avais l'impression de les regarder du bord d'une falaise », note Dylan dans une de ses remarques abruptes et fines des *Chro-

niques. On nomme les orateurs selon leur idée principale, « lien entre les races », « l'homme fait l'histoire ». Les poètes beatniks sont au Kettle of Fish, et
pas au Gaslight : ils écoutent du jazz, non du folk.

Ce qui surprend, dans la marche en avant de Bob
Dylan, c'est sa capacité, à chaque étape, d'oublier aussitôt la précédente. On prend pied dans un monde, on
efface les autres : on a accès au Gaslight, on ne revient
plus à The Wha ? Même pas qu'on se fabrique ainsi
une règle de vie : plutôt parce que cela vous avale, et
qu'on va voir s'amorcer et s'accélérer ce qui le laissera
sous le choc cinq ans plus tard.

Dylan parle peu du Gaslight dans ses *Chroniques*,
alors que tout confirme qu'il s'agit d'une étape réelle
pour la façon dont il joue. Une réflexion de Charlie
Brown, le patron du Gaslight, peut expliquer cela en
partie : les musiciens tournent, et la salle est bondée.
Chaque heure, quand Van Ronk, Clayton et Chandler
se sont succédé, il faut renouveler le public : c'est à
ce moment-là qu'on fait jouer Dylan. On évacue une
partie du public, on laisse les autres commander une
nouvelle bière pression. Ce n'est pas glorieux ? Et
alors ?

Le Gaslight, de toute façon, ce n'est pas une fin en
soi. Là où jouent Cisco Houston ou Ramblin' Jack
Elliott, qu'il croise à présent chez les Gleason, c'est
au Gerdes : et passer du Gaslight au Gerdes est certainement plus difficile que passer de The Wha ? à La
Lampe à gaz.

Charlie Brown paye ses artistes en fin de semaine,
Chandler et Clayton devant probablement s'en attribuer
la meilleure partie. Pour Dylan il s'agit quand même
de cinquante à soixante dollars : on peut payer son
bagel et son café, avoir l'impression d'être indépen-

dant, pouvoir le dire fièrement à ses parents quand on leur téléphone. Les autres, ceux du poker ? Paul Clayton, qui a enregistré pas loin de trente disques, pratiqué beaucoup le collectage, Hal Waters qui a une voix très bel canto du folk, et (Dylan ne l'aime pas beaucoup, et c'est certainement réciproque) Len Chandler qui est plutôt, lui, un imitateur, plus Van Ronk qui sur scène laisse passer une énergie de bûcheron. À celui qui assurera les rotations de fin de partie, on demande surtout qu'il ne perturbe pas l'affiche principale. Reste qu'il devait y avoir d'autres prétendants que Dylan : mais Kevin Brown propose plutôt sa scène à ceux qui embarquent le public (écouter la chanson de Guthrie *Car* enregistrée en septembre, où Van Ronk, Dylan et un troisième – Happy Traum ? – s'amusent à imiter des bruits de voiture), plutôt que des techniciens du folk, meilleurs instrumentistes mais qui n'ont pas l'impact scénique des premiers, comme Danny Kalb ou Mark Spoelstra. Dylan est peut-être moins bon à la guitare, mais professionnellement il a pris, même avec ce rôle très humble de celui qui dissuade le public de rester, un tour d'avance.

Dave Van Ronk et sa compagne, Terri Thal, vont inscrire leur nom sur la liste des parents adoptifs de l'orphelin du Nouveau-Mexique, ou prétendu tel. Aucun d'entre eux, plus tard, pour dire que Dylan leur ait menti vraiment : juste, on ne posait pas de questions, c'est l'Amérique, c'est New York. Peu importe d'où vous venez, par quel chemin et de quelle famille : on s'occupe de guitare et de répertoire, de contrats à trouver dans d'autres clubs ou cafés, Van Ronk sans doute heureux alors de disposer d'un remplaçant pour lui garder la place. Lui et Terri sont les seuls à être légalement mariés dans la bohême du Village, on vit dans un deux-pièces, alors quand on a passé la soirée ensemble, quelle importance, quand vous vous repliez dans la chambre, de laisser le salon et un vague matelas à l'invité qui va dormir par terre ? Et dans cette vie au jour le jour, avec le bruit et la fumée de la nuit, quand on est Van Ronk, ces relations comptent aussi parce qu'on n'est pas quelqu'un à travailler sa guitare seul, qu'on aime cette simplicité qu'il y a à se mettre à deux pour jouer un peu, discuter et raconter, laisser du temps filer.

Ce printemps 1961, Dylan fréquentera donc beaucoup les Van Ronk, celui à qui il n'osait pas adresser la parole la première fois qu'il l'a croisé dans la rue. Mieux, Terri Van Ronk cherche à s'établir comme agent : elle se charge de trouver des engagements à Dylan. Lorsqu'il choisira, à l'automne prochain, un agent installé, qu'il débarquera au profit d'Albert Grossman au début de l'année suivante, la relation avec les Van Ronk subira un froid qui durera. Terri verra dans le succès de Dylan le résultat de ses démarches, quand on lui claquait la porte au nez. En attendant, les Van Ronk sont beaucoup plus pour Dylan que la seule marche d'accès au Gaslight.

Le Gaslight, pour Dylan c'est une école : la scène tous les soirs, son nom à l'affiche (en petit), et s'imposer parmi des types qui ont bien plus d'expérience. Ainsi Paul Clayton, qui chante un folk plus commercial (il a une formation de musicien classique, et cette facilité technique est dangereuse quand on reprend les chansons des montagnes), et même avec autant de disques, la reconnaissance n'est pas au rendez-vous. Ainsi Hal Waters, ainsi évidemment Van Ronk lui-même, les quatre-vingts kilos qu'il met sur scène derrière sa Gibson J-200, avec ses grosses moustaches rousses, sa voix éraillée et ses façons de hussard, et ce qui nous traverse quand on l'écoute chanter : ce n'est pas la guitare qui importe, mais cette façon de faire passer d'abord la plainte ou l'histoire, en se moquant de la technique. Grand Van Ronk.

Ce que dira Jon Pankake, avant que Dylan ait écrit et publié son jugement rétrospectif : « Quand il est revenu à Minneapolis, après ses premiers mois de New York, il avait compris que la présence passait avant la technique. Il jouait désaccordé au point qu'on pouvait croire que c'était exprès. Et pourtant on ne le reconnaissait plus. »

Dans cet entretien, avant la rancœur qui résultera des *Chroniques*, Pankake dit de Dylan : « Il a affirmé son écart avant même d'être au point techniquement » (*he picked up his freedom before he had gotten his technique*), preuve qu'il n'est pas l'intégriste sentencieux que Dylan portraiture.

Rien n'est gagné, pour Dylan. Version Van Ronk : « Quand il jouait, si tu avais dix personnes dans la salle, il y en a cinq qui partaient. Mais celles qui restaient, elles comprenaient pourquoi elles étaient restées, et ce qui se passait. »

Ce type agité, qui tape du pied sur la scène quand il joue, heurte la guitare au micro, affecte dès à présent, sur la scène comme en privé, une grosse casquette d'ouvrier, et se prend pour un nouveau Woody Guthrie, il se trouve donc des musiciens pour lui faire confiance, même si tout est brouillon, si rien n'est au point.

Dylan a dix ans de moins que chacun de ses trois collègues, pas de nom et pas de disque, alors il va se rattraper comme il le faisait dans la rue un mois plus tôt : que la chanson soit un spectacle en elle-même. En montrer à nu les paramètres : laisser voir ce qu'elle a de spécifique dans le rythme parce qu'à tel moment la guitare ne sera que rythmique, affirmer la singularité de la mélodie en la décalant des accords. Et par-dessus tout, cette rage. Abandonner la voix bien posée de l'étudiant de vingt ans, pianiste et musicologue, et érailler tout cela. En écrasant la voix, en se refusant le plaisir de la voix, le rythme, la mélodie, le texte repassent en avant : il est facile aujourd'hui de comparer avec ceux qui chantent les mêmes chansons, Eric von Schmidt, Mark Spoelstra, Happy Traum, Phil Ochs – la déconstruction Dylan, c'est dès ce moment qu'il l'amorce. Est-ce qu'il la doit à Woody Guthrie malade, aux discussions avec Pete Seeger, grand décortiqueur aussi, ou simplement au rôle qu'on lui fait tenir au Gaslight, et à l'art du bluff tel qu'il l'apprend au poker, dans la petite cambuse du deuxième étage ? Van Ronk, brutalement : « On pigeait que ce mec ferait quelque chose » (*this guy would make it*). Et c'est le premier à le dire de cette façon.

Chaque quinzaine, Dylan s'appelle à nouveau Robert ou Bobby, pour téléphoner à son père et sa mère, en PCV : « Tu appelles d'où ? », demande le père. Réponse : « De New York, capitale du monde… – Ah, elle est bien bonne, celle-là… »

S'ils ont le cœur qui s'amadoue, les parents, et qu'ils envoient un mandat par voie postale, tant mieux, pourvu que le fiston se soigne bien et se lave les dents. « On n'a qu'une dentition pour toute la vie », c'est la plaisanterie de famille, et on sait que ledit fiston n'est pas très fort sur la question hygiène. Mais plus tard, à Robert Shelton, la mère dira que Bobby ne demandait rien, qu'il voulait faire la preuve qu'il s'en tirait avec son propre argent.

114

En attendant, il n'est pas le seul à traîner sa guitare dans son étui sur les trottoirs de Greenwich Village, entre Washington Square et Bleecker Street. Et les plus belles affiches, la vraie marche professionnelle, c'est le Gerdes : un bistrot italien (il y a encore, dans cette fin d'une époque, beaucoup d'ouvriers italiens dans les petits métiers à New York), au coin de Mercer Street et de la Quatrième Rue. Izzy Young, fin 1959, a convaincu le patron, Mike Porco, d'être le premier à inviter le soir un musicien folk, et de façon professionnelle : donc rétribuée. À ce moment-là, on joue du folk l'après-midi, on passe le chapeau, et le soir on laisse la place aux musiciens de jazz. Izzy Young appelle ces soirées The Fifth Key (la petite clé au milieu du manche du banjo), fait payer un dollar cinquante le droit d'entrée et son premier invité est Cisco Houston. Le lundi, c'est la scène ouverte, pas de droit d'entrée et joue qui veut : les *hootenannies* vont devenir la règle du lundi soir bien au-delà du Gerdes.

Izzy Young n'est pas un commerçant : le folk n'aime pas l'argent, même pas un dollar cinquante, l'esprit du folk c'est l'entrée gratuite. Il lève les yeux au plafond quand Porco lui reproche de laisser tout le monde entrer sans billet. Une communauté, une chapelle, un tout petit monde en circuit fermé. Porco en est de sa poche chaque fin de mois, mais respire ce qu'il serait possible de faire, puisque le jazz règne partout ailleurs. Il ne faut pas six mois pour qu'il se fâche vraiment avec Izzy Young, la séparation est violente. Il négocie alors avec un tourneur, Charlie Rothschild, qui se chargera de recruter les artistes, les rémunérer et faire payer les entrées. Rothschild profite de l'élan de la nouvelle revue folk, *Sing Out*, une nouvelle clientèle apparaît, plus aisée : le Gerdes devient la vitrine du folk. Charlie

Rothschild travaille pour le compte d'un producteur qui loue des bureaux dans la rue d'à côté, pilote Odetta et Bob Gibson, et aime avoir ses conversations professionnelles dans le bruit d'un bar plutôt que dans le confinement des étages : Albert Grossman aura sa table au Gerdes, où Porco continue d'accueillir au bar ses compatriotes italiens.

Porco ne l'a probablement pas entendu jouer, mais il a repéré le jeune à casquette Huckleberry Finn. Dylan joue au Gaslight, cela suffit pour qu'il lui propose de venir un lundi participer à la *hootenanny*. Au Gerdes, on invite les artistes pour deux semaines, et il leur faut une première partie, qu'on laisse à ceux qui débutent. Mais le nombre d'élus est limité : alors pourquoi ça va si vite pour Dylan, alors que les mêmes disent que rien ne le différenciait des autres ?

À jouer tous les soirs, Dylan s'affirme, et il a un territoire à défendre. Quelqu'un comme Mike Porco est capable de remarquer ce genre de changement : d'ailleurs, les amis de Dylan, ceux qui ont son âge et traînent pareillement leur guitare, Mark Spoelstra, Happy Traum, Danny Kalb, ont déjà fait les premières parties du Gerdes, qui est leur vivier naturel. Mais c'est chez les Gleason que Dylan a pour la première fois rencontré Porco : la mort de Cisco Houston, les concerts de Ramblin' Jack Elliott, à chaque fois on retrouve le même monde, dont ceux qui font l'affiche du Gerdes, à commencer par Pete Seeger. C'est une des choses qui le met le plus en colère, Dylan : un type comme Pete Seeger, le plus américain d'entre eux (ses ancêtres étaient à bord du *Mayflower*, ses arrière-grands-pères ont fait la guerre de Sécession), est sur la liste noire des années McCarthy, pour avoir chanté l'égalité, parlé des ouvriers, des chantiers. Dylan a une vraie admiration pour Seeger, et le grand aîné le soutiendra en retour : Dylan joue les mêmes chansons, celles de l'histoire d'Amérique. Quand Pete Seeger, deux ans plus tard, demandera à Bob nouvelle star de venir avec lui dans des villages du Mississippi, où il est inconnu, et jouer pour inciter les Noirs à s'inscrire sur les listes électorales, il l'accompagnera.

On dira plus tard que Dylan s'est montré calculateur, qu'il a utilisé chaque amitié pour grimper sur l'épaule de qui le soutenait pour passer, lui, avant. C'est d'une dureté infinie, de s'imposer en musique. Même ceux qu'il révère, ou avec qui il partage le plus, Dave Van Ronk, Richie Havens, n'y parviendront pas. Mais s'il suffisait de décider cela dans sa tête, non, ça ne suffirait pas.

Si Mike Porco donne si vite sa chance à Dylan, c'est probablement avec la caution de Pete Seeger et d'Alan Lomax, et l'appui du clan Gleason. Au Folklore Center, comme à Minneapolis, Dylan a suffisamment brassé les vieilles partitions, lu les revues : un travail dont Joan Baez, par exemple, s'est dispensée. Et Spoesltra, Traum ou les autres sont plus attachés à la technique de l'instrument. Chez les Gleason c'est de politique qu'on parle, celle qui mêle Woody Guthrie et Cisco Houston aux grèves, au renouveau de ces grands bluesmen, Leadbelly, Big Bill Bronzy. Dylan, s'il se fait respecter de Seeger et Lomax, c'est qu'il sait les écouter et dispose des clés pour comprendre et répondre. Son répertoire déjà s'écarte du tout-venant du folk, et comprend une suite de *curiosités*, quand bien même il chante comme les autres *House Of the Rising Sun* (qui deviendra *Aux portes du pénitencier* chez Johnny Halliday, mais bien plus tard). D'écriture, pour l'instant, il n'en est pas question.

Alors oui, on aimerait être dans cette chambre d'hôtel, début avril 1961, quand, missionné par Mike Porco, Dylan est reçu par John Lee Hooker, vingt ans de plus. Invité à jouer pendant dix jours au Gerdes, avec en première partie ce jeune type qui n'a jamais joué pour personne. John Lee Hooker en solo, avec seulement sa guitare acoustique. Est-ce qu'il regarde de haut le poulain de Mike Porco, est-ce qu'il lui reste indifférent, est-ce qu'il aurait préféré imposer à Porco un de ses propres protégés ou élèves ? Est-ce qu'il considère que Porco, pour s'offrir dix jours de John Lee Hooker, n'a pas assez de moyens pour lui offrir en première partie mieux qu'un débutant alors tant pis ?

Dylan l'évoque discrètement, dans les *Chroniques* : John Lee Hooker le laisse jouer une chanson, et il y a aussi Sonny Boy Williamson, un grand de l'harmonica, qui lui dira juste une phrase, presque sous forme d'aphorisme : « Tu joues trop vite, mon gars. » Comment ces hommes-là auraient-ils parlé à ces petits gabarits mal peignés, qui viennent leur prendre leur musique ? Mais Dylan écoute religieusement la leçon, la preuve...

Parce que Dylan est une éponge, disent ses amis, et maintenant il sait jouer à la façon de John Lee Hooker, battant le plancher de son pied gauche quand il joue *Baby Please Don't Go*. On est en avril, son quatrième mois de New York, et plus rien ne sera pareil : c'est un baptême, un lancement, même si tout modeste.

Dylan touchera cent dollars pour ses dix jours, mais il faut s'inscrire au syndicat des musiciens. On demande nom et profession des parents, Dylan dit qu'il ne les a pas connus. Or, comme il n'a pas vingt et un ans, c'est obligatoire. On peut supposer que ni Abe ni

Beatty ne lui auraient refusé la signature nécessaire. Mike Porco se porte garant : des cent dollars du cachet, quarante-six seront avalés par cette inscription.

Dylan, dès le deuxième jour, envoie des cartes postales. Aux Whitaker, à Minneapolis : « Je joue au Gerdes, je fais la première partie de John Lee Hooker », et eux penseront à une exagération de plus, que décidément on ne leur changera pas leur Bob. Après les concerts, on raccompagne parfois le bluesman à sa chambre d'hôtel, on parle, on joue, on boit du vin. Le vieux maître, plus tard, fera semblant de s'en souvenir et dira que certainement « il jouait du folk, mais plutôt du folk blues » pour dire que ça s'était bien passé, mais restera incapable de dire quoi que ce soit de plus précis. Combien en a-t-il vu défiler, des débutants pour sa première partie ?

Dix jours et c'est fini. On doit reprendre humblement son tour dans la file. Porco lui proposera de jouer à nouveau en septembre, en ouverture de la formation bluegrass d'Eric Weissberg, les Greenbriar Boys : et septembre doit sembler à cet instant un horizon infini.

Alors qu'est-ce qu'on fait, quand on a cela derrière soi ? On rentre à Minneapolis, comme d'autres rentraient à Charleville, pour le prouver, qu'on a joué en ouverture du bluesman qui fait une fois et demie votre hauteur, deux fois votre poids. Deux choses, sur ce retour : du bien, du moins bien. Le moins bien, c'est que Bonnie Beecher, pour laquelle il revient, a pris un autre copain : Bobby apparemment ne s'y attendait pas. Le temps passe si vite, à New York. Et le bien : il revoit Tony Glover, et on reprend où on les avait laissées, les discussions sur le folk. L'avantage, avec Glover, c'est qu'ils ne sont jamais d'accord, on discute des nuits entières. Et on a un magnétophone : on le pose sur une table, et on enregistre ce que joue Bob Dylan, et une partie de leurs discussions. Il y aura en décembre une autre séance, cette fois dans une chambre d'hôtel, en présence d'un type qui est plus ou moins agent, mais toujours sur le magnétophone de Bonny Beecher. Ces trois séances, qu'on nomme les *Minnesota Tapes*, pas loin de soixante-dix chansons, sont comme le premier vrai disque de Dylan : tout ce qu'il sait jouer des autres, plus deux improvisations parlées, dont une qui s'intitule « Bonnie, pourquoi m'as-tu coupé les cheveux si courts ? », une fois que Dylan devait rentrer à Hibbing, et qu'il avait voulu se discipliner un peu la crinière. Dylan – selon le témoignage de Bonnie Beecher en 1989, alors qu'elle est devenue dans les séries télévisées l'actrice Jaharana Romney – lui a demandé de ne jamais autoriser la copie des bandes. Précisant que, si la Bibliothèque du Congrès lui faisait une offre, on les leur ferait payer cher (dans leur vocabulaire d'étudiants de Minneapolis : deux cents dollars).

Bonnie fait circuler les bandes, mais ne les prête pas : finalement, on les lui vole. C'est ce qu'elle dit, et c'est bien possible. Si elle les avait revendues à un collectionneur, elles ne seraient pas arrivées si tôt sur le marché noir.

Un vrai trésor : les chansons de Woody Guthrie (*1913 Massacre*, *Pasture Of Plenty*), les influences traditionnelles (*Sally Gal*, *Gospel Plow*), les emprunts aux bluesmen, dûment travaillés (*San Francisco Bay Blues* de Fuller, *Cocaïne Blues* de Gary Davis, le « révérend » aveugle, ou *Baby Please Don't Go* de John Lee Hooker) et quelques merveilles qui annoncent le biais par lequel Dylan va bientôt traverser le répertoire acquis pour accéder à lui-même : *I Was Young When I Left Home* ou *See That My Grave Is Kept Clean* – d'où émergera presque sans changement *Ballad Of Hollis Brown*). Ailleurs, on l'entend montrer à Glover les suites d'accord, puis essayer plusieurs tonalités (*Keep Your Hands Off Her*) avant de se lancer. Surtout, on les entend rire ensemble.

Pas d'autre témoignage, mais essentiel, de ce que Bob Dylan pouvait jouer sur l'étroite scène du Gaslight. Plus tard, il y reviendra pour un concert entier, dont on a un enregistrement, mais début 1964, avec ses propres chansons : rien à voir avec ce printemps 1961, et les « attractions » par quoi, en tant que musicien folk, on amuse le public : Van Ronk se souvient de la mine de Bob amorçant son solo d'harmonica et ne faisant qu'une seule note, mais tenue tout le couplet. Les trois séances *Minnesota Tapes*, c'est Dylan avant qu'il écrive. Dylan republiera lui-même, dans la compilation éponyme accompagnant ses *Chroniques*, ou dans le premier des *Bootleg Series*, quelques-unes des chansons de Minneapolis : les versions pirates intégrales de ces enregistrements sont entre les mains de tous ceux qui s'intéressent à Dylan : Portrait d'une naissance.

Les biographes de Dylan, pour son retour à Minneapolis, commentent plutôt les déboires affectifs. On apprend qu'à New York il vivait, ces semaines-là, chez une fille qui s'appelait Avril, une Californienne aux yeux bruns (*California Brown-Eyed Baby* : les chagrins d'amour ont cela de bien qu'ils poussent à l'écriture), venue à New York pour tenter sa chance dans le monde de la danse, et qu'il rencontre chez les McKenzie. Dylan s'attarde à Madison et, quand il revient à New York, apprend qu'Avril est repartie en Californie. Eve

McKenzie tiendra à la main un de ces lourds téléphones de l'époque, tandis qu'il chante à Avril, en PCV, la chanson d'un amour impossible qu'il lui dédie. Anecdote, mais qui permet de dater les hébergements, les amitiés : Mark Spoelstra, le compagnon de rue et de guitare, est aussi celui qui en sera le confident.

Ceux qui se souviennent de Dylan, ces premiers mois de New York, le décrivent comme un type incapable de tenir en place, avec la jambe qui se met à secouer dans tous les sens dès qu'il s'assoit. Ils disent qu'il était bizarrement habillé : comme si chacun de ses vêtements était soit trop petit, soit trop grand, des choses du genre de celles qu'on s'achète aux puces ou dans ces boutiques de fringues d'occasion qui pullulent, avec une casquette à la Woody Guthrie qui semble le rassurer, et qu'il ne quitte pas lorsqu'il joue.

Avec pour référence le Gaslight et sa première partie au Gerdes, en mai Dylan fait une première tentative de s'éloigner de Greenwich Village. L'autre capitale du folk, c'est Boston et le campus de Cambridge. « On avait enregistré Bob sur un magnétophone, dit Terri Van Ronk, et j'ai envoyé la bande à Carolyn Hester, qui jouait à Springfield. Ensuite, je suis allée au Club 47, à Cambridge, mais personne ne voulait de lui. » Terri obtiendra seulement pour Dylan un passage dans un club de Saratoga Springs, le Lena Café.

Cambridge et Boston, par rapport à New York, c'est la tradition archéologique du folk : les reconstructions les plus fidèles. La dissension va s'aggraver l'année suivante, précisément parce que avec Dylan et la revue de Pete Seeger, Broadside, les clubs de New York vont s'écarter plus radicalement des sources. Mais auditionner à Cambridge, au Club 47, vaut à Dylan de rencontrer Eric von Schmidt, un autre de ces initiateurs du folk, de dix ans son aîné, un peu le Van Ronk local : spécialiste du jeu à trois doigts, le *finger picking*, les chansons qu'il exhume et réarrange valent des compositions personnelles.

Von Schmidt dit que Dylan, dans ces quelques jours qu'il l'héberge, ne cherche pas à s'imposer : mais qu'il écoute intensément. On discute ensemble de chansons rares. Ainsi cette étrange complainte que joue von Schmidt, et que lui reprendront Dylan et Van Ronk : *He Was a Friend Of Mine* et une qu'il va enregistrer, et intégrera même dans les concerts de 1966, *Baby Let Me Follow You Down*.

Ambiance : les beaux jours sont là, von Schmidt embarque au crépuscule Dylan, Carolyn Hester et son compagnon Richard Fariña à la plage. On déplie une couverture sur le sable, on a un *jug* rempli de punch basique avec mélange de jus d'orange et de rhum, et on joue de la guitare à la tombée de la nuit. Il apparaît que Dylan n'est pas causeur, se contente de monosyllabes, *fuck it man*, *that's great*, écoute timidement les autres jouer, tout en se risquant peu à peu à l'harmonica. Et que ce n'est pas pour déplaire à l'apprenti écrivain qu'est Richard Fariña, en mal de public admiratif. On évoque probablement Joan Baez qui, à leur âge, est partie de ce même campus, et dont le disque vient de dépasser le million d'exemplaires.

L'audition ne donne rien dans l'immédiat, sinon cette rencontre. Pourtant, au mois d'août, le patron du Club 47 le fait venir : manque d'effectifs en période estivale, comme à Central ? Boston a son petit monde musical, ces figures encore inconnues qui âprement s'obstinent, pour qui la musique représente toute la vie, mais ça ne suffit pas forcément pour percer. Le folk est déjà associé, beaucoup plus que le jazz qui reste

123

une affaire d'hommes, à des voix féminines : Jo Mapes (Chicago), Judy Henske (Los Angeles), Judy Collins (Denver), Peggy Seeger, Susan Reed, Maria Muldaur.

Carolyn Hester en sera emblématique : sur les campus des grandes villes, sous la pression du mouvement beat, le théâtre accomplit une mutation similaire. Carolyn Hester vit dans ce monde du théâtre, et, là où les musiciens du folk viennent rigidement au micro et restent sur leur tabouret, elle introduit la mobilité, l'adresse au public, la respiration propre aux acteurs : Dylan ne perdra pas la leçon. Carolyn Hester est déjà sur le chemin d'un disque : les décideurs, les hommes à cravate, ébouriffés par le succès de Joan Baez chez Vanguard, voient la photo sur la pochette de disque avant même d'écouter la musique. Carolyn Hester, avec sa longue chevelure bouffante, énergie de Texane, sera une des icônes de ce début des années soixante.

Dylan a probablement déjà croisé Hester à The Wha ? Quand la chanteuse invitée, Carolyn Hester ou Karen Dalton, fait le bœuf en duo avec Fred Neil, Bobby joue de l'harmonica avec eux, mais il n'est alors qu'un débutant sans nom. Cet automne, Dylan continue à l'occasion de jouer avec Fred Neil, et il a appris à faire de l'harmonica un instrument complet : ce mois d'août, de retour à Cambridge, Hester l'invite dans son propre passage pour l'accompagner sur ses Marine Band (les musiciens transportent une pochette de cuir avec un instrument de chaque tonalité, sur scène Dylan les pose près de lui sur une chaise, et il bousillera une de ses belles et anciennes guitares à cause de son habitude de laisser des harmonicas dans son étui). La façon de jouer de Dylan accompagnateur n'a rien à voir avec l'usage personnel qu'il aura de l'harmonica, un usage presque abstrait, déconstruisant la chanson, et qui provoquera beaucoup d'ironie chez ceux qui ne l'aiment pas. Il est capable de jeu traditionnel, d'harmonies, et, quand il joue, connaît toutes les arcanes musicologiques. Et puis il a cette rage de s'imposer au-devant, venue tout droit des années Little Richard.

L'autre fil, pas assez déployé par les biographes : la première rencontre de l'apprenti écrivain, Richard Fariña. Hester vient de se marier légalement à ce type expansif, brouillon et bluffeur, qu'elle connaissait depuis quinze jours et qui, dès leur voyage de noces à La Nouvelle-Orléans, alors qu'ils n'ont pas un sou et passent de ville en ville en convoyant des voitures, lui suggère de jouer dans un club pour payer les frais.

Richard Fariña est un Irlandais de Brooklyn, de père cubain (il y a fait un voyage durant son enfance, mais en exagérera l'importance maintenant que c'est la guerre froide). Il n'est pas musicien, mais poète. Encore, pas exactement : il est plutôt celui qui monte les revues, s'occupe d'organiser les lectures. Étudiant, il partage un appartement avec Thomas Pynchon, tous deux écrivent et rêvent de livres : Nabokov, qui vient de faire paraître son *Lolita*, est un de leurs profs, même si c'est Hemingway la grande figure d'identification. Ligne de partage mystérieuse : des deux, c'est Fariña le plus visible, le plus remuant. Pynchon avancera plus lentement, et Fariña a du mal à comprendre que son copain ne passe pas son temps, comme lui, dans les conversations, les rencontres. Lui, Fariña, veut vivre comme le leur enseigne Hemingway, et tant pis s'il ne vous reste plus assez de temps (on s'en plaint tous les jours) pour écrire. Fariña a un travail de bureau chez Shell ou un autre pétrolier, mais s'imagine qu'en se mariant avec Carolyn il peut devenir plus ou moins son agent. Il ne lui demande d'ailleurs pas son avis. Et ça fonctionne, puisqu'elle est belle et que sa musique a de la classe. Dans un concert de Judy Collins, il découvre le son fin et entêtant du dulcimer, l'usage moderne qu'on peut en faire, et comprend que la technique n'y est pas si exigeante que pour la guitare : Carolyn lui offre son premier instrument. Au lieu d'apprendre le répertoire rustique des montagnes Appalaches, que le folk urbain réinvente, il essaie de jouer *Tutti Frutti* et puis de faire des rythmes pour ses propres textes de poésie : Richard Fariña a trouvé sa voie. Après Dave Morton à Minneapolis, Dylan croise pour la première fois un écrivain, du moins quelqu'un qui affecte de l'être, parle écriture automatique et surréalisme. Pour les trois ans à venir, Fariña est dans l'histoire de Dylan une ombre principale.

On n'a pas d'autre choix, dans une biographie, qu'installer les personnages à mesure qu'ils paraissent. La mort prématurée de Fariña occultera l'importance qu'il a pu avoir dans l'accès de Dylan à l'écriture : ces gens dont il lui parle, le lien qu'il a aux poètes beat (Fariña a cinq ans de plus que Dylan). Pour l'instant, c'est la vie de bohême, on ne gagne pas lourd mais on s'amuse : Fariña a quitté volontairement son emploi, et le chemin d'écrivain ne se bâtit pas en un jour. Avec les cinquante dollars de droits d'auteur de la publication d'un poème dans une revue de Cambridge, Carolyn et lui s'achètent une voiture, pas rutilante mais qui roule, et ils l'appellent « le poème » : – Le poème est en panne, Va sortir le poème… Si le mariage ira vite à l'impasse c'est que Fariña, aveuglément, naïvement ou sciemment, instrumentalise sa compagne sans plus rien demander à son agent. C'est lui qui décide où il faut jouer, lui impose des lieux qu'elle n'aurait pas sollicités, avec des cachets que son agent n'aurait jamais acceptés, mais qui règlent le problème des fins de mois. Et puis, maintenant il s'invite dans les concerts de sa compagne avec une chanson a cappella, une lecture de poèmes avec dulcimer, et un duo pour finir, ce qui lui permet de solliciter un cachet pour lui aussi. Pour le disque que Columbia doit enregistrer, il prétend à la direction artistique. Pour trouver à Hester un biais hors du chemin dessiné par le succès de Joan Baez, il lui fait inclure dans son répertoire folk une tonalité issue du blues noir : c'est pour ces morceaux-là que Fariña invite sur le premier disque de Carolyn l'harmonica du jeune et inconnu Dylan, et demande à Columbia la contribution d'un jeune guitariste professionnel noir, familier du Village, mais qui joue amplifié, Bruce Langhorne.

Columbia, la maison de disques, n'a pas pardonné à John Hammond, un de ses meilleurs producteurs, de n'avoir su convaincre Joan Baez d'enregistrer chez eux : elle leur a préféré Vanguard. Pour les maisons de disques, il s'agit de segments de marché où il faut avoir des pions à placer face à chaque pion de la concurrence. Dylan, depuis un an qu'il rencontre exclusivement le milieu folk, est heureux avec Fariña de parler de leurs origines musicales, de Buddy Holly et d'Elvis. Fariña sera le premier à permettre la jonction des deux univers. Ce que Dylan va mettre deux ans à construire pour lui, on l'entend paradoxalement dès ce premier disque avec Carolyn Hester : la guitare électrifiée de Bruce Langhorne, et Dylan, avec sa casquette et ses habits ouvriers, alors qu'à John Hammond il aurait suffi de claquer du doigt pour faire apparaître ses harmonicistes et guitaristes habituels.

Ajoutons que n'est pas dangereux, sur une scène folk en train de se saturer, un petit bonhomme mal peigné venu de sa ville du Nord, avec encore sa bouille d'étudiant, vêtu d'une chemise à carreaux trop grande sous une veste trop étriquée, et de bottines à pointe ridicules. C'est en jouant de l'harmonica pour les autres, de Madison avec Danny Kalb à Cambridge avec Eric von Schmidt, en passant par le premier soir à The Wha ? avec Fred Neil, que Dylan se sera d'abord fait remarquer, là où le chant et la guitare l'auraient refoulé. C'est pour jouer de l'harmonica sur un disque qu'on l'invite pour la première fois dans un studio.

Bien sûr, il en rêve, de son propre disque, Bob Dylan. Sans doute, la guitare à la main, sur le trottoir de New York, en comptant les trois pièces qu'il vous faut pour un hamburger au comptoir, on en compose mentalement à l'infini les deux faces du disque rêvé : dans deux ans, dans cinq ans, ou tout de suite ? Ce n'est pas un rêve accessible à qui n'a comme curriculum qu'une première partie de dix jours au Gerdes. Mais, parce qu'il joue de l'harmonica, Dylan sera en studio moins de huit mois après son arrivée à New York alors que d'autres, qui font cela depuis deux ans, n'y ont jamais eu droit.

C'est avoir passé trop vite de juin à septembre. Dylan, après le Gerdes, a repris sa place au Gaslight, mais garde droit de scène au Gerdes, sous condition. Happy Traum : « On le laissait monter sur scène pour le dernier set, et faire ses chansons. Mais il en rajoutait, il était désaccordé la moitié du temps, et il faisait fuir les derniers qui restaient. » Refrain trop entendu pour ne pas inclure un brin d'exagération rétrospective : c'est la thèse des premiers biographes, et les témoignages ultérieurs, même ceux des proches, ont tendance à se plier d'avance à cette première image. Happy Traum est un joueur sage, qui fera une carrière honorable, mais pas au premier plan. C'est lui (de la même façon qu'un autre guitariste, Stephan Grossman, qui vit chez le pasteur et guitariste aveugle, Reverend Gary Davis, pour en recevoir les secrets) qui publiera les premières méthodes de *finger* ou de *flat picking* qui nous permettront, six ou dix ans plus tard, l'accès à la technique. Aujourd'hui, Happy Traum est le spécialiste des méthodes d'apprentissage par DVD : ce n'est pas le même destin qu'un Dylan. Traum sera un des rares à être reçu à Woodstock dans les années d'isolement et, dans la grande panne du début des années soixante-dix, aidera Dylan à se remettre au jeu. Peu à peu, au Gerdes, avec Happy Traum ou les Greenbriar Boys de Weissberg, ou même les Irlandais Liam Clancy et son frère, l'harmonica, un accompagnement de chant, lui permettent d'être plus souvent sur scène.

Durant ces trois mois, de fin mai à fin août, on sait très peu des jours, des attentes, des rendez-vous et tentatives. Maintenant, dans le microcosme du Village, Dylan est une figure : ce n'est pas au point, c'est joué de travers, mais il se passe quelque chose qui l'insère légitimement dans leur petit monde. La mort de Cisco Houston, en avril, à quarante-trois ans, a resserré les rangs des fidèles de Guthrie : Ramblin' Jack Elliott est devenu un proche, et Pete Seeger un conseiller. Au Gaslight, Dylan s'est entiché de Paul Clayton. L'homosexualité de celui-ci fait gloser les biographes sur la relation de confiance qui se noue entre les deux hommes : douteux cependant que, dans la suite de ses relations féminines, Dylan ait le temps de s'apercevoir de quoi que ce soit de ce côté – et sa relation à Ginsberg et son compagnon, Peter Ostrovski, sera forte et continue aussi. Clayton a un chalet dans les montagnes, près de Charlotteville, en Virginie : Dylan y séjourne en juillet, une de ses premières excursions loin de New York, et bien sûr on a des guitares, bien sûr on écoute des disques. Clayton, vingt disques derrière lui, force Dylan à un jeu plus précis, et pas besoin de leçon pour ça : juste parce qu'on travaille à deux, qu'on passe tout ce temps ensemble. En septembre, Clayton l'invitera dans ses propres concerts hors Gaslight, autant d'étapes intermédiaires qui concernent aussi bien la technique et la confiance que l'image qu'on a de soi. Clayton mourra en 1967, électrocuté dans sa salle de bains, paraît-il, mais dans ces années de consommation généralisée de drogue c'est une explication commode : il est donc absent lorsque s'amorce la grande collecte de témoignages sur les premières années de Dylan, et il prend moins de place que Van Ronk dans les biographies, alors que, cet été-là, il prend à son tour le rôle du guide.

Clayton, avec son âge et ce qui pèse alors sur l'homosexualité, est intégré à une sphère plus artiste et aisée, à laquelle Dylan n'avait pas accès, mais où bientôt il est chez lui. D'autant qu'il n'a toujours pas de chambre fixe, et se promène d'hébergement en hébergement. Ainsi, à Brooklyn, chez ceux qu'il nomme Ray et Chloe.

« J'aimais bien vivre chez les autres, dit Dylan dans ses *Chroniques*, il y avait plein de livres sur les étagères, des piles de microsillons, et parfois j'avais la clé. »

Ray est aussi chanteur de folk, il a enregistré une trentaine de disques mais sans jamais être reconnu : c'est par Van Ronk que Dylan les a connus. Elle, elle a un boulot quelque part, et chez elle fait de la sculpture. Leur canapé est à sa disposition. Il ne dort pas que chez eux, il loge aussi chez Van Ronk, ou à Brooklyn. Mais Ray et Chloe, dans la journée, lui laissent l'appartement, et il y a une grande pièce sans fenêtre, avec une révélation : « des livres jusqu'au plafond ».

Dylan le dit très simplement : avant, il n'a pas lu. Ici, il commencera par les livres d'histoire, et d'abord par les Romains : parce que c'est un autre regard sur la communauté juive ? Ou parce que les jeux politiques décrits par Tite-Live et Tacite vous arment pour affronter la jungle qu'est le milieu musical ? Il lit des biographies d'hommes de guerre, ou Clausewitz. Il tente de se mettre à Freud, mais ça fait sourire Ray et Chloe, alors il le replace sur les étagères. Il aimera beaucoup Balzac, qui le fait rire avec ses musiciens, comme *Le Cousin Pons*, ou ses rêveurs, comme dans *La Peau de chagrin*. Il l'appelle *Mister B.,* familiarité qui ne me déplaît pas. Mais il vénère bien plus Tolstoï, et plus tard se rendra dans sa maison, obtiendra même du gardien d'enfourcher la bicyclette du vieux comte. Les poètes américains, Walt Whitman, Edgar Poe pour qui il aura une vénération, c'est chez Ray et Chloe qu'il les lit, cet été 1961, dans les après-midi vides.

Une autre rencontre qui compte : Robert Shelton. Shelton est de Chicago, et les liens géographiques sont forts quand on se retrouve à New York. Lui aussi est plus près de Clayton que de Dylan : né en 1928, treize ans de plus que Dylan, il a découvert le jazz dès l'adolescence. En 1944, mobilisé, on l'envoie en France : le débarquement, la guerre. Il en gardera un rapport fort à la France (mais oublie de l'inculquer à Dylan). Au retour, les dispositifs d'accompagnement mis en place pour les soldats lui permettent d'accéder à une école de journalisme. Arrivé à New York en 1958, il est embauché au service musique du *New York Times*. À ce titre, il couvrira le premier festival de Newport, en juillet 1959, et fera pour son journal l'article qui lancera Joan Baez. Côté Dylan, ni stratagème ni calcul : juste, cet été-là, que chez Robert Shelton il y a un vrai piano quart de queue et que Shelton, dans la journée, lui laisse l'appartement : il peut travailler sans gêner personne. Et Shelton a une formidable collection de disques : tous ceux qu'il reçoit par le journal. Alors, comme chez Izzy Young, on écoute ça des soirées entières, on analyse, on commente. Évidemment, à l'automne, tout sera prêt pour que Shelton soit le pivot de lancement. Mais pour l'instant il n'en est pas question : nulle demande. On vit dans l'instant, et Dylan n'avait jamais eu l'occasion de se servir d'un piano quart de queue.

C'est beau comme il en parle, dans ses *Chroniques*, de cet été à New York. Se lever à onze heures ou midi parce qu'on ne s'est guère couché avant l'aube, prendre la guitare et en route. On retrouve un copain au café : lui aussi, Mark Spoelstra, a une guitare dans son étui et court le cachet. On a rendez-vous dans un troquet pas bien clean, mais pas trop cher, et puis voilà que ce matin-là le patron a pris un coup de couteau dans le dos. « Qu'est-ce qu'on fait ? » demande le copain. Tout d'un coup, ramenés brutalement à la réalité de la ville, et c'est pour nous l'indication que Dylan et Spoelstra se retrouvent pour jouer et travailler bien avant l'heure d'ouverture des clubs et cabarets…

Spoelstra a juste un an de plus que Dylan, il vient de Kansas City. À onze ans il est déjà un guitariste non pas prodige, mais qu'on était fier d'exhiber, jouant les chansons américaines en première partie de concerts comme ceux de Browny McGee et Sonny Terry. Il est équipé d'une Gibson B45 douze cordes, au son gros comme celui de Leadbelly, et son répertoire inclut la façon de jouer de Mississippi John Hurt, en accord de *sol* ouvert ou de Jesse Fuller. Il semble que, dès le café The Wha ?, Dylan ait joué de l'harmonica sur la guitare de Spoelstra et que, dès ces premiers mois, ils nouent une relation d'égal à égal. En montant sur scène à deux, on se fraie plus vite chemin qu'en jouant seul. Au mois de mai, ils sont ensemble dans un petit festival, Indian Neck Folk Festival, à Branford, dans le Connecticut, pour jouer en duo des chansons de Guthrie. C'est là avec Spoelstra aussi qu'au Gerdes, ce mois d'août, ils accompagnent des chanteurs de gospel : Brother John Sellers, rencontre directe avec la musique noire. Mais Spoelstra a une longueur d'avance. Silence de Dylan sur un événement probablement déterminant : les disques Folkways, qui ont refusé de prendre Dylan sous contrat, font paraître deux disques, *Songs Of Mark Spoelstra With Twelve-String Guitar*, et *Mark Spoelstra Recorded At Club 47*, ce même club qui avait refusé Dylan en juin. Et sans la participation de Dylan, alors qu'avec Spoesltra, chant à deux voix, sur douze cordes et harmonica, ils se produisent le plus souvent ensemble.

Il faut prendre le temps d'analyser ces détails : avec Spoelstra, ce mois d'août, c'est forcément de disque qu'on parle, et la chance du copain doit aider Dylan à comprimer intérieurement le ressort. Dans la multiplicité des livres sur Dylan, me surprend qu'on passe si vite de l'accès au Gaslight à l'enregistrement du premier disque : non, personne n'aurait donné au gamin de dix-neuf ans, sa guitare désaccordée et ses mimiques de Woody Guthrie, la caution pour l'accès au statut de musicien professionnel.

Dylan doit encaisser qu'il ne soit pas encore temps, que cela s'exprime par des refus. La reconnaissance publique vient progressivement aux amis proches, mais vous ignore. N'être que le souffleur d'harmonica de Carolyn Hester et Spoelstra. Considérer comme une chance d'être invité à chanter la deuxième voix avec Eric von Schmidt ou pousser le refrain avec Van Ronk. Dans les livres consacrés à la naissance du mythe Dylan, on croirait que John Hammond descend du ciel sur un nuage, lui fait signe avant de l'emporter, éberlué, dans les hauteurs. Non, c'est un contexte : Carolyn Hester enregistre, Mark Spoelstra enregistre, les festivals et les clubs essaiment. Et donnée essentielle aussi, l'écart où se place Dylan : personne n'obligeait Bobby Zimmerman, chez Ray et Chloe, à relire tout son Edgar Poe, à regarder du côté de Freud et à s'immerger dans Balzac, ni à travailler le piano à queue dans l'appartement vide de Shelton, où sont tant de disques rares. Et si Spoelstra et Happy Traum ont manqué *L'Art de la guerre* de Clausewitz, tant pis pour eux.

Il y a l'été, il y a l'automne : si on compte en hamburgers, et en trottoirs de New York, crevant maintenant d'étouffement et de chaleur, à traîner l'étui de la guitare, ce sont deux dates jointives dans la biographie de Bob Dylan, ce sont des jours, des semaines, des mois, qu'il faut porter heure après heure, avec pour horizon le Gaslight avec la guitare, et le Gerdes avec l'harmonica, en accompagnement de qui veut.

Un type croisé à Denver autrefois, Kevin Krown, est un autre ami en titre (il aura toujours, Dylan, un confident pour la route), qui l'aide à lui trouver des petits engagements : pas vraiment un agent pour autant.

Il ne dit pas qu'il écrit. Écrire ses chansons, c'est un mystère : Woody Guthrie a trouvé une des clés. Dylan cherche encore la sienne. Il est trop tôt. Ce début d'automne, les ressources d'Izzy Young écumées, il s'inscrit à la bibliothèque municipale de New York, s'attelle systématiquement aux faits divers des années 1860 : ces légendes qu'on trouve dans les vieilles chansons, en exhausser peut-être une, oubliée ? Ce n'est pas la bonne piste, il ne le sait pas encore.

Prochaine secousse favorable en septembre. Dylan, en fin d'été, alors qu'il joue surtout en duo avec Spoelstra, la douze cordes et l'harmonica, a enfin croisé un tourneur, Roy Silver, pas si argenté que son nom le suggère, qui cherche son chemin dans la floraison des clubs. Il prendra 25 % des cachets, mais aidera Dylan à en obtenir. Au Gerdes, Porco lui propose, du 26 septembre au 8 octobre, la première partie des Greenbriar Boys, le trio *bluegrass* mené par Eric Weissberg, que Dylan connaît de Chicago. Sur le programme, au lieu de la seule mention de son nom, comme il l'avait fait au printemps pour John Lee Hooker, Porco écrit *the sensational Bob Dylan* : un indice de ce qui change.

Roy Silver fait partie des amis de Shelton, mais l'ami n'écrirait pas d'article dans le *New York Times* pour chacun des gratteurs de guitare qu'il prend sous contrat. Ce n'est pas le genre de Dylan d'aller pleurer pour un article, mais il se chuchote que Mike Porco ne dédaigne pas un petit cadeau aux journalistes qui épaulent le Gerdes. Pour Shelton juste un léger coup de pouce au jeune type, du Nord comme lui, qui l'après-midi s'escrime des heures chez lui au piano tout heureux de servir.

Shelton a le génie de ne pas chercher à faire de Dylan la nouvelle mascotte, la révélation du jour, comme ce qui a marché pour Joan Baez. Dylan prononce mal, il a une voix nasillarde (elle le sera bientôt encore plus) : c'est ce qu'il va dire, *Mr Dylan's voice is anything but pretty*, dit-il – on ne peut pas dire que monsieur Dylan ait vraiment une belle voix. Mais qui transporte de façon rageuse et neuve les vieilles chansons du patrimoine, *recaptures the rude beauty of a Southern field hand music*.

On est exactement mi-septembre. Avant d'enregistrer son disque dans le grand studio A de Columbia, Carolyn Hester répète dans l'appartement d'un nommé Ned O'Gorman, Dixième Rue Ouest. Normal que le producteur, John Hammond, vienne faire un tour. L'enregistrement, dans le studio insonorisé au septième étage de l'immeuble Columbia, sera réalisé en presque direct. Il y a Fariña et Langhorne, on travaille ces trois morceaux blues qu'on doit inclure dans le disque, mais que Hester maîtrise mal. Dylan montre à Carolyn une autre façon d'enchaîner ses accords. Il en a les moyens techniques : il fréquente assez de racleurs de manche, et il a son bagage musicologique – une neuvième ou une façon d'infléchir l'accord mineur, d'ajouter une marche à la transition d'accord, et le morceau trouve sa syncope. Ce sera sa marque, bientôt. C'est en les voyant échanger sur ces questions de guitare que John Hammond comprend qui est Dylan et qu'il lui propose d'enregistrer.

Hammond est un grand gabarit de bonhomme, toujours mis avec une élégance qui n'est pas le genre de ceux avec qui il travaille. C'est une référence : c'est lui qui est allé chercher Count Basie, Billie Holiday ou Charlie Christian et les a imposés. Lui aussi qui, au soir de sa carrière, ira dénicher un autre brasseur d'accords, familier des seconds rôles et des concerts de bar : Bruce Springsteen (à qui Dylan déclarera, lors de leur première rencontre : « Alors, c'est vous qui êtes le nouveau moi, il paraît… »). Hammond a un fils, John Hammond Junior, qui lui a peut-être parlé de Dylan comme de quelqu'un qu'il devrait écouter : il est lui aussi de ceux qui visitent Guthrie au Greystone

Hospital. Mais le fils et le père ne sont pas réellement proches, et Hammond dispose probablement d'autres antennes. « J'ai été soufflé », il dit. Et dans une autre version, plus ambiguë : – *I knew that he wrote*, je savais qu'il écrivait. Dylan prétend que c'est dès cette rencontre que Hammond lui demande de passer lui rendre visite, et qu'on parle d'un disque éventuel.

Carolyn Hester prétend au contraire que c'est elle, lorsqu'on enregistre à Columbia, qui a apporté le *New York Times* et l'a laissé ouvert à la page avec l'article de Shelton, pour que Hammond, réputé pour lire son journal pendant que les musiciens enregistrent, en prenne connaissance. Dans la chronologie de Carolyn Hester, Hammond décide seulement ensuite d'aller au Gerdes écouter Dylan.

Les éléments sûrs dans cette chronologie sont que Columbia envoie, le 26 octobre 1961, un contrat à Dylan, sans audition préalable (on le verrait sur le registre du studio). Et on peut supposer que le processus de décision, pour John Hammond, ne s'encombre pas de recommandations ni d'articles. Un manuscrit, on peut le comprendre en trois lignes : j'ai souvent vu mon premier éditeur, Jérôme Lindon, qui physiquement ressemblait un peu à John Hammond, respirer ainsi ce qu'il recevait au courrier – sans doute que, pour un musicien, c'est pareil. Dylan avait de la présence, un son (le rauque de la guitare mise en avant), une voix qui se moquait bien de ses défauts pourvu que la narration avance. À Columbia, ceux que signe comme cela Hammond on les appelle *the Hammond Follies*, les coups de tête du monsieur : si, de tous ceux-là on ne se souvient que de Bob Dylan pour son extraordinaire destin dans les trois ans à venir, il n'a pas été le seul à être une *Hammond folly*.

À vrai dire, ce n'est pas un processus lourd. À Columbia, ils ont un studio à demeure : une immense pièce à haut plafond, où on peut recevoir un orchestre. Il suffit d'un micro suspendu, de trois paravents pour l'insonorisation, et de faire tourner le magnétophone. À vrai dire aussi, un tel contrat n'expose pas la maison de disques à de grands risques : si l'artiste perce, on retrouvera sa mise. S'il ne perce pas, on n'aura pas engagé de grands frais. Dylan dit qu'il ne lit même pas le contrat (ce n'est pas affectation : personnellement, j'ai toujours eu la même réticence à ces papiers, je ne crois pas en avoir jamais lu un en détail). N'empêche que lui, le nasillard, dont tout le monde dit qu'il chante de travers, et qui exaspère tout son monde à force de se prendre pour le nouveau Woody Guthrie, John Hammond lui a proposé un disque, et il n'y a pas dix mois qu'il est à New York.

Il suffit de deux séances de trois heures, les après-midi des 20 et 22 novembre 1961, Dylan ayant emprunté, pour enregistrer, la Gibson J-200 de Dave Van Ronk.

Hammond dira pourtant que ça n'a pas été facile. Dylan refuse de faire une deuxième prise : « Ce n'est jamais aussi bon que la première », prétend-il. Qu'il ne prête pas vraiment attention à s'il est correctement accordé ou pas : sur scène, à ce moment-là, Dylan refuse même d'accorder sa guitare. Ça fait rebelle, ça marque bien qu'on est au-dessus de ces petites contingences des musiciens ordinaires, qu'on balance ça comme Leadbelly, s'imagine-t-on, faisait dans sa prison.

Instinctivement, et avec le culot qu'il faut pour ne pas obtempérer aux conseils d'une des principales figures de la production musicale, et la chance que cela représente quand on a vingt ans, Dylan ose un premier écart d'avec tous les merveilleux techniciens policés du folk qui l'entourent, Weissberg, Kalb, Spoelstra, Traum, plus Stephan Grossman, Eric von Schmidt et d'autres. Qu'il n'y ait que le rythme en avant, dira Dylan dans les interviews plus tard, l'harmonie comme palpée de l'intérieur à tâtons.

Au Gaslight ou au Gerdes, on a des micros sur la scène, mais rien à voir avec les Neumann qu'on utilise en studio. Dylan ploppe les *p*, dit John Hammond, il siffle les *s*, tourne la tête de côté et perd son timbre, mais n'accepte pas qu'on lui en fasse la remarque. Bien sûr, il fera des progrès, Dylan. L'usage d'un micro s'apprend comme celui de n'importe quel instrument.

Quinze chansons en deux après-midi : celles de son tour de chant, et on prendra les huit qui sonnent le mieux. Il en jouerait bien cinquante s'il fallait, et peu importe celles qu'on garde.

Dylan mettra longtemps pour accepter l'idée qu'on ne fait pas un disque de la même façon qu'on monte sur scène au Gerdes ou au Gaslight. Qu'il faut un autre niveau de précision. Mais cette part laissée au hasard, à l'intuition brusque, c'est une idée que John Hammond n'aurait pas eue, lui. Dylan, autant que la chanson, met en avant le personnage qui chante, et qu'il construit comme une fiction : qu'on perçoive sa posture, l'énergie, la difficulté pour le son à émerger de la guitare et la voix éraillée. Et tant pis si ce qu'il fait ne lui plaît pas, à lui, Bobby Zimmerman, pas plus qu'à John Hammond.

Nouveauté : deux chansons signées Bob Dylan. Ce *Song to Woody*, où les paroles sont collées sur des accords pris à Woody Guthrie, pour l'hommage. Mais dans sa façon de construire son propre personnage en silhouettant, devant lui, l'imagerie de Woody Guthrie,

Dylan définit déjà les deux routes qu'il va entrelacer : celle d'une galerie ou d'une fresque remplie de passants (*I'm seeing your world of people and things / Your paupers and peasants and princes and kings* : « Je le vois ton monde de gens et d'histoires / Tes pauvres et tes paysans avec tes princes et tes rois ») et celle du monde qu'on érige en refus (*A funny old world that's coming along / Seems sick and it's hungry, it's tired and it's torn / It looks like it's a dying and it's hardly been born* : « Il est marrant ce vieux monde qui continue / Tout malade et affamé, et fatigué et usé / Qu'a l'air de mourir alors qu'il est seulement pas né »). La seconde inaugure une veine autobiographique : *Hard Times In New York*, une improvisation parlée, où le personnage qu'on invente a à charge de porter les autres chansons du disque pour qu'on y croie. Avec une fausse naïveté de provincial débarqué (*People goin' down to the ground / Buildings goin' up to the sky* : « Les gens qui descendent sous le bitume / et les immeubles qui grattent le ciel »). Avec lui au milieu du tableau : (*Well, I got a harmonica job, begun to play / Blowin' my lungs out for a dollar a day*) : « Alors on me payait à jouer l'harmonica, tous mes poumons à souffler juste pour un dollar la soirée », ce qui est très exagéré... Et puis ce goût d'exhumer, de l'immense réserve souterraine du folk, des chansons où transparaît une mythologie : *Man Of Constant Sorrow*, « l'homme de tous les chagrins », et ce qui émerge de neuf par ceux qui révisent et rénovent le vieux répertoire : *He Was a Friend Of Mine* et *House Of the Rising Sun* joués et chantés à la façon de Dave Van Ronk, et *Baby Let Me Follow You Down* repris exactement d'Eric von Schmidt. Non parce qu'on vole et copie, mais parce que c'est la façon de rendre hommage, de marquer la communauté.

Corollaire : une fois l'enregistrement fait, l'artiste doit rendre visite à l'attaché de presse, Billie James. Dylan se retrouve face à un type pas beaucoup plus âgé que lui, mais coulé au moule : cheveux courts et cravate, crayon et bloc, et dites-moi qui vous êtes. Eux, les attachés commerciaux, il leur faut une histoire à vendre. Et James n'est pas convaincu qu'il va en trouver une, voyant débarquer ce type imberbe et un peu myope, qui secoue nerveusement du genou et garde sa casquette pendant l'interview. Alors Dylan en rajoutera : – Non, mec, je ne suis pas fait comme toi, moi qui suis orphelin, qui ai traversé les States en stop et travaillé dans les cirques : non, tu ne crois pas que j'ai travaillé dans les cirques ? On héritera via Columbia d'une seconde version, après le journal d'Izzy Young, des autobiographies fictives instantanées de Dylan, composée sur mesure et prête à l'usage.

Le disque s'appelle *Bob Dylan* et aura coûté quatre cent deux dollars à la maison Columbia. En six mois, l'an prochain, il s'en vendra quatre mille, en un an cinq mille. Pas assez pour un succès, et de loin. Même pas sûr que Columbia lui donne une seconde chance : ils auraient plutôt tendance à chuchoter que John Hammond a perdu la main, et que ses intuitions soi-disant géniales…

Mais, côté Dylan, assez pour devenir, dans sa tête, un vrai chanteur. Assez pour le tremplin, l'escalade : Bob Dylan, bien sûr qu'il existe, il a même fait un disque…

Comment la politique vint à Raz

Depuis le mois de juillet, surtout, il y a Suze.

La version officielle a longtemps été très simple : Bob Dylan rencontre Suze Rotolo, et les engagements politiques de Suze l'amènent à écrire, en quelques mois d'une explosion définitive, les textes qui font de lui une légende.

Il y a la version que soutiendra Dylan lui-même, après ses deux mariages, les cinq enfants avec Sara, et la fille qu'il aura avec sa deuxième épouse, Carolyn Dennis : selon cette version, celle des *Chroniques*, Suze lui apprend l'art contemporain, mais certainement pas la politique.

Au plus schématique de cette révision de son histoire, il dira : « J'écrivais le genre de choses que les gens voulaient entendre. » Mais c'est après, et bien sûr c'est tout aussi faux.

La vérité est sans doute quelque part entre tout ça. La notion de vérité n'est peut-être d'ailleurs pas pertinente ici. Pour approcher de l'énigme, saisir une par une dans la main chaque pièce du puzzle (« pour me comprendre, il faut aimer les puzzles », dira Dylan), et en mesurer les poids respectifs : c'est dans ce mouvement de peser, comparer, évoquer, qu'on pourra percevoir de plus près une complexité plus grande. Vérité plurielle, mouvante.

D'abord, Dylan sans Suze. Son contrat, avec l'appui de John Hammond, a été assorti d'une avance, petite pour eux, grosse pour lui. Puis, *via* Roy Silver, et aidé par Kevin Krown, il passe régulièrement dans d'autres cabarets que ceux du Village, des petits clubs. Depuis le disque de Carolyn Hester, il est convoqué à d'autres sessions d'enregistrement pour les parties d'harmonica, y compris une fois pour Harry Belafonte, alors il s'installe dans ses meubles.

Un appartement à soixante dollars par mois au 161 de la Quatrième Rue Ouest (*Positively 4th Street*, il chantera plus tard) : un deux pièces au-dessus de chez Bruno, marchand de spaghettis. Une chambre, dit-il, « comme un grand placard, et comme le chauffage était coupé le soir on laissait les brûleurs de la cuisinière au maximum toute la nuit ».

On comprend qu'il s'équipe d'une télé d'occasion, parce qu'il parle une fois des informations sur la guerre froide, qu'il regarde. Il a enfin aussi à lui un électrophone, acheté chez Woolworth. Suze lui donne des notions de dessin, et c'est comme ça qu'on apprend qu'un des principaux objets, maintenant, là dans la chambre, c'est la machine à écrire : elle ne le quittera plus. Il dactylographie déjà, chez Izzy Young ou chez Robert Shelton. Il a eu par Fariña un aperçu du travail d'écriture : en tout cas, Bob Dylan s'est acheté une machine à écrire.

Cela ne suppose pas des sommes folles : on ne dépense rien en vêtements et pas grand-chose pour manger, il y a toujours un *bagel* et un gobelet de café au coin de la rue, les cigarettes ne coûtent pas cher non plus et les *bucks*, les billets d'un dollar, doivent filer plus vite en bouteilles de vin ou en marijuana. Et pourquoi s'en faire ? Si on ne peut pas payer le loyer, il sera toujours temps de retourner chez Ray et Chloe.

Par contre, il a changé de guitare. C'est celle qu'on verra sur son premier disque, une Gibson J-50 à la table d'harmonie râpée et rayée, au chevalet scandaleusement vissé sur la caisse tant cette guitare a souffert. Il donnera la Martin de Minneapolis à Kevin Krown, et à la mort de celui-ci en 1992, elle reviendra aux McKenzie, ces proches des Gleason et de Marjorie Guthrie, qui ont si souvent hébergé Dylan. Restée depuis la propriété de leur fils, elle rembourserait allégrement les nuits offertes et le frigo visité.

Dylan ne s'est pas embarrassé pour nous renseigner sur l'histoire de cette guitare au son plus brut que celui de la Martin, et par quelles mains elle a passé pour être dans cet état, ni comment il l'a trouvée sur son chemin. Pour lui, l'essentiel c'est ce qu'on a dans la tête, mieux vaut parler d'Edgar Poe que des six cordes sur caisse d'érable qu'il utilise. Mais ce n'est pas par hasard qu'il s'affiche avec une guitare dont on a l'impression qu'elle a été traînée et cognée sur tous les chemins d'Amérique.

Alors que Dylan s'étend, dans les *Chroniques*, sur ces étagères qu'il construit lui-même : bref croquis en bricoleur amateur, rapportant planches et vis de la quincaillerie Sears & Roebuck et empruntant au patron du Gaslight sa perceuse à main pour le montage. Sur une des rares photos où on devine l'appartement (il n'en autorisera plus jamais d'autres de ses intérieurs), on le voit avec Suze sur un vieux fauteuil en cuir : le fauteuil aussi, il faut les imaginer l'apercevant chez un brocanteur et le rapportant, peut-être avec l'aide de Spoelstra pour les escaliers ? En tout cas, l'installation dans le deux pièces de la 161 Quatrième Rue Ouest, c'est une installation avec Suze.

Les Rotolo sont d'immigration italienne. Le père, ouvrier, est mort il y a trois ans, laissant les deux filles avec leur mère. Carla, l'aînée, travaille avec Alan Lomax, à la Bibliothèque du Congrès, sur l'archivage des musiques collectées, le sanctuaire original du folk : c'est Carla que Bobby rencontre la première, dans ces archives où il cherche les chansons rares qui ne seraient pas déjà dans le répertoire des Clayton ou des von Schmidt. On se croise évidemment aussi dans les concerts, les soirées qui les prolongent.

Suze, née en novembre 1943, termine sa *high school* et s'oriente vers les Beaux-Arts. Elle milite au CORE, le Congrès pour l'égalité des races : hommage à Greil Marcus, dans son *Like a Rolling Stone*, d'avoir retracé ce qu'il fallait de courage, et inséré quelques statistiques sur les lynchages et les assassinats impunis jusqu'en 1964, au moins dans les États du Sud. La façon, par exemple, dont les parents blancs font pression pour remettre en cause la nouvelle loi interdisant la ségrégation raciale dans les écoles. Dans le film-témoignage de Martin Scorsese, *No Direction Home*, la jeune sexagénaire a ce visage digne et fin des Italiennes, un visage sculpté qui dit la fierté du parcours. Elle n'a jamais voulu répondre aux sollicitations, qui n'ont pas manqué, beaucoup de journalistes en ont fait leur exercice, pour donner son récit des deux ans de sa vie avec Bobby. Pour une jeune Blanche de dix-sept ans, s'impliquer dans le mouvement pour l'égalité des races est une affirmation considérable. Idées dérangeantes pour l'Amérique. Et les garçons représentent un obstacle non moindre : « À l'époque on se posait pas trop de questions, les filles faisaient la cuisine et on évitait de les mêler à nos affaires », dira un de leurs proches. Dylan, même tiraillé par ses amitiés d'homme, même en continuant en sous-main des relations compliquées avec Bonnie Beecher à Minneapolis (il essayera même de reprendre sa liaison avec Echo Halstrom, qui vient de divorcer et élève seule un bébé), va devoir réviser son rapport au monde. Que Suze s'installe avec Dylan n'est pas pour plaire à sa mère ni à Carla, qui fait l'intermédiaire, et que Dylan n'appelle plus que « la belle-sœur », tandis que, côté Rotolo, on appelle Dylan *the Twerp*, l'andouille, et qu'on le trouve trop près de ses sous – Suze passe outre.

Question politique, Dylan s'est toujours tenu à l'écart des discussions de bistrot, des théories en chambre. Pendant que les autres parlent révolution, il apprend ses chansons et les travaille. Joan Baez en particulier l'affirmera : années où la politique est tout leur univers, mais Dylan, dont les chansons résonnaient de tout cela, lisait ses poètes et faisait le dégagé – pas concerné. Dans la période Suze, c'est le contraire.

Suze et Dylan, c'est deux gamins qui s'aiment, et si c'est bref et intense, c'est que tout est bref et intense quand on a vingt et un ans (lui), et dix-sept (elle). Ils sont partout et tout le temps ensemble : Raz, comme elle l'appelle, d'après les initiales de Robert Zimmerman, avec Suze, ou Suze avec Raz. Sur la couverture du deuxième disque, *The Freewheelin' Bob Dylan*, ils sont bras dessus bras dessous pour la légende. Dans le studio Columbia où Dylan accumulera cette année 1962, chaque deux mois, des chansons pour le disque suivant, Suze est toujours présente. Pour jouer du bottleneck sur tel vieux blues qu'enregistre Bob, elle prête une fois son tube de rouge à lèvres. Mais en cet été 1961, il faut aussi les imaginer prenant le train pour Long Island, et simplement aller à la plage.

De novembre à mars, parution du premier disque, quatre mois d'attente : plus tard, il s'écoulera parfois seulement quelques jours entre un enregistrement et sa mise à disposition chez les disquaires. Entre-temps Dylan continue, passage au Gaslight avec Van Ronk, maintenant avec statut d'invité principal. Et approcher de plus près ceux qu'on admire : Ramblin' Jack Elliott tout d'abord, qui a connu Woody Guthrie. Ou Big Joe Williams, dont il avait prétendu si souvent l'avoir croisé et avoir joué avec lui, dans la rue, à Chicago. Peu importe le mensonge : tout le monde a croisé tout le monde, tout le monde a joué avec tout le monde. Cet hiver-là, ça devient réalité : Dylan jouera de l'harmonica pour Big Joe Williams, qui ne s'enquiert pas de son nom et l'appelle seulement « Junior », pour un disque avec la chanteuse noire Victoria Spivey. Encore une marque sur le chemin de Dylan, même si ce qui va arriver, et si vite, fera oublier ce qui a été pour lui un pas de carrière important.

Il y aurait une étude à faire sur la façon dont les biographies accumulées sur Bob Dylan se débrouillent pour s'accommoder des imprécisions de cette première partie de l'année 1962 (*at the same time*, *shortly after*...). Le temps avec Suze, d'abord, ou à construire les étagères pour le petit deux pièces sans salle de bains, n'est pas du temps public. Et il vaudrait mieux dire d'emblée que les événements qui vont venir converger sur Bob Dylan n'appartiennent pas à une suite logique, mais à plusieurs suites distinctes qui se chevauchent, parfois en s'ignorant, parfois en se cumulant. Lui-même n'a jamais cherché à les réorganiser, et les témoignages qu'on en a ont été collectés rétrospectivement, depuis que Dylan est devenu cette sorte de phare mondial. Alors difficile, pour cette année de limbes, de procéder autrement que lorsque les physiciens nous décrivent les sauts d'intensité de la matière, des accumulations par nuages, avec des chronologies qui se superposent et se combinent.

Après, oui : Bob Dylan sera un personnage public, et ses chansons capteront assez d'éclairage pour qu'elles deviennent une sorte d'horloge de sa construction. Les concerts, les registres de studio seront autant de chronomètres précis, mais ce n'est pas le cas pour l'instant.

Il suffit d'avoir écrit une seule chanson, et qu'elle soit enregistrée sur un disque, pour être contraint de la déclarer *via* une maison d'édition musicale : John Hammond met Dylan en relation avec Leeds Music. S'il n'est pas possible de remonter aux conditions financières, qui ont dû être plus que modestes, c'est une façon pour Hammond de compléter le pactole fourni par Columbia. Mais aussi, une incitation à continuer : dès le début de l'année 1962, et avant même que le disque ait paru, Hammond fait donc enregistrer à Dylan de nouvelles chansons. Difficile d'imaginer qu'il ne fasse pas valoir auprès de lui l'intérêt à pouvoir s'en déclarer l'auteur : la frontière est si impalpable. Ainsi, les premières fois qu'il chantera en public *Let Me Die In My Footsteps*, Dylan ne dira même pas que c'est une chanson qu'il a écrite.

Le virage vient en janvier. On a parlé de Pete Seeger : ce défricheur de répertoire, arpenteur de centaines de villes et de scènes, mais vivant dans une solitude artistique que la période McCarthy a rendu conflictuelle, a chanté avec Woody Guthrie, Leadbelly et monté avec une chanteuse, Agnès ou Sis Cunningham, une formation, The Weavers. On joue des morceaux traditionnels, comme *Tom Dooley*, qui vont leur donner à eux tous la sécurité financière, et un succès que quelques râleurs disaient mal compatible avec leur engagement. On trouve toujours de ces grincheux, alors que la joie qu'ils ont à chanter ensemble et l'accueil public rencontré leur prouvent la validité de cette musique. Quand Woody Guthrie doit renoncer à la vie publique, Seeger reprend avec Sis Cunningham The Almanac Singers. Et cet hiver, ils lancent une revue, qu'ils appelleront *Broadside*. Le but : rendre visible en quoi ce renouveau musical depuis les chansons traditionnelles ne les cantonne pas à une fidélité archéologique, l'immense collectage arborifié par Alan Lomax. On continuera de faire découvrir ces musiciens des montagnes, des prisons, des champs de coton du Sud, mais on veut aussi analyser les nouvelles pratiques, les façons de jouer. Et prouver que cette musique est capable d'inventer, de produire de nouvelles histoires, en lien avec le présent. *Broadside* publiera dans chaque numéro six propositions de nouvelles chansons, et c'est une déclaration d'intention très volontariste.

Reste à trouver des chanteurs qui acceptent l'aventure et leur fournissent du matériel. Avant le premier numéro, Seeger et Cunningham invitent Dylan à dîner avec un chanteur de son âge, et de chemin très parallèle, Phil Ochs. Destin un peu triste que celui de Phil Ochs, d'abord d'émulation et amicale proximité, et puis d'une jalousie un peu aigrie, se voulant le continuateur de la tradition engagée quand Dylan l'aura délaissée, avant que l'alcoolisme prenne son dû : il se suicidera en 1976. Mais comment accepter intérieurement ce début parallèle, chanter aux mêmes endroits, affronter par l'écriture les mêmes symboles, et quand il reprochera à Dylan de s'être écarté du chemin que lui continue rigidement, ce sera pour s'attirer une sèche réplique : « Tu n'es pas un chanteur folk, tu es un journaliste. » Même à quelques mois de sa mort, en 1975, alors que ses amis ont organisé pour lui, au vieux Gerdes, un concert d'hommage, Dylan a accepté d'être présent, et Phil Ochs chantera une des plus vieilles chansons de Dylan, *Lay Down Your Weary Tune* ; comme on avalerait son chapeau ? C'est à eux deux, qui pratiquent le *talking blues*, que Seeger et Cunningham offrent leur revue. Ces *talking blues* sont des improvisations, mais qu'on sédimente et qu'on fixe peu à peu. On ne les refait pas à l'identique, mais elles sont un rendez-vous précis de mots et d'images : aux deux chansons personnelles que Dylan a incluses dans son premier disque (*Songs For Woody* et *Talkin' New York*), Dylan en rédige pour le premier numéro de *Broadside* une troisième : *Talkin' John Birch Society Blues*. La John Birch Society est un club réactionnaire, pas très loin idéologiquement du Ku Klux Klan (*dans ma bibliothèque, j'ai découvert que 80 % des livres étaient bons à brûler*). La charge contre la John Birch Society est ironique, elle est aussi politique. On sait s'en prendre à des ennemis qui ne sont pas loin : c'est se rapprocher de l'esprit Woody Guthrie.

Sa collaboration à *Broadside*, qui commence en février, va déclencher et ponctuer l'avancée en écriture de Dylan. C'est un laboratoire : le droit d'écrire des chansons qui soient seulement des propositions, n'auront pas à être expérimentées en public ou sur disque. Bien sûr, Dylan écrit *déjà* lorsque Pete Seeger le sollicite pour sa revue, et bien sûr Dylan aurait écrit même s'il n'y avait pas eu *Broadside*. Mais c'est la disposition réciproque et la conjonction des éléments qui vont opérer : et pourquoi opérer sur lui, et non pas sur Hester ou Spoelstra, ou Van Ronk ou Phil Ochs ?

Comment s'y prend Dylan pour rompre avec Leeds Music, pas moyen de savoir (peut-être simplement n'avait-il pas de contrat de suite ?). Cependant la proposition de Pete Seeger est assortie d'un cadeau : en choisissant l'éditeur de *Broadside*, Duchess Music, pour son propre éditeur, on simplifie le processus, et Dylan reçoit le 5 janvier 1962 une avance de mille dollars. De quoi finir peut-être de payer ou rembourser les prêts pour la J-50 aux cicatrices de bois, et équiper du fauteuil de cuir rapiécé le deux pièces du 161 West. On change lentement l'échelle.

C'est ainsi que Bob Dylan entre pour de bon en écriture. Pour coup d'essai, des arrangements à peine transposés des chansons traditionnelles qu'il chante. Suze assurant bénévolement les tâches de secrétariat du Congrès pour l'égalité des races, on lui propose de chanter à leur assemblée annuelle, le 20 février. Quoi de mieux que reprendre pour eux une chanson qui est exactement ce pour quoi ils se battent ? C'est quelques jours avant ce concert qu'il teste *Death Of Emmett Till* auprès d'Izzy Young, le journal de celui-ci en atteste. Non pas un fait divers récent, mais une histoire – elle remonte à 1955 – qui s'inscrit parfaitement dans le cadre d'un concert du dimanche, pour association militante. À Money, dans le Mississippi, un garçon noir ose plaisanter avec une femme blanche, jeune veuve, tenancière de l'épicerie où le quartier se fournit : il ne s'agit même pas d'une relation amoureuse, la transgression aurait été trop forte. Mais il se vante auprès de ses copains de sa bonne fortune avec l'épicière, c'est déjà trop pour les deux frères de la fille, qui se saisissent du garçon, Emmett Till, l'assomment, puis le jet-

tent dans une rivière au vieux nom indien, la Tallahat-
chie River.

Tragédie où tout est su d'avance : et la figure sacri-
fiée du jeune Noir au milieu. Mais rien qui sorte du
cadre de tant de vieilles ballades américaines. Seulement, le nom d'Emmett Till, à sept ans de distance
tout le monde l'a encore en tête. Une histoire qui avait
été racontée, mais pas chantée, et qui passe ainsi au
patrimoine commun. La mélodie et les accords, Dylan
les prend à ce musicien du Gaslight à la voix trop lisse
et qu'il n'aime pas, Len Chandler : est-ce que tout cela
n'appartient pas à tout le monde ?

« Len voulait toujours que je lui prenne ses accords,
dira Dylan en 1962, il me montrait ses accords et il
disait : – C'est pas génial ce truc-là ? Alors voilà : dans
cette chanson je lui ai pris tout ça. » Et le participe
passé qu'il utilise n'est pas prendre, mais voler : *stolen*.

Ce qu'a compris Bob Dylan, c'est que pour écrire
une chanson, il faut une contrainte extrêmement précise. Un germe qui est le pays imaginaire qu'elle suggère, et la toute petite histoire qui deviendra image fixe
par la seule rémanence des mots : *Death Of Emmett
Till*.

Dylan s'escrime depuis des mois sur des machines
à écrire, dès qu'il en a l'occasion, chez Izzy Young ou
même dans le cagibi qui sert de comptabilité au Gaslight, et héberge une vieille Remington, puis chez
Shelton. De ces premières chansons, *Rambling, Gam-
bling Willie* témoigne que le génie ne se manifeste pas
tout seul.

Et tout de suite il y a *Let Me Die In My Footsteps*.
Dylan dit que c'est un souvenir qui remonte à un de ses
derniers voyages à Minneapolis (il ne parle plus jamais
de Hibbing, pourtant s'il retourne à Minneapolis c'est

aussi pour aller passer un jour ou eux chez ses parents).
Ce 12 août 1961, les mille deux cent cinquante-cinq
kilomètres qui entourent Berlin sous contrôle occidental ont été séparés du quart restant de la ville, et des
forêts et lacs qui l'entourent. Les photographies de la
construction du Mur sont dans tous les journaux, avec
ces familles qui se hissent sur des escabeaux de bois
pour un dernier échange à distance, ce qu'on nomme la
guerre froide est commencé. Menace de guerre larvée
dans un monde divisé, avec potentialité atomique. Le
dimanche 4 novembre 1961, quand Izzy Young a proposé à Dylan son premier concert (on va y revenir), le
premier essai nucléaire souterrain français contribue à
la menace. À nous (j'avais huit ans, et comme je m'en
souviens) la « sécurité civile » distribuait ces petits
livrets illustrés avec les consignes à adopter en cas
d'alerte, les modifications à apporter aux maisons pour
qu'une pièce au moins soit protégée des radiations. Une
page était réservée à des modèles familiaux d'abris
anti-atomiques : il suffisait d'une cuve enterrée, avec
quelques chicanes d'aération et une liste type de vivres,
aménagée comme une caravane de camping. On discutait sérieusement s'il fallait en équiper automatiquement les quartiers et les villes : on avait encore en
mémoire les bombardements de 1945, et dans chaque
maison de vieux masques à gaz accrochés, avec leur
odeur de caoutchouc et leurs grands yeux ronds et
tristes. Dylan raconte qu'il tombe sur un de ces monsieur tout-le-monde qui s'installe un abri anti-atomique
souterrain dans le fond de son jardin : – Débrouillez-
vous, les voisins, ou faites comme moi. Un beauf, on
dirait aujourd'hui.

Mais Dylan s'écarte de l'anecdote, trouve de suite
son écart :

Que je meure où j'ai marché, je n'irai pas m'enterrer tout seul, juste parce qu'on m'a dit que peut-être la mort approchait...

Et puis ce double vers : *Il y a eu rumeur de la guerre, et la guerre est venue. Le sens de la vie s'est perdu, soufflé au vent.*

Il n'a rien dit du bonhomme obèse qui prétendait représenter l'humanité après la catastrophe, il a juste convoqué cette symbolique du vent : lui seul alors peut savoir à quoi, dans le réel, elle se réfère. Mais le mouvement qui s'ébauche de la chanson à l'élément réel dont elle se saisit est mille fois plus puissant que s'il s'y était directement inscrit. Si *Let Me Die In My Footsteps* nous touche encore si fort aujourd'hui, c'est pour ce fonctionnement-là. Ce n'est pas une chanson si connue que les deux grands coups de gong qui vont la déplier et la poursuivre : *Blowin' In the Wind* et *Hard Rain Gonna Fall*, mais elle en contient les germes. Elle offre à Dylan une seconde leçon : l'écriture naît et s'engendre d'elle-même – la symbolique du vent, l'ombre de la guerre, il vient de les toucher, une porte s'est ouverte pour les deux grandes chansons à venir. Reste qu'il faut le point de départ : avoir vu ce bricoleur fabriquer son vaisseau de survie dans le fond de son jardin de banlieue.

Et puis une bribe de mélodie que jouent ses amis irlandais des Clancy Brothers, et comment, dans la rue, ou au café qui fait le coin de MacDougal et Bleecker Street, elle est venue coïncider avec cette phrase nouée sur elle-même : la volonté que les temps changent, *change things around*, bien avant de devenir à son tour, plus tard, un titre étendard : *The Times They Are a-Changin'*.

Si j'avais des rubis, des richesses, des couronnes
J'achèterais le monde entier, et je changerais tout ça
On mettrait les fusils et les tanks au fond de la mer
Ils sont les erreurs de l'histoire ancienne...

Peut-on dire, alors qu'il s'agit de son sixième titre déposé, qu'avec *Let Me Die In My Footsteps* Dylan est enfin né à l'écriture ?

L'industrie sous le troubadour,
Albert Grossman

On dit qu'Albert Grossman, qui a trente-cinq ans en cette fin 1961, mais à qui on en donnerait facilement dix de plus à cause de ses cheveux gris soigneusement peignés en arrière et de sa carrure enveloppée, a commencé par vendre, puis fabriquer des hamburgers, et que s'il a acheté un club à Chicago, sa ville d'origine, c'était pour assurer un débouché à ses steaks et à ses sandwichs. Mais c'est exagéré : les parents d'Albert Grossman étaient médecins, il a fait une école de commerce, et c'est par goût de la musique qu'il est passé de cette petite entreprise de *fast food* à une participation dans un club de jazz de Chicago, sa ville, The Three Gates.

On dit que lorsque Dylan a signé, une des grosses vendeuses de disques folks, Odetta, dont à Minneapolis il connaissait par cœur tous les disques, Grossman a commencé par lui déclarer qu'il était certainement plus profitable de gagner deux cent cinquante mille dollars avec un agent qui vous prenait 50 % que cent mille avec un autre qui ne vous prenait que 25 %. Cette ancienne femme de ménage, aux dents de devant poussées largement de travers, à la voix puissante et chaude et qui lui offrira un disque : *Odetta chante Bob Dylan*, va croiser longtemps la carrière naissante de Dylan.

Lui, il a découvert Odetta en arrivant à Minneapolis, parce que c'étaient les disques qui se vendaient le mieux et qu'il n'y connaissait rien au folk, mais il en a appris toutes les chansons, il a même appris à maîtriser ce style de guitare par accords joués en percussion (*hammering*). Albert Grossman produit aussi des chanteurs moins connus, comme Bob Gibson ou Peter Yarrow.

Qu'est-ce qui décide Albert Grossman, dès ce mois de novembre 1961, à s'intéresser au môme mal peigné de Minneapolis ? Ces gens de l'ombre et de l'argent s'expliquent rarement eux-mêmes. Mais on peut être artiste autant qu'on veut, s'il n'y avait pas Andrew Loog Oldham puis Allen Klein sous les Rolling Stones, comme Peter Grant avec Led Zeppelin, ou Brian Epstein sous les Beatles, il n'y aurait pas eu de Beatles, de Led Zeppelin ni de Rolling Stones. Dylan, c'est autre chose : assez fin, assez rusé, assez dur. Et sans doute il aurait trouvé un autre Albert Grossman sur sa route.

Dylan, d'ailleurs, est en recherche : chez les Gleason, il a souvent croisé Harold Leventhal, le producteur de Guthrie et de Pete Seeger. Ils deviendront amis, mais Leventhal ne lève pas le petit doigt pour le chanteur.

Albert Grossman, le producteur aux cheveux bien peignés et au ventre certain, a sa table réservée au Gerdes, assis au fond de la salle. Il y est lorsque Dylan fait la première partie des Greenbriar Boys, il sait bien sûr quand Dylan reçoit les honneurs du *New York Times*, il saura également que John Hammond est sur sa piste pour l'enregistrer. Et qu'il se passe quelque chose quand ce gamin se met à improviser son *talking blues* sur ses « temps difficiles dans les rues de New York ».

Dylan n'aborde pas Grossman de lui-même. Même au Gerdes, on a peur de Grossman. C'est la variété, le spectacle ; le folk n'aime pas l'argent et ceux qui le brassent. Tout le monde vous le déconseillerait, de travailler avec Grossman : ce serait mauvais pour votre image. Inversement, Grossman, à cette époque-là, enrage : il a tout fait pour faire signer Joan Baez, l'a invitée au Three Gates de Chicago, l'a présentée chez Columbia pour qu'elle trouve un contrat, et Joan Baez s'est méfiée de lui, a préféré signer avec un autre agent, une autre maison de disques – Dylan la remplacera.

Est-ce que compte aussi pour Grossman que ses parents et grands-parents étaient juifs d'Europe centrale comme les grands-parents de Bobby Zimmerman sont d'Odessa, et qu'il est de Chicago comme Dylan est de Hibbing ? Le pays du Nord, *North Country* – c'est une des composantes obscures, par quoi chacun des deux hommes, dès lors que leurs chemins se mêlent, laissera l'autre surgir jusqu'au cœur de lui-même. Dylan sera la grande aventure de Grossman, même s'il devra longtemps sa fortune à Odetta et Peter, Paul & Mary bien plus qu'à Dylan.

Le génie d'Albert Grossman, son artisterie à lui, c'est l'intuition de l'argent. Vendre un disque, passer à la radio, c'est bien. Maîtriser les droits d'auteur, c'est encore mieux : c'est là qu'est l'argent. Et Grossman a signé un contrat avec Witmark, une filiale du géant Warner, qui prévoit une répartition cinquante-cinquante des droits d'auteur, pour tous les artistes qu'il leur apportera.

Albert Grossman ne joue pas dans la catégorie amateurs. Dylan a signé avec Roy Silver, qui lui procure des engagements à sa taille. Et c'est un monde tout petit : Roy Silver, qui débute, ne peut pas s'offrir un vrai bureau. Il héberge ses affaires dans le bureau d'Albert Grossman, qui lui concède une table et un téléphone, et sert de boîte aux lettres. Et Grossman donne quelques tuyaux à Silver : c'est lui qui lui dit qu'il est grand temps que Dylan s'impose dans un concert seul. Passer au Gaslight avec Van Ronk, faire les premières parties au Gerdes, on le fait un moment : qu'on recommence, et on sera condamné toute sa vie au même rôle. Mais qui proposerait à Dylan un concert solo ? Débrouillez-vous et trouvez. Roy Silver n'a pas l'entregent nécessaire, et Dylan ne peut pas s'en charger lui-même : dès cette fin d'octobre, une fois que Columbia a décidé d'enregistrer Dylan, Grossman intervient auprès d'Izzy Young pour qu'il organise, sous l'égide du Folklore Center, un concert de Dylan dans la petite salle du Carnegie Hall (non pas le grand Carnegie Hall, la salle des consécrations, mais l'annexe de cent cinquante places, qu'on peut louer).

Izzy Young prouvera, ce dimanche, sa qualité d'ami. Le Folklore Center n'est pas une entreprise à but lucratif. On a conservé le prospectus, tapé sur sa machine à écrire, qui est la troisième des variations d'autobiographie fictive de Dylan : « Élevé à Gallup, Nouveau-Mexique, il a vécu dans l'Iowa, le Sud-Dakota, le Nord-Dakota et le Kansas. Il a commencé à jouer dans les carnavals à l'âge de quatorze ans [...]. Il a été cinq mois à l'université du Minnesota, a assisté à douze cours et au revoir. Il a appris beaucoup de blues d'une chanteuse de rue de Chicago nommée Arvella Gray. Il a aussi croisé la route d'un chanteur du pays de la rivière Brazos au Texas, Mance Libscomb, *via* un de ses petits-fils chanteur de rock'n roll.

[…] Il a chanté de vieilles chansons de jazz, des ballades sentimentales de cow-boys, les chansons du hit-parade, mais ne savait même pas ce que *folk music* voulait dire avant d'arriver à New York. »

Et Dylan, dans une fausse interview écrite à quatre mains avec Izzy Young, rend hommage à Van Ronk, Jack Elliott et Eric von Schmidt (plus deux chanteurs obscurs, Peter Stampfel et Jim Kweskin), avant de proclamer : « Je peux proposer des chansons qui disent quelque chose à cette Amérique, pas de la chanson étrangère – les chants de ce pays, qu'on n'entend pas à la télé ni la radio, et très peu sur les disques. »

Et c'est cela que nous aimons dans Dylan, cette déraison : c'est son premier concert, il y a dix mois qu'il est à New York, son meilleur ami et soutien lui offre ce prospectus polygraphié à l'économie, et ce que Dylan lui raconte tient de l'abus de confiance... « J'ai commencé à écrire mes propres chansons il y a quatre ou cinq ans. La première était pour Brigitte Bardot (*Brigit Bardot*). J'ai pensé que si j'écrivais cette chanson peut-être un jour je la lui chanterais en vrai, un jour. J'ai aussi écrit des chansons pour Carl Perkins, de Nashville, qui les chante. »

Et d'un nouveau *talking blues* satirique, sur les pratiques du dimanche côté Américains moyens, le pique-nique au parc des Ours (*Talkin' Bear Mountain Picnic Massacre Blues*) : « J'ai écrit ça il y a une quinzaine, mais je n'y suis pas allé. Et je ne la chante jamais deux fois pareil parce que je ne l'ai jamais mise sur papier. »

En page quatre de la feuille pliée en deux, Izzy Young annonce qu'on trouve pour deux dollars au Folklore Center la nouvelle méthode de banjo de Pete Seeger, et un livre avec soixante-dix chansons de Leadbelly. Qu'on ne peut pas écouter les disques à vendre

160

dans le magasin, mais qu'on les rembourse si le client n'est pas satisfait. Enfin, que Molly Scott dédicacera samedi prochain son nouveau disque, qu'il y aura du cidre, des pommes et du fromage, *all welcome*.

Il est convenu avec Roy Silver qu'on partagera les bénéfices réalisés sur les entrées (deux dollars le billet), une fois couverts les frais de location de la salle et les quatre-vingts dollars du cachet de Dylan. Mais ce dimanche 4 novembre, à vingt heures quarante, il n'y a que cinquante-deux personnes dans cette salle qui en accueillerait le triple. On se sent un peu seuls, et Izzy Young ne couvrira pas ses frais. Dylan hésite à prendre les quatre-vingts dollars, sachant ce qu'ils coûtent à celui qui l'a accueilli en février dernier, et de quoi est faite la comptabilité du Folklore Center. Il prend l'argent.

Grossman n'y est pour rien : il pourra dire que c'était trop tôt, ou que s'il s'était chargé, lui, d'organiser le concert, ça se serait passé autrement. C'est en tout cas la première trace de Grossman conseillant Dylan, avant même que le premier disque Columbia paraisse. Pour quelqu'un de l'intuition de Grossman, une conviction : le gamin, sur scène, n'est certainement pas mûr. Mais il se distingue complètement des autres folkeux. Et il écrit.

Dylan mettra longtemps à comprendre pourquoi et comment Grossman, qui touche 50 % des droits d'auteur côté Witmark, s'enrichira beaucoup plus vite que lui. Parce que si Albert Grossman fait signer Bob Dylan pour quatre ans, renouvelables au mois de juin, contre 20 % de ses recettes de scène, plus 25 % de ses droits d'auteur, c'est pour le faire écrire. Pas seulement un pourcentage sur Dylan chanteur, mais, *via* un second contrat, un pourcentage sur les disques de Bob

Dylan, et les chansons de lui qu'on aura fait enregistrer par d'autres. Ce genre d'engagement qu'on accepte quand on a à peine de quoi payer son loyer, et qu'on joue encore volontiers contre un repas gratuit au Gaslight, autant dire que, sept ans plus tard, il ne sera pas renouvelé, et les procès qui s'ensuivront dureront jusqu'en 1987, deux ans après la mort de Grossman. Mais, pour les années à venir, Albert Grossman est un personnage clé, le plus proche de Dylan peut-être, même avant Suze, avant Joan Baez.

Dylan s'est engagé en janvier avec Duchess, l'éditeur de *Broadside*. Grossman négocie pour lui, moyennant une avance de dix mille dollars, ce contrat par lequel Dylan devient un auteur exclusif de Witmark Music. Plus tard, dans le conflit qui les séparera, Dylan dira n'avoir rien su de cet arrangement, qui faisait que Grossman gagnait aussi sur la part Witmark. Comment construire dans la tête ce que ça représente, quand on est à peine capable de rassembler cinquante personnes un dimanche soir pour vous entendre ?

Sur cette avance de Witmark, Grossman donne mille dollars à Dylan pour qu'il rachète son contrat chez Duchess, et garde le reste. Cela aussi, plus tard, Dylan le lui reprochera. Grossman n'est pas un tendre, mais il est clair avec lui-même. On a la trace écrite, chez Duchess, du contrat annulé et de l'argent remis par le contractant : juste un trait au porte-plume, grossièrement tiré au long d'une grosse règle de bois à section carrée, pour rayer un nom sur un registre.

Quand, en août, Grossman remettra à Dylan un premier chèque de cinq mille dollars, une avance sur les royalties à venir, il ne saura même pas quoi faire de l'argent, lui qui n'a qu'une guitare et une machine à

162

écrire, mange chez les autres et marche à pied. D'autant que Suze est partie, dépeuplant une moitié du monde.

Quant à Roy Silver, en avril, Grossman lui a échangé Dylan contre un bureau. Non pas seulement la table dans un coin, mais toute une demi-pièce et un téléphone à lui. Roy Silver, quelques jours, a été persuadé que c'était une bonne affaire et que Grossman avait simplement voulu lui rendre service. Juste un troc.

S'il y a un point sur lequel ces deux-là vont s'entendre, c'est l'art du secret, et le fait qu'il n'y a aucune légitimité à raconter à quiconque quoi que ce soit de leurs affaires. Dans les années à venir, c'est Grossman qui dirige ce troisième versant, connu seulement des initiés, de l'œuvre de Dylan : chaque fois qu'il a écrit une chanson, l'enregistrer tout de suite, en version minimale, piano et voix, et la graver sur acétate, sans aucun arrangement, puis la proposer à d'autres.

Univers secret que Dylan s'est bien gardé de lever en rédigeant ses *Chroniques*. Pour en approcher, il faut en revenir à la bande son de cette fin des années cinquante : l'explosion de la radio. De nouveaux appareils, plus petits, qui se disséminent dans la maison. La multiplication des stations, et donc de la collecte des droits de diffusion. Dans les grands succès dont la radio est friande, le Kingston Trio : des voix en contrepoint et harmonies, et, même si leurs chansons sont prises au répertoire, des thèmes qui résonnent avec ce qui chamboule sourdement l'époque. Grossman, avec le chanteur Peter Yarrow, Lomax et quelques autres, a fondé à Newport un festival dont les deux premières éditions se sont révélées être un tremplin considérable pour leurs invités.

Dans l'idée de venir sur le territoire du Kingston Trio, Grossman associe à Peter Yarrow une chanteuse blonde à la voix prenante, Mary Travers, et un grand échalas à la tête anguleuse, qui a partagé avec Dylan la scène du Gaslight et du Gerdes, bon vocaliste, Noel Stookey. Peter, Noel & Mary ce n'est pas très joli, alors Grossman changera en Paul le prénom de Stookey, pour atteindre un public qu'aucun des trois n'aurait atteint individuellement.

Mary Travers est concentrée, impose une voix soliste à l'écoute des sonorités offertes par les chanteurs noirs ou Odetta, sur le solide travail harmonique des deux guitaristes : Peter, Paul & Mary est né. Leur premier disque sort peu après le disque de Dylan, en juin 1962, mais monte à la trente-cinquième place des ventes : combinaison gagnante. Ils enregistrent la chanson de Pete Seeger, *The Hammer Song*, où il est à la fin question du « marteau de la justice », et puis « aimer tous mes frères et sœurs partout dans ce pays », et Grossman sait qu'il a trouvé la bonne route – en 1963, ils donneront plus de deux cents concerts, et leurs disques seront partout. Reste la matière : non plus des chansons du répertoire, mais des chansons dont on soit aussi propriétaire. L'argent est là, mais Yarrow, pas plus que les deux autres, ne compose.

Alors que, jusqu'ici, tous les efforts de Dylan c'était pour trouver des scènes et des engagements, jusqu'en septembre il n'aura que très peu l'occasion de jouer en public. Grossman est en négociation avec sa maison d'édition, avec les maisons de disques, et les contrats ne seront finalisés que fin juillet. Il conseille à Dylan de refuser les scènes trop petites qui sont les habituels clients de Roy Silver. Stratégie justifiée, ou seulement pression pour mettre Dylan à son atelier de composition réservé à Peter, Paul & Mary et l'y maintenir ?

Dylan reprend dès janvier, au septième étage de l'immeuble Columbia, les séances d'enregistrement. Pour *The Freewheelin' Bob Dylan*. Il en faudra de nombreuses : les prises non retenues, qu'on nomme en Dylanerie *The Freewheelin' Outtakes*, sont quatre fois plus nombreuses que les chansons retenues sur l'album. Il semble que Grossman soit présent dès le mois d'avril dans le studio, alors que son inimitié avec John Hammond est connue. Hammond a déconseillé à Dylan de se mettre dans les griffes de Grossman. En signant avec lui, Dylan est parfaitement conscient qu'il se sépare de celui qui lui a donné sa première chance, un partenaire plus musical que financier, avec lequel il est en train de bâtir son deuxième disque, et ça ne le retient pas.

Alors d'où est parti *Blowin' In the Wind* ? Seulement de la tentative, pour *Broadside*, d'adapter des paroles à résonance plus contemporaine sur une vieille rengaine folk ? Dylan chantait déjà ce vieux chant d'esclaves : *No More Auction Block*, enregistré en particulier par Odetta. Refrain entêtant, répétitif : il n'y a plus à se battre contre l'esclavage, mais les mêmes questions traversent sans arrêt l'actualité américaine.

Dylan dit qu'il a écrit très vite sa version transposée de *No More Auction Block*, dans l'intuition d'un instant. Parce qu'on attend à un carrefour de la ville, dans le vent de New York, et qu'on pense tout d'un coup au chemin qu'on a fait, depuis un an presque qu'on est là ? Il précise : ce café, qui est au coin de MacDougal Street, comme s'il suffisait à quiconque de s'asseoir là pour qu'un tel hymne surgisse.

Que reste-t-il, dans *Blowin' In the Wind*, du génie des esclaves, ou de l'anonyme qui le premier composa et chanta *No More Auction Block* ? Dylan chantera encore la version originale au Gaslight le printemps

165

suivant : la séquence d'accords, le départ mélodique
sont les mêmes, et c'est comme si, neuf mois plus tard,
il préférait encore l'original à son adaptation.

Sur combien de routes on doit aller marcher,
avant qu'on dise de vous : c'est un homme...
Combien d'oreilles on doit avoir,
avant d'entendre comme un peuple pleure ?
Combien de morts il faudra pour qu'on le sache,
que trop de gens sont morts ?

Le mouvement pour les droits civiques est amorcé,
les États-Unis s'ébrouent. Mais de cela on ne parle
pas : juste, c'est dans l'air. C'est l'état d'esprit que
capte le chanteur : ce qui souffle dans le vent. Pas à
lui, en tout cas, de fournir les réponses.

La réponse, ami, souffle avec le vent,
la réponse court dans le vent...

Dave Van Ronk raconte qu'un jour, un an plus tard,
il entend deux types à Times Square plaisanter : *The*
answer, my friend is blowin' out your end... Du genre :
la réponse, ami, écoute mon cul... Ce jour-là, Dave
Van Ronk a compris que Dylan était lancé.

Est-ce Dylan qui la propose à Grossman pour Peter,
Paul & Mary, ou bien est-ce lui, Albert Grossman, qui
en respire le potentiel ? Il n'y a rien de signé encore
entre eux deux, et Dylan est toujours sous contrat avec
Duchess Music : les deux vont garder la chanson
secrète, sous le coude, jusqu'à ce qu'elle soit enregistrée par le trio, et que tous les contrats soient signés.

Quand Peter, Paul & Mary enregistreront *Blowin' In*
the Wind, début 1963, changement d'échelle complet

pour le trio. Pas possible que Dylan ne fasse pas figurer cette chanson dans son disque, même si le plein de l'ascension de *Blowin' In the Wind* se fera par l'autre version, celle du trio. Elle sera réenregistrée soixante fois en deux ans, y compris par Marlene Dietrich et Duke Ellington, et chaque fois : 25 % pour Albert Grossman sur la part Dylan, 50 % pour Grossman sur la part Witmark.

On dirait pourtant que Dylan ne l'aime pas, cette chanson. D'ailleurs, elle ne ressemble pas à une chanson de Dylan : il lui manque ces figures concrètes, ces objets d'image en travers du langage. C'est une antienne, une captation d'atmosphère, l'écriture d'une impression, sur fond de vieille chanson d'esclave qui y résonne encore. Sauf qu'une chanson, la façon dont elle capte à son tour ceux qui l'écoutent, reste un objet non maîtrisable et mystérieux, et avoir atteint involontairement ce point sera une leçon définitive. Il la publiera dans *Broadside*, comme il le fait dans chaque numéro, et s'il l'enregistre dans le studio du septième étage, chez Columbia, avec John Hammond qui, une fois de plus, lit son journal pendant les enregistrements : – *Everything allright, boy ?*, c'est plutôt pour l'avoir en réserve que pour l'inclure dans le disque en préparation. Et quand le trio l'aura rendue immensément célèbre, avec les trois voix en contrepoint harmonique, lui la chantera dans une version dépouillée, limitant sa guitare au minimum, écorchant et parlant plutôt les paroles (concert Town Hall du 4 décembre 1963, reprise dans *No Direction Home*, le disque).

Ainsi s'établit progressivement, tout au long de cette année 1962, la relation entre le producteur déjà puissant et connu, et le chanteur imberbe à voix éraillée.

« Albert croyait en Bobby, dit Van Ronk, il l'a soutenu quand personne d'autre ne voulait l'aider. »

Mais le temps doit paraître long, quand on fête ses vingt et un ans sans concert, qu'on a commencé d'enregistrer des chansons pour un deuxième disque, mais que le premier ne se vend pas assez pour que la maison de disques vous autorise le suivant.

Et puis Suze est partie.

Suze a terminé la *high school*, avant l'université elle veut connaître l'Italie de ses parents : façon de reprendre pied définitivement après le décès de son père il y a trois ans ? Suze dessine et peint, et elle n'est pas du genre à devenir l'épouse, la muette, celle qui donne les idées et la couleur, et tout le reste pour son homme. Mark Spoelstra dit que l'ambiance n'était pas à la tendresse, ce mois de juin, Dylan ne parlant que de métier et d'argent, et comme avalé par Grossman. C'est par lui qu'on apprend aussi que Peter Yarrow accapare sans cesse Dylan, qu'ils travaillent ensemble les arrangements de Peter, Paul & Mary et les éventuelles compositions : Grossman rétribue Dylan non pas comme chanteur, mais comme soutier de sa machine principale. Suze accompagnera sa mère, qui souhaite revoir à Pérouse la famille de son mari : on a même le nom du paquebot, le *Rotterdam*.

Le voyage doit durer trois mois : une éternité. On s'écrira. Seulement, au bout des trois mois, la mère revient seule : près de Milan, Suze s'est inscrite à des cours de peinture, elle ne reviendra qu'en janvier. Et Carla, comme sa mère, pense probablement que le voyage lui permettra d'échapper à l'emprise de la vie de couple venue trop tôt, avec ce type à guitare qui ne se coupe pas les cheveux, n'a pas souvent l'occasion de prendre une douche, et ressemble tant à des dizaines d'autres porteurs de guitare, lesquels se douchent peut-être plus souvent et sont moins portés sur la marijuana.

Il semble que ce soit dès à présent que Dylan écrit ce texte si curieux, un texte fondateur comme un peu plus tard ses *11 Epitaphs Outlined*, un long poème d'apparence autobiographique : *My Life In a Stolen Moment*.

Duluth Minnesota ville de minerai de fer et les marchands qui vont avec
Bâtie sur cet éperon de roche qui tombe dans le lac Supérieur
Je suis né ici, et mon père était né ici
Ma mère vient des filons de fer des cantons du Nord
Les filons de fer alignent la suite des villes minières
Qui commence aux Grands Rapides et finit à Eveleth
On a déménagé là pour vivre avec ceux du côté de ma mère
Hibbing c'est là mon enfance
À Hibbing la plus grande mine à ciel ouvert du monde
À Hibbing les écoles, les églises, les épiceries et la prison
On jouait au foot dans la cour de l'école et il y a même un cinéma
À Hibbing ces voitures trafiquées qu'on lançait à pleine course
Le vendredi soir
À Hibbing chaque carrefour un bar avec des bals à polka
Tu peux te planter à un bout de la rue principale à Hibbing
Et tu verras très bien l'autre bout de la ville de l'autre côté
Hibbing une bonne brave vieille ville

J'en suis parti quand j'ai eu 10 ans et 12 et 13 et 15
et 15 1/2, 17 et 18
Ils m'ont rattrapé et m'ont ramené sauf une fois

Curieux d'abord par le statut : Dylan écrit des chansons faites de couplets à répétition, mais ce texte-ci ne peut être chanté. C'est un texte littéraire, un poème qui sera distribué à l'entrée de son premier vrai concert au Carnegie Hall, le 26 octobre, et donnant l'adresse de Grossman pour qui veut recevoir Dylan en concert, mais pas chanté : donc, à peine est-il passé à l'écriture de chanson, l'affirmation qu'il prend pied en poésie. Être écrivain en parallèle de sa carrière de chanteur, on peut aussi imaginer devenir poète, comme Ginsberg, Ferlinghetti et les autres, et que ce soit, sinon un destin plus noble, une idée qui lui convient mieux. Et comme il fait de Hibbing cette aquarelle avec paysage minier en perspective, il simplifie à l'extrême la période Minneapolis :

Plus tard là, à la fac, université du Minnesota
Une scolarité bizarre si jamais j'en ai eu
Assis dans la classe de sciences et bras croisés pour
*   pas disséquer*
Ce pauvre lapin mort
Fichu dehors de la classe d'anglais pour avoir utilisé
*   un mot en cinq lettres*
Sur un papier qui le dessinait, le prof d'anglais
Et fichu dehors de la classe de com' parce que j'appe-
*   lais*
Tous les matins pour dire que je pouvais pas venir
Mais ça marchait en espagnol parce que ça je le savais
*   d'avance*

170

Je suis resté quelque temps par commodité maison de
*   la fraternité*
Ils voulaient bien que je vive là, ça me convenait mais
*   m'embrigader non*

My Life In a Stolen Moment est aussi curieux par ce qu'on y raconte : pour s'imposer comme chanteur, Dylan s'est forgé une autobiographie fictive dont les lignes de force sont stables : orphelin, passage au Nouveau-Mexique, apprentissage en direct depuis les chanteurs de rues à Chicago ou Big Joe Williams, et les chansons de cow-boys ou carnaval sur la route avec un cirque. Ce n'est pas tenable à long terme : alors il essaye de revenir à une version plus proche du vrai, mais il ne sait pas ou ne peut pas renoncer aux éléments déjà exposés sur la place publique. On envoie un petit salut à Bonnie Beecher, mais on s'invente des histoires de clochard sous les ponts :

J'ai déménagé avec deux filles du Sud-Dakota
Dans un deux pièces juste pour deux nuits
J'ai traversé la rivière et trouvé Quatorzième Rue
Au-dessus d'une librairie qui vendait aussi de mauvais
*   hamburgers*
Des tee-shirts de basketteurs et des bouledogues minia-
*   tures*
J'en pinçais pour une actrice qui m'attrapait les tripes

Et j'ai fini rive gauche du Mississippi
Avec une dizaine de types dans une maison squattée
*   juste sous*
Le pont de Washington Avenue au sud des Sept Coins
C'était plutôt bien mes universités

Après ça j'ai suivi mon chemin, quatre jours pour aller
à Galveston, Texas
Juste pour retrouver un vieux pote que j'avais ren-
contré
Dans l'entrée d'un cinéma et qui m'avait dit qu'il
faisait l'armée
Le temps de refermer la porte de la cuisine
J'étais passé en Californie, presque jusqu'en Oregon
J'ai croisé une serveuse elle m'a ramassé dans les bois
Et m'a ramené à Washington

Suze a emmené Dylan aux pays de Rimbaud et de Byron. Ils les lisent à deux. *We read poetry together.* Ce texte serait la première trace de la rencontre avec le fugueur de Charleville. Non pas le Rimbaud des images mystiques surgissant en discontinu que Ginsberg va lui apprendre à découvrir dans *Une saison en enfer* ou *Illuminations*, mais là où on commence quand on découvre Rimbaud : *Le Bateau ivre*, le fugueur, *la grand'route par tous les temps*. Et une étape franchie : avoir compris comment le texte de poésie ne fonctionne qu'à condition d'insérer l'auteur dans le même geste qui se saisit de l'objet poétique lui-même. Dylan doit pour cela accepter de remonter en amont à des éléments plus véridiques, tout en y insérant le même écart que ce dont il avait l'intuition dans l'autobiographie fictive qui lui sert de passeport officiel, et reprise de l'autoportrait de lui-même habillé en Woody Guthrie :

Le pouce tendu, les yeux endormis, un bonnet sur la
tête
Et la tête bien allumée
J'ai roulé et appris quelques bonnes leçons

172

J'ai eu ma bonne petite dépression
Pris des trains de marchandises pour le pied
Et me suis envoyé en l'air rien que pour rire
Fumé de l'herbe par paquets
Et chanté pour la manche
Auto-stop sur la 61 la 51 la 75 la 169 la 37 la 66 la 22

Gardons comme symbolique et important qu'il ins-
crive le fait d'écrire au même niveau que l'apprentissage de la musique :

Quelque part il y a longtemps j'avais commencé la
*   guitare*
Quelque part il y a longtemps j'avais appris à chanter
Quelque part il y a longtemps je m'étais mis à écrire
Mais jamais pris le temps de trouver pourquoi

Et admirons comment, pour rendre le texte crédible
et donc sauver ses aventures imaginaires, il y inclut
son arrivée à New York :

Vingt-quatre heures après on se plantait sortie de
*   l'Hudson Tunnel*
Sortant dans la tempête de neige et au revoir
Aux trois autres nous on partait MacDougal Street
Cinq dollars à nous deux – mais pauvres certainement
*   pas*
J'avais ma guitare, et un harmonica à jouer
Et l'autre il avait les fringues de son frère à refourguer
La semaine d'après il est reparti à Madison et moi je
*   suis resté*
Marché sous le ciel d'hiver à travers le Lower East Side
Jusqu'au Gerdes Folk Club

Texte fondamental, dont une deuxième partie, sous la même forme poétique libre, intitulée simplement *Part II*, sera insérée dans la pochette du disque enregistré en public de Joan Baez, l'année suivante.

Un texte écrit comme une chanson, avec son refrain récurrent. Et rien qui démente son statut supposé d'orphelin. Pour avancer, en poésie, on n'a que soi-même à exposer : « grand comme un timbre-poste », dira William Faulkner, mais c'est là qu'il faut creuser. Question de zoom et de concret, comme lorsqu'il nous montre brièvement, dans la vitrine d'un magasin, ces bouledogues miniatures : ici peut-être on voit s'inventer ce qui sera la force de Dylan auteur. Les éléments autobiographiques sont à la fois minces et disproportionnés : il n'y a pas eu de classe de sciences ni de lapin mort à Minneapolis (peut-être plutôt un souvenir du lycée ?). Non, il n'a pas vu le Sud, pas encore. Non, il n'a jamais été placé en garde à vue. Mais comme personne ne peut mettre en doute la façon dont il écrit le présent, il nous force à prendre comme vrai ce qu'il dit de son passé :

On m'a fait un article dans le Times *après ce concert qui a suivi*
Au Gerdes Folk Club
Ils m'ont enregistré à Columbia à cause de cet article dans le Times
Et jamais pu depuis revenir et savoir pourquoi et comment
J'en étais venu à commencer ce que j'ai fait
Je peux pas vous dire mes sources et influences il y en a eu tant
Juste si je devais en garder une
Et ce serait pas chouette de pas le dire

Woody Guthrie bien sûr
Big Joe Willams yeah
Facile eux de se rappeler leurs noms
Mais des visages non tu ne peux rien retrouver

Avec cette belle allusion à ce défaut si fréquent chez les myopes, puisque le mécanisme de la reconnaissance des visages se forge dans la toute petite enfance, avant qu'on nous mette des lunettes sur le nez. Peut-être même une part du comportement ultérieur de Dylan, sa façon de ne parler à personne quand on est dans un groupe, a ici son explication.

Et quel culot pour éliminer les éléments biographiques qui feraient – selon sa mythologie – accroc à la toile : la profession des parents, les voyages à Denver et Fargo, ou même The Wha ? et le Café Bizarre, le soutien de Dave Van Ronk ou d'Izzy Young évincés au profit du très professionnel Gerdes.

Le personnage qui se fait ici passer pour Bob Dylan ne doit rien à personne, sauf à un seul : où a-t-il pris cette image de la fugue chaque fois refaite, à « 10, 12, 15, 15 1/2, 17 et 18 » ? Non, Bobby Zimmerman, occupé de ses treize à ses dix-huit ans aux petits groupes rock successifs qu'il monte à Hibbing n'a jamais fugué, et, pour ses seize ans, c'est papa et maman qui ont offert la moto, puis la Ford d'occasion. Le paradoxe est là : pour écrire, Bob Dylan, dès 1962, a besoin d'une nouvelle autobiographie fictive, et c'est Rimbaud, l'adolescent aux fugues, qui sert de modèle.

Que fait Dylan l'été 1962 ? Il est seul, il a sa chambre à New York, et se trouve de plus en plus dans l'orbite d'Albert Grossman, qui s'occupe des différents contrats et probablement lui fournit des avances qui compensent le fait de n'avoir pas de concerts, ou si peu. Il a fait un voyage à Hibbing, ne serait-ce que pour offrir son disque à ses parents : tout va bien à New York, la preuve. Au retour il séjourne à nouveau à Minneapolis. C'est là qu'il franchit une nouvelle étape d'écriture : *Don't Think Twice It's Allright*.

Une chanson d'amour. Dylan n'avait pas à chercher loin, il lui suffisait de penser à Suze. Mais la ballade est magnifique, et d'une maturité qui n'a rien à voir avec son univers source, une vieille complainte du répertoire, *Scarlet Ribbons*. Ce n'est pas qu'il copie : à nouveau la vieille chanson est considérée comme un patrimoine qu'on réactualise par des paroles neuves, où résonne une histoire semblable. Ou peut-être qu'un chanteur folk joue rageusement, mais dans la pièce d'à côté, la chanson ancienne et Dylan, devant vous, d'une voix détimbrée, qui parle plutôt qu'elle chante, vous explique de quoi il est question ? Reprise par Joan Baez, par Johnny Cash, *Don't Think Twice* est la première chanson de Dylan à s'imposer comme composition, sans référer à un problème politique ou social.

Ce type qui dit à une fille que ce n'est pas la peine de revenir, qu'on se dit au revoir mais que pour lui c'est adieu, c'est exactement ce que Dylan encaisse de Suze. Si sa première chanson d'amour est une chanson de maître, c'est par le bond dans la fiction : le personnage qui parle ce n'est pas lui, c'est une figure. Figure de l'errant, de celui qui s'en va et laisse les autres derrière lui – dans la vie réelle, c'est Suze qui a traversé l'océan et l'a laissé tomber.

Fin août, Dylan termine les démarches par lesquelles il s'appelle officiellement Bob Dylan et non plus Robert Allen Zimmerman. Sa carrière ne rendait pas cela si urgent. Ses parents en souffrent, le prennent comme un déni. Est-ce que Bob leur a soufflé qu'il y était obligé par son nouvel agent ? C'est Grossman qu'Abe et Beatty tiendront pour responsable.

En septembre, donc, Dylan apprend que Suze a décidé de prolonger son séjour : les beaux yeux d'un jeune Italien ? C'est vrai (il s'appelle Enzo, Suze et lui se marieront dans deux ans), mais Dylan ne le sait pas. Une fois, il appelle les Van Ronk en plein milieu de la nuit, il est à Minneapolis, pleurant presque : – Je veux Suze…

Temps de guerre froide. C'est la crise des missiles de Cuba : si Moscou y installe des armes atomiques, New York sera dans leur rayon de frappe. Peut-être qu'en novembre 1962 on n'a jamais été aussi au bord d'un affrontement nucléaire. L'année précédente, Kennedy avait fait débarquer mille cinq cents mercenaires, entraînés au Guatemala, dans la baie des Cochons, près de Guantanamo, pour tenter de se débarrasser de Castro. L'affaire rate, et Khrouchtchev déploie cinquante mille soldats soviétiques à Cuba pour protéger l'île. Le 14 octobre 1962, un avion espion, le fameux U2 (prononcer *you too*), détecte la présence des missiles. Kennedy s'exclame : « Mais c'est comme si on installait des missiles en Turquie… » Ses chefs d'état-major : « C'est ce que nous avons fait, monsieur le Président… »

On est à quinze ans de Yalta, dans cette illusion des puissants qu'on peut se partager le monde à la fourchette et au couteau. Moscou et Washington décideront de retirer symétriquement leurs missiles de Cuba et d'Istanbul :

« J'ai écrit ça en pleine crise de Cuba. J'étais Bleecker Street à New York, on était juste restés ensemble cette nuit-là, les gens s'asseyaient et se demandaient si ce serait la fin, et moi pareil. Est-ce qu'il y aurait un lendemain, une heure du matin ? C'est un chant de désespoir. Qu'est-ce qu'on aurait pu faire ? Les mots sont venus vite, très vite. C'était comme un chant de terreur. Ligne après ligne, essayer d'attraper le sentiment du néant. Ce n'est pas la pluie atomique, ce n'est pas les retombées nucléaires, je voulais juste bosser sur cette sensation de fin, cette nuit-là… »

C'est Dylan qui le dit. Seulement, il est attesté qu'il a chanté *A Hard Rain Gonna Fall* en public trois semaines avant cette nuit dont il parle. L'histoire qu'on se réinvente pour soi-même ne doit-elle pas être tenue pour vraie si elle est plus belle ?

La catégorie « chants de désespoir », Dylan l'a travaillée et inventoriée, dans les bibliothèques et les vieux disques, dans les archives d'Izzy Young et celles d'Alan Lomax. D'une vieille ballade pour chanter aux enfants, une des longues complaintes pour les endormir ou les consoler, *Lord Randall*, Dylan a retenu la forme dialogique : une mère demande à son fils ce qu'il a vu et qu'elle, l'adulte, ne peut pas voir. Les vieilles chansons ont cette force : combien de mères anglaises ou irlandaises ont-elles chanté *Lord Randall* à un enfant que la tuberculose mine, et où c'est ce qu'il y a de l'autre côté de la mort que voit l'enfant, et que ne saura pas sa mère ? Dylan garde la base modale, et cette mélodie obstinée comme un rêve, lui dont jamais les parents ni les grands-parents n'auraient pu chanter *Lord Randall*. Le reste, c'est le poème – parce qu'on a lu Yeats ou Hawthorne :

Où la maison dans la vallée devient la prison sale et humide,
Où qui est le bourreau est le secret le mieux caché,
Où le désir est enlaidi, où les âmes sont mortes

178

Où noire la seule couleur, où aucun pour seul
nombre...

Mais chantez ces mots-là sur la scène du Gerdes
Folk, alors que tout est suspendu aux nouvelles, sous
le poids jour après jour de la crise atomique, dans un
pays qui n'ose pas encore affronter sa responsabilité
dans les bombardements d'Hiroshima et Nagasaki,
mais auxquels bien sûr on pense : *He finished singing
it, and no one could say anything : the length of it, the
episodic of it. Every line kept building and bursting,*
dit un témoin. « Il s'est arrêté de chanter, et personne
ne pouvait rien dire. Le poids que ça avait, et comment
ça collait, tout le monde restait là à gamberger, un
incendie dedans. »

Cette fois la vraie barrière est franchie, la barrière
définitive, comme si tout le bruit fait autour de la crise
cubaine n'avait servi qu'à porter un chanteur de l'autre
côté d'une ligne invisible. Et la confirmation qu'une
chanson peut peser autant que tout cela si elle est juste.
Et pourtant, à peine un petit décalage par rapport à la
complainte d'enfant qui en a fourni le motif :

D'où reviens-tu, mon fils aux yeux bleus,
D'où reviens-tu, mon si jeune et si aimé ?
J'ai trébuché sur les pentes de douze montagnes bru-
meuses
J'ai marché et rampé sur six chemins tordus
J'ai pénétré au milieu de sept forêts tristes,
J'ai été jusqu'au bord de douze océans morts,
J'ai marché mille kilomètres dans la bouche d'un cime-
tière,

179

Et c'est une rude, une rude, très rude,
Une si rude pluie qui sur nous va pleuvoir...

C'est la figure de l'explosion qui convient le mieux, même si le mot est de mauvais goût rapporté à son contexte. En quelques mois, avec *Let Me Die In your Footsteps*, *Blowin' In the Wind*, puis *Don't Think Twice It's Allright*, et enfin *A Hard Rain Gonna Fall*, Dylan vient de donner une architecture à son répertoire. Et l'ancrer non pas sur une nouvelle variation de la chanson folk, mais sur le terrain de ces interventions signifiantes et parlées venues du blues, et par lesquelles (*John Birch Society*, *Mountain Bear Park*, *Song For Woody*) il était entré en écriture.

Depuis le début de l'année, il accumule dans le studio Columbia les chansons qui composeront le deuxième disque. Il ne sait pas encore qu'il lui en faudra trente-sept. La volonté sans doute, pour Hammond comme pour Grossman et Dylan, de préserver sur bande magnétique ce qu'il interprète en public, et les premières armes d'écriture. Mais un disque, c'est un instant, un visage : et ce visage ne cesse de se déplacer au fur et à mesure des semaines. Que veut-on proposer exactement ? Lors de nouvelles sessions, le 26 octobre puis les 1er et 15 novembre, Hammond essaye pour la première fois de lui adjoindre des musiciens. Grossman réclame d'être présent, ou représenté par son assistant, John Court : les relations sont si tendues que Hammond exige le départ de Court. C'est Hammond qui a recruté les musiciens : on travaille (on fera dix-neuf prises) sur *Mixed Up Confusion*, avec section rythmique, piano et cuivres. Grossman pousse à ce qu'on la joue comme du vieux jazz : Hammond s'en moquera plus tard. À remarquer qu'on reprend un morceau d'Elvis, le classique *That's Allright Mama* : la preuve que Hammond et Grossman s'accordent sur un point, ne pas cantonner Dylan à la chapelle folk, lui trouver une musique qui corresponde à là d'où il vient.

Un territoire qu'on invente progressivement : par exemple le jour où on enregistre *Corrina Corrina*, où le groupe se laisse aller à une rythmique suivant très souplement Dylan, et qui annonce d'un coup ce qu'il sera deux ans plus tard.

Et Bruce Langhorne, ce guitariste avec lequel Dylan a déjà travaillé lors des enregistrements de Carolyn Hester : un des rares musiciens noirs à arpenter la scène folk, un type à qui il manque deux doigts de la main gauche, qui joue d'une guitare acoustique équipée d'un micro en travers de l'ouverture, et a développé, peut-être parce qu'il est aussi violoniste, un curieux style de note à note tissant des arpèges sur la voix. Langhorne, dans ses entretiens, est très précis sur ses enregistrements avec Odetta, pour lui son acte de naissance musical. Au Gerdes, il contribue surtout à un groupe de gospel : des sessions du futur *Freewheelin' Bob Dylan*, il n'a pas vraiment souvenir. Bruce Langhorne, qu'on va recroiser jusqu'à *Bringing It All Back Home*. Pourtant, lorsqu'il double la guitare de Dylan dans la première version enregistrée de *Ballad Of Hollis Brown*, aucun des deux ne se doute qu'ils inventent le Dylan de la maturité.

Bruce Langhorne, comme les autres, a aujourd'hui son site Internet. Sa collaboration décisive avec Dylan, jusqu'à *Bringing It All Back Home*, donnera une nouvelle dimension à sa vie professionnelle : il participera à des disques de John Baez, Richie Havens, Gordon Lightfoot. Mais, guitariste de tradition acoustique, il sera laissé sur le bord de la vague rock et montera un studio d'enregistrement qui sera pendant des années son activité principale, avant, maintenant qu'il a les cheveux gris et une barbe de baroudeur, d'avoir son ultime célébrité dans une sauce pimentée, *Brother Bru-Bru's African Hot Sauce* aux vertus sudatives et recommandée pour l'indigestion. Mais quand on a écouté ce que Langhorne jeune a apporté en trois ans au folk, sur les disques d'Odetta, Hester, Dylan, Fariña et Baez, on se dit que le destin n'a pas été si réjouissant pour le guitariste aux doigts manquants : il méritait mieux qu'une sauce.

Grossman obtient de Hammond la sortie d'un 45 tours en décembre, le premier sur lequel il aura des droits comme producteur et agent. Ils disposent de véritables merveilles comme *Don't Think Twice It's Allright*, mais c'est sur ce *Mixed Up Confusion* avec groupe accordé sur les sonorités Elvis Presley qu'on va s'accorder, et c'est évidemment un raté complet : alors lequel des deux n'a pas compris Dylan ?

En novembre, Pete Seeger organise au Carnegie Hall un concert collectif de soutien à *Broadside*, et invite tous ceux qui participent à l'aventure de la revue, mais leur demande de se limiter « à trois chansons, pour ne pas être plus de dix minutes sur la scène ». Dylan rétorque timidement que ses chansons durent chacune entre sept et dix minutes. Seeger le laissera pourtant chanter trois titres comme les autres, dont dix minutes pour *A Hard Rain Gonna Fall* : c'est la première fois que Dylan accède à une telle salle, la vérification que désormais il est en avant du petit monde du folk, et délibérément à l'écart de ses compagnons de scène.

On a peut-être trop lié son départ en Angleterre au besoin de retrouver Suze, d'aller la chercher en Italie.

D'ailleurs, Dylan n'a jamais été encombré de célibat, et Mavis Staples, la plus jeune de trois sœurs qui chantent avec leur père du gospel sous le nom de Staple Singers, pourrait bien avoir cet automne remplacé Suze.

Mais Dylan a fait un bond en avant maintenant que Peter, Paul & Mary chantent *Blowin' In the Wind*, les enregistrements pour Witmark et Broadside se multiplient. Grossman, pour que Dylan rompe avec Roy Silver, lui avait fait miroiter des engagements dans les clubs influents de Chicago ou Los Angeles : or, ces engagements ne viennent pas – les résultats du premier disque n'ont pas bousculé les réticences. Parallèlement, Dylan est persuadé d'avoir enregistré désormais la totalité de son deuxième disque, et qu'il peut se permettre une pause.

Grossman, par ailleurs, ne fait pas ce genre de proposition au hasard : ça a été le cas pour Ramblin' Jack Elliott, ce le sera pour bien d'autres. L'Angleterre, dans les ventes de disque, c'est la moitié du bénéfice. Surtout, se faire accepter là-bas, c'est s'imposer chez soi : le vieux pays est une étape obligatoire pour tourner, passer à la radio en Amérique.

De là à payer un billet d'avion, ce n'est pas le genre d'Albert Grossman. Un réalisateur, Philippe Saville, ayant vu interpréter Dylan au Gerdes, souhaite lui faire interpréter dans une fiction télévisée le rôle d'un jeune chanteur anarchiste. Cela tombe bien, Grossman sera avec Odetta en Angleterre pour une tournée. La chaîne unique de télévision anglaise engage Dylan pour chanter trois chansons dans le film, et prend en charge, outre l'avion, cinq nuits d'hôtel.

Pour Dylan, un virage presque aussi important que l'arrivée à New York : la découverte de Londres. La

BBC, on s'en débarrasse vite. D'abord, il se révèle incapable d'apprendre les quelques lignes de texte du rôle : en tout cas, il refuse de l'apprendre, prétextant que son personnage doit improviser ce qu'il dit. Lui, sur scène, c'est sa spécialité. Alors il le fait : une justification de l'anarchisme, à la force de la langue. Mais comment passer à la télévision anglaise ce genre de propos ? Le mois suivant, Saville fera refaire par un comédien les scènes prévues au départ, et ne gardera de la prestation de Dylan que *Blowin' In the Wind* – la première fois qu'il la chante en public. La BBC ne conservera même pas les bobines après diffusion. Il faut remettre à un peu plus tard l'arrivée de Bob Dylan dans le monde du cinéma.

Par contre, il est tout de suite dans les clubs folks. Le creuset des nouvelles musiques, cette fin 1962, à Londres, c'est la soirée blues du Marquee, qu'organise Alexis Korner et où s'incrustent cet hiver-là des inconnus du nom de Brian Jones, Mick Jagger, Jimmy Page ou Eric Clapton. Le jour même où Dylan arrive à Londres, Brian Jones, Ian Stewart, Mick Jagger et le timide Keith Richards répètent dans un café avec un nouveau bassiste, qui leur déplaît à cause de sa coupe de cheveux à la Elvis, indépendamment du fait qu'il a cinq ans de plus qu'eux : Bill Wyman. Et ils n'ont toujours pas trouvé de batteur.

Un type de leur âge, qui a fait la première partie de John Lee Hooker, et enregistré avec Big Joe Williams, n'importe qui fréquentant le Marquee l'aurait accueilli avec respect : mais non, le croisement ne se fait pas, c'est trop tôt. Il ne se fait pas non plus avec les Beatles, dont le disque *Love Me Do* est partout. Mais, pour Dylan, la façon dont l'Angleterre découvre le hillbilly c'est comme une resucée lointaine de l'époque Buddy

Holly. Et, apparemment, le Marquee il n'en entend même pas parler : soirée blues d'un club voué au jazz, prédilection pour l'électricité, et aucun des apprentis du Marquee pour fréquenter de leur côté les clubs folks.

Dans les clubs folks, au Troubadour, au Round-house, celui avec qui sympathise Dylan, c'est Martin Carthy. Un puriste, qui chante a cappella des airs traditionnels, ou les accompagne à la guitare en accord modal. Dylan, maintenant que la BBC ne paye plus l'hôtel, loge chez lui. On a de quoi parler : à la culture devenue encyclopédique de Bob Dylan sur la façon dont les colons américains ont importé puis fondu ces ballades traditionnelles apportées avec eux (il chante depuis longtemps *The Cuckoo*, ou *Sally Gal*), Martin Carthy répond par sa connaissance de l'histoire en Angleterre de ces chansons.

Quant au système Dylan, désormais il est au point : *I learned a lot of stuff from Martin*, dit Bob : « J'ai appris plein de trucs de Martin Carthy. »

Ainsi, de *Scarborough Fair*, vieille chanson anglaise, naîtra *Girl Of the North Country*, hymne aux froids horizons du Minnesota. Et de la très ancienne *Lady's Franklin Lament* naîtra *Bob Dylan's Dream*, première inflexion vers les techniques surréalistes.

Et encore plus de cette très belle mélodie, retravaillée par Jean Ritchie, et jouée par Martin Carthy ou Bert Jansch, *Nottamun Town*. « Je ne suis pas anti-guerre, dira Dylan, je suis contre ces complexes militaro-industriels qui prennent toute la place. » Peut-être. N'empêche que lorsqu'il entend Martin Carthy jouer *Nottamun Town*, sur la même combinaison de brèves et de longues lui vient le titre *Masters Of War* – après, il n'y a plus qu'à transposer :

Venez, maîtres de la guerre
Vous qui forgez ces armes,
Vous qui forgez ces avions de la mort
Vous qui forgez les grosses bombes
Vous qui vous cachez derrière vos murs
Vous qui vous cachez dans vos bureaux,
Sachez-le, que moi je vois
Je vois au travers de vos masques

Encore un tournant, *Masters Of War* : aux puissants, on s'adresse directement, avec agressivité, à égalité, conscient de sa propre force, si c'est celle d'une génération. Et parce que la mélodie de *Nottamun Town* est grave, produit un sentiment d'oppression lourde, Dylan s'y appuie pour prendre à partie les maîtres de la guerre :

Et j'espère que vous mourrez
Et même que ce sera bientôt
J'irai à votre enterrement
Par un gris après-midi
Et resterai là devant la tombe
Jusqu'à être sûr que mort et bien mort...

À Londres, Dylan est arrivé avec une carte de visite : son premier disque est disponible. Mais la recommandation de Pete Seeger, sa participation à *Broadside*, et le fait qu'il ait connu personnellement Woody Guthrie ne suffisent pas : les Anglais sont conscients de l'importance de ce renouveau du folk en Amérique, mais ils sont de l'école Cambridge-Boston – une recherche d'authenticité, ou bien le raccord impossible au monde d'avant la révolution urbaine (ainsi coulera le mouvement folk aussi bien en Angleterre que chez nous, malgré Malicorne ou Bamboche et autres Claque-Galoches). Par exemple, ils ne supportent pas que les Américains se servent d'un micro : un Dylan, s'il ne peut se dispenser de micro, c'est qu'il n'a pas de voix.

Il faut écouter les premiers disques de Martin Carthy. Son austérité apparente fait qu'il est moins connu que Bert Jansch, le fondateur du groupe Pentangle. Dans les disques de Martin Carthy, de longues ballades chantées a cappella, ou bien avec accompagnement de violon seul. Et il invente une façon unique de solliciter la guitare, accordée en dadgad, pour en faire à la fois un accompagnement de bourdon dans les basses, un étonnant décalage mélodique et un travail des timbres dans les aigus. Influence considérable sur les musiciens du moment, comme la chanteuse Jean Ritchie, qui poursuivra plus tard Dylan pour ce qu'il lui prend de *Nottamun Town* dans *Masters Of War*, ou même, par cascade, des musiciens comme Jimmy Page qui, ces mêmes mois, est étudiant aux Beaux-Arts après une année de tournée rock, et découvre le blues.

Dans le brassage du Village, on peine à ce que les témoins isolent leurs souvenirs de Dylan avant la célébrité. Ce mois de décembre à Londres, parce qu'il n'appartient pas à leur quotidien habituel, on dispose d'une image plus précise de Dylan. Ainsi, par Saville, le réalisateur de la BBC, on apprend qu'il n'y a pour lui ni jour ni nuit, qu'on peut très bien souper à trois heures du matin, ou le retrouver à sept heures dans l'escalier de service de l'hôtel, chantant *Blowin' In the Wind* à deux femmes de ménage espagnoles qui ne comprennent pas un mot de ce qu'il leur dit – et toujours la casquette Huckleberry Finn vissée sur la tête. Que ce qui lui permet de tenir ce rythme c'est *the pot*, l'herbe qu'on fume, et qu'à Londres ce n'est pas si courant, hors un milieu artiste très restreint – ils retiendront vite la leçon.

Virage aussi : à New York on l'a toujours connu avec sa grosse veste de faux cuir à col de mouton, sa chemise à carreaux et la casquette ouvrière dont il s'est fait un emblème. À Londres, on dirait que c'est la première fois qu'il s'achète des vêtements neufs. C'est ce qu'il fera chaque fois qu'il reviendra à Londres, en particulier pour les *boots* cuir qui vont devenir l'uniforme de sa génération : Londres, de son côté, avec Mary Quant et SoHo, est prêt à lancer cet autre versant de la révolution *sixties*.

Dylan ne se fera pas que des amis, à Londres. Son premier contact c'est Ewan McColl, un chanteur traditionnel marié à Peggy, demi-sœur de Pete Seeger, et ce sont eux qui l'invitent au principal lieu folk de l'époque, le Singers Club. Alors que Dylan commence à marmonner au micro ses chansons de Woody Guthrie, ce creusement à quoi il procède, éclatant chaque syllabe comme de la frotter dans du gravier, cette modulation permanente qui lui permet de dépouiller la mélodie jusqu'au presque parlé, Nigel Denver, figure de proue du folk anglais et puriste des ballades chantées sans accompagnement, se lève bruyamment et sort.

Le surlendemain, dans un autre repère folk, le King & Queen Club, alors que Denver est sur la scène, un Dylan éméché braille du fond de la salle : *What's all this fucking shit ? How do you get a drink there ?* Et quand on lui demande de se tenir tranquille, il répond : *I'm Bob Dylan, I don't fucking have to keep quiet.*

On doit se méfier de ces témoignages (celui qui nous le rapporte nous dit aussi que Dylan avait ce soir-là chanté *Masters Of War*, qu'il n'a pas encore composé).

Mais pour la fresque ébauchée, la scène est significative, comme l'est aussi l'indication de la cuite permanente, l'herbe fumée par provocation. La posture que se donne Dylan n'est pas celle d'un militant pour l'égalité des droits civiques ou contre l'arme nucléaire, mais se satisfait de ce bouillonnement adolescent : celui qui chante autrement que les autres et se moque de leurs façons.

Le comique, alors qu'il arrive à Rome, après trois semaines à Londres, c'est qu'il apprend que Suze est repartie pour Noël à New York. Rendez-vous raté. Grossman par contre est là avec Odetta, et Mary Travers, sans ses deux associés de Peter, Paul & Mary mais avec son compagnon photographe, Barry Feinstein qui va rejoindre le cercle fermé des proches de Dylan. Ils visitent le Forum et les ruines. Avec Suze il aurait vu les musées, découvert la ville. Entre Odetta et Grossman, pas d'écho d'un éventuel choc de culture : et pourtant que de chemin depuis Hibbing et la froide Minneapolis. Pas de musique à Rome, mais des leçons à prendre dans cette proximité avec Odetta, cette chanteuse à peine plus grande que lui mais qui joue de sa guitare comme si c'était un vrombissement rythmique sous sa voix de gospel – moins de deux ans plus tôt, il avait fallu une conspiration, après le concert, pour les mettre en présence. Dans le premier livre de ses *Chroniques* Dylan ne mentionne aucun séjour à l'étranger, ni ancien ni récent : seule l'Amérique compte.

Le 14 janvier 1963, retour à Londres. Eric von Schmidt et Richard Fariña y enregistrent un disque, on est trois pour montrer aux Anglais ce qu'est le vrai folk américain. Fariña garde surtout le souvenir de la quantité de vin bu ensemble. Von Schmidt expliquera qu'il était en train de se séparer de sa compagne, Fariña venait d'être enfin plaqué par Carolyn Hester et Dylan n'avait plus de nouvelles de Suze, alors ils se consolent ? Von Schmidt se souvient aussi de Dylan arrivant au studio d'enregistrement (il jouera de l'harmonica, et ils se produiront en trio le soir dans un club, le Troubadour) avec un sac rempli de Guinness.

Si Fariña avait rendu la vie invivable à Carolyn Hester, c'était à force de vouloir se prendre pour son agent, mais aussi son directeur de conscience, son scénographe, et d'imposer, au beau milieu des concerts de sa compagne, des interruptions pour lire de la poésie. Il était venu à Londres dès le mois d'octobre : séparation qui leur était nécessaire. En novembre, reçu par des amis à Paris, Fariña y rencontre Mimi Baez, la jeune sœur de Joan : encore lycéenne, elle vit au Vésinet avec ses parents, prend des cours par correspondance, et supporte mal un isolement que les souvenirs de Cambridge, où la famille résidait auparavant, rendent difficile. Croiser quelqu'un qui connaît tout le petit monde folk est pour Mimi une belle respiration, on sympathise. Dans les équipées en voiture, à l'arrière il se tasse contre elle. Au retour, il commence à lui écrire tous les jours. Lorsque Carolyn le rejoint en décembre, parce qu'il a réussi à obtenir des concerts pour eux deux, mais avec elle pour artiste principale, elle découvre qu'à Londres il se prétend musicien, propose un tour de chant avec ses improvisations au dulcimer que parfois il tient comme une guitare.

Sans Carolyn, Fariña n'aurait pu accomplir ce qui lui semble, à elle, un tour de passe-passe : l'apprenti écrivain est un bricoleur en musique. Fariña boit et fait la fête, les concerts qu'il lui a obtenus ont lieu dans des bistrots où elle n'aurait jamais mis les pieds, et probablement il en est, dans sa correspondance avec Mimi Baez (il a vingt-six ans, elle dix-sept), à un point où son mariage l'encombre. Un soir que Fariña prétend même décider de la robe que doit porter Carolyn sur la scène, exhibant la femme plus que la musique, elle rompt et reprend seule l'avion. C'est elle qui se chargera, au printemps, des démarches de divorce, au demeurant pas très compliquées aux États-Unis. Pour Fariña, la voie est libre alors pour entreprendre, comme il le dit fièrement à ses amis, la conquête de « la sœur de Joan Baez ».

Ce disque avec von Schmidt ? Fariña veut passer pour musicien. Mais, seul, il n'a pas le gabarit. Un ami, avocat du beau monde anglo-parisien, souhaite se lancer dans le mirage musical. Fariña, séducteur et beau parleur, l'a embobiné : il suffit de faire venir von Schmidt, un vrai grand musicien, et tous les Anglais se précipiteront sur cette révolution du folk…

Le disque finira par sortir, patchwork des improvisations de Fariña, des chansons de von Schmidt, avec trois morceaux où Dylan joue de l'harmonica : mais sans le décès de Fariña conjugué à la célébrité de Dylan on n'en aurait pas fait l'objet de curiosité qu'il est.

Et c'est la deuxième occurrence par laquelle la vie de Richard Fariña traverse celle de Bob Dylan : Fariña dans son chemin vers la musique, et Dylan, qui absorbe tout comme une éponge, prêt à recevoir ce qui lui est présenté comme la posture de tous les écrivains du monde.

La belle et le vagabond, Joan Baez

Ce chapitre concerne l'année 1963.

De retour à New York, les six chansons engrangées à Londres sont prêtes à être enregistrées : Dylan ne s'est pas contenté de faire la fête, et à Rome aussi il a dû consacrer quelques bonnes heures à sa guitare et à ses textes. Lorsqu'il reprend *Ballad Of Hollis Brown* dans la forme définitive qui sera celle du troisième disque, on mesure ce que son jeu de médiator a gagné auprès de Martin Carthy. Il n'y a pas en musique plus que dans les autres arts de génération spontanée : Dylan a travaillé.

La guerre froide et Berlin, la menace atomique pèsent. La bataille d'Ap Bac en janvier est le coup d'envoi de la guerre américaine au Vietnam : à la fin de l'année, il y aura seize mille « conseillers » américains sur place (en novembre, deux semaines avant l'assassinat de Kennedy, la CIA liquide Ngo Dinh Diem, le président du Sud-Vietnam). L'été 1962, Martin Luther King est en prison : libéré, c'est toute l'Amérique noire qui lentement s'ébranle. Si l'année 1963 n'avait pas été si trouble et dense, et n'avait pas connu une fin si dramatique avec l'assassinat de Kennedy, la charge symbolique mise sur les épaules de Dylan aurait-elle été la même ?

Dès qu'il chante à nouveau au Gerdes, ou lorsqu'en mai il redonnera un concert au Gaslight, faute de pouvoir élargir ses bases, son répertoire a basculé : maintenant, ses propres chansons en forment le principal. Et très vite on reprend en chœur, quand il les chante, *A Hard Rain Gonna Fall, Masters Of War, Blowin' In the Wind*. On prend ses chansons comme une arme aussi forte que ces missiles nucléaires qu'on dénonce : mais cela concerne, sur tout New York, les cinq cents mêmes têtes du petit monde folk. Dylan gagne de l'argent comme auteur-compositeur : pour le reste, les promesses de Grossman sont lettre morte.

Avec Suze il s'est réconcilié. Durant ses cinq mois en Italie, il y a eu Enzo, mais Dylan obtient qu'elle réemménage avec lui au 161 de la Quatrième Rue Ouest, et Suze s'inscrit dans une école d'art.

Avec son deuxième disque non plus, ça ne va pas tout seul. Il l'avait cru fini, et puis non. Mais, maintenant, il sait ce qu'il doit affirmer : *Blowin' In the Wind*, *Masters Of War* et *A Hard Rain Gonna Fall* pour ce qu'on a à dire. *Don't Think Twice* et *Girl Of the North Country* pour le vieux fil solide de la chanson d'amour, et le fil ironique qu'on veut maintenir, les chansons à parler, son vieux *Talkin' John Birch Society Blues*. Plus quelques belles raretés comme ce *Corrina, Corrina* en duo avec la discrète guitare de Bruce Langhorne. Et Dylan tente, sur le *I Shall Be Free* de Leadbelly, une sorte de dérive où le narrateur, qui boit un peu trop et ne se lave pas assez, ressemblerait assez à ce qu'il rêve de lui-même, mais où défilent une première fois des personnages qui surgissent puis disparaisssent le temps d'un couplet, annonçant ce qui sera porté à son terme dans *Ballad Of a Thin Man*, en version plus naïve, incluant le président Kennedy et Brigitte Bardot.

Traduire *The Freewheelin' Bob Dylan* par « Bob Dylan en roue libre », comme s'intitulait la version française (période où on traduisait les pochettes de disque), celle que George Harrison achètera lors de la première tournée parisienne des Beatles, est un contresens (faire du vélo en roue libre, en anglais, c'est plutôt *to coast along* et, au figuré, pour dire qu'on abandonne une chose à elle-même, *to take it easy*). La roue libre de *freewheeling* c'est plutôt une roue folle, une roue en terrain libre. Les chansons qui montrent du doigt, the *finger pointing songs*, feront en deux ans le tour du monde.

Dans cette seconde période de la vie avec Suze, peut-être la constitution progressive d'un autre Dylan. Un familier du Village les croise vers Central Park, s'étonne de les voir dans ce quartier : c'est à cause d'une exposition Dubuffet, répondent-ils, celui qui écrit dans ses *Positions anticulturelles* : « Je porte quant à moi haute estime aux valeurs de la sauvagerie : instinct, passion, caprice, violence, délire […]. J'ai dit que ce qui de la pensée m'intéresse n'est pas le moment où elle se cristallise en idées formelles mais ses stades antérieurs à cela […]. La peinture est langage beaucoup plus spontané et beaucoup plus direct que celui des mots : plus proche du cri, ou de la danse. »

Ce qu'on sait, c'est qu'il écrit beaucoup, il écrit même tout le temps. Non qu'il enchaîne cinquante chansons à la file, mais parce que les cinq qu'on a en chantier, on en déplace les vers, on ajoute des couplets, on renforce les images. Et si on accumule suffisamment de matériau, où arrêter une chanson, quand on peut lui construire onze couplets comme dans *A Hard Rain Gonna Fall*, une vingtaine dans *I Shall Be Free*, et pas loin de cinquante au total, plus tard, dans *Like a Rolling Stone* ? À quel endroit cela cesse d'être chanson pour devenir poème, comme *My Life In a Stolen Moment* ? Est-ce seulement le format qui différencie une chanson d'un poème ?

On savait déjà l'importance de Brecht pour Dylan : cela nous offre un sommet de ses *Chroniques*. Suze participe comme assistante, en haut de Broadway, à la scénographie d'un spectacle qui est une compilation d'extraits de Brecht : grand pas au sortir de l'époque McCarthy qu'un auteur communiste à New York, même dans un petit théâtre d'avant-garde. Dylan, qui vient à la fin des répétitions pour attendre Suze, et redescendre avec elle trois kilomètres plus bas dans le Village, se heurte à Kurt Weill comme à un mur.

« La langue était dure, les chansons bizarres, arythmiques, saccadées par des visions étranges. Le monde entier confiné entre quatre rues. On devinait plus qu'on ne voyait. Ces chansons semblaient avoir un couteau dans la poche, elles vous fondaient dessus… C'était comme si je n'avais pas mangé, pas dormi pendant deux jours. »

Pour dire l'effet que produit sur lui *La Complainte de Mackie Messer*, Mackie au couteau, il évoque alors, texte collé au texte, un souvenir d'enfance de Duluth, la ville quittée à six ans, le lac Supérieur que remontaient les grands cargos venus de partout, avec leurs cornes de brume. Il dit : « Petit, j'étais frêle, introverti et asthmatique, et ce bruit était si puissant, si pénétrant, que je le ressentais dans mon corps comme si j'étais creux au milieu. »

Et Dylan de parler tout à coup de la technique même de la chanson :

« Je me suis retrouvé à la décortiquer, à essayer de comprendre comment elle fonctionnait. Tout était apparent, visible, sans qu'on le remarque vraiment. J'ai fini par la déboutonner : elle tirait son tranchant de ses couplets irréguliers. Le phrasé du chant ne suit pas la ligne mélodique. Celle du refrain, en revanche, collait aux paroles. J'ai commencé à jouer avec ces formes, pour essayer de piger, pour que la chanson transcende à la fois l'information, le personnage et l'intrigue. »

Et c'est cela, Bertolt Brecht, la corne de brume intérieure et l'écriture, le cœur des découvertes solitaires de ce premier trimestre de 1963, alors que pas un concert en vue, le disque une fois de plus retardé, et finalement que tout le monde s'en fiche un peu, de Bob Dylan.

Ainsi, l'apport de Suze ne saurait être réduit, comme on l'a dit trop souvent, à l'engagement pour les droits civiques. Elle l'a propulsé dans le monde de l'art contemporain, la peinture et les poètes d'un côté, le théâtre de Brecht de l'autre. C'est pour cela qu'il travaille autant, cet hiver-là, dans le petit appartement de la Quatrième Rue Ouest, sur sa machine à écrire.

Le laboratoire principal de Dylan, ce début d'année 1963, c'est le cinquième étage du 488, Madison Avenue, une petite pièce insonorisée dans les bureaux de la maison d'édition musicale Witmark, avec un piano droit, un gros magnétophone à bande mono et un micro Neumann suspendu.

Pour les dix-huit mois à venir, ce sera le cœur du travail de Dylan : un atelier discret, où l'on vient seul, avec une liasse de paroles et quelques accords, après quoi on travaille au piano. Quand la chanson est mûre, on dépose la partition, et on enregistre la maquette, qui est gravée sur place en acétate. Albert Grossman, disque en exemplaire unique sous le bras, se charge alors de faire le tour des agents de groupes ou chanteurs qui pourraient être intéressés pour l'interpréter. Les maquettes Witmark : une collection de cinquante chansons, que Dylan ne reprendra pas forcément dans ses propres disques, mais qui deviennent pour Grossman et lui le gagne-pain principal. Dans le petit studio Witmark, puisqu'il ne peut travailler dans son propre appartement, on le laisse seul. Souvenir d'Ivan Augenblink, le technicien en charge du minuscule studio : « Quand il était là, les gens à l'étage me demandaient de fermer la porte. »

À nouveau, sous la légende si rapide de Bob Dylan, une silhouette à l'arrière-fond, travaillant solitairement, s'obstinant pendant des mois sur des titres qui n'auront pas le même écho que *A Hard Rain Gonna Fall*, *Masters Of War* ou tant d'autres.

Dans la même période, Pete Seeger prépare chez Folkways, le temple du folk, un disque qui s'appellera sobrement *Broadside Ballads*, et rassemble les chansons publiées par la revue. À cause du double contrat Columbia et Witmark, Grossman contraint Dylan à y paraître sous pseudonyme : étrange que, à la façon de ces anciens bluesmen, de Blind Blake à Blind Willie McTell qui étaient réellement aveugles (comme l'est aussi le grand guitariste Doc Watson), il choisisse un nom d'aveugle, Blind Boy Grunt – en gros : l'aveugle qui grogne, le grogneur aveugle.

Les enregistrements pour Broadside, dans le bureau même de la revue, ou dans l'appartement de Sis Cunningham, c'est de la *house music* avant l'heure : on chante devant magnétophone. Mais c'est une autre moisson d'une quinzaine de titres, compositions ou vieilles ballades. D'autre part, Happy Traum choisira, pour sa propre contribution au disque, de chanter *Let*

Me Die In My Footsteps, avec Dylan qui fera la deuxième voix.

On s'est enfin mis d'accord sur les chansons retenues pour *The Freewheelin' Bob Dylan*, mais toujours pas de concert : Grossman doit bien s'ébrouer s'il veut rester crédible. Il réserve le Town Hall de New York pour le 12 avril : une salle de neuf cents places, qui témoigne du bruit que commencent à faire, dans le circuit des clubs, *Hard Rain* ou *Masters Of War*. Mais Grossman est familier de ces coups d'esbroufe : annoncer un concert dans une salle aussi prestigieuse, c'est jouer au poker avec la rumeur.

On ne remplira pas la salle, pourtant même pleine aux deux tiers, c'est dix fois le public rassemblé il y a quinze mois par Izzy Young. Bob Shelton est à nouveau monté au créneau dans le *New York Times*, et Grossman a obtenu des annonces dans *Billboard* et *Variety* : on sort enfin du cercle étroit des familiers du Gerdes.

On n'y entendra que trois des chansons du disque à venir, dont *Hard Rain Gonna Fall* et *Masters Of War*, mais Dylan ne chante pas *Blowin' In the Wind* : parce que Grossman – et ça réussira – lui a demandé d'en laisser l'exclusivité à Peter, Paul & Mary, dont le deuxième disque, avec trois chansons de Dylan, va enfin sortir ? Par contre, Dylan reprend des morceaux proches du ragtime et du jazz, comme si l'idée même de chanteur devait déborder l'identité folk, ou la rage des *protest songs* : encore une stratégie de Grossman ? C'est lors de ce concert qu'il se livrera à l'étonnante improvisation orale de huit minutes *Last Thoughts For Woody Guthrie* où l'essentiel de sa posture concernant la notion d'engagement est exprimée avant même qu'aucune des grandes chansons à « changer le temps » ait été écrite : peu importe ce que vous avez supporté ou vécu, et comment vous êtes fait, importent seulement ce que vous dites et comment vous le faites exister…

Ce 12 avril, à Town Hall, il chantera pour la première fois *Who Killed Davey Moore ?*, une de ces chansons qui seront reprises tout autour du monde, passeront dans la mémoire populaire (qui ne se souvient, parmi ceux de ma génération, du *Qui a tué Davy Moore, qui est responsable et pourquoi est-il mort ?* lancé par le si doux Graeme Allwright ?), sans que Dylan la fasse figurer jamais sur un de ses propres disques.

Avant la sortie de *Freewheelin'* prévue pour le mois de mai, Grossman et Billie James obtiennent qu'il soit invité au Ed Sullivan Show, qui fait référence à la télévision. Une grande chance pour un type de vingt-deux ans que son premier disque n'a pas suffi à faire connaître.

Le 12 mai, Dylan se rend à la répétition d'avant-enregistrement, et chante *Talkin' John Birch Society Blues*. Interruption : – Non, ce n'est pas possible. Il y a peut-être mieux à faire, pour un chanteur, que de s'en prendre à l'anticommunisme bon teint des Américains moyens ? On lui suggère d'autres titres de son disque, Dylan refuse : « Si je ne peux pas chanter ce que je veux, je préfère ne rien faire. »

C'est que Dylan était habitué à en prendre plein la figure, commente Billy James (*he was used to rejection*). Shelton s'en mêle : un billet dans le *New York Times*, qui entraînera d'autres articles dans *Village Voice* et même dans *Time* et *Playboy*. Parce que la télévision, émergente, n'est pas habituée à un tel refus de bec jaune : la publicité que cette histoire fait autour du disque que personne n'a entendu vaut bien ce que lui aurait apporté sa participation au Sullivan Show, disent les mauvaises langues.

Le bon Izzy Young, avec sa salopette et ses grosses lunettes, s'attache à nouveau à sa machine à écrire pour un tract polycopié : il y recopie les paroles du *Talkin' John Birch* et décide d'un rassemblement devant l'immeuble de CBS, qui produit le Sullivan Show, pour protester contre la censure.

Il a prévenu tout le monde. Le moment venu, il y a devant CBS huit policiers à cheval, mais ni Grossman, ni Suze, ni Bob : juste Izzy Young et cinq ou six amis du folk.

On le découvre par cela aussi, Dylan : faire ce qu'on a à faire, et si c'est mal fringué, si les cheveux sont trop longs et qu'on fume trop de cigarettes, si on est un peu bourré au moment de chanter, on n'y changera rien : protester contre l'éviction du *Talkin' John Birch Society* de la prude télévision américaine serait encore faire trop d'honneur au bourgeois.

La première conséquence, c'est la secousse côté Columbia : il n'est qu'un tout petit rouage, un jeune chanteur qui monte, le protégé de John Hammond. Les avocats de la maison écoutent la charge contre la John Birch Society : avec le précédent que constitue le refus de CBS, on va au-devant des ennuis.

Le président de Columbia se fend d'un déjeuner avec Dylan, pour lui expliquer qu'il a bloqué la sortie du disque, et tâche de récupérer les trois cents exemplaires déjà distribués à la presse ou aux radios (autant dire que, sur le marché des collectionneurs, le *Freewheelin'* incluant *Talkin' John Birch Society Blues* est un bon investissement). Il y a trente-sept chansons en réserve, on va refaire un pressage. Et là encore, réponse de Dylan par l'écart : le 14 avril dernier, il a enregistré une série de chansons, dont la très dure *Masters Of War*, qui devait ouvrir son troisième disque. C'est dans cette séance toute fraîche, d'un Dylan plus dur et engagé, qu'on va prendre les deux chansons de remplacement, *Masters Of War* donc, et une étrange improvisation basée sur le naufrage de l'expédition arctique de Lord Franklin en 1845, mais transposée en fiction personnelle, un voyage en train d'où on ne reviendrait pas, *Bob Dylan's Dream* (ouvrant une série – *Bob Dylan's 115th Dream, Series Of Dreams, I Dreamed I Saw St Augustine* – de ces fictions sans assise qui sont, dans le reste du répertoire, comme une île de pur fantastique). Ce sera la dernière collaboration de Dylan et John Hammond.

Dylan n'a toujours pas accès aux grandes scènes où sont invitées Odetta ou Joan Baez, ni même aux clubs qui font référence. Trop brouillon, trop à côté des canons. Grossman déclare à la presse (peut-être pour calmer l'impatience de Dylan) que, si Dylan n'a pas de concert prévu, c'est qu'il a choisi d'être auteur-compositeur et qu'il s'enferme pour écrire. En avril, entre la session d'enregistrement du 24 et l'incident de l'Ed Sullivan Show au retour, pour l'aguerrir, Grossman l'envoie à Chicago : The Bear lui appartient en partie, cela ne lui est pas difficile de demander ce genre de service. C'est l'occasion de deux rencontres : Victor Maymudes, qui sert de tourneur à Grossman, va s'occuper de la logistique (ce n'est pas très compliqué pour l'instant : hôtels à réserver, guitare à porter – mais Grossman ne laisse jamais un de ses artistes partir seul en tournée), et devenir l'ami de Dylan. Et puis, un jour que celui-ci est dans un bistrot à avaler un sandwich, un jeune type s'assoit à côté et lui dit qu'il aime son disque et sa façon d'embarquer la musique. Dylan n'est pas encore habitué à ce genre d'hommage : dans les endroits où on le connaît, c'est-à-dire Greenwich Village, on ne sert pas beaucoup de compliments et, à Chicago, il est un parfait anonyme. Le type est guitariste et s'appelle Michael Bloomfield, on va le retrouver sur la route de Dylan.

Point de vue de Bloomfield : « J'avais écouté son premier disque, j'avais trouvé ça vraiment la catastrophe. Je ne comprenais pas tout le racolage autour de ce type. Et quand je l'ai vu jouer, je n'en revenais pas : on ne pouvait pas appeler ça chanter, mais ça vous prenait complètement. » (*He couldn't really sing y'know, but he could get it over, better than any guy I've met.*)

De Chicago, Dylan poussera comme d'habitude jusqu'à Minneapolis (un nouvel enregistrement de Tony Glover en témoigne : les chansons récentes, et toute une discussion entre eux sur le folk). On peut supposer qu'il rend visite à ses parents : mais difficile de savoir s'il se fait prêter une voiture, ou convoyer par des amis de rencontre. On l'imagine mal faire encore de l'auto-stop, mais pourquoi pas ? À moins aussi d'imaginer le visage imberbe, sous l'immuable casquette, endormie le long de la vitre d'un train ou d'un bus Greyhound, tandis que les paysages qui défilent redeviennent ceux de l'adolescence : silence dans les *Chroniques*, à nous de faire le travail. À son jeune frère David, par exemple, il raconte quoi, en écoutant avec lui, comme probablement, le disque pas encore commercialisé qu'il va leur laisser ? Pour y rêver, on peut écouter les sept chansons et l'entretien radiophonique enregistré le 25 avril à Chicago dans l'émission de Stud Terkel.

Passage aussi à Boston, où il retrouve Eric von Schmidt et probablement Carolyn Hester. Dans le journal local on lui donne du *the latest folk giant* : indices que quelque chose est en route. Il joue deux soirs (comprendre : on ne l'invite pas plus de deux soirs) au Café Yana, et reste le lendemain pour la *hootenanny* du Club 47, où on l'avait refoulé un an plus tôt.

Ces détails, parce que la façon dont Dylan traverse la scène ou y accède est encore quantifiable : le contraire de ce que sera le début des Rolling Stones, migrant progressivement des clubs vers le disque. Surtout parce que c'est ce dimanche 21 avril, à l'*hootenanny* du Club 47 à Boston, alors que Dylan joue de l'harmonica sur un morceau traditionnel que chante Ramblin' Jack Elliott, accompagné à la guitare par Eric von Schmidt (pas d'enregistrement de ce qui serait pourtant un vrai témoignage de leur quotidien de musiciens), que Joan Baez, qui a donné la veille un concert à Boston, entre dans la salle bondée. Von Schmidt lui proposera de les rejoindre sur la scène, elle refuse. Ce soir-là, c'est la première vraie rencontre de Dylan et Joan Baez.

Un an plus tôt, au Gerdes, Joan Baez et Dylan avaient déjà été en présence, mais la distance était trop grande entre la jeune femme rendue célèbre par ce disque qui a dépassé le million d'exemplaires, reprenant le répertoire traditionnel sur des arpèges précis, et l'agité qui marmonnait des paroles incompréhensibles sur une guitare brouillonne. Dylan, comme tous ses amis de New York (Mark Spoelstra excepté : il a été l'un des premiers fiancés de Joan) fait la fine bouche : l'éternel argument que ce qui se vend beaucoup ne peut être de grande qualité esthétique. On est

203

fier de ne pas aimer cette musique trop épurée et sage, mais quand la vedette approche, on se garde bien de rien lui en dire. Elle doit cependant le percevoir, et ne fera que survoler ce petit monde d'agités politiques. De plus, elle est accompagnée de sa jeune sœur de seize ans, et autant Joan est anguleuse et sombre, autant Mimi attire les regards : ceux de Dylan, en tout cas.

Son nom mexicain et sa peau très brune viennent de son père, mais il n'y a pas plus rigidement américain que le docteur Baez. La famille est installée en Californie, à l'université de Stanford, un peu au sud de San Francisco : le père enseigne la physique à des ingénieurs militaires qu'on forme aux nouveaux critères de la guerre froide et à la situation créée par la disponibilité des armes atomiques. Ils ont trois filles, Pauline, l'aînée, qui porte le prénom de sa tante, puis Joan qui naît deux ans plus tard, et porte le prénom de sa mère (qu'ils appelleront depuis lors, familièrement, Big Joan), et Margarita, portant elle le prénom d'une sœur du père, quatre ans de moins que Joan, et qu'on surnomme Mimi.

En 1949, Pauline a dix ans, Joan huit et Mimi quatre, on accueille Tia (diminutif hispanisant de « tante »), la sœur aînée de la mère, qui vient de divorcer. Durant deux ans, Tia va apporter à Joan et Mimi une image bien moins conventionnelle de la société, et un univers de musique et de livres qui n'est pas celui de la maison. Pauline, l'aînée, est une solitaire, et étudie solidement – elle se mariera plus tard à un peintre abstrait new-yorkais, prouvant que l'héritage Tia vaut aussi pour elle.

Le docteur Baez peine parfois à se faire entendre parmi ces cinq figures féminines. Quand il rentre à la maison, les copains des filles s'éclipsent en vitesse, mais il revient tard de l'université. Son plus proche collègue a un violon d'Ingres : l'ukulélé. Il en offre un aux trois filles et leur montre les premiers accords. Pauline s'y met la première, mais répugnera à en jouer devant quiconque, tant qu'elle n'est pas satisfaite de ce qu'elle joue. Joanie, qui maîtrise moins bien l'instrument, l'utilise pourtant tout de suite pour accompagner en famille les chansons qu'ils savent tous. Joanie, une adolescente silencieuse, peu souriante, et jalouse de ses deux sœurs : de l'aînée pour ses résultats scolaires, et maintenant de la plus jeune, pour son physique et son caractère extraverti, et les compliments qu'elle en retire, a trouvé sa voie. « Dès qu'elle se mettait à chanter, elle s'épanouissait comme une fleur », dit sa mère.

Au printemps 1954, le nouvel ami de Tia, qui n'a pas encore quitté les Baez, emmène les trois filles assister à un concert sur le campus de Palo Alto : jamais le docteur Baez ne se serait montré à une soirée de soutien au parti démocrate. Ainsi, à treize ans, Joanie découvre-t-elle Pete Seeger et Agnes Cunningham, avec leurs banjo et accordéon. On ne parle pas encore de folk, encore moins de son « renouveau » (à propos de l'appellation *folk revival*, Cunningham dira plus tard : « Ils voulaient sans doute dire qu'il y avait un renouveau de ce qu'on faisait depuis vingt ans »). Pete Seeger, c'est l'anti-concert : on fait chanter le public à plusieurs voix, on lui raconte des histoires, on l'apostrophe. Il vous force à redécouvrir la poésie brute de vieilles chansons d'enfance comme *Tom Dooley*.

« Tout le monde peut chanter, dit Pete Seeger au public : vous avez juste à prendre une guitare et c'est parti… »

Pour l'instant, Joan apprend le piano, et Mimi le violon, mais Joanie dira plus tard à Seeger que c'est ce soir-là qu'elle a décidé de devenir chanteuse.

À l'été 1958, Joan ayant dix-sept ans, le docteur Baez est nommé au Massachusetts Institute of Technology (MIT) de Boston, dans le comité chargé de définir les programmes et les contenus scientifiques enseignés dans le secondaire. On s'installe à Belmont, dans une zone boisée mais à proximité de la ville, une maison plus belle et un peu plus grande que celle qu'on a quittée en Californie. Les deux sœurs jouent maintenant de la guitare : une Gibson à cordes métalliques pour Joan, une classique à cordes nylon pour Mimi. Celle qui s'en servira de la façon la plus technique, c'est Mimi : sa formation de violoniste le lui permet. Celle qui s'en sert d'appui pour chanter, c'est Joanie. Leur spécialité, c'est de jouer ensemble, mais chacune depuis sa chambre.

En s'inscrivant à l'université voisine, celle de Cambridge, Joan rencontre vite d'autres musiciens. Et surtout une guitariste chanteuse plus âgée, Debbie Green. Au début, Debbie donne de vrais cours à Joan, mais les deux jeunes femmes passeront l'essentiel du second semestre à jouer ensemble : Joan Baez ne passera d'ailleurs aucun diplôme. Au printemps, elles jouent plusieurs fois en duo au Café Yana. Elles sont invitées à jouer dans une des résidences universitaires de l'immense campus lorsque Debbie, affaiblie par une mononucléose, doit renoncer : Joan assurera seule le concert. Et Debbie Green a soudain l'impression d'un dédoublement : Joan, pour lui rendre hommage, a naï-

vement décidé de jouer et chanter la totalité du répertoire de son amie et mentor, et de façon strictement
identique à ce qu'elle aurait fait. Joan lui a tout pris,
et elles ne renoueront jamais vraiment.

À Cambridge, le Café Yana et le Club 47, encore
principalement des clubs de jazz, se sont ouverts à la
poésie *beat* et progressivement, l'après-midi, au folk.
Ce printemps 1959, lorsqu'un chanteur d'une autre
ville se produit, il a l'impression d'un phénomène
étrange. Au milieu d'une chanson, un écho aigu double
ses paroles, sans qu'il puisse en localiser la source, au
point de croire, les premières secondes, à un phénomène acoustique. Non, c'est une voix qui chante l'harmonie, et l'invité a beau scruter le public, impossible
de repérer la chanteuse. Puis, parfois, se matérialise à
côté de lui une jeune femme aux longs cheveux très
noirs, au visage comme absent, mais qui s'anime
lorsque surgit à nouveau l'incroyable voix : Joan Baez,
avec ses aigus, est devenue une des principales chanteuses des deux clubs locaux, et on a monté ce jeu avec
les artistes de passage.

« Parfois je m'en veux d'être aussi terriblement
ignorante, dira un peu plus tard Joan Baez. Quelquefois, si une chanson me plaît vraiment à chanter, je
demande d'où elle vient et ce que les paroles peuvent
signifier, mais en général ça m'est plutôt indifférent.
J'ai un mode plutôt primitif d'aborder tout ça. Fonda-
mentalement, je suis plutôt paresseuse : je n'arrive pas
à me forcer à faire quelque chose qui ne m'intéresse
pas complètement. Même *Sing Out*, j'avais acheté tous
les numéros, je ne les ai jamais lus… »

Alors Joanie, prenant les musiques et chansons
qu'elle trouve sur sa route et se les appropriant, ne se
fait pas que des amis, même à Cambridge : écrire ses

propres chansons ou composer elle-même son répertoire ne l'intéresse pas. Mais elle crée sur scène,
lorsqu'elle y paraît avec sa guitare, une véritable attraction.

« J'avais toujours peur. Je devais naviguer à travers
pour éviter que ça se transforme en pathos. Je ne me
sentais ni jolie ni attirante, je chantais à travers ma
terreur (*I sang through my terror*). »

Et c'est probablement ce trac qui induit dans son
tour de chant une telle tension : « Jamais on ne l'a vue
sourire », dit une proche. Mais elle joue une fois par
semaine au Club 47, a déjà laissé tomber l'université.
Mimi abandonne définitivement le violon, et les deux
sœurs rêvent ensemble d'un destin professionnel. Joan
gronde même Mimi, qui n'a que quinze ans, de se
vouloir déjà chanteuse alors qu'elle, elle insiste, ne fait
cela que par plaisir. Les deux sœurs se produisent en
duo, et Albert Baez semble avoir renoncé à exiger quoi
que ce soit d'autre de ses deux filles.

On est à l'été 1959, et une compagnie de disques
de Boston vient de produire un album : *Folk Singers
Round Harvard Square*, où figurent, seuls ou en duo
ou trio, les trois musiciens les plus célèbres du campus,
Joan Baez, Bill Wood et Ted Alevizos. C'est la pre-
mière édition de Newport, avec Pete Seeger, le
Kingston Trio, le banjoïste Earl Scruggs, les bluesmen
Sonny Terry et Brownie McGhee, et le chanteur Bob
Gibson, dont le producteur, Albert Grossman, est l'un
des trois fondateurs du festival.

Gibson a entendu Joanie à Boston, il suggère de
l'inclure dans le programme, et suite au refus des organisateurs lui propose trois chansons, plus un duo, lors
de son propre passage. Il pleut. La mode est d'être
pieds nus : Joan est debout pieds nus sous la pluie, au

208

bord de la scène, toute la soirée. Lorsque c'est son tour, c'est ainsi qu'elle apparaît, icône trempée et frigorifiée. « Si ce n'était pas moi qui avais lancé Joan Baez, dit Bob Gibson, quelqu'un d'autre l'aurait fait… »

Elle revient à Cambridge. Manny Greenhill, le producteur du disque *Round Harvard Square*, lui assure maintenant des concerts dans les villes avoisinantes et devient de fait son producteur. Au festival de Newport 1960, elle est cette fois parmi les invités officiellement programmés. Un copain qui dispose d'une vieille Cadillac et Mimi l'accompagnent, et on a écrit en grosses lettres collées sur la voiture : *Miss Joan Baez*. L'accueil, les articles de journaux, Albert Grossman perçoit le potentiel de Joan et décide de se l'attacher. Pour faire mieux que Greenhill, il joue ses plus belles cartes, fait inviter Joan à Chicago en première partie d'Odetta, puis lui organise à New York un rendez-vous à Columbia avec John Hammond. Intuition ? Grossman comme Columbia l'effraient. Grossman lui a fait rencontrer aussi Maynard Salomon, et elle signera avec la petite mais exigeante compagnie Vanguard (leur slogan : *recordings for the connoisseurs*) et remerciera poliment Grossman. Alors tout va très vite. Son premier disque, *Joan Baez*, sortira en novembre 1960, après avoir été enregistré à New York dans la salle de danse, réputée pour son acoustique, d'un grand hôtel sur Broadway. Elle sera accompagnée à la seconde guitare par un des Weavers de Pete Seeger, Fred Hellerman. Robert Shelton la propulse dans le *New York Times*, le disque sera en quelques semaines dans les meilleures ventes du Billboard et le restera pendant trois ans, quand personne n'aurait accordé le moindre crédit au folk.

Ce qui impressionne, chez cette étudiante de dix-neuf ans confrontée en quelques semaines à une célébrité à l'échelle du pays, et qui s'amplifiera avec ses deux disques suivants, c'est la rigueur et la distance. Elle continue de vivre chez ses parents, et impose à Manny Greenhill que le cachet pour ses concerts reste fixé à mille deux cents dollars (Grossman demandera, dès la première année, huit mille dollars pour les concerts de Dylan). Devenue phénomène national, elle pourrait sombrer. Et d'autant plus lorsque, quelques mois plus tard, début 1961, le docteur Baez est sollicité par l'Unesco pour une mission à Paris, afin de travailler, dans un cadre international, à une harmonisation de l'enseignement des sciences dans les écoles primaires et les lycées. Plutôt que rester seule dans la ville où elle habite depuis ses dix-sept ans, et où elle a fait tout son apprentissage, Joanie décide de retourner tout à l'autre bout du pays, en Californie, non pas dans une grande ville comme San Francisco, ou Palo Alto où elle a grandi : elle loue à des amis de la famille une sorte de cabanon d'une seule pièce, en montagne mais avec vue sur la mer, à Carmel Highlands.

C'est un souvenir d'enfance, tout près de Monterey, plus au sud de San Francisco que Palo Alto où ils habitaient, une tombée de roches pourpres dans le Pacifique, où vivent des artistes et quelques amoureux de la nature. Elle loue le cabanon trente-cinq dollars par mois, et en dépense cinq mille huit cents pour la Jaguar XKE gris argent qui lui permettra de faire la liaison avec Monterey et l'aéroport. Sur place, une amie d'enfance lui servira de secrétaire et fera le lien avec le monde. À vingt ans, Joan Baez décide ainsi de son retrait de toute vie sociale ou mondaine, et d'une distance qui la protège aussi d'un milieu musical profes-

sionnel si vieux et masculin, un monde en costume-
cravate et liste de chiffres.

Carmel devient la vraie base de Joan Baez, qu'elle
ne quitte que pour les concerts et les enregistrements,
y revenant dès que possible. Ses parents et Mimi vivent
à Paris, sa sœur aînée termine ses études à New York.
À Carmel, elle connaît tout le monde, mais elle est
simplement « la fille du docteur Baez », on sait qu'elle
fait son chemin dans la musique, mais personne pour
lui demander quoi que ce soit.

Fin 1961, le deuxième disque : encore des chansons
traditionnelles, mais une connotation plus revendica-
tive, plus ouverte au monde. Pas encore la protestation :
c'est parce que les salles de concerts et les festivals
deviennent des lieux de protestation qu'y chanter ces
chansons-là va leur donner cette connotation supplémentaire. Cet été 1962, Joan Baez est la première à
chanter dans les campus du sud du pays en exigeant
qu'aucune différence ne soit faite entre Blancs et
Noirs : on en est là encore, au pays de Kennedy.

Joan Baez, au printemps 1963, c'est une silhouette
et une voix parfaitement identifiées, et des disques
partout reconnus. Et qui est-elle, au milieu du bruit
qu'elle suscite, sinon une fille timide et vivant seule,
armée d'une guitare et qui n'a pas sollicité ce succès ?
Dylan, en version brouillon, est plutôt l'idée même de
ce qu'elle demande au folk, cette fragilité et cette rage,
la vie au jour le jour et sa vie tout entière jouée sur la
scène enfumée des clubs.

Donc, ce dimanche 21 avril, après la *hootenanny* du
Café Yana, von Schmidt, Ramblin' Jack Elliott, Dylan,
Baez et quelques autres se retrouvent chez la proprié-

taire, Schoenfeld, chanteuse elle aussi. Dylan, face à Joan Baez, fait celui qui ignore le nombre de disques vendus : est-ce qu'on ne fait pas le même métier ?

Il lui pose seulement une question sur Mimi : « Comment va ta sœur, elle est là aussi ? » À quoi Baez répond sèchement que non.

Et c'est un peu comique de constater que le rebelle du folk, qui depuis deux ans n'a que mépris pour les disques lisses de la célèbre Joan Baez, cherche aussitôt, comme sans doute le lui a enjoint Grossman, à vendre sa camelote : n'est-il pas le célèbre auteur-compositeur derrière Peter, Paul & Mary ? « J'ai une nouvelle chanson, toute prête, tu veux entendre ? » Et, comme de toute façon on ne fait que ça, les uns avec les autres, jouer de la guitare, il n'attend pas la réponse.

La chanson s'appelle *With God On Our Side*, c'est une sorte de portrait ironique de l'Amérique sûre d'elle. Quand Dylan la lui propose, il n'y a jamais eu dans ce qu'a chanté Joan aucune ironie ni aucune allusion politique directe. *La cavalerie charge / Et tous les Indiens sont morts / Ce pays était jeune / Et avait Dieu de son côté*, avant de passer à la guerre de Sécession, puis celle de 14-18, *Les raisons de se faire la guerre/ Je n'ai pas bien compris / Mais on ne compte pas les morts / Quand on a Dieu de son côté*, envoyer leur paquet à ceux qui oublient Hitler, *Et six millions de personnes / Mortes dans les chambres à gaz / Les Allemands aussi maintenant / Ont Dieu de leur côté* et finir sur la menace nucléaire, dans une maîtrise des assonances où c'est déjà le grand Dylan : *One push of the button / And a shot the world wide / And you never ask questions / When God's on your side*. Pour qui se penche sur l'histoire de Joan Baez, on peut supposer qu'interpréter cette chanson, par rapport à son habituel

212

répertoire, c'est comme s'écraser sur un mur. Mais peut-être qu'elle en a marre, Joan Baez, des chansons qui servent à acheter des Jaguar. Peut-être qu'elle se souvient de Pete Seeger en 1954, et des leçons d'ukulélé. Elle dit qu'ensuite ils restent tous les deux dans un recoin de la maison, et qu'il lui joue *Masters Of War*, puis la chanson que personne n'a encore entendue, et qui ouvrira son troisième disque : *Times They Are a-Changin'*. Il ne sait pas que la fille qui l'écoute, avec ce visage qu'elle a appris, comme sa meilleure protection, à garder impassible, dira plus tard avoir été fascinée. Elle a assez de métier, aussi, pour percevoir ce qu'une chanson recèle, et sans doute note mentalement les accords, les sauts harmoniques et ce qu'il y aurait de potentiellement différent si c'était elle qui la chantait.

La preuve que Dylan garde les pieds sur terre, et l'esprit à son commerce, c'est que Grossman envoie dès le lendemain à Manny Greenhill les maquettes Witmark, piano et chant, de *With God On Our Side*. Mais Joan Baez d'elle-même a pris les devants : trois semaines plus tard, le 18 mai, Dylan doit participer au festival de Monterey, son premier passage sur la côte Ouest. « Tu pourrais venir me voir chez moi à Carmel… » Rien de plus facile, effectivement.

Pour remonter de Los Angeles à Monterey, il faut sept heures. Dylan et Maymudes sont convoyés dans une Ford Falcon par Jim Dickson, un des organisateurs, et Jack Holzman, des disques Elektra, qui se souvient de Dylan sur le siège arrière travaillant sa guitare. Ce 17 mai, il y a à l'affiche Peter, Paul & Mary, The New Lost City Ramblers, The Weavers et le bluesman Mance Libscomb. Dylan, sur la côte Ouest, on ne connaît pas. Le journal local, le *Monterey Peninsula*

Herald, l'a présenté ainsi : « Surnommé le James Dean du folk, il est renommé pour son style très particulier de vêtements, et surtout sa casquette velours côtelé à la Huckleberry Finn… » Pour le stand de disques du festival, on n'a d'ailleurs commandé que vingt exemplaires de *Freewheelin'* : ça ramène à la réalité.

Bon exemple, Monterey : Dylan commence son tour de chant par *Masters Of War*, mais personne n'écoute, on cause dans le public. Une chanson peut servir de catalyse à un mouvement social, mais dans un contexte neutre, à elle seule elle ne provoque rien.

Alors c'est un concert de plus où il faut s'accrocher, aller jusqu'au bout même si rien ne va, et c'est mille fois plus dur lorsqu'on est seul au micro avec une guitare acoustique. Personne apparemment ne comprend ce qu'il marmonne, il y a des rires.

« On n'était pas préparé à ce genre de musique », dit un des organisateurs.

Alors Joan Baez monte sur la scène, prend le micro et dit juste un seul mot : – *Listen…* : « Écoutez. »

Et elle, on la connaît. Ils chantent à deux voix, après l'avoir à peine essayée une fois dans l'enceinte réservée aux artistes, ce *With God On Our Side* que personne encore n'a entendu. Et, cette fois, on l'écoute.

Vingt mille personnes retiendront le nom Dylan, et il le doit à Joanie. Ils passent la journée du lendemain ensemble, assis par terre parmi le public de Monterey, écoutant notamment Doc Watson. Le soir, Joan emmène avec elle Dylan à Carmel dans sa Jaguar : non plus dans le cabanon, mais dans une maison plus grande, qu'elle vient de louer à des amis de son père. Ils mangent, paraît-il, un ragoût qu'elle avait préparé.

Pendant deux jours, ils ne vont faire que jouer. Dylan va montrer à Baez le mécanisme d'une demi-douzaine

214

de ses chansons, avec leurs bizarreries d'accords et pourquoi, et comment chanter, quand le texte n'est plus une histoire continue mais privilégie le chemin des images, tel qu'on le sait pour la poésie. Pour Joan Baez, la révélation c'est l'improvisation : même si on a travaillé et joué cette chanson des dizaines de fois, on peut changer de clé, partir sur un rythme de guitare qui n'est pas celui de la voix, et utiliser le parlé. De ces deux jours, elle dira : « Faire l'amour n'était même pas nécessaire », ce qui n'est pas l'interdire.

En tout cas, Mimi reçoit quelques jours plus tard à Paris, avec quelques disques que lui procure régulièrement sa grande sœur, *The Freewheelin' Bob Dylan* avec une petite carte attachée : *My new boyfriend*, tandis qu'à ses voisins de Carmel elle dit : « J'ai découvert un génie. » Oh ! ça doit être bien intéressant, alors, on lui répond poliment. Et le fait que sur *Freewheeelin'* la photo de couverture montre Bob au bras de Suze n'a l'air de gêner personne.

Ensuite, c'est secret. Et quelle que soit la violence avec laquelle Dylan exprimera telle phase de son histoire, ou préférera en taire d'autres, aucun des deux n'ouvrira cette porte de l'intime, ni n'en cèlera l'importance. L'hommage à Joan Baez, dans les *Chroniques*, peut être dur : il lui tient à charge son futur rappel à l'ordre, d'avoir délaissé le camp d'engagements toujours plus urgents, mais la traite en reine de l'époque. Et dans le film biographique de Martin Scorsese, *No Direction Home*, l'analyse que fait Joan Baez, cheveux courts, lumineuse silhouette, du mythe Dylan et de leur propre histoire est une des plus précises et des plus fines de toute la littérature dylanienne, Greil Marcus (son commentateur le plus libre et le plus inspiré sans doute) compris.

1963, suite :
The Times They Are a-Changin'

Albert Grossman, qui n'a pas réussi à prendre Joan Baez sous contrat, aura une vision plus froide de tout cela : il l'a aidée en lui proposant, il y a deux ans, les premières parties d'Odetta, il demande maintenant à Greenhill le renvoi d'ascenseur. Joan donne des concerts dans des salles auxquelles ne peut prétendre Bobby. Elle, elle sait qu'elle fait basculer sa carrière, elle le fait radicalement. Elle intégrera dans ses concerts *Don't Think Twice It's Allright*, puis *Blowin' In the Wind*, et fera monter Dylan sur scène avec elle pour *With God On Our Side* en duo. Et, comme la provocation des chansons de Dylan crée une attente différente pour les siennes, tout le mois d'août Dylan fera ses premières parties, et elle viendra l'épauler à la fin, sur telle ou telle chanson folk qu'on prend à deux voix, parfois en s'amusant à dérailler un peu dans les harmonies, pour rire (*Silver Dagger*). Dylan trouvera grâce à Joan Baez, à partir de l'été 1963, son vrai accès à la scène : en août, quinze mille personnes attendent Joan Baez à Forest Hills, le stade de tennis au nord de New York, dans Queens, et il chantera avec elle.

Le 27 mai, le deuxième disque est enfin disponible, mais les ventes mettront longtemps à démarrer : le

216

public Dylan, c'est toujours le petit peuple de Green-wich Village, et, sur les campus, les lecteurs des revues spécialisées comme *Sing Out* ou *Broadside*. Il y a, avant de changer le monde, les murs du métier à briser. Il est invité cependant à plusieurs émissions de radio, quelque chose s'élargit.

L'événement public marquant de ce mois de juin, pour toute l'Amérique, c'est la mort de Medgar Evers, militant noir des droits civiques. Evers avait trente-huit ans, il avait été soldat, et avait commencé un travail d'enquête systématique sur les meurtres impunis de victimes noires. Le 12 juin 1963, un membre du Ku Klux Klan, Byron De la Beckwith, l'assassine froide-ment devant sa maison, sous les yeux de sa femme et de ses trois enfants. Condamné à mort, il verra le juge-ment commué, trente et un ans plus tard, en prison à vie. Comme si, à rebours, s'exprimait encore là le poids implacable du racisme, à cinquante ans de distance à peine.

Pete Seeger a invité Dylan à participer à une équipée militante dans le Sud. On jouera sur de simples estrades, dans les petites villes et les villages, mais il y aura la télévision et la presse : ce n'est pas Dylan, qui est connu, c'est Seeger. Il s'agit d'inciter les Noirs à s'inscrire sur les listes électorales et à s'exprimer en votant. Dylan écrit-il *Only a Pawn in Their Game* parce qu'il y a cette tournée avec Pete Seeger, comme en février dernier il avait écrit *Let Me Die In my Footsteps* pour la jouer au Congrès pour l'égalité des races ? Ces déclencheurs se superposent.

Ce qui nous aide aujourd'hui à comprendre l'écart propre à Dylan, c'est comment son alter ego du *protest song*, Phil Ochs, lui aussi battant le pavé à Greenwich Village, et partageant avec Dylan les pages de *Broad-*

side, compose en même temps que lui son propre hommage à Medgar Evers.

Version de Phil Ochs : *His color was his crime, It struck the heart of every man when Evers fell and died* : « La couleur de sa peau c'était son crime, un coup au cœur de n'importe qui, quand Evers tomba et mourut… » *The country gained a killer and the country lost a man* : « Le pays a gagné un criminel, le pays a perdu un homme. » Rien de plus direct. Version Bob Dylan :

Aujourd'hui on a enterré Medgar Evers, tué d'une
*   balle qu'il a reçue*
On l'a porté en terre comme on ferait d'un roi
Mais quand le soleil plein d'ombre s'est posé sur celui
Qui a levé l'arme
Lui sur sa tombe, et la pierre qu'on y posera
À côté de son nom ce sera ça l'épitaphe
Juste un pion dans leur jeu.

Entre l'image du roi qu'on enterre, et le soleil d'ombre sur le criminel, avec l'épitaphe qui renvoie à bien plus anonyme que l'assassin, la protestation de Dylan est sans doute moins directe que celle de Phil Ochs. Mais pour le poids tragique, la rémanence des mots, la densité de l'image, Dylan bénéficie de sa pratique de poète. En affirmant des images abstraites ou symboliques, il prend distance avec le fait divers, et lui redonne sa pleine signification politique : le crime contre Medgar Evers devient crime contre nous-mêmes.

Ces concerts du Sud sont importants sur la route de Dylan. C'est à peine rétribué, bien sûr. Mais il se rend au cœur de ce qui est pour lui l'origine de la musique

218

qu'il joue, le blues. Et puis il a été choisi par Pete Seeger, le compagnon de Woody Guthrie, le chanteur militant, lançant sur son banjo, depuis le plateau d'une remorque agricole, les chansons que tout le monde est censé connaître, avant de passer le relais au gamin à l'indévissable casquette, en chemise à carreaux et pantalon trop grand, devant les yeux ronds d'un public qui ne doit pas comprendre grand-chose à l'art symbolique de l'image dans *Only a Pawn In Their Game*. Dylan chante *Blowin' In the Wind* à ceux qui connaissent certainement bien mieux *No More Auction Block*, mais impose ce que Pete Seeger ne sait pas faire : ce dont il parle, lui, en direct, c'est des crimes du présent. Quand il chante *Only a Pawn In Their Game* ou *Who Killed Davey Moore ?*, personne ne sait encore qui est Bob Dylan, mais tout le monde, même ici, sait qui sont Medgar Evers et Davey Moore, et pourquoi ils sont morts. Détail qui n'enlève rien à l'acte militant de Pete Seeger : pour la première fois, on utilise la télévision comme un appui pour une cause militante. On joue sur un plateau de remorque agricole, peut-être, mais on a fait venir les caméras. Et elles montrent que Bob Dylan est le dauphin du grand patron du folk.

Il revient à New York. Situation tendue avec Suze, qui a du mal à rester vivre dans leur minuscule appartement de la Quatrième Rue et demande asile à Carla, sa sœur, chaque fois qu'on se dispute. Et pourtant, Suze l'accompagne au festival de Newport.

Trois années de suite, jusqu'en 1965, le festival de Newport sera à la fois le tremplin et la mesure de l'ascension de Dylan. On a la chance de disposer d'images. Le festival a été créé en 1959, et en 1960 il a mobilisé deux fois plus de public que le Newport Jazz Festival animé trois semaines plus tôt au même endroit par les mêmes organisateurs, George Wein, Grossman et Peter Yarrow. Les dissensions entre eux ont mis le festival en apnée, mais en cette année 1963, où on lance dans le commerce plus de deux cents disques folks, alors qu'on compte deux douzaines de journaux et magazines consacrés au folk, et que chaque radio a sa séquence *hootenanny*, la troisième édition fera événement. Murray Lerner, un réalisateur, sera présent lors des trois prochaines éditions, pour un film qui s'appellera tout simplement *Festival*. Ce qu'on ne voit pas, dans son film, c'est le cadre : Newport, le port chic de New York, les villas des milliardaires et leurs yachts. Mais le grand parc est libre, et en cette fin juillet ils vont s'y rassembler à trente-sept mille : si Woodstock inaugurera une tout autre échelle, cette nouvelle ère commence à naître dès Newport.

Et d'abord ces milliers de silhouettes qui convergent sur les pelouses vers la scène principale. Il fait beau, les plus jeunes dorment sur place, ils ont sur le dos un matériel, couvertures et duvets, presque paramilitaire. Mais ce sont des gens de tous âges. Les cheveux courts dominent, mais on commence à prendre des libertés, des grosses mèches ébouriffées, des vêtements qui tranchent avec les canons de la ville. On est émus à les voir chaussés de grosses binocles : les lentilles de contact n'ont pas fait leur apparition, notamment pour les filles, et le *design* n'a pas encore rejoint l'univers de la publicité et de la consommation quotidienne – ce sera pour la décennie suivante.

Newport, c'est le vent atlantique : les gros micros suspendus à alimentation fantôme, dont des amplificateurs à lampe renvoient le signal vers de maigres enceintes à spectre dépassant peu celui de la voix médium ou aiguë, sont équipés de bonnettes mais les cheveux de Joan Baez et des autres volent parfois à l'horizontale – c'est la communion qui compte, vivre, dormir et manger deux jours durant tous ensemble. Dans la journée, avant les concerts du soir, on a dispersé des estrades plus petites : les ateliers. Le concept est tout neuf. C'est là, l'après-midi, qu'on peut rencontrer ceux de la nouvelle génération, Dylan et les autres, au milieu du public, sans barrière ni séparation.

Sur la scène de Newport, on rend hommage aux grands bluesmen noirs, le festival est d'abord fait pour eux. Qu'on regarde sur le film le jeu au bottleneck de Son House et comment les jeunes boutonneux blancs s'accrochent à ses doigts. On reçoit les groupes de musique instrumentale blanche tirée des vieux standards de la campagne : initié par le New Lost City Ramblers, tout un mouvement renouvelle la virtuosité du *Bluegrass*, ces assauts de banjo, mandoline et dobro sur une même mélodie simple. Mais on reçoit pareillement d'étonnants groupes qui tiennent plus de la danse en costume folklorique.

Vedette ou pas vedette, une fraternité : on appelle par leur prénom les invités célèbres, ils signent les programmes, un *jug band* joue assis sur trois caisses et, puisque tout le monde connaît les morceaux, pour jouer ensemble peu importe qu'on ne se connaisse que d'une heure. La vedette incontestée, cette année-là, c'est Joan Baez. L'après-midi, elle est venue chanter en duo lorsque Pete Seeger a présenté Dylan dans l'atelier auteurs-compositeurs. Dylan qui, pour la première fois, a abandonné sa casquette et son costume d'ouvrier au profit d'un sous-pull noir et d'une veste visiblement neuve. Et quand elle parle de lui, à cet atelier, il est de dos et soudain il se retourne et bondit, et même lui ça le fait rire, d'un grand rire de gamin. Plus jamais il n'aura de ces rires sur une scène. Une image de bonheur.

Le soir, c'est encore Joan Baez la clé de voûte, elle ouvre le concert de soirée, parle de Dylan comme d'un compositeur majeur et dit que par chance il est ici, le fait monter sur scène avec elle. Et avant qu'ils lancent à deux *With God On Our Side*, elle présente *Don't Think Twice It's Allright*. Des dizaines de milliers de personnes l'écoutent dans la nuit, et, quelque part, Suze. Baez, seule au micro, cheveux au vent, avec sa Martin 1939 en bandoulière, dit lentement, et d'une voix parfaitement nette : « À propos d'une histoire d'amour qui a trop duré. » Suze ne méritait pas ça, elle quitte le festival en larmes. Après, il y a Odetta, puis Peter, Paul & Mary concluront la soirée avec *Blowin' In the Wind* : Grossman business oblige. On montera tous ensemble à la fin pour *We Shall Overcome,* léguant pour être reproduite des milliers de fois cette photographie qui devient l'emblème du folk : tous les chanteurs et musiciens sur scène, le bras gauche de l'un tenant le bras droit de l'autre, toutes ces mains en chaîne en signe de solidarité fraternelle. Bob Dylan en fait partie, Joan à sa droite, et solidement accroché à Odetta à sa gauche.

« Quand je vais aux toilettes, il y en a qui me suivent juste pour dire : – J'ai vu pisser Bob Dylan… » C'est le principal effet de la popularité que constate autour de lui Dylan, mais il témoigne de ce que change pour lui, soudainement, le festival de Newport.

Au mois d'août, concerts à répétition en première partie de Joan Baez, avec les duos qui prennent progressivement plus de place. Leur relation n'est pas encore dans la presse : les journaux n'ont pas encore intégré l'existence de Dylan. Suze a déménagé chez

Carla, mais quand Dylan est à New York ils se voient encore, soit on se rabiboche, et Dylan reste chez Carla avec Suze, soit c'est une nouvelle scène de colère : pourtant, à mesure que le deuxième disque prend son essor, l'image qui fait référence c'est eux deux dans leur amour de vingt ans.

La photo qui la remplace, bientôt reprise dans tous les livres sur Dylan, c'est Dylan au soleil, derrière une machine à écrire, et Joan Baez derrière lui, une main doucement posée sur son épaule.

Ou bien, lors des concerts qu'ils enchaînent, Joan Baez au micro faisant l'harmonie pour Dylan concentré sur sa Gibson, ou réciproquement : Joan Baez avec sa Martin au son si pur pour ses arpèges (elle se met aux doigts un petit onglet de plastique – elle utilisera la même guitare jusque dans les années soixante-dix, et lorsque la marque Martin constatera que Joan l'a changée pour une Gibson, l'entreprise prendra à sa charge la restauration de la vieille D-39, et lui en fabriquera une neuve à l'identique pour ses concerts), Dylan derrière elle, dépeigné, soufflant dans son harmonica.

Ce bonheur qu'ils ont à deux, lancer des choses graves pour une foule qui écoute dans la nuit, elle le chantera dans les années soixante-dix : « Les entends-tu, Bobby, les voix de la nuit, les entends-tu ceux qui souffrent ? » Réponse dans les *Chroniques* : « Joan Baez a enregistré une chanson que la radio passait souvent, dans laquelle elle m'interpellait – montre-toi, prends tes responsabilités, guide les masses – sois l'avocat, mène la croisade. Ça arrivait comme un appel du service public. » Rien d'autre que l'appel du service public, vraiment, Bob ?

Le 28 août 1963 est une date dont chaque Américain se souvient : celle de la Marche pour les droits civiques de Washington. Trains spéciaux, autobus, on estime à deux cent mille le nombre de marcheurs, beaucoup venus des États du Sud, et parmi eux quand même quelques dizaines de milliers de Blancs. Égalité dans le droit, égalité dans l'emploi. Le défilé est gigantesque, calme, magnifique. On n'en est plus à McCarthy, quelque chose déjà s'est ébranlé, mais Kennedy : *too little, too late*. Trop peu, trop tard. On a disposé au lieu du rassemblement, pour le départ du cortège, une estrade et des haut-parleurs : ceux du folk sont auprès de la foule noire en marche pour leurs droits. Joan Baez et Peter, Paul & Mary entourent l'ancienne femme de ménage, la chanteuse noire Odetta. Joan commence, Odetta continue, puis Peter, Paul & Mary : et leur deuxième chanson sera leur tube, *Blowin' In the Wind*, Baez et Odetta chantent avec eux. Puis disent que l'auteur de la chanson est avec eux, et monte sur scène le jeune type échevelé avec sa guitare plus grosse que lui. Il chante *When the Ship Comes In*, une allégorie de l'esclavage écrite les semaines précédentes, précisément pour la manifestation, puis la chanson écrite deux mois plus tôt sur l'assassinat de Medgar Evers. Quelqu'un pouvait-il entendre, dans ces conditions de sonorisation précaires, les phrases décalées de Dylan, prononcées avec cet accent affecté de routard d'importation ? C'était l'antienne des journalistes, au temps des premières conférences de presse : – Et vos fans, ils comprennent ce que vous dites ?

Dans l'article du *New York Times* qui rend compte de la manifestation il faut attendre vingt-trois paragraphes avant que Dylan soit mentionné, et c'est pour se moquer de lui : « Bob Dylan, un jeune folkeux, s'est lancé dans une lugubre chanson à propos de *Medgar Evers qui a été enterré à cause d'une balle qu'il a reçue*, pendant que messieurs Lancaster, Belafonte et Heston bavardaient ou s'ennuyaient en s'étirant à quelques mètres... »

Puis c'est un aîné, le chanteur noir Josh White : une référence, et sur la mince estrade, presque parité hommes-femmes, respect des Blancs pour leurs aînés noirs. Puis tous ensemble, Baez, Peter, Paul & Mary, Dylan et Josh White (je n'ai pas d'explication à l'absence de Pete Seeger ce jour-là : divergence avec le parti communiste américain ?), l'hymne officiel : *We Shall Overcome.*

Mais, dans l'océan noir, on est plus attentifs aux quelques vedettes de cinéma qui ont osé venir se joindre, avec courage : c'est Marlon Brando, Paul Newman, Burt Lancaster et Charlton Heston (qui plus tard s'égarera dans la défense bien moins civique de la possession des armes à feu pour les particuliers en devenant président de la triste NRA, National Rifle Association) que cite le *New York Times*, avec des pincettes. On affronte aussi les militants blancs qui ont pris l'initiative de la marche, le Student Nonviolent Coordination Committee, qui se prononce *snick* (« entaille »). Eux ont payé péage préalable : arrestations, sit-in. Un des fondateurs, le comédien Dick Gregory, le dira vertement : « Qu'est-ce qu'ils veulent, nous soutenir ? Alors qu'ils marchent avec nous. Mais derrière, pas devant. » Et au cas où on n'aurait pas compris : « Demandez-vous si c'est la marche qui rend service à Dylan et Baez, ou si c'est eux qui s'en servent... » Harry Belafonte lui répondra que « la justice et la liberté ça concerne tout le monde, indépendamment de la couleur de peau », mais Harry Belafonte n'est pas une voix reconnue.

L'après-midi, il y aura les discours, et d'abord celui du leader noir John Lewis, l'aile gauche et dure des militants du SNCC : « Mes amis, n'oublions pas que ce que nous vivons c'est une vraie révolution sociale. Bien trop largement, la politique américaine est à la botte de politiciens qui ont construit leur carrière sur des compromis hors morale, et sont impliqués eux-mêmes ouvertement dans l'exploitation économique et sociale… » Malcolm X, plus radical, n'a pas appelé à la marche, disant que c'est l'accession à la reconnaissance de la classe moyenne noire dont il est question, et qu'on ne se préoccupe pas assez de ce qui compte.

Ensuite, trois chansons par la reine du gospel, la très célèbre et respectée Mahalia Jackson. Puis le pasteur Martin Luther King prend le micro et lit le début d'un texte rédigé. Mahalia Jackson le coupe : pourquoi, trop monotone, le pasteur ? « Martin, raconte-leur ce rêve que tu m'as dit tout à l'heure… » Le pasteur s'interrompt, la regarde, puis la foule, et abandonne son texte rédigé : – *I have a dream the other night…* (avec cette étrange faute ou lapsus – ou simple façon populaire de simplifier la grammaire ?– qui lui fait utiliser le présent, *I have*, plutôt que *I had*).

Reste pour Dylan et Joan Baez d'avoir chanté, à vingt-deux ans, devant deux cent mille personnes, dans ce qu'on ne sait pas encore être un tournant de l'histoire de leur pays. Avec le sentiment mêlé – pour eux deux – que la politique est un cercle clos ingrat et violent, où la fraternité engagée qui avait été l'idée fondatrice du mouvement folk, de Woody Guthrie à Pete Seeger, ne va pas toujours de soi. Reste que le symbole désormais les précède, où qu'ils aillent. On laissera quatre ans et une poignée de mois à Martin Luther King pour vivre encore : en avril 1968, il sera à la tête de marches plus radicales, contre la misère. Mais sa phrase, qui lui survit, prouve bien que la chanson peut trouer la politique, puisqu'il ne l'aurait pas prononcée sans l'apostrophe de Mahalia Jackson. Et *The Times They Are a-Changin'*, la grande chanson de Bob Dylan, qu'il va écrire dans l'élan de la manifestation, servira vingt ans plus tard de jingle, et non chichement rétribuée, à une compagnie d'assurance vie. *We Shall Overcome*...

Mouvement irréversible, Bob Dylan et Joan Baez indissolublement érigés là en figures de proue : et s'ils n'avaient pas été, dans la vie privée, ce couple qu'on compare à Ginger et Fred (« les Ginger et Fred du folk »), cet élan symbolique aurait-il été aussi immédiat et disproportionné ?

Accélération centrifuge : *The Freewheelin' Bob Dylan* se diffuse encore de bouche à oreille, mais il fait son apparition dans le Billboard 50, le classement des meilleures ventes, apparition timide, mais qui l'y établira pour les cinq mois à venir. En septembre il y montera à la vingt-deuxième place. Rien à voir avec Joan Baez ou Peter, Paul & Mary, mais une inflexion : l'âge industriel commence.

Symptomatique de la réception de son disque, un article de Jon Pankake, le spécialiste folk de Minneapolis, donne peut-être le ton de la communauté des folkeux : « Il y a des chanteurs qui sont personnels à 98 %, et folks seulement à 2 %, mais ces 2 % là valent tellement mieux que la plus grande partie de tous ceux qui se réclament du folk », écrit-il dans la *Little Sandy Review*. Entendez : dans ce que fait Dylan, il n'y a plus que 2 % de folk. Et Pankake insiste : « On espère bien que Dylan restera à l'écart de tous ces types qui ne pensent qu'à protester, et reviendra à des chansons dans la veine traditionnelle, pour continuer à développer ce qu'il y a de difficile, de délicat, et de tellement personnel dans son style. » Les mêmes tenants de l'authenticité du folk, qui lui reprocheront dans un an d'avoir laissé de côté les contenus immédiatement politiques, s'en prennent à lui dès à présent parce que ces contenus ne participent pas de la tradition du folk.

Prouvant au moins la fierté qu'ils ont, à Minneapolis, qu'un des leurs entre dans le circuit de la reconnaissance publique, mais contribuant – parce qu'on n'aime pas être rappelé à un chemin qu'on finira par suivre, mais plus tard – à cette rancune que Dylan resservira trente ans plus tard contre Jon Pankake dans les *Chroniques*.

Les 6 et 7 août, puis à nouveau le 12, premiers enregistrements au studio Columbia pour le troisième disque. Premiers enregistrements sans John Hammond, remplacé par un producteur qui vient d'être embauché par Columbia, Tom Wilson, un jeune Noir plus habitué au jazz et au rythm'n blues : mais c'est ce que souhaite Grossman, même si Dylan sera à nouveau seul avec sa guitare et son harmonica sur le disque prévu.

Wilson se souvient surtout de l'hostilité des cadres de Columbia, et de la condescendance avec laquelle ils supportent, mal, Dylan. Comme si ce qui était lié déjà à son nom, de revendication sociale, et de musique aussi mal peignée que lui, voire d'un succès dans la ligne de Joan Baez, mais porté par l'engouement public et non la prestation musicale, plus la clé de la maison donnée à Albert Grossman, homme d'argent, comme si tout cela se faisait contre leur gré : le niveau des ventes, prochainement, les fera au contraire dérouler le tapis rouge à Grossman et son protégé.

Et deux autres séances les 23 et 24 octobre : quatorze chansons en deux jours, dont six figureront dans le disque qui paraîtra en janvier. Maintenant ses meilleures armes sont prêtes, et surtout *The Times They Are a-Changin'*. Ce qu'on a vécu à Newport sert de canevas : tous ceux qu'on a autour de soi, qu'ils se rassemblent... Force de Bob Dylan : que la chanson surgisse des profondeurs de soi pour se saisir du monde qu'on veut montrer en détresse, et non le processus inverse : *And admit that the waters / Around you have grown. And accept it that soon / You'll be drenched to the bone, / If your time to you / Is worth saving / Then you better start swimming / Or you'll sink like a stone* : « Pas d'illusion à se faire, l'eau commence à monter, et si vous croyez mériter d'être sauvés, alors nagez, sinon vous coulerez... »

Des images vaguement surgies de la Bible, le retour récurrent de l'exhortation : *Come senators, congressmen, / please head the call, / Don't stand in the doorway, / don't block up the hall. / For he that gets hurt* : « Vous les sénateurs, les députés, écoutez ce qu'on vous dit, ne restez pas là à coincer l'entrée, nous on veut passer... »

Quant aux pères et aux mères, deux couplets plus loin : qu'on ne critique pas ce qu'on n'est pas capable de comprendre, vos gosses ne vous appartiennent pas. Le message est si simple que finalement peu importe : c'est la première fois que Dylan oublie la voix qu'on connaissait dans le magnifique *Spanish Boots Of Spanish Leather* pour cette façon rauque, que les mauvaises langues disent chevrotante, et qui est sa façon à lui de se projeter un peu plus haut, de poser la chanson sur un arrière-fond, d'exposer ce qu'il faut explorer à tâtons pour rejoindre ce que la chanson doit dire. C'est bien cette déconstruction intérieure de la voix qui en crée l'incroyable rémanence : on en connaît tous, qui n'aiment pas Dylan pour cela, et on n'a même pas envie forcément de leur expliquer. Dans *The Times They Are a-Changin'*, cette déconstruction de la syntaxe, traitée comme du gravier, passe pour la première fois à l'avant-plan, devient la matière même de la voix : chaque mot détaché l'un après l'autre et lui-même écorché comme si tout le travail du sens nous était remis en mains propres, tandis que lui continuait de marcher devant avec guitare et harmonica, un peu lointain, déjà inaccessible.

Les émissions de télévision, les interviews pour la radio et les magazines seraient monotones à tous transcrire (des fidèles cependant l'ont fait, avec de nombreuses éditions complétées et révisées) : maintenant, quand Dylan joue en concert, il ne joue plus que ses propres chansons. Entre les deux dernières sessions d'enregistrement, celles du 24 et 25, et celle du 31, il chante le 26 octobre dans la grande salle du Carnegie Hall : la machine Grossman tourne maintenant à son service.

Concert important, date repère après celui de Town Hall en mai. Même si Grossman organise et produit, on prend un gros risque : concert de consécration, réserver le Carnegie Hall n'est pas prendre acte d'un changement de statut, mais affirmer qu'on y prétend. Et ses parents viennent de Hibbing : détail insignifiant, façon de montrer qu'on a gagné son pari, en espérant qu'ils cautionnent enfin, en retour, le fils qui avait plaqué et la province et les études ? Détail, oui, sauf si depuis deux ans, et jusque dans *My Life In a Stolen Moment* (la version aux trente fugues) imprimée avec le programme du concert d'avril au Town Hall, ou dans chaque notice de presse, et repris dans chaque entretien, on n'avait pas sans cesse proclamé que la dernière merveille du folk était orphelin. Ce qu'il avait explicitement confirmé encore quelques jours plus tôt à un journaliste du *New Yorker* : « Mes parents, c'est à peine si je me souviens d'eux. »

S'agit-il parallèlement d'un petit compte à régler entre les deux principaux journaux, puisque c'est le *New York Times*, *via* les articles de Robert Shelton, qui avait propulsé la carrière de Dylan ? Le journaliste du *New Yorker* a repéré tout de suite, dans le monde folk qui attend l'ouverture des portes du Carnegie Hall, ce couple de province, endimanché et sans doute un peu effrayé : ou bien il a suffi de voir qu'ils étaient pris en charge par Grossman ou Maymudes. Le journaliste aborde David, le jeune frère : adulte, il sera plus trapu et râblé, le visage plus rond que celui de Dylan, mais la ressemblance est évidente : oui, ils sont fiers de Bobby, dans la famille, non, quand il était adolescent, c'était un môme comme tous les autres, même plutôt réservé. Le journaliste a la confirmation qu'il pressentait, facile alors de poser deux questions anodines à Beatty : – Alors vous vous appelez Zimmerman, et non Dylan ? Elle lui laissera entendre qu'elle souffre de cette façon de Bob de renier sa famille et son nom : il n'y a plus d'orphelin prodige de la route américaine. Le *New Yorker* lâche le pot-aux-roses le 12 novembre : ça pourrait suffire à tout faire capoter. Il semble que Dylan accuse le coup et surtout vis-à-vis de ceux qui lui ont fait confiance à ses débuts : pendant une bonne dizaine de jours, il évite de croiser Van Ronk ou Izzy Young. Mais l'assassinat de Kennedy, onze jours plus tard, relègue aux oubliettes tout ce bruit accessoire.

Conséquence immédiate : dès lors, et pour toujours, Dylan séparera de façon radicalement étanche sa vie privée et sa vie professionnelle. « Je suis Bob Dylan seulement quand j'ai besoin d'être Bob Dylan », dira-t-il plus tard : c'est ce jour-là que ça s'amorce.

Mais on le sent qui hésite. En octobre, le vieux copain de Minneapolis, Tony Glover, vient à New York enregistrer avec celui qui était leur figure tutélaire, Spider John Koerner. Dylan lui prête son appartement : lui dort un peu partout, chez les Van Ronk si ça va mal avec Suze, avec Suze chez Carla si ça va bien entre eux puisqu'ils n'ont toujours pas rompu, ou avec Joan Baez à l'hôtel si Joanie est à New York. Quand Tony Glover lit, sur la table de la Quatrième Rue, les brouillons de *The Times They Are a-Changin'* : « C'est quoi, cette merde ? – Rien, c'est juste ce que les gens ont envie d'entendre. »

Pourtant, la même semaine, à un journaliste du *National Guardian*, Dylan fait le numéro inverse : « Je ne pense pas, quand j'écris. Juste je réagis à des trucs et je mets ça sur le papier. Mais je deviens fou quand je pense que des amis à moi sont mis en prison dans le Sud, et prennent des dérouillées. Ce qui sort dans ma musique c'est un appel pour l'action. »

Et probablement que Dylan n'est ni dans un endroit ni dans l'autre.

Que la chanson s'impose d'elle-même et qu'il ne la renie pas, mais ne la déborde pas : il n'a pas d'amis personnels en prison dans le Sud. Mais si Tony Glover n'est pas capable de le comprendre, à quoi bon recommencer les conversations d'avril sur l'idéologie du folk ?

Il en avait tant rêvé, Dylan, de jouer toutes les semaines dans des salles de plus en plus grandes, des chansons qui ne lui appartiennent plus, tant elles sont devenues communes ? Probablement qu'il n'a pas le

232

temps de se le demander. Depuis avril, tout a été si tendu.

Avec pourtant des pauses inattendues, susceptibles de nous révéler un visage plus intime : une des facettes grâce auxquelles on domestique un destin qui va trop vite. Par exemple, l'impatience d'Albert Grossman : il s'encanaille, le petit homme bedonnant, qui comprend peu à peu que *Bobby will be huge*, « Dylan ce sera immense », que c'est Dylan, plus qu'Odetta ou Peter, Paul & Mary, qui sera le cœur de sa fortune. Grossman se laisse pousser les cheveux, et s'il ne s'habille pas d'un manteau trop grand et de lunettes de soleil ainsi que désormais l'affecte Dylan, il s'écarte du costume d'homme d'affaires, style artiste, et s'achète une maison et une voiture.

La maison, c'est à Woodstock, deux heures de New York au nord-ouest, dans les premiers enrochements montagneux. Un air plus limpide, et quand même la ville pas loin. Les premières communautés d'artistes s'y sont installées, sur le modèle Beverly Hills : se retrouver entre gens du même monde, ou mêmes conceptions morales. Afficher, plus que la réussite, son appartenance à la bohême de luxe. À prix égal, les maisons sont bien plus grandes qu'à New York : la sienne aura une piscine et tous les attributs de la réussite. Il emménage au mois d'août, et cela sera de considérable conséquence dans la vie de Dylan.

Et Albert Grossman s'achète sa première Rolls Royce, un rêve de Silver Cloud. Comme on est homme d'affaires jusque dans le détail, s'il l'achète aussi loin que Denver, il doit s'agir d'une réelle opportunité. Peu nous importe ? Sauf si on apprend que c'est Bobby lui-même, accompagné de Barry Feinstein (le compagnon de Mary Travers), qui se charge de traverser les

États-Unis dans la largeur, débarque à l'aéroport de Denver, non plus pour quémander une audition à l'Exodus, encore moins pour un pèlerinage à Central, mais pour se présenter chez l'importateur et se charger du convoiement de la Rolls majestueuse sur les autoroutes limitées à cent dix kilomètres-heure. Et cela, oui, en imaginer le bonheur, quand on aime les voitures, qu'on a ce passé à Denver, et qu'à New York on vit dans ce deux pièces rencogné : et cela aussi, à l'intérieur de soi-même, c'est être chanteur ? Il faut trois jours, en se relayant à deux, pour la remontée vers l'est dans l'énorme voiture silencieuse à l'odeur de cuir neuf.

Chez Albert Grossman, c'est table et chambre ouvertes. C'est le repaire. On est au calme, la nature est belle. Dylan et Joan Baez, les semaines d'avant la manifestation pour les droits civiques, y sont ensemble. C'est comme ça qu'on apprend que Dylan, avec les premiers versements du succès de *Blowin' In the Wind*, s'est acheté la Triumph 650 à laquelle trois ans plus tard on attribuera faussement le fameux accident : sa première possession. C'est Joan Baez qu'il promène sur la moto, et qui dira, après l'accident « qu'il a toujours été là-dessus comme un sac de farine ». Dylan et la 650 deviennent indissociables pour les deux ans à venir.

Dans le centre-ville de Woodstock il y a un bistrot, le Café Espresso, qui fait aussi hôtel. Le patron, Bernard Paturel, est français, sa femme s'appelle Mary-Lou. C'est le modèle de vie de Bob Dylan : inaccessible, hautain ou méprisant pour quiconque souhaite l'approcher sans passeport, même collaborant parfois de près à un disque ou une tournée, et une petite collection d'amis à qui on donne toutes les clés. Pour eux, celui que tout le monde décrit dès cet automne 1963 comme fermé, arrogant ou difficile (*tough*) est un type avec qui on rigole, fait de la moto, parle de livres, de poètes, de peinture. Dylan joue avec les gosses des Paturel, les promène en moto. Et, dans le bistrot des Paturel, Dylan et Joanie on leur fiche la paix. Chez eux on oublie les invités de Grossman et les soirées avec alcool, musique et papotage. Dylan finit par louer en permanence une des chambres, au second étage, fenêtre sur le coin de rue, et Paturel y fait monter le piano du salon. C'est là, cet été, volets demi-fermés, qu'il vient passer ses journées : composer. C'est la complexité du portrait de Dylan, que tout cela à chaque moment coexiste. Paturel plus tard, dans la réclusion de Woodstock, deviendra l'intendant de Dylan, son chauffeur.

Les photos qu'on a de Dylan cet été-là, assis dans la cuisine des Grossman à lire le journal (chez ses amis, comme plus tard chez lui, c'est toujours dans la cuisine qu'il s'installe pour lire et travailler), ou sur la terrasse de Joan Baez à Carmel avec sa machine à écrire, c'est un autre Dylan, qui semble bien plus jeune : pas de triche, il porte ses lunettes de myope. Il y aura une mode Dylan des lunettes noires : on n'est pas chanteur de rock'n roll si on n'a pas en permanence ses lunettes noires – dans le cas de Dylan, c'est simplement pour avoir des verres correcteurs. Et toujours penser, à le voir penché sur sa machine à écrire derrière ses grosses lunettes, que cet homme-là sur scène ne reconnaît personne à cinq mètres.

En août, le Forest Hill Stadium, dans les hauts de New York, côté Queens, est bondé pour Joan Baez, qui lance : « Dans la ville de New York, vous avez un jeune poète, etc… » Impressionnant, Forest Hill, parce que c'est un quadrangulaire sur un stade de tennis, avec gradins à quarante-cinq degrés sur les trois côtés qui vous font face : comme on se sent minuscule. C'est la troisième fois que Dylan affronte, guitare et harmonica en bandoulière, et juste sa propre voix en avant, un océan de têtes. Et il ne changera rien à ce qui était sa façon de faire dès le Gaslight : non pas une interprétation fixe de la chanson, comme Joan Baez a probablement tout un ensemble de paramètres techniques, arpèges, contrôle de voix, mais une réimprovisation de chaque morceau en changeant les accords, le tempo, parfois même la clé. En septembre, c'est le prestigieux Hollywood Bowl que Joanie l'invite à partager. L'occasion d'un nouveau voyage sur la côte Ouest, et cette fois il va rester plusieurs semaines à Carmel.

Ce séjour-là, racontera plus tard Joan Baez en riant, il n'est pas venu juste avec sa guitare, il avait une valise avec un jean de rechange, trois chemises et sa machine à écrire. Il passera son temps à la table de la cuisine, avec la Remington et du papier, café le matin à huit heures et vin rouge l'après-midi. « Je préparais des snacks et des sandwichs, dit Joan, et je venais les manger juste dans son dos, alors sans y penser il en attrapait un bout, c'était le seul moyen de lui faire avaler quelque chose. »

Elle récupérera aussi, sans le lui dire, les brouillons et toutes les pages raturées qu'il jette à la corbeille, les montrera ensuite aux amis de passage : « Vous vous rendez compte que c'est génial ? »

Suze, qui n'a jamais divulgué le contenu de la moindre lettre, ne se serait jamais permis ça : avec elle, ils parlaient poésie, et elle sait ce que sont les ébauches, le travail. Joan, s'amusent ses amis, quelqu'un lui offrait un livre et elle venait vous l'apporter le lende-

236

main pour s'en débarrasser... Ce qui ne l'empêchera pas de mûrir et de changer.

Dylan reviendra de Carmel avec *The Lonesome Death Of Hattie Carroll*, mais le répit de cette maison dans la montagne, avec la mer au loin, le silence et l'isolement, c'est la première tentative de passer à l'écriture littéraire. Notons qu'en janvier, à Londres, il se moquait de Baez devant Richard Fariña, sous prétexte qu'elle chantait des chansons genre *Mary Hamilton* : pour lui le plus mièvre du folk, et c'est pourtant sur ce *Mary Hamilton* de Joan Baez qu'est basée *Hattie Carroll*. Pour ces proses libres à forte influence surréaliste qu'il va continuer d'accumuler pendant dix-huit mois, il choisit pour titre global un écho du *Zarathoustra* de Nietzsche : *Tarantula*. Très vite, Grossman entreprend les démarches pour les vendre à un éditeur : traitant de l'objet littéraire avec les mêmes façons qu'il s'occupe des disques et des concerts, et bien avant que quoi que ce soit de ce travail soit montrable.

À Carmel, de l'autre côté du jardin (Joan vient d'acheter un terrain un peu plus bas dans la vallée et se prépare à faire construire sa maison), mais dans la même propriété où elle loue sa maison, vivent deux oiseaux de bohême. En janvier, après la tentative de disque à trois avec Eric von Schmidt et Dylan, Fariña était parti s'intaller cette fois définitivement à Paris chez cet avocat en mal d'artisterie, auquel il avait extorqué la production du disque. Il s'incruste auprès de Mimi Baez, se fait accepter de la mère. Il a vingt-six ans et elle dix-huit, se rêve écrivain mais ne publie que dans une revue marginale, *Mademoiselle*, et bricole des écrits publicitaires sur le tourisme à Paris pour boucler les fins de mois.

Le docteur Baez, mais aussi Big Joan, puis les deux sœurs restées aux États-Unis, Pauline et Joan, font pression sur Mimi quant à ce qui leur paraît presque un détournement de mineure. Fariña, avec son dulcimer et sa poésie, ne leur semble rien d'autre qu'un arriviste raté. Elle résistera, Mimi, et leur impose son choix. Quand Fariña et Mimi reviennent à New York sur le paquebot *France* tout neuf, en juillet 1963, toute la tribu Baez lui en veut. Pourtant, il a à peine passé une soirée avec Pauline, puis avec Joan, qu'il emporte la partie. « Comment comptez-vous vivre ? demande Joan. – Agréablement », répond Fariña. Que dire d'autre ?

Carmel doit représenter pour Mimi le même souvenir d'enfance que pour Joan. Big Joan, Pauline, Tia et le docteur Baez ainsi que les parents Fariña s'y rassemblent en août pour la cérémonie, les tout jeunes mariés louent ce bungalow à portée de voix de la maison de Joan, et les deux sœurs rattrapent leurs deux ans de séparation.

Fariña veut du silence pour écrire, ça fait artiste. Il ne supporte pas que Mimi joue de la guitare à proximité. Mais le soir, ils travaillent, voix, dulcimer, guitare, et montent progressivement un duo suffisamment convaincant pour décrocher quelques premiers engagements.

Joan donne un coup de pouce, et quand ils passent pour la première fois dans les clubs de Monterey ou San Francisco, elle les rejoint pour des chœurs.

Quand Dylan passe trois semaines à Carmel, c'est donc probablement avec Fariña qu'il parle le plus. Les deux sœurs ont de toute façon à parler ensemble : pour les courses, ou le ravitaillement en cigarettes, on a soit le scooter Vespa de Joan, soit la vieille Jeep rachetée à un voisin, cela permet de s'éclipser et vider quelques verres. Fariña parle plus que Dylan, mais Dylan est plus précis dans ce qu'il évoque : il y a quelque chose à changer, dans les mots comme dans la musique. Fariña essaye de convaincre Dylan qu'il est meilleur dans l'écriture de chansons que dans celle de poésie, mais se garde bien de le dissuader d'écrire : tant que Dylan cherche à progresser dans la littérature, il le tiendra, lui, Fariña, comme un interlocuteur nécessaire. Leur situation est symétrique : celui qui a appris les ficelles de l'écriture sans rien en faire pour l'instant, et bifurque vers le folk, et celui qui a bouleversé le folk mais aspire au prestige du poète. Avec cette conséquence aussi que Fariña, tout bricoleur et vantard qu'il soit, au contact direct de deux des premiers musiciens de son temps, par sa maladresse même (le premier morceau qu'il a adapté à son dulcimer à trois cordes, c'est *Blue Suede Shoes*), invente une musique hors des canons habituels, et plaque sur elle un texte plus complexe que Dylan, à ce stade, ne l'oserait déjà. Si les paroles de Dylan commencent à prendre cette audace d'images et de syntaxe qui sera sa marque, c'est aussi l'empreinte de Fariña.

Le paradis est provisoire : Dylan et Joan Baez reviennent à New York. Ils vivent à l'hôtel, dans Greenwich Village, près de Washington Square. L'argent n'est pas un problème quand les disques se vendent chaque semaine à quelques dizaines de milliers d'exemplaires (c'est le cas pour les deux). L'argent, on ne s'en occupe pas : Dylan a laissé toutes ses affaires aux mains d'Albert Grossman, et quand il lui faut de l'argent il lui en demande. Joanie, quant à elle, a toujours eu une méfiance instinctive de ces questions : quand on fixe les dates de tournée, qu'on prépare un enregistrement ou qu'on décide d'un choix de chansons pour le disque, elle est attentive et exigeante. Quand ça parle d'argent, de frais et de cachets, elle regarde la fenêtre ou le plafond. Au point que dès ce mois d'octobre, quand Dylan fait ses premières parties (numéro rodé : – Et vous voudriez rencontrer l'auteur de cette chanson ? Ça tombe bien, il est là ce soir…), Grossman négocie pour Dylan un cachet supérieur à celui de la vedette en titre, qui a fixé un plafond à son propre agent.

À New York, Joan Baez prend possession du terri-toire de Dylan : elle y est passée souvent, n'y a jamais résidé. Elle l'emmène dans les magasins et l'habille. Le goût des tissus, des bottines en cuir. Dans un an, Dylan intitulera son nouveau disque, qu'il veut un pre-mier autoportrait, *Another Side Of Bob Dylan* : cet autre côté s'amorce ici. Sous l'immense réputation de Joan Baez, il n'est pas le premier à mesurer la solitude de cette fille qui à vingt ans se séquestre dans son cabanon au-dessus du Pacifique, séparée des siens, très loin d'avoir réglé sa peur physique de la scène et son obsession quant à un physique qu'elle trouve ingrat (« C'est un tel travail de se tenir bien quand on sait qu'il y a un photographe, dit-elle, à Carmel je savais qu'il n'y en aurait pas… »).

Elle a trouvé dans Dylan, elle en est persuadée, comme un frère amoureux. Sans doute même voit-elle dans ce que vit actuellement sa jeune sœur, Mimi, avec Fariña, leur bungalow au fond du jardin, la vieille Pon-tiac qu'ils ont achetée pour un dollar et qui tombe en panne la moitié du temps, la musique qu'on fait ensemble, un peu de ce qu'elle aurait souhaité pour elle-même. Elles sont belles, ces photographies de Douglas Gilbert ou Barry Feinstein, par la manière dont Joanie s'abandonne près de Dylan. On s'en moque bien, de ce que font de vous les journaux, ou la façon dont on cancane derrière vous, si on peut se retrouver dans ce mouvement libre du temps et des saisons, devant la mer, avec la machine à écrire et les guitares, dans cette maison où vivre pieds nus est l'habitude. Sans doute que pour Joan Baez, en cet automne, le rêve de Carmel est un rêve à offrir, qu'on pourrait partager à deux, et lui dit juste à un de ses amis : « Tu te rends compte, je suis là-bas, je me dis : – Je vis avec Joan Baez, je vis avec Joan Baez… »

Le 23 novembre, à Dallas, Kennedy est tué. Avec l'immédiat rebond de Jack Ruby tuant Oswald l'assassin, et depuis mystère et boule de gomme. Pour la première fois, probablement, concernant un événement de cette sorte, les images nous en parviennent à mesure de l'autre côté du monde avec un décalage de seulement quelques heures, rapport au réel lointain dont nous n'avions aucun modèle mental préalable. L'Amérique, en nous les transmettant, assoit encore mieux son statut symbolique : la taille mondiale d'un phénomène local. Dylan en bénéficiera. En France, l'assassinat de Keennedy c'est la première une de *Paris Match* en couleur : désormais, ce qui est loin, non seulement nous l'apprendrons en temps réel, mais nous le verrons comme jamais notre imaginaire ne nous avait appris à nous le figurer : par la quadrichromie. Et quand les couleurs nous arrivent, elles portent le visage de Dylan, des Beatles.

Ce 13 décembre 1963, à peine deux semaines après la mort de Kennedy et encore dans le choc qu'elle provoque, le Comité pour les libertés civiques (Emergency Civil Liberty Committee) attribue à Dylan son prix annuel, décerné l'année précédente au philosophe Bertrand Russell. Pour recevoir le portrait encadré du fondateur, Tom Paine, le récipiendaire est convié à un repas dans un grand hôtel new-yorkais, l'Americana. Les invités, à chaque table, sont les donateurs qu'on sollicite : des industriels, des financiers, des mécènes tout surpris de leur propre audace à passer du philosophe au beatnik. Les tenues de soirée sont de rigueur. La salle est fastueuse, les vieux lustres resplendissent, les larbins en noir et blanc prouvent que, idées généreuses ou pas, les différents mondes de la société américaine sont disposés selon une hiérarchie et un cloisonnement où pas grand-chose n'a changé. Dylan fait l'erreur d'y aller seul : Albert Grossman aurait pu le piloter, le contrôler. On félicite Dylan, mais chaque compliment plaque sur ses chansons les idées toutes faites de ce qu'ici on récompense. Plus une certaine condescendance qu'évidemment il perçoit ? Dylan n'a jamais voulu être un modèle pour quiconque. Pour se donner une contenance, et rester poli, il force sur les cocktails. Au repas, c'est dîner de têtes : l'autre erreur du Comité, c'est de ne tenir les discours qu'au dessert.

Longue suite de discours, remerciements, et Dylan ne parlera qu'en dernier. Il a forcé sur le vin, il continue. Discours sur l'importance qu'il y a à sensibiliser les jeunes âmes aux libertés civiques (si les temps changeaient vraiment, pense Dylan, on changerait ces types aussi ?). Maintenant c'est à lui, il se lève, il est saoul et il est seul.

Que si on veut vraiment confier un rôle à la jeunesse, commence Bob Dylan, il faut simplement lui laisser la place, lui confier l'exercice des pouvoirs – rien ne prouve que ça irait dans une mauvaise direction.

Et l'éminent responsable du Comité a le malheur d'être chauve, il est tout près de Dylan, le crâne luit sous les lustres : peut-être parce que le bon président vient de pencher la tête pour un message inquiet à son voisin, Dylan dit qu'il s'agirait seulement de regarder les cheveux.

Quand un homme perd ses cheveux, insiste Bob Dylan, qu'on l'écarte du pouvoir. Si le monde est entre des mains momifiées, c'est qu'on laisse des chauves aux places de responsabilité et de décision.

Ses cheveux à lui, Dylan le mal peigné, prouvant qu'il est du bon côté, conclut-il.

Ses auditeurs rient : c'est du second degré, une plaisanterie ? Mais Dylan les regarde : c'est eux qu'on devrait fiche dehors avec ce qu'ils dénoncent, leur adresse-t-il, parce que tout ça c'est le même vieux jeu réglé d'une opposition qui donne bonne conscience, avant de retourner le lendemain à ses (bonnes, excellentes) affaires.

Et comme Dylan est lancé, mais que devant lui on reste bouche bée au-dessus des restes du dessert, parce que Cuba, les inégalités raciales et Kennedy ont été évoqués, il se lance sur le thème de l'inégalité raciale, sous-entend que Kennedy n'a pas été à la hauteur, et affirme que lui, Bob Dylan, comprend le type qui l'a assassiné.

« Ce type qui a assassiné Kennedy, je sais plus trop où, est-ce qu'il a pensé à ce qu'il faisait je ne sais pas, mais je dois franchement admettre que je vois quelque chose de moi en lui (*I saw some of myself in him*). »

Alors on ne rit plus, on le hue, on l'interrompt, on le met dehors. On ne sait pas ce qu'il est advenu du portrait encadré de Tom Paine.

Albert Grossman, quand Dylan lui téléphonera le lendemain matin, comprend vite qu'il s'agit d'une erreur d'importance. L'Amérique est à cran, et quel que soit le bouleversement qu'on sait en cours, le respect à ce genre de comité tient du respect du drapeau.

« Ils me regardaient comme un animal, dit Bob Dylan, ils ont cru que je pensais que l'assassinat de Kennedy c'était un chouette truc. »

L'affaire est partout dans la presse. Nat Hentoff, du *New Yorker*, est le seul à monter au créneau contre ce qui ressemble bien à un hallali bien-pensant. Il donne la parole à Dylan, et on complète l'entretien par une lettre ouverte où il se justifie comme il peut : « J'ai seulement dit que je voyais une part de moi dans Oswald, comme je vois dans ce qu'il a fait beaucoup de l'époque qu'on est en train de vivre. »

On a, dans les *Chroniques*, un bel instant de description sensible lorsque, des années plus tard, il recevra le diplôme de docteur *honoris causa* de l'université de Princeton : il se fait accompagner d'un proche, arbore de grosses lunettes de soleil, et entre les discours on va regarder les pâquerettes sur la pelouse. Mieux vaut passer pour mutique ou lunatique, et en terminer vite. L'époque où on parlait de lui attribuer le prix Nobel aurait permis une belle séance de ce genre.

« Je ne suis pas habitué à parler, mais je n'avais pas trouvé de guitare ici… » Voilà comment il se justifiera. Il ne s'excusera pas, et ne reviendra pas sur son couplet concernant les chauves.

Enfin, un soir dans un club du Village, il discute seul à seul avec un homme qui sera, pour les années à venir, et à son apogée créative, comme un alter ego de Dylan. Cette ombre est de stature immense. Elle est autour ou près de Dylan depuis longtemps. Elle l'est déjà à Minneapolis, parce que c'est la figure de proue de ceux qui, après Kerouac, écrivent et interrogent la langue, mais l'interrogent dans sa profération vocale, sa discontinuité d'énonciation, et la charge symbolique dont elle doit se munir pour appréhender le monde réel : c'est Allen Ginsberg. Pour Ginsberg comme pour Dylan, la légende ultérieure simplifie : le gourou à longs cheveux et barbe progressivement blanchissante, psalmodiant du non-sens derrière un harmonium de religion exotique ce n'est pas Ginsberg, ou pas seulement. Les montages post-surréalistes de textes éclatants mais obscurs, l'homosexualité de ces poètes militants, dans une société qui se fissure mais encore si rigide, l'usage revendiqué des drogues, tout cela s'interpose entre la poésie d'Allen Ginsberg et nous-mêmes.

On ignore beaucoup trop, par exemple, ces poèmes qu'écrit Ginsberg de 1966 à 1970, *The Fall Of America*, mélange d'automne et de chute, saisies cinétiques de l'approche d'une ville, en train, en voiture, en avion, avec des titres comme *Puissances détraquées de la terre* et des expressions comme *rues éclatées comme une scène*, incluant dans la surface même du poème les graffitis de l'aéroport de Syracuse ou des listes d'enseignes lumineuses, la nuit, à New York.

Dans les livres consacrés à Ginsberg, Ferlinghetti, Corso et l'ensemble du mouvement *beat*, on ne fait jamais référence à Bob Dylan : c'est de la variété, c'est l'univers de la chanson, ce n'est pas très sérieux, ce n'est pas de la littérature. Dans les livres consacrés à Dylan, on considère la galaxie *beat* comme un monde qu'il croise à l'occasion. La réalité est plus complexe, et passionnante : voilà, en 1965, à deux mois du passage de Dylan sur la même scène, Ginsberg et ses amis en lecture au Royal Concert Hall de Londres : et l'immense salle est bondée – nous ne saurions plus faire cela aujourd'hui. Les poètes sont équipés d'un micro autour du cou, et chacun à son tour se lève et lit un texte. On fume des cigarettes à ne plus s'y voir à cinq mètres, on s'assied en désordre les uns serrés contre les autres, des gradins jusque sur la scène. On interpelle, on s'en prend à ceux qui mènent la guerre au Vietnam, on s'embarque dans de pures expériences d'assonances et de rythme. Et c'est de cette tradition, *via* Whitaker ou Dave Morton, que le son de cette langue, sa capacité à dire concrètement en se chargeant de figures discontinues à énorme capacité d'image (écoutez Dylan dire une phrase très simple comme « elle vidait les cendriers » dans *Hattie Carroll*), a ouvert à ceux qui arrivaient avec leur guitare des possibilités narratives. Avec une étrange coïncidence : la même qualité concrète d'images suspendues une seconde et remplacées par une autre c'est aussi la façon d'avancer du blues de Robert Johnson. Dylan, durant ces deux années à New York, n'a probablement pas cessé d'être en contact avec le mouvement *beat*, même si leurs performances et lectures sont plutôt restées dans les lieux jazz que dans ceux du folk, qu'au début les poètes considèrent avec un vague mépris.

Al Aronowitz, journaliste free lance, âge, profil et culture semblables à ceux de Robert Shelton : il a publié dans le *New York Post* une série sur les poètes *beat*, et fera date cette année avec un reportage sur les Beatles pour le *Saturday Post*, Al Aronowitz a un grand appartement rempli de livres, et Dylan y passe souvent. Un de ces types qu'on dirait incapables de se poser et d'attendre, toujours en chemin pour une soirée, un vernissage. Où est Andy Warhol, que fait-il à cet instant précis ? Dylan ne le connaît pas, mais Al Aronowitz si. C'est Al Aronowitz qui, cet hiver-là, initie Dylan à d'autres sphères. Quoi, tu lis Ginsberg et tu ne l'as

jamais rencontré ? C'est Al Aronowitz aussi qui emmènera Dylan voir les Beatles : dès lors, dans le monde
secret de Dylan, Allen Ginsberg – trente-cinq ans cette
année-là, immense célébrité mais sur un livre, *Howl*,
qui occulte en partie le reste de son travail, sera le frère
aîné. En ce mois de décembre 1963, le bruit fait autour
de Dylan compte sans doute pour Ginsberg plus que le
personnage lui-même, ou la qualité de ce qu'il chante.
Mais il découvre un jeune type à lunettes dont la littérature est déjà plus ou moins l'occupation principale,
qui connaît son Whitman et les a lus, eux les poètes
beat. Ginsberg fera commuter Dylan, au sens littéral
et électrique du terme, vers son propre univers de
sources : les formes et assonances qu'on essaye, savoir
d'où cela vient, comme lui-même, Dylan, sait le lien
profond qu'il peut y avoir entre la vieille ballade de
Lord Franklin et son *A Hard Rain Gonna Fall*.

Pourquoi il faut lire Villon et Rimbaud n'est pas tant
la question : ce qu'il faut y lire, oui. *Un rayon blanc,
tombant du haut du ciel, anéantit cette comédie* : si
Dylan peut déjà dire à Ginsberg ce qu'il doit à Rimbaud, Ginsberg dispose du bagage théorique pour
le faire passer du *Bateau ivre* et des alexandrins sur la
fugue et la grand-route du *On n'est pas sérieux quand
on a dix-sept ans* aux constructions narratives bien plus
complexes des *Illuminations* (*painted plates*). Et le *Testament* de Villon, à quoi Ginsberg l'introduit comme
à une source fondamentale de Rimbaud, ce n'est pas
le même usage de la récurrence que ce qu'il pratique
dans ses *talkin' blues* ?

On a peut-être la première trace directe de cette
collision Ginsberg-Dylan dans ces *11 Epitaphs*, qui
seront insérées dans la pochette de *The Times They Are
a-Changin'*, mais sont distribuées dès à présent dans

le programme des concerts : façon aussi de se distinguer des simples chanteurs. Dans les *Epitaphs*, peut-être l'unique ou le plus haut texte strictement poétique de Dylan, il inscrit sa dette à Villon comme à Brecht, au même niveau que la dette envers Woody Guthrie (et, réciproquement, en faisant de Woody Guthrie un poète au niveau des précédents, il revendique ce statut pour lui).

La relation de Dylan à Allen Ginsberg, on va la suivre jusqu'en 1975, et cet instant parfaitement symbolique où ils se font filmer découvrant ensemble la tombe de Jack Kerouac, y improvisant un hommage funèbre de leur façon, doucement irrespectueux, abandonnant sur la stèle discrète de l'écrivain quelques pages que personne ne ramassera – devant la caméra tout au moins.

Compte, pour les deux ans à venir, l'exacte superposition, *via* Ginsberg, de la narrativité poétique de Dylan et de ce que Ginsberg lui permet d'analyser de l'éclatante obscurité de Rimbaud. Le déni de poésie, dans *Une saison en enfer*, le remplacement de la rime par la prose éclatée et incandescente. L'inventaire permanent à quoi procèdent les chansons de Dylan, leur monde forain, ces dialogues brassés dans la masse, c'est presque du Rimbaud transposé :

> *J'aimais les peintures idiotes, dessus de portes, décors, toiles de saltimbanques, enseignes, enluminures populaires ; la littérature démodée, latin d'église, livres érotiques sans orthographe, romans de nos aïeules, contes de fées, petits livres de l'enfance, opéras vieux, refrains niais, rhythmes naïfs.*

248

Et l'errance d'une ville à une autre ville, projetée dans le contexte moderne, sans repasser par le modèle du *hobo* épuisé sitôt que fondé par Guthrie et Kerouac, c'est encore Rimbaud qui, pour Dylan, en sera la source la plus concrète :

> *Je rêvais croisades, voyages de découvertes dont on n'a pas de relations, républiques sans histoires, guerres de religion étouffées, révolutions de mœurs, déplacements de races et de continents : je croyais à tous les enchantements.*

Cette nouvelle langue des chansons de Dylan, elle s'établira progressivement, passera au premier plan en janvier 1965 dans *Subterranean Homesick Blues*, mais on l'entendra dès *Chimes Of Freedom* ce printemps 1964. Dans toute cette période, Dylan se pensera poète avant de se concevoir comme chanteur : mais ce qu'il nomme poèmes, ce sont des chansons qui ne s'encastrent pas dans le format guitare – le très étrange *Advice To Geraldine On Her Miscellaneous Birthday*. Quand il rassemblera ses poèmes, il n'hésitera pas à les titrer *Some Other Kind Of Songs*, « un autre genre de chansons ». Mais pour les publier, il retrouve le canal de la musique : ses textes accompagneront le second album de Peter, Paul & Mary, c'est le *Poem For Joanie* qui est inséré dans le troisième disque de Joan Baez. En choisissant, pour support des textes littéraires, ces encarts des pochettes de disque, on inaugure un nouveau geste culturel : le disque, en tant qu'objet, inclut de l'image et du texte, il est un monde artistique bien plus large que la musique qui est son vecteur principal.

Symptomatique aussi, la lettre que Dylan publie dans *Broadside*, expliquant qu'il découvre la force de l'écriture et que ça remplace pour lui la force de la chanson : *I've discovered the power of playwriting means / as opposed t song writing mean*. Avec cette gloriole de transposer dans l'écrit sa façon d'écrire manuscrite, abandon des majuscules, oralisation des négations, usages logographiques, *t* valant ici pour *to*. Et il publie dans la revue les premiers fragments en prose libre, sous le titre *Walk Down the Crooked Highway*. Dans d'autres interviews il dit qu'il écrit aussi une pièce de théâtre (on n'en a jamais eu trace).

Ce n'est pas se détourner pour autant de son chemin de chanteur : plutôt se frotter à une discipline dont le vocabulaire est autre, pour mieux revenir à son territoire initial. Dylan aura cette capacité de s'enfoncer *absolument* (je prends exprès le terme de Rimbaud) dans des formes artistiques sans lien avec son territoire d'origine : la peinture, en particulier, puis la sculpture, et plusieurs fois le cinéma (*Eat the Document* puis *Renaldo & Clara*). Dans notre langue, l'expression *violon d'Ingres* est passée dans le vocabulaire courant, alors qu'elle ne désigne pas un *hobby*, mais bien cette façon qu'avait Ingres de s'immerger dans la musique pour y chercher les intuitions et les architectures de sa peinture. La chanson n'est pas un usage pauvre de la langue : ce qui la rend si évanescente, fragile, ou de réussite si rare, c'est cet art de la miniature, une façon aérienne ou impalpable. La pluralité artistique de Dylan n'est pas jouée : elle est l'essence même de sa confrontation au monde. Sa biographie artistique ne se réduit pas, comme dans trop de livres, à ses amours ou à la chronologie de ses enregistrements, mais impose aussi de suivre, pour ce qui nous concerne, en quoi des mots peuvent se saisir de l'état du monde et nous aider à nous y comporter, en notre époque de fissure ou

250

d'opacité : tout simplement parce que c'est le rôle qu'il a tenu dans notre propre adolescence.

Dans le mouvement *beat*, l'écrivain n'est plus en posture messianique : ils ont repris au surréalisme l'idée du collectif. Dès lors qu'il a accès à Ginsberg, Dylan rencontre Ferlinghetti, Gregory Corso et les autres. Lawrence Ferlinghetti est libraire et éditeur, et c'est lui qui le premier prend Dylan écrivain au sérieux, lui propose un livre. Sauf que Grossman, lorsqu'il l'apprend, s'imagine que la poésie fonctionne sur les mêmes modes financiers que le spectacle. Il fait rencontrer à Dylan un éditeur du puissant groupe Macmillan, Bob Markel, et lui fait signer un contrat avec un à-valoir que Ferlinghetti aurait été bien incapable de proposer, alors même que n'existe encore aucun manuscrit. Grossman, chez Macmillan, a seulement dit que Dylan est une *very hot property*. Un coup artistique. Lorsque Markel appelle Dylan, celui-ci lui dit qu'il ne donne de rendez-vous que la nuit, parce qu'il ne supporte pas de conduire sa Triumph en plein jour. Les extraits de *Tarantula* avaient intéressé Ferlinghetti parce qu'ils étaient cohérents avec sa démarche d'édition. Markel trouvera ça « laborieux ». Publié par Lawrence Ferlinghetti dans sa collection City Lights, Dylan aurait peut-être trouvé la passerelle étroite de sa démarche littéraire : il préférera l'à-valoir.

Les onze chansons de *The Times They Are a-Changin'* sont désormais sous pochette, et neuf autres en réserve : coup de gong. Pour eux, probablement rien que le troisième disque. Pour nous, quarante ans plus tard, une révolution en germe.

Il n'y a pas de message :
l'autre face de Bob Dylan

Une année charnière. Au programme de ce chapitre, et de l'année 1964 : la sortie du troisième disque. Puis l'équipée en Ford, à quatre, pour une tournée à travers les États-Unis. En mars, la rupture maintenant définitive avec Suze. Le second voyage en Europe, avec premier séjour à Paris et de là voyage en minibus à Berlin puis un discret séjour en Grèce avec Nico. En juillet, l'apothéose au Newport Folk Festival. En août, la parution d'un disque qui se veut à rebours de tout ce qu'il a construit jusqu'ici : *Another Side Of Bob Dylan*, qui déroutera (ce sera la première fois, pas la dernière) ses plus fidèles, et un événement majeur, lequel ne concernera pourtant que cinq personnes : la rencontre de Dylan et des Beatles.

La secousse que constitue la parution de *The Times They Are a-Changin'*, il faut la mesurer par nous-mêmes : le disque, quarante ans plus tard, est toujours en vente dans tous les supermarchés. Montrez de très loin le petit carré de plastique au portrait échevelé en noir et blanc dû à Barry Feinstein, même sans rien lire du nom et du titre on vous répondra : Bob Dylan.

Ce sont des secousses à période longue : non pas instantanées, mais déployées sur des mois.

C'est un disque que tous les dylaniens aiment à

réécouter. La façon de l'harmonica y est complètement neuve par rapport à l'usage qu'en faisait Dylan : une plainte à distance de la chanson, comme si c'était son écho intérieur, une distorsion, ou bien que cela se donnait au ralenti, beaucoup plus une image qu'un instrument qui se mêlerait à ce que vient de porter la voix. Pour la précision nouvelle de la guitare (confiance en soi, expérience du studio et de la scène, fréquentation d'autres musiciens et les heures avec Joan Baez ?), écouter l'arpège de *Ballad Of Hollis Brown* : vingt ans plus tard, pour le concert de *Live Aid,* Keith Richards et Ronnie Wood, choisissant une chanson à jouer avec Dylan, voudront que ce soit celle-ci. Les deux vieux requins (non, ils n'ont même pas quarante-cinq ans chacun, mais l'usure ou le cuir tanné de dix vies ordinaires) essayent de reprendre à Dylan, qui se contente de marmonner le refrain, cette syncope de l'accord ouvert. Accord et technique que Dylan a pris chez Martin Carthy, donc venu tout droit d'Angleterre (qu'on compare la version enregistrée avec Bruce Langhorne à la version du disque). La prestation alcoolisée des trois hommes sera affligeante : le mystère Dylan ne s'exporte pas, quand bien même on s'appelle les Rolling Stones et qu'on a passé sa vie derrière une Gibson acoustique.

La Gibson rafistolée que Dylan utilise depuis bientôt deux ans, justement, disparaît : volée ou perdue. S'est installé à Greenwich Village un musicien de précision, qui fera évoluer de façon importante les techniques du *finger-picking* en transcrivant à la guitare les vieux ragtimes pour piano, Marc Silber. Il propose à Dylan une guitare inhabituelle et rare (sa sœur est aussi guitariste, et l'utilise), une Gibson de 1937, jonction manche table à la treizième frette, qui l'accompagnera jusqu'en 1966. Destin violent pour un instrument de collection, et qui subira deux tours du monde. En Australie, Dylan range ses harmonicas directement dans l'étui à guitare et perforera la table d'harmonie.

Une décision qui est cependant un choix esthétique d'importance, puisqu'il n'est pas possible de nier l'évolution moderne des instruments. Qu'il s'agisse de Martin ou de Gibson, ce son de 1937 est plus aigre, plus ténu, même si on reconnaît de suite la qualité de timbre de ces instruments d'avant la fabrique industrielle, quand les bois rares étaient d'accès plus facile, et la demande pour de tels instruments plus restreinte.

Un son plus mince, plus à distance du spectre de la voix : en isolant le son de la guitare, Dylan s'écarte de l'usage qu'en font Van Ronk, Johnny Cash et tous les autres. Qu'on écoute le plaintif et résonnant *Spanish Boots Of Spanish Leather*, qu'on revienne à ces accords incongrus de guitare (la façon dont Dylan transpose dans sa marche harmonique des complications de piano) : le passage surprenant à l'instrument d'avant-guerre est un des éléments du virage que prend Dylan. Combien de fois, ces premières années, a-t-il joué devant un seul micro posé à hauteur de bouche, levant la guitare pour les passages instrumentaux ? Les techniques d'amplification évoluent : on traite en parallèle un son plus mince, mais de qualité distincte. En studio, dès à présent, on combinera par exemple un micro posé près de la guitare, juste devant l'ouverture de la table, et un autre posé à un mètre, qui donnera du relief et captera aussi l'ambiance de la pièce.

Le deuxième disque est encore dans les meilleures ventes, et cette fois le succès, pour le troisième, est immédiat. Mais qu'on n'imagine pas un processus de vedette, de grandes affiches, de limousines, de foules qui le pressent. Tout cela n'a pas encore été inventé. En tout cas, pas ici. Ça commence tout juste, mais c'est pour les Beatles et les Rolling Stones, là-bas, dans la vieille Angleterre.

Il peut paraître naturel que, sur la lancée du troisième disque, Dylan parte en tournée. Après les concerts en duo avec Joan Baez, Albert Grossman n'aurait aucune peine à lui obtenir des concerts dans les grandes salles, tout autour du pays, avec un cachet conséquent. On s'y rend en avion, on revient de même : on n'arpente pas les provinces en voiture. D'ailleurs, Grossman lui avait déconseillé de jouer dans les petits clubs.

En fait, cette tournée qui ressemble à distance, à une bordée, on a bien l'impression que les deux hommes ont soigneusement pesé en quoi elle devait consister. Les concerts avec Pete Seeger, l'an dernier, dans le Sud, y ont peut-être contribué : fabriquer pour Dylan une légende à la Woody Guthrie. Le problème, c'est que la sauce – pourtant soigneusement pensée – ne prendra pas : on ne décide pas sur commande de la transgression qui vous porte.

Pour commencer (on n'a pas témoignage que ce soit Grossman qui ait payé, même si l'usage du véhicule est strictement professionnel), Dylan s'offre une voiture : une Ford Station Wagon bleue. Magnifique véhicule pour l'époque, quatre phares dans l'immense calandre, intérieur cuir crème, autoradio et chromes au tableau de bord, de la place à l'arrière du break pour le matériel, mais pas d'appuie-tête ni de ceinture de sécurité, ce n'est pas encore d'époque.

Les compagnons de Dylan ? D'abord, comme par hasard, on a demandé à Ginsberg. Il se méfie (il participera à la tournée de 1975), ou bien a-t-il d'autres projets ? On prendra un nommé Pete Karman : dans la plupart des livres sur Dylan, on ne parle de lui qu'en dernier, parce qu'il est le seul, dans la voiture, qui n'ait pas de fonction précise. On sait seulement qu'il est proche de Suze et Carla Rotolo. Au point qu'il les informera, après le concert à l'université d'Emory, que Dylan n'a pas dormi seul : on le renverra alors à ses frais à New York.

Si on a le détail de ces trois semaines dans la Ford bleue, c'est tout simplement que Karman était payé pour l'écrire. On s'habituera, plus tard, à ce qu'un plumitif soit embarqué dans ces aventures, comme on embarquait un aquarelliste au XVIIIe siècle sur les vaisseaux de marine qui allaient à la découverte du Brésil ou du passage du Nord-Ouest : ainsi, Stanley Booth avec les Rolling Stones en 1969, Truman Capote avec les Stones encore en 1972 (même si c'est un échec), et Sam Sheppard avec Dylan en 1975. Les années suivantes, ce sont des cinéastes Donald Pennebaker pour Dylan, les frères Maysles, en 1969, puis l'immense Robert Frank, en 1972, pour les Stones qu'on sollicitera.

Mais si tôt, en février 1964, lequel de Dylan ou de Grossman a eu l'idée de solliciter un compte rendu écrit, et d'organiser la tournée en fonction de ce qu'on souhaite plus tard en raconter ?

Six ans après le légendaire *Sur la route* de Jack Kerouac, il ne s'agira pas seulement d'aller chanter ici ou là, mais de se fondre avec l'Amérique, faire du voyage une quête. Et le culot, c'est ça : Dylan a vingt-trois ans, c'est son troisième disque, et il décide, bien avant d'être une légende, de se comporter comme si ses propres faits et gestes étaient matière à légende.

Si Karman n'a pas été rémunéré pour son compte rendu, difficile de comprendre comment des notes sont

256

devenues la possession de Grossman, et seront ensuite mises à disposition des premiers biographes de Dylan, Scaduto et Shelton, faisant de ces trois semaines une sorte d'armature pour toutes les tournées à suivre, comme s'il ne s'agissait jamais que de la même dérive cheveux au vent et guitare à la main sur une route infinie, ponctuée de rencontres et de bars, avec paysages de route où respirerait l'Amérique qui se cherche.

Pour conduire la voiture, Victor Maymudes. Un grand brun aux cheveux crépus et courts, au nez fort, et sur les images on le voit souvent rire. Il est auprès de Dylan depuis les concerts de Chicago en mai dernier. Grossman est un tourneur, il n'envoie pas ses artistes au charbon comme le fera toute sa vie l'inusable Chuck Berry (en ce moment précis, en prison, à Terre Haute, en Louisiane, pour détournement de mineure : sa propre histoire encore en latence), tout seul avec sa guitare. Dès Chicago, lorsque Dylan se déplace, c'est avec son aide de camp qui s'occupe de la logistique, de la technique et des sous.

Lorsque Peter, Paul & Mary ou les Beatles voyagent, ils sont à eux-mêmes leur propre compagnie : pour celui qui va seul avec sa guitare, l'accompagnateur c'est aussi la conversation, la rumeur du temps, l'interface protectrice. Maymudes a six ans de plus que Dylan, ses parents sont des militants de gauche connus du mouvement pour les droits civiques, et dans Greenwich Village on l'appelle « le philosophe ». Grossman en a fait le chauffeur, organisateur, administrateur exclusif de Dylan, même si Bob Neuwirth le relaiera pour les tournées anglaises. Quand Dylan s'enfermera à Woodstock, en 1967, il se consacrera à la sculpture sur bois et à la charpente, et redeviendra l'assistant de

Dylan pour plus de dix ans dans les années quatre-vingt.

C'est par le témoignage de Victor Maymudes qu'on découvre que Dylan, au Ten O'Clock Scholar de Minneapolis, où c'était la mode, s'était mis aux échecs. Depuis deux ans qu'il est à New York, les échecs sont sa nouvelle passion, et il paraît que Dylan est devenu plutôt difficile à battre : Maymudes sera son partenaire. Avec mission, comme Dangeau avec Louis XIV, de laisser gagner le maître ? Ensemble, ils vont se mettre au jeu chinois du go, et ce sera leur grande occupation en tournée – cela aussi, c'est un *autre côté* de Bob Dylan (je ne connais qu'une seule photographie où on le voit devant un échiquier, prise chez les Paturel à Woodstock). À Maymudes donc, même si on se relaie, la tâche de conduire la Ford, moins Dylan, à qui ils feront une réputation de mauvais conducteur. De toute façon, lui, avec ses textes et sa guitare, a autre chose à faire.

Le quatrième du voyage, on ne s'est peut-être pas assez interrogé sur ce choix : il s'agit de Paul Clayton, le folksinger du Gaslight, qui a enregistré vingt ou trente disques sans vraie reconnaissance. Il fera les premières parties de Dylan : parce que Clayton est lui aussi de l'écurie Grossman, même s'il n'a pas pris l'élan des autres ? Si Dylan devait emmener un collègue pour ses premières parties, pourquoi pas Van Ronk ? Ou, encore mieux, un de ses frères d'escrime et de galère, Mark Spoelstra, Richard Fariña, Eric von Schmidt ? Mais Dylan s'est toujours entendu avec Clayton, qui l'invitait dans son chalet des Rocheuses. Il est plus âgé, et il représente la caution d'une fidélité au folk, là justement, dans les lieux où ils seront accueillis, où Dylan est désormais contesté.

Tout simplement, Clayton on l'invite plutôt pour sa sacoche. Il pratique les amphétamines, et emporte partout avec lui des pilules de toutes sortes, bien avant que ce soit officiellement la mode. Le compagnonnage avec Clayton, pour cette tournée, c'est la première indication certaine du recours progressif aux drogues. Dans chaque grande ville où on s'arrête, Maymudes se fait envoyer poste restante, par des amis de New York, la marijuana à laquelle on carbure. Le LSD (*Lysergic Acid Diethylamide*) a été inventé en 1938, et sera légal aux États-Unis, sur ordonnance, jusqu'en 1966. « On était *stoned* tout le temps », dira Maymudes.

On traverse la Virginie et, en Caroline du Nord, on fait étape chez Carl Sandburg, un historien du folk, collectionneur et poète. Être reçu par Carl Sandburg, c'est prouver, même si le folk se réinvente en permanence, qu'on en est un continuateur ? Mais Sandburg a quatre-vingt-six ans, il identifie et accueille parfaitement bien Clayton, mais n'a jamais entendu parler de Dylan : raté pour la légende. Et quand, plus tard, on fera le crochet pour saluer Lawrence Ferlinghetti, raté aussi, il est parti à New York pour la semaine…

De New York, on a emporté toute une cargaison de vêtements collectés pour les mineurs en grève, le rêve Woody Guthrie on n'en a jamais été si près : mais les mineurs voient arriver la grosse voiture neuve, avec ces types chevelus et un peu trop démonstratifs pour leur goût, ils prennent les vêtements et se gardent bien de leur proposer un concert. On repart le soir même, on avait rêvé d'autre chose.

On descend ainsi jusqu'en Louisiane : c'est mardi gras. On est encore loin de la période où cela deviendra un piège à touristes. Pour la première fois, Dylan est en contact avec cette tradition de carnaval et de musique de rue dont il se réclamait fictivement, en arrivant à New York. Mais les hôtels affichent complet, ils devront s'enfourner à quatre dans une seule chambre. Si l'idée c'était de se frotter aux traditions populaires pour forger de nouvelles chansons, c'est loupé encore. On fera la fête quand même : on découvre le goût du beaujolais, et on en remplira le coffre pour la suite du voyage.

Les distances dans ce pays sont énormes, mais c'est ce qu'ils voulaient. Par le Texas, l'Oklahoma, le Kansas et le Colorado, on remonte jusqu'à Denver. Il est possible qu'on soit passé à Mobile : mais il n'est pas obligatoire que Dylan soit passé à Mobile pour avoir écrit, deux ans plus tard, *Stuck Inside Of Mobile With The Memphis Blues Again*, une des plus curieuses fresques (tonalité Chirico) de tout son répertoire.

À Denver, il a enfin droit à sa revanche : il joue au Folklore Center. On ne sait pas s'il retrouve ceux qui l'avaient accueilli en débutant, à l'été 1961. Ils font même le détour par Central, mais le bar où il avait joué est fermé en cette saison : souhaitait-il que Karman raconte l'épisode inventé du guitariste faisant l'intermède entre deux numéros des strip-teaseuses ?

Du Colorado on redescend en diagonale vers la Californie. Dylan est à l'arrière, il a une machine à écrire portable sur la tablette du siège. Il s'est acheté le meilleur modèle disponible : une des petites merveilles mécaniques avec lesquelles les Italiens d'Olivetti, et leurs machines ultraminces et oblongues, sous un couvercle de couleur assortie, détrônent les Underwood et Remington aussi lourdes que les voitures américaines. Ironie que l'Italie, qui lui a pris Suze, revienne ainsi à Dylan : son Olivetti il l'emporte partout, tandis que c'est Maymudes qui porte la guitare.

Il écrit au moins deux chansons pendant le voyage : la mélodie de la première est basée sur une de ces anciennes chansons réarrangées par Clayton, *Lay Down Your Weary Tune*, que Dylan chante aussi depuis longtemps, et depuis longtemps à la manière de Clayton. Il en fait l'étonnant *Chimes Of Freedom* : aucun des deux ni pour le nier ni pour s'en offusquer. On roule dans le gros break bleu flambant neuf, avec beaujolais et marijuana, et de ville en ville des concerts dans les campus, puisque c'est le circuit le plus favorable. Mais d'où viennent les images de ces carillons de la liberté ?

Dans un soir comme une cathédrale sauvage les contes
   fous de la pluie
Pour les corps nus et sans visage, ni formes
Et qui n'avaient plus de langue pour crier leurs pen
   sées
[...]
Et se dissolvant dans les cloches de lumière,
Appelant les rebelles, appelant les ratés,
Appelant le pas-de-chance, l'abandonné, l'oublié,
Appelant le proscrit, celui qui brûle aux bûchers,
Et nous on les regardait briller, les timbres de la
   liberté...

Qu'on relise dans les *Illuminations* le texte que Rimbaud intitule *Génie*, et qu'on se reporte à la traduction anglaise : elle est là, la chanson, *enough of these superstitions, these old bodies, these houses and days : our time has fallen away*, on dirait que traduit en anglais, Rimbaud surgit tout proche, comme écrit d'hier.

Ils n'ont plus avec eux Pete Karman. À Dallas on s'arrête voir l'endroit où Kennedy a été tué, et la pre-

261

mière visite sur la côte Ouest sera pour rejoindre Ginsberg : l'aventure qu'on s'était rêvée, voilà que maintenant on se l'offre, avec devant vous ceux dont les mots vous avaient tellement secoué : mais plus tout à fait en clochard.

Et si l'équipée trouvait elle aussi sa justification par l'imprévu qui surgit, là, à force de journées sur la route, et qui ne tient ni au folk, ni aux mineurs en grève, ni même à l'Amérique ? Les Beatles sortent un disque tous les deux mois depuis octobre 1962. Ce même mois de février, ils ont joué pour la première fois en Amérique, et sont repartis juste au moment où Dylan s'éloignait de New York. Ce sont des mondes qui n'ont pas à se croiser : les sources des Beatles, Buddy Holly et les autres, Dylan et ceux de son âge s'en sont détournés il y a bien des années. Quand Suze et Al Aronowitz ont tenté de faire écouter les Beatles à Dylan, il a dit que ça ressemblait à du chewing-gum, et fermez le ban.

Mais ce qui se passe ce jour-là, Dylan en reparlera souvent : ils sont dans le Colorado et suivent – tant qu'à faire – la route touristique qui longe le Grand Canyon. Temps clair, luminosité imparable et sèche du désert, on est fatigué des villes, des fêtes, des concerts et des kilomètres, on roule vitres ouvertes sans rien dire, l'autoradio à fond. Soudain c'est *I Want To Hold Your Hand*. La bouffée qui prend Dylan, difficile de l'expliquer : l'adolescence, la joie simple face à une chanson qui tient, ce qu'il y reconnaît de la magie éprouvée autrefois en écoutant Hank Williams, ou bien, maintenant qu'il a trois disques derrière lui, une compréhension du travail, ce qui va par le rythme et la batterie, l'élan mélodique confié à la basse de McCartney quand le rythme est tenu par la guitare de Lennon (il ne sait pas leurs noms encore), ou la puissance des harmonies à trois voix qui les séparent de l'héritage *rockabilly* ?

Ils s'arrêtent plein vent plein ciel, ouvrent les portières et Dylan danse sur le bitume, les bras au ciel. Acceptons que le beaujolais et la fatigue y soient pour quelque chose, mais le déclic est solide, irréversible. À peine arrivé à Los Angeles, Dylan achète chez le spécialiste local, Norman Harris, sa première Fender Stratocaster en noir et blanc (une récente, de 1962, à laquelle succédera une Telecaster de 1958, avant qu'il se fixe sur une Stratocaster de 1959).

De sa guitare électrique, il ne se servira sur disque et sur scène que bien des mois plus tard, mais la décision ou l'instinct de s'y remettre, c'est maintenant, et c'est par les Beatles. Il ne sait pas qu'au même moment les Beatles arrivent à Paris, et que George Harrison achète un disque dont la pochette annonce *Bob Dylan en roue libre* et le fait écouter le soir même à John et Paul, leur disant que ce qui se passe ici, dans les paroles et le chant, eux n'en disposent pas.

Une autre chanson véhiculera, pour les quarante ans à suivre, l'équipée dans la Ford bleue. Un chant de voyage, presque un chant de marin, mais qui aurait été transposé sur l'océan des villes.

Il y a probablement ces mauvais sommeils, après avoir joué la veille sur un campus du Texas et être reparti dès le matin, secoué sur le siège arrière. Le rythme de la voiture, la persistance du moteur. Dans les sessions de *Freewheelin'*, Dylan avait joué plusieurs fois en duo avec Bruce Langhorne. Langhorne a toujours avec lui ce tambour kurde traditionnel, « un truc grand comme une roue de charrette », dira Dylan, « juste une peau de chèvre tendue sur un cadre », précise Langhorne (on trouve facilement des photos dans l'iconographie Dylan, un diamètre de soixante centimètres suffira pour la roue de charrette). Langhorne parfois s'assied à Washington Square et fait des démonstrations de rythme, les gens dansent. La musique de rue ce n'est pas le genre de Dylan, depuis en tout cas qu'il a cessé de faire la manche sur MacDougal Street, mais c'est à cet élan du tambourin que dans la voiture bleue il pense, dès qu'on repart de Louisiane après le mardi gras. Il a cet élan rythmique, il retravaille sa guitare sur le siège arrière de la voiture, sur les routes droites du désert, et dans ce sentiment d'euphorie éprouvé en écoutant les Beatles : *Hey, Mister Tambourine Man…* Il en chantera les premières ébauches dès les concerts de San Francisco, enregistrera la première maquette Witmark en juin, et c'est une jeune formation de la côte Ouest, les Byrds et leur chanteur Roger McGuinn, qui l'enregistreront l'hiver suivant en version rock, contribuant au virage de Dylan : le chemin irréversible de Dylan vers l'électricité passe par les Byrds reprenant la chanson venue du grand guitariste timide aux doigts amputés, jouant de son tambourin oriental assis sur les murets de Washington Square, via les Beatles, une Ford Station Wagon bleue et le Grand Canyon du Colorado.

Joan Baez les attend à Carmel, mais Dylan restera peu. Probable d'ailleurs qu'il rentre en avion et laisse Maymudes convoyer la voiture. Au retour, ultime explication orageuse avec Suze, chez Carla. C'est elle, Carla, qui met Dylan dehors, et définitivement. Suze repartira ce mois de mars en Italie.

À nouveau Dylan est nomade, se faisant héberger chez Al Aronowitz, ou à l'hôtel quand Joanie le rejoint. Mais peut-être revient-il dans le petit appartement du 161 Quatrième Rue Ouest (maintenant un triste bâtiment quadrangulaire), lorsqu'il écrit directement à la guitare, sur un simple accord de ré majeur, des paroles revanchardes, où les deux sœurs ont tous les torts :

Tout est fini, tout est fini, l'accepter et s'enfuir,
Des larmes dans les yeux, et bâillonné deux fois,
La cervelle estropiée je courais dans la nuit
J'ai laissé derrière moi toutes ces cendres de l'amour
[...]

Le vent secoue la fenêtre, la chambre est trempée
Les mots pour dire que je m'excuse, je ne les ai pas
    trouvés
[...]

Est-ce que les oiseaux sont libres des chaînes du ciel ?

Les attaques contre Carla, dans *Ballad In Plain D*, sont si directes que c'est la seule chanson dont Dylan dira, plus tard, qu'il la regrette parce que injuste. La seule fois où il concédera que ce qu'on extrait de soi pour le crier peut concerner ceux qui étaient en vous, au moment du cri.

Puis départ pour l'Europe, à nouveau Londres. Mais, cette fois, plus besoin d'aller râler au fond des clubs, il passe à la télévision, et jouera deux heures d'affilée (rare, pour lui), ce dimanche 17 mai, au Royal Albert Concert Hall.

Si *Freewheelin'* entre à ce moment-là dans le Top 20 anglais, pour Dylan c'est comme repartir en marche arrière, alors qu'il est déjà occupé aux chansons du disque qui succédera à *The Times They Are a-Changin'*, que les Anglais découvrent seulement. Mais ce que porte *Freewheelin'*, suffit, à quinze mois de distance, et dans la grande vague qui s'ébroue avec Beatles et Rolling Stones, pour propulser Dylan dans la même catégorie. Phénomène complexe, puisqu'aux États-Unis n'a pas encore débuté la grande vague (les Rolling Stones en savent quelque chose, découvrant à leur tour le Ed Sullivan Show, et Dean Martin décrétant devant eux à la télévision californienne que « ce n'est pas qu'ils ont les cheveux longs, c'est juste qu'ils ont le front bas », avant d'enchaîner des salles moitié vides). Ce mois-ci, c'est l'Angleterre qui érige Dylan en vedette populaire. Chez lui, il est chanteur à message, et membre de la tribu restreinte du folk, avec une petite connotation *beat*. Et dans l'élan constitué autour des Beatles et des Rolling Stones, l'Amérique va réimporter d'Angleterre le changement de statut du gamin de Hibbing.

Après le Royal Concert Hall, on attend comme tout le monde le taxi qui doit emmener dans un restaurant indien Dylan, Grossman et un des commerciaux de CBS, le diffuseur européen de Columbia, lorsque la foule des spectateurs tombe sur Dylan : on n'avait même pas pensé que cela puisse arriver, on n'avait pris aucune des précautions qui seront désormais comme une coquille dorée.

« Un truc qui arrive aux pop stars, mais pas aux chanteurs-compositeurs… »

Les gamins s'en prennent à ses vêtements, veulent toucher ses cheveux : d'abord il en est effrayé, on s'enferme dans le taxi, on essaye de s'évacuer de la foule. Rien à voir avec les autographes qu'on signe dans la foule bon enfant de Newport. Alors il ouvre la vitre, serre les mains, embrasse les filles : l'expérience peut vous faire perdre la tête (Brian Jones par exemple) – mirage que la ville dresse un instant pour vous. Au matin, elle aura oublié.

Et de Londres, Paris. Quand il s'arrête à Paris, il a forcément en tête les deux poètes qu'il connaît le mieux, Rimbaud et Villon. Le second pour ce *Testament* : forme qu'il explore encore et encore. Le premier parce que Paris était le terme de ses fugues. Il connaît Baudelaire aussi, Baudelaire a grâce à ses yeux pour l'opium, et l'amorce des symboles (la chevelure), mais la transition c'est Rimbaud, parce que Rimbaud a inventé le personnage qui va avec ses figures et ses mots.

À Paris, il connaît deux personnes : Mason Hoffenberg, poète américain expatrié, et Hugues Aufray, un jeune chanteur qui était passé à New York quelques mois plus tôt, s'était trouvé dans une soirée avec Dylan. On sympathise, Dylan l'invite à passer le lendemain au studio Columbia : les séances d'enregistrement sont comme des mini-concerts en public, mêlant les musiciens, les techniciens, les producteurs et les proches ou amis. Le Français avait ensuite demandé officiellement les droits d'adaptation et de traduction de ces chansons : c'est par lui qu'elles nous sont venues. Là où les Anglais voient s'escrimer à la guitare sèche un adolescent mal peigné nourri de Buddy Holly, Aufray construit un équivalent masculin de Joan Baez : bons sentiments, musique sage. Les deux images sont sans doute fausses : la France vient à peine d'en finir avec l'OAS et une guerre d'Algérie dont nous ne savions pas encore tout des tortures et de l'horreur. Cuba, la guerre froide et les missiles étaient loin, l'assassinat de Kennedy ressemblait dans *Paris Match* à une tragédie de famille, aussi irréelle que les premières fusées Apollo : l'ébranlement qui a saisi les États-Unis ne nous rejoindrait qu'un peu plus tard.

Il paraît que la première fois qu'à Paris Dylan mange du camembert, il le fait à la petite cuillère, en commençant par le milieu : moi j'aurais eu bien d'autres choses à noter, de préférence à celle-ci. Mais on a peu de renseignements, pour essayer d'attraper ce qui compte. Hugues Aufray a un cousin à Berlin, qui peut les héberger, et Mason Hoffenberg dispose d'un de ces minibus Volkswagen, le moteur à l'arrière, une caisse en fer montée sur quatre roues. Probablement, pour Dylan, que l'Europe paraît toute petite : on décide tout simplement de partir pour Berlin. On emporte des duvets pour dormir, et il y a de la place pour l'étui à guitare.

Je l'ai faite, cette route, vingt-cinq ans plus tard : c'est très long, et les lumières changent progressivement pour celles, plus jaunes, du Nord. Mais en 1964 il n'y a pas d'autoroute, et ces Volkswagen n'ont même pas de quatrième sur la boîte de vitesses. À Berlin, Dylan dit qu'il s'attendait à voir les derniers nazis. Il ne fréquente pas, en tout cas, les échoppes qui en vendent les reliques (je le signale, parce que les Rolling Stones céderont à la fascination contraire). Leur but, c'est d'aller voir de l'autre côté : passer à Berlin-Est, ce qui supposait, à trois ans de la construction du Mur, pour deux titulaires du passeport américain, un peu de détermination et de patience, dans la gare souterraine de Friedrichstrasse, pour être admis à ressortir au jour. Et résonnent probablement aussi dans la tête, à cet instant, le nom des villes d'où étaient partis les Zigman et les Solemovitz : on en est tout près. Mais c'est un jour férié dans la galaxie socialiste, les magasins sont fermés, les rues vides : finalement, rien à voir. Iront-ils, au moins, dans le minuscule cimetière de la Chausseestrasse où sont les tombes de Brecht, de Hegel et de Schopenhauer ? Les ruines du nazisme sont suffi-samment impressionnantes et omniprésentes.

Puis Dylan s'envole pour Paris, laissant Hoffenberg avec son camion à Berlin (il le reverra en juillet à Woodstock chez Grossman), et de Paris repart pour Athènes : à Vernilya, il résidera chez des amis des Paturel (qu'il cite dans les notes de *Another Side Of Bob Dylan*, sans franciser pour autant : *Bernard, Marylou, Jean Pierre, Gerard, Philip and Monique for the use of their house*), et y restera une pleine semaine, ne visite rien mais écrit.

Il y a emmené une fille de vingt ans, deux ans de moins que lui : Christa Päffgen, née à Budapest de parents espagnol et yougoslave (son père est mort dans un camp de concentration), et qui à quinze ans a parti-cipé au tournage de *La Dolce Vita* de Fellini. Elle est mère d'un bébé dû aux bons soins d'Alain Delon, a fré-quenté quelque temps Brian Jones et c'est à Londres qu'elle aurait ainsi rencontré Dylan. Elle a déjà pour nom de scène Nico, la chanteuse à la voix rauque, la cosmopolite, prête pour son propre mythe, *via* Andy Warhol, Lou Reed et les velours souterrains du Velvet. Ça devait être normal, pour elle, de s'embarquer comme ça avec le jeune Américain juif tout juste ren-contré, et qui paye le billet de Caravelle pour une semaine en Méditerranée. Elle dira qu'il lui avait naï-vement demandé si elle avait entendu parler de Bertolt Brecht : « Pour un type qui prêchait la politique, il aurait pu prendre quelques leçons d'histoire… » Elle dira aussi, plus énigmatiquement : *He didn't treat me very seriously*… sans préciser en quoi ni comment. Elle reviendra avec une chanson que Dylan a écrite pour elle : *I'll Keep It With Mine*.

Attendons les nouveaux tomes promis des *Chroniques* : peut-être Dylan parlera-t-il de ce premier séjour à Paris, hébergé par Hugues Aufray, puis de son voyage à Berlin, la ville depuis deux ans enfermée dans son mur, comme s'il fallait toucher du doigt les frontières politiques du monde, et pourquoi cette envie de Grèce, sinon l'opportunité fournie par les Paturel : les distances européennes ne devaient pas sembler si grandes à qui a traversé les États-Unis de Hibbing jusqu'à New York, ou de Louisiane au Colorado dans la Ford bleue. L'imaginer en Grèce, Dylan, se bronzer ou se baigner ? Plutôt un oiseau de nuit, avec du papier et un crayon, puisqu'il revient d'Athènes avec six chansons prêtes à enregistrer, pour le disque du retournement : *Another Side Of Bob Dylan*.

Le premier disque, il l'avait fait sans rien connaître du métier. Le deuxième, en cheminant de session à session, accumulant toute une masse de chansons ensuite laissées de côté. Le troisième, en trois sessions de deux après-midi, août et octobre 1963. Grossman et Columbia seraient d'accord pour l'enregistrer en public : Dylan est capable de tenir une heure avec seulement des chansons inédites, et c'est un vieux rêve depuis le disque de Ramblin' Jack Elliott à Londres. L'enregistrement d'un concert peut sauver cette rage qu'on a tant de mal à produire en studio. Dylan, sur Jack Elliott : « Les chanteurs folks en général attendaient que vous veniez à eux, lui il sortait de lui-même et venait vous attraper. »

C'est dans cet esprit que Dylan demande à utiliser le studio Columbia dans les conditions du concert : enregistrer tout un disque en une seule nuit. Tom Wilson, le producteur, veut bien tenter l'expérience. Ce sera le 9 juin 1964, à vingt-deux heures, et au petit matin on aura enregistré quatorze chansons, dont onze figureront sur le disque qui sort début août, moins de deux mois plus tard. La chanson phare, qui aurait pu assurer le succès du disque, *Mister Tambourine Man*, Dylan l'enregistre mais la garde pour le disque suivant.

Il paraît que c'est le producteur, Tom Wilson, qui trouve le titre : *Another Side Of Bob Dylan* : un Dylan dégagé des problèmes sociaux ou politiques, se confrontant aux jeux surréalistes (*Chimes Of Freedom*, *I Shall Be Free nº 10*). La nouveauté : un disque monobloc, une unité de ton liée à cette nuit où on affronte la fatigue, la raucité grandissante de la voix, l'isolement dans sa propre musique. Les chansons neuves tombent facilement, seule *Chimes Of Freedom* résiste davantage : sept prises. Il faudra trois ans aux Beatles pour rejoindre l'idée d'un « album concept », Dylan en a jeté cette nuit-là les premières bases bien avant tout le monde, et sans avoir jamais voulu s'en expliquer à personne.

Tout cet été, Dylan habite quasi en continu à Woodstock chez les Grossman. On le voit travailler avec un jeune guitariste, John Sebastian (qui fondera plus tard le groupe Lovin' Spoonful), Sebastian avec une Gibson acoustique, et Dylan à la guitare basse électrique. On le verra souvent, en studio, chercher des harmonies ou un rythme à la guitare basse, mais il n'ira jamais jusqu'à enregistrer ou s'en servir en concert : de ces duos de travail, pas d'archive.

En juillet, au festival de Newport, il n'a plus besoin du passeport Joan Baez. C'est lui que la foule recherche et attend. L'après-midi, prestation à l'atelier auteurs-compositeurs, entraînant tout un mouvement de foule. Le soir, il est seul sur la grande scène, mais précisément, parce que l'an passé il avait été la révélation, on l'attend désormais pour l'image qu'on a de

271

lui. On attend *The Times They Are a-Changin'*, et il chante *Another Side Of Bob Dylan* : accueil mitigé, ou un peu éberlué, sauf pour *Mister Tambourine Man*. Dylan finira son concert après *Chimes Of Freedom*, reviendra pour un *bis* avec Joan Baez (il l'avait rejointe la veille au soir pour un duo). L'accueil fait à Johnny Cash, qui se présente avec guitare électrique et basse, est bien plus chaleureux : son deuxième passage à Newport contribue-t-il à le faire douter de cette forme si austère, le chanteur seul en scène avec sa guitare acoustique ?

Johnny Cash : c'est ici qu'il faut insérer dans le récit cette figure grave, mais qui sera, aux moments charnières, proche et complice. Il est né presque dix ans avant Dylan, en février 1932, et enregistre des disques depuis 1954, d'abord du *rockabilly* modeste avant une suite de succès inattendus dès 1956 (*Folsom Prison Blues*, puis *I Walk the Line*). Il participe avec Jerry Lee Lewis, Carl Perkins et Elvis à ce *Million Dollar Quartet* qui l'établit aux premières places. Dans le monde très *red neck* (la nuque exposée aux coups de soleil des fermiers blancs) de la country, l'imagerie ouvrière dans les chansons de Cash, ses concerts dans les prisons, et maintenant son soutien à ceux qui s'opposent à la guerre du Vietnam font de lui le canard boiteux de Nashville, où il continue d'enregistrer malgré l'hostilité ambiante. Johnny Cash est passé quelques années plus tôt de Sun à Columbia, son succès fait qu'on l'écoute après la parution du premier album de Dylan, aux faibles ventes : il a transmis le message aux dirigeants de la maison de disques – il faut soutenir ce type même si le disque ne se vend pas. En 1963, avant de monter sur scène, c'est *Freewhelin'* qu'il écoute dans sa loge. En mars de cette année 1964, quand Dylan a écrit dans *Broadside* qu'il cherchait d'autres formes d'écriture, le courrier des lecteurs a accueilli toute une poignée de donneurs de leçons, dans le genre : Dylan a fait de l'argent avec nos idées, et maintenant il s'en va… Johnny Cash leur répond dans le numéro suivant : « Laissez-le écrire et fermez-la. » Parmi les huit chansons qu'il joue à Newport, il y a *Don't Think Twice It's Allright* en version électrique et Cash rend publiquement hommage à Dylan : « Une chanson qu'on a déjà jouée partout dans le pays », déclarant qu'il pense que Dylan est le meilleur auteur-compositeur du moment…

Parmi ses biographes successifs, Clinton Heylin est probablement le seul à avoir remarqué l'importance de cette rencontre avec Johnny Cash. Dylan écoute les disques de Johnny Cash probablement depuis Hibbing, et ils partagent l'enracinement dans l'héritage de Hank Williams. Si Dylan a traversé le folk, il l'a fait comme tenu à distance par son lien avec « tous ces Hank » (Hank Snow, Hank Perry, Hank Williams) : d'où peut-être la méfiance de Pankake et de tant d'autres. Dylan fait probablement parvenir *Freewheelin'* à Johnny Cash, puisqu'il lui écrit après écoute une lettre de félicitation. Dès lors, ils correspondent régulièrement, et ces lettres aussi il faudra bien qu'un jour elles soient publiées. Il y a quelques jours, conduisant de nuit sur l'autoroute, un animateur radio (de ceux qui occupent ainsi le creux des nuits, à leur rythme, choisissant leurs musiques, et probablement seuls dans les studios de leur station), avait eu un malin plaisir à faire se suivre un extrait du dernier disque de la fille de Johnny Cash, suivi d'un extrait tout aussi lisse de Jakob Dylan, le fils : ce qui rapprochait Cash et Bobby, c'est cette même opposition à la musique sans aspérité ni invention – et ce n'est pas forcément génétiquement transmissible.

Ce vendredi soir, à Newport, après le passage sur scène de Joan Baez, mais la veille de la prestation de Dylan suivi de Johnny Cash, ils sont tous dans le même hôtel (le Vicking Motor Inn, précise Clinton Heylin dont l'enquête va jusque-là), et on finit par tant d'euphorie – probablement arrosée – qu'on en dansera sur les lits : moi j'étais en vacances dans un bungalow de Saint-Georges-de-Didonne, j'avais terminé ma sixième et il me semble avec précision que c'est l'année scolaire suivante, en cinquième, que tout cela, Beatles, Dylan et Stones nous rejoindrait avec un fracas définitif.

Johnny Cash enregistrera les semaines suivantes le *It Ain't Me Babe* de Dylan alors même que tout le monde prétend que *Another Side* est un disque raté. Voir dans *Sing Out* de novembre cette « lettre ouverte » à Bob Dylan, qui permet de mesurer à quel point on se prenait au sérieux, et qu'il en allait de la musique comme aujourd'hui de ces conversations sur les films... Irwin Silber : « J'ai bien vu comment à Newport tu avais perdu le contact avec ton public... Tu arrives avec tout un aréopage, des gens qui se mettent à rire quand toi tu ris, boivent du vin quand tu bois du vin, et jamais ne te poussent à croiser d'autre réalité... »

Ainsi de cet autre critique, David Horowitz : « Dans une culture où la force première de l'existence sociale est commerciale, le silence est le luxe (et la liberté) que quelques artistes peuvent conserver. Par le hasard (*sheer*) de son succès public, Dylan a cessé d'être un artiste, pour devenir un produit de base (*commodity*), le marché névralgique (*hot property*) en langage ordinaire : la pression doit être terrible. »

Pour comprendre l'orage qui s'accumule, on doit prendre la mesure de ce galimatias que dressent contre lui les puristes du folk, bien avant le virage électrique, avec juste pour crime son succès. Sans doute que Grossman s'en moque, et Dylan est plutôt chez Grossman ou les Paturel qu'à New York. En tout cas le disque ne parviendra pas à entrer, comme les deux précédents, dans le Top 40 des ventes.

Pour cette seconde moitié de l'année 1964, après Newport, c'est seulement la liste des concerts qui fait chronomètre : à nouveau le Forest Hill Stadium en août avec Joan Baez, Philadelphie Town Hall en septembre, Detroit, université de Yale, Toronto, Civic Auditorium de San José puis San Francisco, Sacramento, San Diego en Californie, avec pour point fort le Philharmonic Hall de New York le 31 octobre, qui sera enregistré pour un disque en public, et sera un des piliers de la future série des « bootlegs » officiels. C'est assez de toute façon pour un seul homme, si on peut dater de septembre la chanson *It's Allright Ma (I'm Only Bleeding)* et d'octobre *Gates Of Eden*.

Si les chansons de *Another Side Of Bob Dylan* ont été préparées lors de la semaine en Grèce, et enregistrées en une nuit, ces six mois de concert sont six mois d'élan pour le prochain coup de butoir, le premier disque de la grande trilogie Dylan.

On rapporte tout à la maison

« C'est ce son mince, ce son sauvage de Mercury. C'est métallique et large et doré. Et c'est ça, mon son à moi. C'était le son de la rue. Ça l'est encore. J'entends symboliquement ce son n'importe où que je sois. C'est le son de la rue dans le soleil, au coucher du soleil, à certain moment, et certains types de bâtiments. Une certaine sorte de gens qui marchent dans les rues. Un son du dehors, qui t'arrive par la fenêtre ouverte et c'est ce que tu entends. Des cloches un peu loin, ou un train qui passe, une dispute dans l'appartement d'à côté, ou une bagarre à coups de fouet, tout ça en même temps. Ça me manque, les marteaux-piqueurs. »

C'est ce que déclarera, mais bien plus tard, en mars 1978, Dylan dans un entretien à *Playboy*. Ce son, c'est celui qu'il va s'inventer cette année, en amont même de l'utilisation d'instruments amplifiés. Les différents recueils des entretiens de Dylan reconduisent l'erreur du numéro original de *Playboy* : certes, dans ces années-là, n'importe quel gosse du monde occidental avait brisé un thermomètre médical pour jouer avec le mercure, mais l'expression *Mercury sound* se réfère plutôt à la maison de disques fondée en 1945, comme par hasard à Chicago, où l'on cherchait à jouer sur disque comme on le faisait sur scène (leur collection classique s'appelle Living Presence), d'où un art de placer les micros, de disposer les musiciens dans l'espace, d'organiser l'intensité et le temps de l'enregistrement d'une façon bien éloignée des habitudes de Columbia.

Une biographie avance par diapositives, chacune avec une focale grossissante et un temps de défilement différent, alors que ce dont on traite c'est d'un flux continu : la vie. Quelqu'un comme Thomas Bernhard vous dresse toute une vie en cinq paragraphes, chacun d'un seul bloc (mais chaque bloc fait un livre : les cinq minces récits lacunaires et autobiographiques de Bernhard). Et quand bien même on veut se tenir au plus près des éclats, des attentes, des fatigues, des trajets et des hasards, la seule durée est toujours celle des mots qui racontent, indiquent à distance l'événement, contraignent à reconstruire des personnages comme on les verrait sur la scène d'un théâtre : à nous de nous débrouiller avec ce qu'on sait de façon certaine, attesté par des sources vérifiables, pour étayer une image précise, sans céder à l'imaginaire là où les témoignages manquent. Avec quelqu'un d'aussi complexe et aussi secret que Bob Dylan, on est toujours à cette frontière blanche.

Dans cette part secrète de Bob Dylan, qu'il nous faut accumuler comme autant de pièces d'un puzzle, Robert Johnson.

Il n'appartient pas au folk, celui-là, et ses chansons n'ont pas de sens explicite. Mais elles surgissent au lieu précis d'où on comprend tout du monde juste par une image, et cette image est celle du musicien lui-même, planté avec sa valise sur le quai d'une gare, avec les mirages d'amour qui lui ont valu sa fin prématurée à vingt-huit ans, tué par un mari jaloux, au carrefour de quatre routes : on connaît encore l'endroit, il est devenu pèlerinage.

La première fois que Keith Richards a entendu les disques de Robert Johnson, il a demandé : – Qui c'est le type qui joue la deuxième guitare ? Robert Johnson est né le 11 mai 1911, il a d'abord joué de l'harmonica, et bifurque vers ses dix-huit ans à la guitare, mais apprend en nomade, croise sur route Son House et Skip James. Il apprend surtout d'un bluesman disparu sans laisser de traces et qui s'appelle – étrange presque homonyme de Dylan – Ike Zinnerman. Robert Johnson apparaît en 1936 à Jackson dans la boutique d'instruments d'un collecteur essentiel, HC Speir, grâce auquel, en octobre de cette année, il enregistrera au Texas, en trois jours, seize titres de son répertoire. Il est alors connu à son tour, joue à Saint Louis, Chicago et New York, revient à Dallas en juillet 1937 pour enregistrer treize autres morceaux.

Il est assassiné à Greenwood, dans le Mississippi (la même ville où sera assassiné Medgar Evers) dans des circonstances qui n'ont jamais été éclaircies : mais ce carrefour de quatre routes où il est mort, combien de musiciens ont tenu à s'y faire photographier ? On a les Lourdes qu'on peut.

Même le choix de Dylan de jouer sur cette Gibson de 1937 au corps étroit, à la sonorité plus mince que les instruments relativement modernes qu'il utilisait jusqu'ici, peut être considéré comme volonté d'approcher le mystère Robert Johnson. Coïncidence : c'est John Hammond qui réédite pour Columbia, fin 1962, les vingt-neuf chansons du legs, et en offre à Dylan un premier pressage, juste emballé de papier kraft, pas encore la pochette.

Mississippi John Hurt (qui joue fréquemment dans le Village à cette époque-là), Blind Lemon Jefferson, Blind Willie McTell, Skip James et tant d'autres : Bob Dylan connaît les anciens bluesmen dans leur exacte grammaire. Mais Robert Johnson, c'est une dimension en plus : ça va trop vite, c'est trop fou techniquement, et chaque chanson porte un peu de la mythologie du jeune guitariste assassiné, l'errant détruit avant d'avoir donné sa mesure – par Robert Johnson naît une composante qui sera permanente de l'histoire du rock.

Depuis deux ans, ce mythe est près de lui, derrière son épaule. Quand, un an plus tard, on demande à Bob Dylan ce qui l'a ramené au rock'n roll, il répondra : *carelessness*, « de m'en foutre », et ça c'est la dette Robert Johnson.

Dylan a rompu avec Hammond père, mais reste proche de John Hammond Junior, le fils. On assiste les uns et les autres aux sessions d'enregistrement des copains. Les techniques sont sommaires, on ne se lance que rarement dans le doublage (ce qu'on appellera plus tard *overdubs* : réenregistrer un instrument ou une voix sur la piste originale). On commence à oser des inserts (isoler tel fragment d'ambiance ou moment scénique pour l'insérer dans une autre chanson : il y en aura plusieurs dans *Another Side Of Bob Dylan*). Ils aiment, pour trouver leur intensité, ou une *adresse* (au sens théâtral : à qui on adresse ce qu'on joue et chante), faire venir les amis aux sessions d'enregistrement, même si ce n'est pas pour y participer en tant que musiciens. Il semble même, depuis deux ans, que ce soit pour Dylan une part non négligeable de son emploi du temps. C'est ainsi, l'année précédente, que Hugues Aufray s'est retrouvé en studio pour des prises de *Freewheelin'*. Là, Dylan est parmi les quelques amis requis par Hammond Junior, lequel a sollicité des types qu'il a entendus une fois à Toronto, accompagnant alors le chanteur Ronnie Hawkins. Levon Helm, Rick Danko, Garth Hudson et Robbie Robertson sont des endurcis : leur vie, entre le Texas et le Canada, c'est dans un bar, six jours sur sept, pour aligner les standards et les titres du hit-parade. Eux ne se souviendront même pas que Dylan était passé lors de l'enregistrement. Lui, par contre, remarque la façon dont ces types produisent un son soudé et compact, qui n'a rien à voir avec les interventions techniquement au point, mais trop proprettes, des jazzmen qui écument ces sessions payées au service. The Hawks, avec leur nom ringard et leur accent canadien, c'est un orchestre rodé. Dans les lieux où ils se produisent, on doit compter avec le bruit de fond. Et pas de *guitar hero* ou de soliste comme au jazz : un corps sonore indivisible, bâti avec les nouveaux instruments amplifiés. Ce qu'on doit apprendre, par rapport à l'époque Buddy Holly ou Elvis, c'est que les nouvelles techniques d'amplification ne sont pas réservées aux grandes salles, mais fournissent un matériau sonore inédit, et ici à New York on ne sait pas faire. Le grand vent électrique qui souffle d'Angleterre risquerait bien de les emporter, quand bien même eux, là-bas, ont tout pris en Amérique – il faut rapporter tout ça à la maison, *bring it all back home*.

Alors Dylan, dès cet été 1964, cherche à se rapprocher d'autres musiciens. Et d'abord de Bruce Langhorne et de son style de guitare fait d'arpèges, un usage presque manouche de la guitare : un micro placé sur sa guitare acoustique, relié à un de ces amplis Fender à lampe apparus en 1958. Dommage que Bruce Langhorne se souvienne si peu de ces années-là : il joue pour qui le paye. Il est bien sûr avant tout le guitariste d'Odetta. Il se souvient aussi de sa participation au disque de Richard et Mimi Fariña : paradoxalement, l'originalité de Fariña lui reste davantage en mémoire que sa participation aux sessions de Dylan. Et puis, même si son rôle dans le disque à venir de Dylan peut être considéré comme primordial, il n'est associé à aucune discussion. « Tu venais, tu jouais, tu repartais… » Ou bien : « J'étais tout le temps au Gerdes, alors on jouait avec untel, puis avec untel… »

Celui qui est au cœur de la rupture musicale que nous abordons, le dédicataire de *Mister Tambourine Man*, n'a strictement rien à en commenter, et préfère nous vanter sa récente contribution à une publicité pour les voitures Subaru. Il dit seulement qu'avec Dylan c'est encore plus difficile de se souvenir, puisqu'il n'y avait jamais de répétitions… Réécoutons seulement son jeu de doubles cordes, le 23 janvier 1965, pour l'enregistrement de *Love Minus Zero – No Limit*.

On sait donc aussi qu'à Woodstock, chez les Grossman ou au Café Espresso des Paturel, il fait venir plusieurs fois John Sebastian, qui dira plus tard : « Je jouais avec Dylan, j'enregistrais avec Dylan, mais quand il nous a proposé de partir en tournée, de travailler vraiment ensemble, j'ai répondu : – Ah non, on a notre groupe… » Le schéma chanteur folk cherche accompagnateur lui semblait trop restreint : quelle que soit la rapidité d'accès à la célébrité de Dylan, elle n'est pas encore forcément perceptible pour ceux qui travaillent avec lui tous les jours. John Hammond, le fils, sera aussi des prochaines sessions : Dylan explore le jeu à plusieurs.

Parce qu'il y a la rencontre de Dylan et des Beatles, et que l'idée de groupe le tarabuste ? Rencontre qui manifestement a été aussi importante de leur côté que du sien. C'est encore Al Aronowitz, ce grand gabarit barbu chez qui Dylan se fait régulièrement héberger (ils resteront proches longtemps, Aronowitz et ses enfants dormiront régulièrement à leur tour chez les Dylan dans l'année d'isolement Woodstock), et qui se fait une fierté de mettre en relation les gens qu'il découvre, soit par affinités mondaines, soit dans le cadre de ses reportages professionnels, qui va se faire l'intermédiaire. Par un reportage dans *Life*, Aronowitz a contribué à faire connaître les Beatles aux États-Unis, où ils arrivent pour leur deuxième tournée, cette fois dans un tourbillon de foule et de cris. Dans une de ses conférences de presse où le jeu c'est de répondre par énigmes, un jour où on pose à Dylan la question : « Qui est-ce qui pourrait changer le monde ? », il répond : « Al Aronowitz. »

On n'entre pas comme ça dans le camp retranché des Beatles, mais Al Aronowitz entre où il veut, et dès qu'il parle de leur amener Dylan, ils sont preneurs. C'est à l'hôtel Delmonico, le 28 août 1964, après un concert des Beatles au Paramount Theater. On parlera toute la nuit. Maymudes est avec eux, et c'est lui qui s'est chargé de la marijuana : les Beatles connaissent déjà, mais pas de cette qualité-là, ou dans cette quantité. C'est d'époque. On parlera musique, on parlera vie. Dylan n'accroche pas vraiment avec McCartney, mais se lie instinctivement avec Lennon. À son prochain voyage en Europe, il ira même résider quelques jours dans la maison-forteresse de Kenwood où John vit avec Cynthia et leur fils Julian, et en prendra modèle pour sa maison de Woodstock. À Londres, à nouveau, on passera la nuit à parler : d'histoires de musiciens, qui ne nous concernent pas. Les Beatles solidifient

Dylan dans son chemin vers une musique électrique jouée en groupe, et lui prennent en échange le culot du texte, et ses techniques de collage surréaliste : Lennon en fera vite usage. Reste cela : dans les murs dorés mais terriblement épais qui séparent du reste du monde ces types de moins de vingt-cinq ans devenus des icônes, ensemble on peut n'être plus que soi-même, quand avec personne d'autre on ne pourrait l'être.

Dans cette proximité de Dylan et des Beatles (il n'aura ce genre de relation ni avec les Rolling Stones ni avec aucun autre groupe), qui se défera cinq ans plus tard avec la fin du groupe et l'isolement de Dylan, il y a sans doute un jeu de miroirs, qui les aide chacun de leur côté à prendre conscience de l'étrangeté de leur destin, et vivre avec. Pour les Beatles, se confronter avec l'idée américaine du musicien, enraciné dans son savoir et son métier, sa rage de travail. Pour Dylan, comprendre l'irrationnel qui le propulse sur ce même socle où les Beatles proposent une image aussi bien que leur musique. Plus tard, c'est George Harrison qu'un chemin parallèle rapprochera de Dylan : Harrison qui sera victime des coups de couteau d'un fou et leur devra probablement sa fin prématurée.

Et puis il y a Sara.

Shirley Noznisky est née d'un immigrant juif de Biélorussie, venue avant la Première Guerre mondiale. Il parlait l'anglais mais ne le lisait pas, ni ne l'écrivait. Sa mère gérait une petite épicerie de carrefour, à Wilmington, dans le Delaware, mais elle est victime d'une congestion cérébrale quand Sara a neuf ans. Une tante viendra à la maison pour aider. Quand Sara a seize ans, son père se fait tuer dans une bagarre, on n'a pas les détails. Alors elle cheminera seule, et durement.

Elle commence l'université dans le Delaware, et vient à New York à dix-neuf ans, danse comme Bunny Girl et se fait photographier dans *Playboy*. Elle pourra se glisser dans une agence de mannequins, et épouse un nommé Hans Lownds, de vingt-cinq ans son aîné, mais photographe renommé dans les milieux de la mode. C'est la belle vie, un air de revanche : un grand appartement à Manhattan, une MG sport pour elle, mais quand ils ont une fille, Maria, Hans demande le divorce.

Sara trouve un emploi de bureau, mais dans le secteur production cinématographique de *Time Life*. Elle surmonte son divorce, élève seule son bébé. Le midi, au bistrot d'à côté, elle devient l'amie de Sally, la serveuse : une amitié sûre, des confidences qui comptent. Puis Sally vit un conte un peu symétrique à ce qu'avait été la relation de Sara et Hans Lownds, avec un type plus vieux qu'elle, bien plus riche qu'elle. Ce mois de novembre ils vont se marier, elle invite Sara : l'élu s'appelle Albert Grossman.

Dylan et Sara seront secrets jusqu'à l'obsession pour ce qui les concerne. Ce n'est pas si difficile : dans sa vie de tournées et de concerts, il est loin, il est seul. À Woodstock ou New York, il n'a pas de chez soi. Chez les Grossman, Sara est l'amie de madame, même Joan Baez ne s'aperçoit de rien : ce n'est qu'en 1975 qu'elles entameront la conversation. Albert et Sally Grossman, après leur mariage, partent pour le voyage de noces traditionnel à Venise et en Europe : c'est le moment où Dylan se débarrasse définitivement de l'appartement du 161 Quatrième Rue Ouest, et s'installe avec Sara dans l'appartement que leur laissent les Grossman.

À leur retour, Dylan, Sara et Maria, la petite fille de trois ans, emménagent dans un vieil immeuble de la

Vingt-Troisième Rue Ouest, hôtel Chelsea, chambre 211, une adresse connue du monde artistique, avec parmi les clients des musiciens de jazz, des écrivains. Il fait installer un piano dans la chambre : le lieu de naissance de *Bringing It All Back Home* c'est en partie cette chambre avec piano et présence de l'enfant, alors que dans tous les magazines s'étale ce que les Américains appellent une *romance*, la liaison de Dylan et de Joan Baez. C'est ici et à cette date qu'il compose *Farewell Angelina* – il l'enregistrera, ne la retiendra pas pour le disque, mais ce sera le plus grand succès dylanesque de Joan Baez : un adieu ?

Dylan se garde bien de le lui dire, jusqu'à ce que, fin mars, elle soit en état de le comprendre seule. Mais comment aujourd'hui ne pas mettre en rapport le secret qu'installe Dylan autour de celle qui sera la mère de ses quatre premiers enfants, la dédicataire certaine de quelques sommets de son travail, avec le fait que culmine à ce moment sa liaison professionnelle avec Joanie qui chante maintenant essentiellement du Dylan, induisant pour lui des revenus considérables ? Et cela indépendamment de sa dette vis-à-vis d'elle, pour l'avoir littéralement mis en selle…

Dylan aura l'honnêteté de ne pas retourner à Carmel, mais tout cet été, sans qu'elle sache davantage de Sara qu'elle est une amie de Sally Grossman, Joan aura droit de cité à Woodstock et tout l'été 1964 elle sera reçue chez les Paturel comme l'amante en titre, tandis que Sara dort chez les Grossman.

La place forte de la vie sociale, c'est toujours autour de MacDougal et Bleecker Street, dans Greenwich Village, ce bistrot-restaurant qui s'appelle The Kettle of Fish. On y boit sec, Dylan y retrouve principalement Al Aronowitz et, de plus en plus souvent, une figure plutôt greffée sur le monde des galeries et des peintres que sur celui des musiciens : Bob Neuwirth. C'est que l'argent et la réputation modifient à distance la façon dont les autres vous considèrent. À Richard Fariña, qui ce même mois s'installe avec Mimi Baez dans une chambre sous-louée d'un immeuble populaire de Boston, peinant à boucler leurs fins de semaine avec quelques pauvres engagements dulcimer et guitare, Grossman déclare, en refusant d'ouvrir son porte-monnaie, que Dylan est devenu cette semaine millionnaire, alors que lui, Fariña, le mieux qu'il ait à faire, c'est d'écrire des paroles de chansons… L'énergie de Neuwirth, sa façon de parler sans arrêt et son jeu de pousser les gens à bout fascinent, on dirait, Dylan le mutique. Neuwirth prend le relais de Maymudes auprès de Dylan, non pour la logistique et l'intendance, mais pour l'accompagner, payé pour cela, dans chacun de ses voyages.

En ce printemps 1965, immense succès de *Mister Tambourine Man* enregistré par les Byrds, qui ont changé la mesure 2/4 de la maquette par un tempo 4/4 de rock. Dylan est familier de ces reprises : que ce soit par un *crooner* comme Sinatra, par une puriste comme Odetta, ou par un groupe électrique de Californie comme les Byrds – après tout, c'est son métier de compositeur. Seulement, les Byrds, c'est un peu le rêve manqué de Hibbing, le piano cassé sur la scène du lycée au temps des Shadow Blasters, ou le destin de musicien renvoyé à la case départ lorsque Bobby Vee lui refuse l'embauche professionnelle : pourquoi Dylan se priverait-il de ce plaisir sonore ? À preuve encore que le succès majeur de cet automne 1964, bien plus largement que n'importe quel disque des Beatles ou des Rolling Stones jusqu'ici, c'est ce vieux classique sur fond de pénitencier américain, *House Of The Rising Sun*, repris en Angleterre par un groupe électrique qui s'appelle – il faut oser – The Animals. Et personne pour savoir que leur producteur, un nommé Peter Grant, ancien catcheur, ancien tourneur de Gene Vincent dans les petites villes anglaises, les a montés de toutes pièces justement pour répondre au succès des Beatles.

Un tel succès qu'en décembre le nouveau producteur de Dylan, Tom Wilson, reprend *House Of the Rising Sun* tel qu'enregistré à la guitare par Dylan à l'époque du premier disque, *Bob Dylan*, fait venir des musiciens professionnels et en produit une version électrique, et de même pour le très beau *Rocks And Gravel* : veto de Dylan, ça sent le fabriqué.

Mais ces essais de décembre sont une étape de plus vers la décision, et sans doute la racine du coup de génie : on hésite entre une direction Dylan plus groupe amplifié, et à nouveau Dylan en messager à guitare, eh bien on va essayer les deux : une face acoustique, une face électrique.

On se retrouve dans le grand studio A de Columbia, prévu pour y faire entrer un orchestre symphonique, avec une chaude acoustique de bois. Il suffira de trois jours, les 13, 14 et 15 janvier.

Dylan n'est pas revenu en studio depuis qu'il a enregistré en une nuit de juin 1964, *Another Side*. Le premier jour, il est juste accompagné par ce guitariste plus jeune que lui, mais que chacun décrit comme sensible et doué, John Sebastian, qui prend la basse, mais Dylan enregistre plusieurs versions, seul ou avec Sebastian, et on ne gardera pas ces versions en duo.

Les deux jours suivants, on va disposer de Paul Griffin au piano (un musicien qui a été alto soliste dans des orchestres symphoniques, et probablement un des plus chers de la ville pour ses services), Bobby Gregg à la batterie, et pas moins de quatre guitaristes pour la partie électrique : Langhorne, John Hammond Junior, Al Gorgoni (un permanent des studios Columbia depuis déjà plusieurs années, un musicien de studio plus qu'expérimenté, ce qu'il continuera jusque dans les années 1970 : mais, sur son site personnel, la référence à Dylan est plus que discrète, ce qui laisse entendre quelque problème ou aigreur dans la suite), enfin Kenny Rankin – à l'inverse de Griffin, Gregg ou Gorgoni, il débute et enregistre comme chanteur à Columbia avec pour producteur Tom Wilson et celui-ci lui propose, pour arrondir la fin de mois, de jouer pour soixante dollars de l'heure la partie rythmique de guitare électrique sur *Maggie's Farm* et *Subterranean Homesick Blues* : « Je jouais juste trois ou quatre accords, mais je m'étais dit que Dylan ne devait pas en jouer beaucoup plus, c'est après que j'ai réalisé l'énormité… »

Mais c'est dans l'élan des deux journées avec le groupe que Dylan met sur bande *Gates Of Eden*, un de ses plus absolus sommets, utilisant sa guitare comme un orchestre au loin, tandis que la voix vient racler les mots tout devant. Et sur l'élan aussi qu'il propose à Bruce Langhorne ces duos où le guitariste double presque insensiblement la voix, uniquement par cette façon de la suivre et la multiplier avec ses arpèges (écouter aussi son intervention dans *Mister Tambourine Man* et *It's All Over Now*). Et nouveauté pour les paroles, la référence directe à l'univers urbain, mais traité par images séparées comme le fait Ginsberg :

Dans les farfouilles bazars ou aux arrêts de bus
Ils parlent les gens de ce qui va, ce qui ne va pas

Le nez dans leurs bouquins, répétant tout ce qu'ils ont
    entendu
Et ce qu'ils en pensent ils l'écriraient souligné au mur
T'en as qui te parlent du futur
Elle parle mon amour si gentiment
Le succès ne veut rien dire, l'échec rien dire elle le sait
Love Minus Zero – No Limit

Une chanson d'amour toute simple, mais qui nous renvoie à l'infini de la nuit, avec imagerie féodale, le chevalier agenouillé, les femmes aux flambeaux, la cape et le poignard. Le rêve s'écroule : quand l'homme bâtit ses utopies, elles sont aussi kitsch que ces tour Eiffel en allumettes.

Le pont tremble quand il est minuit
Le médecin de campagne rentre de sa tournée
Les nièces des banquiers s'imaginent les plus parfaites
Elles auront de beaux cadeaux d'hommes vieux et
    sages
Le vent cogne comme un marteau et hurle
La nuit où soufflent froid et pluie
Elle est comme le corbeau, mon amour
Appelle à la fenêtre son aile voilà : cassée
Love Minus Zero – No Limit.

Qui décide ? Tom Wilson ? Voir ce qu'en dit Langhorne : « Tom était à la console… Quand on avait fini, il disait : – OK, ça fait une prise, on fait la suivante. » Wilson, lui, dit que ce son clair et nerveux que recherchait Dylan n'était pas si difficile à obtenir, une fois tout mis en place. On les voit sur les photos, à quelques mètres les uns des autres, Dylan en lunettes noires, et de gros micros Neumann suspendus çà et là. Pour chaque chanson, il s'assoit d'abord au piano et montre à chacun la partie qu'il aura à jouer dans l'arrangement. Ainsi pour *Subterranean Homesick Blues*, directement sur un riff de Chuck Berry : « Il commençait à jouer, et nous on sautait là-dedans, on était bien obligés de suivre », dit un des musiciens. Au point que lorsqu'il lance les accords de *Bob Dylan 115th Dream*, il s'aperçoit, avant même de terminer la première phrase, qu'on l'a laissé partir tout seul. Alors tout le monde éclate de rire, et ça aussi c'est important. On est entre gens du métier, pas à la grand-messe. Et là c'est Tom Wilson, au micro d'ordres, qu'on entend relancer la machine. Cette fois, quand Dylan repart, batterie, basse, piano et guitare se lancent aussi, même si on a bien compris qu'ils n'ont jamais joué préalablement la chanson. Et sur le disque, on conservera le faux départ, les rires et la voix de Wilson : là, c'est Dylan et Grossman qui sont seuls habilités à proclamer le pied de nez. Qu'on en profite pour écouter le travail de Paul Griffin au piano, sur ce *115th Dream*.

Quant à la face acoustique, elle est la révélation d'un autre Dylan : la même âpreté rauque du rock, il l'obtient seul à la guitare, sans rien perdre de ce qui est sa griffe, celle qui s'en prend directement et rageusement, en les nommant, aux politiques et aux puissants : juste que ça saigne un peu, maman, juste que ça saigne un peu (*It's allright, Ma, I'm only bleeding…*).

À quel moment précis Dylan a écrit *Chimes Of Freedom* et *Mister Tambourine Man*, on le sait. Mais quelles chansons datent de Carmel à l'automne, lesquelles ont été écrites sur la route, dans les hôtels, ou lors de l'installation avec Sara et la petite fille ? Ce

290

qu'il dit, ce qu'il chante ? Et si Dylan était impossible à traduire parce que le texte naît directement pour la chanson : associations libres, mais forgées sur une hallucination qui fait écho à l'expérience précise du monde.

la nuit en plein midi
des ombres sur l'argent mon couvert d'argent
la lame forgée main, mon ballon de gosse
et l'éclipse sur le soleil et la lune
pour comprendre mais trop tôt
essayer à quoi bon si toi tu le sais
ÉCLIPSE

L'obligation de parler vite, d'être obsessif, fonctionner par éclats et se montrer tranchant : dans la version chantée par Dylan, le heurt des mots à vitesse plus grande que la guitare, et l'appui sur le dernier mot de la strophe.

tentations partout de l'autre côté de ma porte
tu acceptes, te voilà poussé dans leurs guerres
regarde comme gronde à torrents la pitié
même gémir, gémir n'est plus rien maintenant
tu t'aperçois
tu n'es plus que cela
juste un de plus, un de plus à pleurer
PLEURER

Et qui prétendrait que s'éloigner du *message* revient à limiter la portée politique du texte :

quand on vous dit ici victoire, ici défaite
les raisons perso les grandes les petites

on les voit dans les yeux de ceux qui voudraient
qu'on fasse ramper ceux qu'on devrait tuer
mais ceux, ceux qui vous disent qu'on ne doit rien haïr
que la haine
LA HAINE

les mots de la désillusion aboient comme des balles
les dieux que se donnent les hommes tirent à cible
ils ont tout essayé, des fusils d'enfants qui font le bruit
    des vrais
et les sainte vierge fluo qui clignotent dans la nuit
y a vraiment pas besoin d'aller regarder loin
pour savoir qu'il n'y a plus rien
de sacré
VRAIMENT SACRÉ

ce sont les prêcheurs des destins restreints
ce sont les professeurs de la connaissance seulement
    demain
rien n'apprendre que ce qui pèse en bonnes plaques
    fric
s'il y a eu la bonté elle est encagée
mais ils devraient le savoir les présidents les puissants
que même eux parfois
parfois sont à poil
À POIL

Comprendre, quitte à perdre un peu de l'assurance, un peu du mystère, comment Dylan avance ainsi par images, que chacune se suffit à elle-même et que c'est leur entrechoquement qui fait récit. Comprendre aussi, quelle que soit la force symbolique de ces images, comment potentiellement, à chaque instant, elles se retourment sur les significations du monde, mais sans jamais condescendre à résumé, opinion, message. Qu'il peut suffire, pour cela, de montrer le président des États-Unis d'Amérique en tenue d'Adam.

Dylan aux hymnes

Bringing It All Back Home, c'est aussi une pochette qui étonne. Intervention graphique qui a pour Dylan, déjà, valeur de concept.

Pour le texte, cette prose libre tout en minuscules qu'il affectionne, avec les simplifications logographiques. Sauf que cette fois ça parle d'écriture :

> *j'écris mes chansons une timbale dans la tête, une touche de couleur anxieuse […] et si quelqu'un me dit que norman mailer c'est plus important que hank williams très bien, je n'ai pas d'arguments et je ne bois pas du lait / je préfère me bricoler un porte-harmonica que parler anthropologie aztèque, littérature anglaise ou histoire des nations unies / j'accepte le chaos je ne sais pas si c'est réciproque […] mes poèmes sont écrits sur un rythme non poétique de distorsion […] une chanson c'est n'importe quoi qui marche seul, on me dit auteur de chansons mais un poème marche nu […].*

Et puis la photo. Daniel Kramer propose à l'arrière-plan la présence d'un personnage qui apporte une tache de couleur. Dylan pose dans le salon des Grossman à New York, une pièce très bourgeoise, avec cheminée

294

ornementée et tableaux. Déformée par l'objectif fish-eye, Sally Grossman est allongée derrière lui en robe rouge, cigarette à la main. Que ces deux personnages n'aient rien à voir l'un avec l'autre produit l'étrangeté complémentaire au fait que rien ici n'évoque la musique sauf, près de Dylan, le disque récemment paru d'Eric von Schmidt et le Robert Johnson édité par Columbia. Le même jour, Daniel Kramer photographiera Dylan sur le palier, assis en tee-shirt sur les marches, et derrière lui on placera Bob Neuwirth (on ne voit que son torse), équipé d'un appareil photo pour la mise en abîme) : elle illustrera le disque suivant.

Le succès du disque est plus rapide que les précédents : paru le 22 mars 1965, dès avril il grimpe à la sixième place des ventes. En Angleterre, *Bringing It All Back Home* relaiera *Freewheelin'* à la première place du classement, par-dessus l'épaule des Beatles ou des Stones.

En mars, concerts à Philadelphie, Pittsburgh et dans le Connecticut avec Joan Baez : maintenant ce n'est plus en première partie, mais deux têtes d'affiche. Ils reprennent leurs duos habituels, et les fous rires en scène. Probablement aussi la même chambre d'hôtel : l'existence de Sara n'est pas mentionnée. Puis concerts sans Joan Baez à Berkeley, puis Seattle et Vancouver, à nouveau la Californie à Santa Monica, mais dans un calendrier assez serré pour trouver prétexte à éviter Carmel. Daniel Kramer, qui a aussi photographié l'enregistrement du disque, les accompagne régulière-ment : parmi ses plus belles photos, celle prise à contre-jour depuis l'arrière de la scène, Dylan debout au micro et Joan Baez assise à un mètre en arrière – le couple roi du folk.

Il part le 26 avril pour l'Angleterre, l'accueil est celui qu'on réserve indifféremment aux Beatles et aux Stones : et seul Dylan entrera dans cette catégorie si restreinte. Une dernière fois, il proposera un concert seul en scène avec sa guitare acoustique. Mais autour de lui, pour le voyage, il y a Bob Neuwirth, Albert Grossman, Joan Baez et on a embarqué un cinéaste, David Pennebaker, qui tournera ce qu'on lui laissera voir.

Ce qui frappe, c'est la disproportion entre l'homme seul, la machinerie autour, et la pression constante du public. Pennebaker filme les voyages, les concerts, mais filme aussi les gamins qui attendent, ceux qui assaillent la voiture, et les chambres d'hôtel, les loges. Ce n'est pas un documentaire : Dylan sait qu'on le filme, et on s'organise pour fournir au cinéaste sa matière. Quand ce journaliste du *Times* l'interroge devant la caméra, avec ses questions toutes prêtes sur le folk et sur le message, et que Dylan s'énerve : « Mais vous m'avez entendu chanter, au moins ? », c'est pour le film, pas pour le journaliste ou à cause de lui.

Ou alors on est juste avant d'entrer en scène. Il a sa guitare en bandoulière comme s'il lui fallait la sentir physiquement, de même le porte-harmonica à son cou, heurtant parfois le vernis de la Gibson.

Aucune tranquillité pour Dylan, où qu'il soit. Bob Neuwirth et Alan Price, des Animals, qui s'est lié d'amitié avec eux, n'arrêtent pas de parler entre eux ou de lui parler, de jouer trois notes sur le piano, d'allumer des cigarettes, de s'en prendre à ceux qui sont là (un étudiant en sciences sera la victime de l'ironie de Neuwirth). Dylan passe d'un coin de la pièce à l'autre, nerveusement. Il répond quand même à Neuwirth, on rigole comme s'il n'y avait pas, pendant l'heure à suivre, le parcours qu'on fera seul, avec l'exigence technique et le débord d'énergie. Il passe sans transition de la cage encombrée de voix, corps et visages à l'immense scène : un tabouret pour poser les harmonicas, et le micro pour chanter, lumière dans les yeux, et la foule, une rumeur lointaine.

Pennebaker filme aussi les déplacements en voiture, les scènes dans les chambres d'hôtel, Grossman toujours posé ou avachi silencieux dans un coin. Joan Baez est là aussi. Elle n'est pas invitée à monter sur scène, alors elle chante dans la chambre mais lui, Dylan, tourne le dos et continue à la machine à écrire.

Elle doit commencer dans quelques semaines sa propre tournée : que Dylan l'autorise à chanter en duo comme elle le lui avait permis en Amérique, ce serait un remerciement, une politesse – ici elle est peu connue, pour l'instant. Pas une seule fois Dylan ne la laissera monter en scène : « Ce n'était pas vraiment sympa », commentera-t-il trente ans plus tard.

Le film s'appelle *Dont Look Back* (sans apostrophe), il est passé à la postérité pour avoir inventé le vocabulaire du film rock'n roll, la vie en tournée. On dirait que ces gens-là ne font que cela de toute leur vie. Avec des images qu'on garde pour toujours : Dylan à la vitre d'un train, tandis que défile le paysage de la vieille Angleterre. La conférence de presse à l'aéroport où il arrive avec la publicité d'une ampoule électrique géante. À la question rituelle : « C'est quoi, votre message ? », il répond : « Garder la tête froide, et avoir toujours une ampoule électrique à la main. »

« On me pose toujours les mêmes questions idiotes, écrira-t-il pour se justifier : ce que je mange au petit déjeuner, ou quelle est ma couleur préférée : alors autant rigoler d'eux. »

Mais un Dylan vieilli, Dylan à la peau blême : les pilules qu'on prend pour tenir, pour se monter les nerfs avant la scène, les *downers* ensuite pour dormir quand même.

Par contre, un décalage : alors qu'aux États-Unis, le nouveau disque électrique et acoustique commence l'escalade des ventes, ici en Angleterre c'est *The Times They Are a-Changin'* qui devient numéro 1 pour les 45 tours, et *The Freewheelin' Bob Dylan* pour les albums. *Bringing It All Back Home* les rejoindra au mois de mai, mais une fois la tournée finie. Changer de continent, pour Dylan, c'est remonter dans le temps, et gommer son propre chemin de ces derniers mois : comme s'il devait endosser le costume devenu trop petit pour lui, ou trop usé, mais qu'on ne lui laissait pas le choix. Il n'est plus celui qui explore avec guitares électriques en avant, mais le contestataire armé de sa guitare sèche.

Ambiance à Londres, à la fin de la tournée, telle que racontée par Marianne Faithfull dans son autobiographie :

« Dylan était, à ce moment précis, rien moins que le type le plus branché de la Terre entière. L'esprit du temps soufflait à travers lui comme l'électricité. Il était mon héros existentiel, le Rimbaud retentissant du rock, et je voulais le rencontrer plus que n'importe quel autre être vivant : je n'étais pas simplement une fan, je voulais lui vouer un culte. »

C'est Mason Hoffenberg, le poète *beat* qui a accompagné Dylan à Berlin, qui lui permet d'accéder au Savoy :

« Un instant je marchais dans Oxford Street et l'instant suivant je frappais à une mystérieuse porte bleue. Bien sûr, avec Dylan vous êtes transportée bon gré mal gré dans un monde de messages codés : les portes ne sont plus des portes, on est chez Kafka, il y a des réponses derrière chacune. Derrière la porte bleue, une foule d'admirateurs, parasites, gens à la mode, célébrités, folkeux, producteurs, des blondes et des beatniks. J'en connaissais quelques-uns, comme Mason Hoffenberg et Bobby Neuwirth, que j'avais croisé pendant un voyage à New York l'année précédente, les autres on les voyait dans les magazines, ou dans les grottes sombres où se jouait du folk. Et même une équipe de film, qui filmait tout ce qui se passait – on était tous assis par terre dans la chambre de Bob, à boire, parler, jouer de la guitare pendant que Bob faisait comme si rien de tout cela n'existait – une douzaine de têtes se sont retournées quand je suis entrée, j'ai trouvé un petit coin et j'ai essayé de disparaître. »

Faithfull confirme qu'une part de l'attrait ici, c'est qu'y circulaient des amphétamines, alors qu'eux ne connaissent que la marijuana et le haschich. Et puis, au milieu, indifférent, le poète :

« Dylan était accroché à sa machine à écrire, il tapait à une vitesse terrifiante. Pendant un moment, il mettait un rouleau de papier toilette dans sa machine, c'était juste la bonne largeur pour les textes de chansons, il disait. Bob s'arc-boutait au-dessus de la grosse Remington noire, la cigarette tombant sur le côté de sa bouche, la parfaite image de l'artiste fiévreux. Au milieu de la conversation il démarrait en trombe et torchait un bout de chanson, un bout de chapitre de livre […] – Dylan travaille sur quelque chose… Alors je demandais : – Mais c'est quoi, qu'il écrit ? »

À dix-neuf ans, Marianne Faithfull a connu les tournées dans un autobus rempli d'hommes qui ne se privent pas, comme Gene Pitney ou Roy Orbison, de faire valoir leur droit de cuissage (« droit de seigneur » est l'expression qu'elle utilise, en français). Elle finit par se retrouver seule dans la chambre avec Dylan, et lorsqu'elle lui dit qu'elle est enceinte et doit se marier la semaine suivante, c'est la crise :

« Comment tu peux me faire ça à moi ? – Je ne t'ai jamais rien fait, Bob… Il est reparti à sa machine à écrire, a pris une pile de feuilles et a commencé à les déchirer en morceaux de plus en plus petits, qu'il a balancés à la corbeille. – Tu es contente, maintenant ? il a demandé. Je suis restée clouée sur ma chaise, il s'est levé d'un coup tout en colère : – Sors de là. – Quoi ? – Tire-toi de cette piaule, *leave, now…* »

Scènes que David Pennebaker n'a pas eu le droit de filmer. Comme il ne filme pas lorsque les Beatles viennent eux aussi rendre hommage, que McCartney pose sur un électrophone leur dernier disque, et que Dylan alors quitte la pièce. Ces papiers qu'a déchirés Dylan par caprice devant Marianne Faithfull, d'aucuns y verront l'origine de *Blonde On Blonde* : c'est plus probablement une ébauche ou une variante de ce sur quoi il travaille, et qui s'appellera *Like a Rolling Stone*.

Elle naît là, en tout cas, cette chanson qui donnera à Dylan cette espèce de statut planétaire. Pourtant, au départ, un simple récit de dérive : on prend une jolie fille de bonne famille, et on suit sa déchéance dans la ville, de couplet en couplet. Comme ça s'y prête bien, un rouleau de papier toilette.

Huit jours de vacances au Portugal, où on ne risque pas de le reconnaître. À Sintra, paraît-il, mais impossible d'en savoir rien de plus, et aucune photographie n'a circulé : pourtant, ce serait probablement un autre Dylan, qui nous permettrait de mieux comprendre celui de *Dont Look Back*. Quand il revient au Savoy, il est malade, intoxication alimentaire, rien de grave mais obligation de garder la chambre. Joan Baez vient prendre les nouvelles qu'il n'a pas pris la peine de lui donner, frappe à la porte, c'est Sara qui vient ouvrir. Elle l'avait accompagné au Portugal : fin d'une époque.

Et si cette façon goujate qu'a Dylan d'accepter Joan Baez dans l'intimité de sa tournée, tout ce mois d'avril, sans jamais la laisser le rejoindre sur scène pour un duo était une façon muette de signifier ce qu'il n'arrive pas à lui avouer ? Qu'avec Sara il est passé à une autre étape de vie ? La chanson que filme David Pennebaker dans cette chambre d'hôtel, avec Dylan qui tape à la machine à écrire, et Joan Baez derrière lui qui joue de la guitare et chante, c'est *Turn, Turn, Turn* – une chanson qui fait partie de leur répertoire à tous (Pete Seeger notamment) : toutes choses tournent et passent…

Elle est solide, Joan Baez, elle se moquera plus tard de cette confiance aveuglément accordée à Dylan, et assurera ses concerts en Angleterre. *Bringing It All Back Home* est dans tous les magasins de disques, et au dos de la pochette on la voit photographiée près de Dylan, tout comme, lorsque avait débuté leur relation, c'est Suze qu'on voyait sur le disque. Et il faudra longtemps, même à Jon Pankake, que personne n'écoute mais qui continue de protester depuis Minneapolis sur la dérive supposée de Dylan, pour les dissocier. Pankake, à propos de l'électricité dans *Bringing It All Back Home* dit : « Voilà ce dont on devrait s'occuper, au lieu d'en faire les Liz Taylor et Robert Burton du folk… » Et combien de poncifs dans tous les tabloïds, dès lors qu'il est question de *Joan Baez and Dylan, Dylan and Baez*, sur ce thème ressassé de la voix de Joanie devenue l'instrument des mots de Dylan poète, Dylan à la voix nasillarde et fausse : *The voice meets the poet, he speaks for me, she sings for me…*

Mais là-bas, à Londres, Joanie est seule dans sa chambre, elle a compris. Encore ne sait-elle pas que Sara est enceinte, et elle n'apprendra qu'en 1975 que la chemise de nuit dont elle se servait lors de ses passages à Woodstock était déjà celle de Sara, laquelle, lorsque Sally Grossman lui avait proposé pour la première fois d'aller écouter Dylan, avait confondu avec un autre chanteur, n'ayant jamais entendu parler de lui.

Du film de Pennebaker, encore, l'ouverture : Joanie, Dylan et Ginsberg ont recopié sur des cartons les mots qui font les rimes fortes et les assonances de *Subterranean Homesick Blues*, et Dylan les jette à mesure qu'on entend les paroles. Dans la version filmée sur le toit de l'hôtel, Neuwirth et Ginsberg font semblant d'avoir une conversation sérieuse, tout du long.

Et dans le film de Pennebaker, la récurrence : la scène où Dylan est seul, dans la tache de lumière, avec la guitare et les harmonicas. Même si on change chaque soir la liste des chansons, la façon de les jouer, et aussi la clé où on les jouera, comment esquiver la question : « Est-ce que toi, tu viendrais te voir ? Non », répond Dylan, « je préférerais faire autre chose que ce que je fais. »

Pennebaker ouvre la voie aux grands films rock qui suivront. La caméra à l'épaule, les moments intimistes, ou ce soubresaut de l'homme dans sa loge à l'artiste qui entre en scène. Ou en voiture entre Leicester et Birmingham, et Joanie chantant à capella *Don't Break My Heart In Two* tandis que les autres sommeillent. Ou Dylan retrouvant, debout au piano, les postures de Hibbing, improvisant un vieil *hillbilly*. Ou sa nervosité au contraire, à propos d'un harmonica mal nettoyé, quand Neuwirth, qui n'est pas d'abord un assistant de scène mais un artiste ami, fait le gros dos derrière sa cigarette. Et les moments inédits du film, qui viennent d'être mis dans le commerce, donnent une image différente : Joan Baez plus présente, et moins victime du mépris affiché de Dylan. Ou, dans les scènes d'hôtel, les allers-retours dans la salle de bains pour avaler la méthédrine : Nico, que rejoint Dylan, dit qu'elle ne l'a jamais vu si blême et si maigre, « comme un paquet d'allumettes ». Ce sera pourtant bien pire l'année suivante. C'est pour le film qu'on laisse venir jusqu'à Dylan deux gamines aux dents toutes de travers et pleines de taches de rousseur, c'est pour le film qu'on accepte dans la chambre d'hôtel ces parasites qui n'ont rien à y faire. « C'était juste un côté de ma vie », dira Dylan. Mais c'est lui qui a choisi que ce soit ce côté-là qui devienne la vitrine. Pennebaker tourne le film à ses frais, et les bénéfices seront partagés par moitié avec Grossman : Albert en affaires.

Une dernière remarque concernant ce voyage, mais qui me semble significative. Si c'est en Angleterre que se déroule la révolution rock, pourquoi ne pas enregistrer en Angleterre ? Pourtant, et quasi le même jour, le 26 mai 1965, c'est à Los Angeles que les Stones enregistrent *Satisfaction*, dont ils ont fait une première maquette, mais sans la fameuse distorsion, à Chicago, la semaine précédente. Grossman fait venir en avion Tom Wilson, et on loue en studio John Mayall et son groupe, dont Eric Clapton. Dylan joue au piano *If You Gotta Go, Go Now*, mais la tentative d'associer à ses chansons le son de la pop anglaise tombe à plat.

« Tu joues beaucoup trop blues, mec », dira Neuwirth à Clapton, de la part de Dylan qui préfère s'adresser aux musiciens par intermédiaires.

Ici, un autre mode d'approche : chez eux on prend un germe, on joue et on rejoue, on approche lentement de l'ambiance définitive du morceau. Dylan a toujours procédé à l'inverse. Au point qu'un des musiciens de Mayall lui demande :

« Tu n'as pas joué souvent avec des groupes, non ? »

Non, il n'a pas. La tentative d'enregistrement tournera court, Dylan et Wilson partiront en bringue toute la nuit, auront trop la gueule de bois le lendemain pour sortir quoi que ce soit. Et pourtant…

Dylan a commencé d'écrire les cinquante couplets de cette chanson qu'il dit être « comme un long paquet de vomi », *Like a Rolling Stone*. Peut-être, en convoquant les meilleurs musiciens anglais de studio, souhaite-t-il même leur donner une leçon sur leur propre terrain : pas possible de ne pas penser aux Rolling Stones avec un titre pareil, même s'il est issu, comme le nom du groupe, d'un vieux blues de Muddy Waters. Dylan revient de deux jours à l'écart de Londres, chez John et Cynthia Lennon : rien de plus excitant, pour l'un comme pour l'autre. On est dans une intensité, plus quelques pilules, qui vous met au bon endroit. Peut-être, si *Like a Rolling Stone* a su capter autant de l'inconscient collectif, indépendamment de l'histoire qu'il raconte, c'est pour le sentiment qu'il donne : un monde en fracture, et soi-même sans repères, sans pouvoir jamais revenir en arrière. Corps exposé, et dans la cruelle vérité. Juste un défi à la face de la bonne société. Où ont été gribouillés les premiers couplets de la longue suite de *Like a Rolling Stone* ? À l'hôtel Savoy, sur le rouleau de papier toilette inséré dans la Remington ? Lors de ce passage chez les Lennon (on a surtout dû boire et fumer) ? Et Dylan, d'ici un mois, aura écrit aussi *Ballad Of a Thin Man*, *Desolation Row* et *Tombstone Blues*. Il lui faut avoir lu Kafka et Gertrude Stein pour écrire *Ballad Of a Thin Man* : ce Dylan-là, Pennebaker n'a pas pu le filmer.

Et donc Sara.

Parce qu'elle lui apporte un calme qu'il ne connaît pas ? Parce qu'elle est totalement à côté du petit monde de la musique et n'interfère pas avec son univers (pourtant, c'est elle qui était une amie de Pennebaker et les a mis en relation) ? Ils choisissent de s'installer à Woodstock. Non pas à Bearsville, où sont Grossman et Peter Yarrow, mais à Byrdcliff, huit kilomètres plus loin, dans une autre enclave pour artistes (leur voisin est peintre). La maison est un immense chalet de bois, onze pièces, plus double garage que mobilisera Dylan pour ses bricolages (et une table de billard, dit-on). Finis, les hébergements d'hôtel. Grossman doit aussi y mettre sa patte, puisqu'une société écran est bâtie par ses avocats pour l'achat de la propriété.

À Hi Lo Ha, la maison s'appelle comme ça, on construit une piscine, et on achètera à mesure les terrains environnants pour une meilleure protection, ce sera le nid pour les enfants à venir (le succès qu'ont les Byrds avec leur reprise rock de *Mister Tambourine Man* suffirait à financer l'ensemble). Les Dylan s'y installent tout de suite, on se meuble.

Quand ils prennent possession de la nouvelle maison, on dirait qu'on ne fait qu'y camper : pièces vides qu'on ne sait pas remplir. Dylan s'est réservé une pièce, s'y fait livrer un piano, et probablement que c'est en déménageant dans cette maison aux chambres encore vides que lui viennent les figures de l'étrange Mister Jones, celui qui entre dans une pièce et y découvre une série d'autres lui-même.

Apparemment, le texte de *Like a Rolling Stone* est prêt au retour d'Angleterre. À peine de retour à Woodstock, encore installés chez les Grossman, Dylan invite ce musicien qu'il a connu à Chicago : Mike Bloomfield, vingt-deux ans (né en décembre 1942, un an et demi de moins que Dylan). L'expérience John Mayall a été un échec, mais renoncer à l'électricité, non. Une formation de départ en flûte classique et très vite, dès ses quatorze ans, avec un de ses copains, Elvin Bishop, Bloomfield passe à la guitare. À dix-neuf ans, lui et Bishop ont assez de bouteille pour jouer dans les clubs en accompagnant les grands du blues noir : à Chicago, c'est Muddy Waters, Howlin' Wolf, Little Walter ou Junior Wells. Les deux gamins sont souvent les seuls Blancs dans la salle. Ils tournent avec Big Joe Williams, et le mardi soir, pour la scène ouverte, accompagnent sans préparation de vieux bluesmen ignorés. John Hammond prendra alors Bloomfield sous contrat, et il devient musicien de session (cela explique aussi, probablement, qu'il ait souhaité rencontrer Dylan, puisque ayant Hammond comme point d'interférence). Bishop et Paul Butterfield, un fils d'avocat qui chante et joue de l'harmonica, ont fondé le Butterfield Blues Band, vite rejoints par Bloomfield. Quand Dylan lui demande de venir à Woodstock et parle d'enregistrer, il s'achète la Telecaster dont il rêve (la génération des Telecaster de 1959), mais n'a plus assez d'argent pour s'offrir l'étui. Il prend le train comme ça, la guitare enveloppée dans un tissu.

Dylan précise ce qu'il veut : « Et surtout, tu ne me fais pas ce genre de merde à la Muddy Waters. » Sous-entendu : pas de solos. Pourtant, Muddy Waters ils le révèrent tous les deux, et c'est lui qui a déterminé le parcours de Bloomfield. Dylan cite sans cesse Bruce

Langhorne : pourquoi ne pas l'avoir repris, alors ? Langhorne joue d'une Martin acoustique amplifiée, alors qu'il veut un son résolument électrique. Dylan fait une autre demande à Bloomfield : « Tu expliqueras tout aux musiciens, moi je ne veux pas leur parler. »

Cela aussi est une énigme : Dylan ne parle jamais aux musiciens qui joueront sa musique, il voudra toujours un intermédiaire, Al Kooper après Bloomfield. Posture ? Elle serait absurde, en si petit cercle. Vraie timidité ou stratégie pour qu'ils donnent le meilleur ? Autre piste encore : la méthédrine et les autres saloperies qu'on avale, la marijuana en permanence, vous isolent du réel, on ne sait plus franchir la porte.

Like a Rolling Stone parle de comment un être se transforme en épave. Pourquoi faut-il que la victime soit une fille : Dylan misogyne ? Est-ce la drogue, l'alcool, ou simplement la grande ville qui fait de vous cet être abandonné ou égaré, affrontant sa propre destruction ? Alors peu importe ce qui arrive au personnage : c'est une allégorie de notre propre destin dans la vie moderne. La phrase emblématique du refrain *No Direction Home*, pas de retour amont, pour reprendre le grand et beau titre de René Char, est en pure adéquation avec ce qui va devenir, loin de ce que signifiait le mot au temps de Buddy Holly et Elvis, le *rock'n roll*.

Le 16 juin 1965, au studio Columbia, Wilson a convoqué les musiciens de *Bringing It All Back Home*. Le pianiste Paul Griffin, passé de l'alto classique à l'orgue jazz, né en 1937, le batteur Bobby Gregg, né en 1935 et ne jouant pratiquement qu'en studio, et le bassiste Russ Savakus, même âge, même parcours. En quelque sorte, l'atelier de Tom Wilson.

La veille, on a enregistré *Sitting On a Barbed Wire Fence*, en gros : « assis sur un paquet de barbelés ». Du blues, avec les notes aiguës de Bloomfield qui répondent à la voix. En fin de journée, Dylan les lancera sur *Like a Rolling Stone*, la version qu'on entend dans les *Bootleg Series* : la voix s'éraille, il s'enroue, on remet au lendemain.

L'idée de faire jouer ensemble plusieurs guitares électriques, pour densifier le timbre, vient également de *Bringing It All Back Home*. Tom Wilson a aussi convoqué un jeune guitariste rencontré en studio, Al Kooper, né en février 1944 à Brooklyn, de son nom Alan Peter Kuperschmidt (étrange transfert, entre *kuper* et *copper*, pour garder le radical *cuivre*).

À quatorze ans Kooper joue déjà de la guitare dans un groupe (The Royal Teens), puis, à quinze ans, entouré d'un batteur et deux saxophones, devient professionnel avec une formation de danse (The Aristocats). Depuis plus d'un an il joue en studio et a contribué plusieurs fois à des demi-succès de hit-parade, pour Gene Pitney par exemple – décédé en 2006. (Je le cite pour sa contribution à l'histoire des Stones, et parce que ce même morceau où joue Al Kooper deviendra *Mes yeux sont fous*, l'introduction de cette musique en France par Johnny Halliday.)

Mais Dylan arrive avec Mike Bloomfield. Al Kooper, qui ne connaît pas Dylan, n'aura rien à faire. Il restera, parce que les musiciens sont payés au service, et que Wilson, encore la veille dans *Sitting On a Barbed Wire Fence*, a superposé plusieurs guitares.

On fera quinze prises de *Like a Rolling Stone*. La veille, Dylan n'a pas quitté le tabouret du piano, alors Griffin jouait de l'orgue Hammond. Aujourd'hui, Dylan se concentrera sur chant et harmonica, et Griffin revient au piano. On sait qu'on va passer longtemps sur le morceau, qu'il s'agit de travailler, en trouver la matière. Al Kooper s'assoit à l'orgue et joue les accords : « Au début, j'avais du mal à comprendre ce qu'il jouait, alors on entend bien que je le suis toujours à un quart de seconde. »

C'est discret, c'est un appui. On écoute la prise à la console, et Dylan dit à Wilson de monter l'orgue. Wilson s'étonne :

« Mais il ne sait pas en jouer, de l'orgue… » *This cat is not an organ player…*

Dylan insiste : – *Turn it on.*

Ainsi, les meilleures découvertes tiennent du hasard. Sur la voix de Dylan, l'entremêlement des notes de la guitare électrique, tandis que lui-même s'en tient à la rythmique. Et, en appui de la voix, lancinant, mais donnant ce bourdon continu, comme dans la musique indienne ou certains instruments du folklore, vielle ou cornemuse (ou les cordes à vide de la guitare en accord ouvert dans ce qu'a appris Dylan de Martin Carthy), l'orgue Hammond B3, joué non pas façon jazz, mais simplement dans cet appui, ce raclement de nuages.

Une alchimie.

Dylan a trouvé son chemin électrique.

Des quatorze prises successives de *Like a Rolling Stone*, on gardera la onzième : les musiciens tellement au radar que la chanson devient comme automatique – c'est en tout cas ce qu'ils disent eux-mêmes. Al Kooper précise :

« Il ne nous avait pas donné les paroles, on ne savait pas quand la chanson finirait, alors chaque couplet on augmentait la pression… »

Dylan garde vingt et un couplets des cinquante qu'il a écrits…

Le 45 tours sort immédiatement : vu la longueur du morceau, on a dû le répartir sur les deux faces. Au milieu du morceau, on doit s'arrêter, retourner le disque, poser à nouveau le bras avec le petit diamant pour écouter la suite : crime contre le format, mais ça contribue aussi à l'immédiat et géant succès du disque.

Pourtant, quand il reviendra dans le studio A, fin juillet, avec les mêmes musiciens, ce n'est plus avec Tom Wilson. Et ni Dylan ni Wilson ne se sont expliqués sur ce qui les a séparés : ils semblent vraiment complices et amis. Et Dylan n'aurait pu inventer *Bringing It All Back Home* sans l'art de Wilson (qui produira les disques du Velvet Underground) de composer le son électrique. Il semble que Dylan ait fait demander par Grossman, pour le nouveau disque, que le célèbre Phil Spector en soit le producteur, et ça aurait pu suffire à se fâcher avec Wilson.

Difficile aussi de suivre Dylan dans les quatre semaines qui séparent l'enregistrement de *Like a Rolling Stone* du retour au studio pour le futur *Highway 61 Revisited*. Il y a d'une part l'emménagement à Woodstock, d'autre part le travail requis pour le mixage et la sortie du 45 tours. Mais aussi le travail solitaire de Dylan, qui fait plusieurs fois venir à Woodstock Al Kooper et Mike Bloomfield.

Les 24 et 25 juillet, ce sera le festival de Newport, et on enchaînera directement sur le studio : c'est donc maintenant, entre le 15 juin et le 25 juillet, que Dylan écrit deux textes majeurs, *Ballad Of a Thin Man* et *Desolation Row*, avec la tête remplie du rythme hypnotique et répétitif qu'on a trouvé pour *Like a Rolling Stone*. Dylan a franchi une marche, on découvre un nouveau paysage : les textes naissent depuis cette nouvelle possibilité musicale.

tu rentres dans la chambre
tu as ton stylo à la main
tu vois un type tout nu
tu demandes : c'est quoi, ça
tu fais tout ce que tu peux
et tu ne comprends même pas
qu'est-ce que tu dirais toi
en rentrant chez toi

parce qu'il se passe quelque chose ici
mais toi tu ne vois pas quoi
toi tu vois, ami Jones ?

Voilà ce qui vient sous la main de Dylan. Est-ce qu'on ne se comprend même plus soi-même ? Est-ce que c'est la dépossession de soi où vous installe progressivement la consommation de pilules à rêve ? Ramper jusqu'au lieu même du texte, par tout ce qu'on peut extorquer d'images, de détails, de syntaxes ou d'étymologies, de références et de parallèles. Comme le pratique Ginsberg, et qu'on désigne sous le terme parataxe, une façon de simplement juxtaposer les images.

tu redresses la tête
et tu demandes : – c'est vraiment comme ça
l'autre il tend son doigt sur toi :
c'est comme ça
toi tu dis : – il me reste quoi à moi
un autre type dit : – moi c'est quoi
toi tu dis : – oh bon dieu
je suis vraiment si seul ici ?

311

Do You, Mister Jones ? : c'est une chanson qui, depuis quarante ans, fait peur : pour la tension qui la traîne de refrain en refrain, et la silhouette de Jones, là, derrière. Jones c'est l'anonyme, c'est l'être rien, c'est la silhouette en costume. L'homme mince de Dylan, c'est le K de Kafka. Dashiell Hammett a publié en 1934 un roman noir : *The Thin Man*, et Gertrude Stein vient d'en reprendre la figure dans son *Autobiographie de tout le monde*. Dashiell Hammett c'est peut-être un lien lointain, mais Gertrude Stein, Bob Dylan a lu forcément, et certainement aussi son fameux *How To Write*, toujours inédit en français. Il cite plutôt Scott Fitzgerald que Stein ou Kafka, mais Dylan connaît (il l'a confirmé) *Le Vieux Saltimbanque* de Baudelaire comme *Le Champion de jeûne* de Kafka, il sait la récurrence du motif, dans son Journal, du narrateur qui rentre dans la pièce et découvre l'angoissant ou l'horrible : la référence à la loi, dans le dernier couplet de *Ballad Of a Thin Man*, est une allusion directe aux portes de la loi dans le rêve de la cathédrale du *Procès* – c'est bien Kafka, qui est derrière ce chant de l'homme si mince qu'il s'efface.

Dylan, dans son art de l'esquive, a prétendu que son jeu sur le non-sens venait de trop de conférences de presse, de questions idiotes : autant poser tout de suite un univers qui les court-circuite. Explication trop simple. Moi j'aime, dans cette chanson, la convocation des vieilles démonstrations de fête foraine : dans les années soixante on les promenait encore, on exhibait les monstres de baraque, les bricolés à deux têtes, comme on promenait encore après-guerre, dans un grand cirque américain, la jambe amputée de Sarah Bernhardt, placée dans un grand bocal de formol. Le génie de Dylan, c'est de ne pas dévoiler ses sources.

« J'ai seul la clé de cette parade sauvage », phrase de Rimbaud qu'il connaît par cœur.

tu as fréquenté des professeurs
et ils ont aimé à quoi tu ressembles
tu as vu de bons avocats
pour parler des lépreux des escrocs
tu as même lu tout
Scott Fitzgerald page à page
tu as lu beaucoup de livres
tout le monde le sait

Il développe sa parade : l'homme entre dans sa chambre, un type est là, qui ne se définit que par sa question absurde, et le dialogue impossible. Alors il devient cette suite de figures, le trapéziste, le nain. Et le narrateur ensuite explore avec son corps disloqué, sens par sens, sa chambre qui est vide : c'est une folie, alors. Reste l'homme mince. Reste à déchiffrer ce qui n'est pas déchiffrable : allusions en miroirs, dépli à l'infini, derrière l'avocat, les lépreux et les escrocs.

Et Dylan la chante toujours, sa chanson-maître, et nous en collectionnons les versions publiques (même si les plus belles seront celles de la tournée à suivre, en 1966).

Mais comment savoir, quand il écrit ses *Chroniques* il n'a pas un mot sur ce mois d'écriture qui suffirait largement à la vie de quelqu'un d'autre, s'il écrit en même temps, ou juste après ou juste avant, son *Desolation Row*, l'allée de la Désolation :

pendus et exécutions sur cartes postales vendredi
passeports repeints marron
et des marins marinant au salon de beauté coiffure

le cirque est dans la ville
le commissaire priseur aveugle
ils lui ont fichu la transe
il s'agrippe au funambule d'une main
l'autre fourrée dans sa braguette
les briseurs de grève rient jaune
où est-ce qu'ils pourront se réfugier
la Dame et moi nous regardons à la fenêtre
depuis l'allée de la Désolation

Et si une grande chanson de Dylan c'était comme renverser, dans une maison d'enfance, un carton de vieux jouets ? Il reste de belles couleurs, même un peu abîmées, il y a des cassettes de vieux films, et des livres avec des histoires qui faisaient vaguement peur. Mais c'est lisse dans la main et ça brille dans la lumière, on ne les craint plus, les figures : elles sont encore belles et vous émeuvent. Parce qu'elles surgissent de cette lumière sans source qui flotte dans les livres, dans les *Poèmes en prose* de Baudelaire qu'on entend ici ? Mais comme elles frappent, les images, Ophélie en gilet pare-balles et les yeux vides…

L'allée de la Désolation, c'est une vraie route et elle s'abouche avec le monde réel. Mais on le fuit pour un autre, ou elle nous y ramène ? Alors on a peur, une vraie peur, tant c'est le réel qui se déforme. Les yeux d'Ophélie sont des yeux que la religion a tués. Puis voyez Einstein :

Einstein se déguise en Robin des Bois
tous ses papiers dans une cantine
il est passé il y a moins d'une heure
avec son copain, un moine jaloux
tellement peur qu'il avait l'air immaculé

en quémandant une cigarette
et s'en est allé reniflant les gouttières
récitant son alphabet
maintenant on se retournerait même pas sur lui
il a été célèbre mais c'était y a si longtemps
vous savez il jouait du violon électrique
sur l'allée de la Désolation

Chez Dylan compositeur, la narration est plus auda-cieuse que les images elles-mêmes, et c'est sans doute ce qui fascinera John Lennon : scène évoquant tous les passés, mais embarquée dans le flux qui va trop vite pour la pensée (sur cette allée de la Désolation). Nous-mêmes n'y échappons pas, nous y marchons, rue de la Désolation où chaque figure est une bulle microsco-pique, tout un ancien conte aperçu. Le récit s'arrête à peine le temps d'un vers, l'image est soufflée par le suivant : vous vous souvenez, la machine à détecter les crises cardiaques qu'on vous fixe aux épaules sur le chemin de l'usine, parce qu'ainsi en ont décidé les compagnies d'assurances ? Et Dylan n'a que vingt-quatre ans.

Dans un entretien du même mois, Dylan dit : « Je chante tout le temps quand j'écris, même de la prose. »

Alors c'est ce refrain lancinant et égal qui fait sourdre les images ? Tout cela, pour l'instant, ce sont des empilements de feuilles dactylographiées dans la maison encore presque vide de Woodstock où il amé-nage sa pièce avec le piano, son ampli Fender, sa gui-tare électrique et sa basse, la Gibson acoustique qui reste probablement, ces semaines-là, dans l'étui noir : *Ballad Of a Thin Man* et *Desolation Row* sont des œuvres pour piano et chant.

Et il reste quoi des heures à jouer au piano, ou à raturer une fois de plus la feuille dactylographiée des paroles, quand le soir on reprend la moto pour un tour vite fait chez les Paturel où on lui offre son café ou un verre de vin italien ? Ou bien quand on sort sur la terrasse de la maison en bois, voit le soleil descendre sur les collines de Woodstock, et se dit que, pour la première fois, on est dans un lieu où nul ne viendra vous solliciter, qu'il y a la petite Maria qui joue, et l'enfant dans le ventre de Sara ?

Puis Newport, le scandale Newport.

Et il mérite, pour l'impact sur l'image et la vie de Bob Dylan, qu'on le décortique un peu.

Ce n'est pas Dylan seul qui a bousculé le festival de Newport. Tout cela était dans l'air, et se fissurait. Aucun musicien du folk ne souhaitait cristalliser son invention dans l'étau acoustique. Mais Dylan seul éclusera la charge symbolique de la rupture : pour ce qu'il porte déjà sur le dos avant même d'entrer en scène, et qu'il aurait porté même s'il s'était présenté seul avec sa guitare ?

Ceux qui décident du programme du festival sont des hommes d'envergure : Peter Yarrow, Alan Lomax et Pete Seeger, qui respectent Dylan. Pete Seeger en particulier, même s'ils ne se sont probablement pas croisés cette année, a avec Dylan une relation généreuse et familière d'estime. Quant à Peter Yarrow, il est comme l'alter ego de Grossman, et Dylan s'est impliqué de près dans l'élaboration du répertoire de Peter, Paul & Mary. Deux mois plus tôt, il a une nouvelle fois répondu dans *Broadside* à ces accusations sempiternelles de s'être renié pour sa part de succès dans le monde de la musique commerciale : c'est bien cela dont on est débarrassé, quand on discute avec

316

Lennon ou les autres Beatles. Toujours ce même style sans majuscules :

it sometimes gets so hard for me / i am now famous / i am now famous by the rules of the public famiousity / it stuck up on me / and pulverized me... « quelquefois ça devient dur pour moi / maintenant je suis célèbre / célèbre selon les lois de la célébration publique / ça s'est collé à moi / et m'a pulvérisé ».

Le vendredi 24 juillet, pour l'ouverture du festival de Newport, on a invité le Butterfield Blues Band. Trois ans plus tôt, quand on invitait un grand bluesman, on lui demandait une prestation acoustique. Peter Yarrow a imposé d'ouvrir le programme aux groupes électriques malgré l'opposition d'Alan Lomax : Howlin Wolf, le vendredi soir, sera le premier à introduire l'amplification à Newport. C'est sur le fond de ces conflits larvés que va se jouer l'attaque contre Dylan.

L'après-midi, le festival fonctionne encore par ateliers : chaque intervenant est présenté, c'est l'occasion pour les organisateurs de rappeler quelques principes théoriques. Alan Lomax a en charge l'atelier blues, et, pour présenter le Butterfield Blues Band, il se demande « si des jeunes Blancs peuvent jouer la musique noire » : poser la question c'est y répondre. Le folk, pour Lomax, reste une communauté où l'on partage hors du grand nombre. Il dit carrément que ces jeunes de Chicago devraient renoncer à la mode nouvelle des guitares électriques et à leur prétention de jouer le blues, qui n'est lui-même que dans son authenticité ethnique. C'est l'axiome du folk : on ne peut bien jouer que selon ce qu'on a enduré dans sa vie. Reste que Bloomfield, Bishop et Butterfield ont appris avec les grands de Chicago sans qu'on se préoccupe de leur couleur de peau. Ça resterait entre eux et Lomax, si le

Paul Butterfield Blues Band, qui vient d'enregistrer son premier disque, n'avait demandé à Grossman d'être leur agent.

Grossman doit confirmer son accord après le festival, mais il a besoin que leur prestation réussisse. Et comme il a de l'intuition, il a compris qu'il vaut mieux désormais signer des groupes amplifiés que des chanteuses et chanteurs comme Odetta et Dylan. Quand Lomax revient dans les coulisses, il est pris à partie par Grossman énervé. Il est soupe au lait, Albert, on dirait un gros chat les yeux mi-fermés lorsqu'il est filmé dans la loge ou la chambre d'hôtel où Dylan gratte sa guitare. Il a été un des fondateurs du festival, ici il a droit à la parole : il reproche à Lomax de n'avoir rien compris aux gamins de Chicago, Lomax lui répond de se mêler de ses affaires et Grossman l'envoie bouler : ils ont vingt ans de plus que ceux qui chantent sur la scène, et il faut les séparer comme des chiffonniers.

Dylan, au même moment, est programmé à l'atelier chanteurs-compositeurs. Erreur tactique des organisateurs : Dylan a participé à cet atelier les deux années précédentes, mais il est devenu trop célèbre. Au moment où il est annoncé, toute la foule converge vers la petite estrade, et ceux qui sont loin protestent parce qu'ils entendent en même temps la musique des autres scènes : on demande à Pete Seeger de suspendre l'atelier banjo, avec pour conséquence une nouvelle altercation. Seeger et Lomax, quand ils se retrouvent, accusent Grossman de vouloir tirer toute la couverture pour ses artistes, dans un esprit qui n'est pas celui du festival. Mais Dylan a accepté les conditions du festival : les artistes y sont rémunérés par un cachet symbolique, et les bénéfices vont à une organisation humanitaire.

Qu'il ait confirmé cette participation à l'atelier, c'est la preuve qu'il ne cherche pas à faire la vedette.

Encore une dose de hasard : le soir, on écope d'une grosse averse. On déplace au lendemain une partie du programme. Les Butterfield, avec leur matériel électrique, voient leur passage reporté à la fin de la première partie du dimanche soir, juste avant Dylan, lequel précède lui-même Johnny Cash.

On dit que c'est à ce moment-là, le samedi en fin d'après-midi, apprenant de Bloomfield que leur matériel serait sur la scène quand il jouerait, que Dylan décide de jouer avec amplificateurs. On aura deux heures dans une salle fermée pour répéter, mais de toute façon, Dylan n'a jamais aimé répéter, pas plus pour la scène que pour le studio, et Bloomfield peut faire l'intermédiaire entre lui et la section rythmique.

L'autre élément du hasard, c'est la présence au festival de Richard Fariña et Mimi Baez, qui viennent de sortir enfin leur disque, sous le signe d'une innovation technique forte : le dulcimer amplifié jouant des reprises rock. Le respect qu'on porte à Joan Baez a sans doute favorisé l'invitation faite à sa sœur. Et ils viennent avec les deux musiciens qui ont participé à leur disque : Bruce Langhorne et Al Kooper. De quoi d'autre auraient-ils parlé, Fariña et Dylan, eux qui partagent depuis longtemps insolence, herbe et alcool ? Fariña joue électrique, et Dylan ne le pourrait pas ? Ces deux-là se fascinent réciproquement. Si Al Kooper est à Newport ce samedi, c'est pour jouer avec les Fariña. S'il n'avait pas été présent, Dylan n'aurait peut-être pas tenté la rupture.

La répétition, avec le batteur et le bassiste du Butterfield, n'est pas un moment facile. Eux sont formés au blues en douze mesures, ils ont du mal à comprendre

319

les structures récurrentes et les clés chahutées de la musique complexe qu'est devenue celle de Dylan, malgré les indications précises de Bloomfield et d'Al Kooper sur les accords de treizième ou de quarte. Alors on prépare trois morceaux, et le bassiste copiera les accords sur un papier scotché à sa Fender. Pete Seeger, qui vient écouter la répétition, prétend que tout ce qu'ils savaient dire c'est : « Plus fort, monte le volume… »

Chanter avec un groupe électrique, ça ne s'improvise pas : il faut régler les amplis, les micros, et puis d'abord se connaître. À Newport, on monte sur scène et on joue sans réglage. D'abord, disent Lomax et les autres, ce gamin qu'on avait vu les années précédentes avec son jean et sa chemise à carreaux, voilà qu'il arrivait avec des fringues en cachemire, des bottes de luxe et ses lunettes de soleil. C'est Peter Yarrow qui l'introduit :

« Voici quelqu'un qui a changé le visage de la musique folk, pour le plus vaste public, parce qu'il l'a élargie au point de vue d'un poète… »

À quoi répond un mur violent de son, deux fois le volume de ce que jouait tout à l'heure le Butterfield Blues Band. Deux guitares électriques, un orgue, basse et batterie, tous amplis à fond.

Lomax s'affole et enjoint de couper la sono, mais la console est au milieu du public, et les techniciens refusent. Pete Seeger a eu la mauvaise idée d'amener avec lui son vieux père : le monsieur de quatre-vingts ans, dans les coulisses, trouve cette musique de très mauvais goût.

« Ce qu'ils jouaient, on n'entendait rien », dit Seeger, qui ne confirme pas, cependant, qu'on l'ait vu saisir une hache et vouloir couper l'alimentation électrique (histoire cependant reprise souvent dans la vulgate !).

Oui, Dylan avec Bloomfield et Cooper, plus leurs deux bûcherons mal préparés, sans répétition préalable, le choc a dû être violent pour le public. Seulement, nous, quand nous réécoutons à quarante ans de distance cet enregistrement, rien à voir avec le raté qu'on a prétendu. L'enregistrement est très clair. La guitare libre et très rauque de Bloomfield, l'orgue qui fait la base du son, la continuité harmonique, et, derrière les deux rythmiciens qui font ce qu'ils savent faire : du rock.

En tout cas, le premier morceau, *Maggie's Farm*, supporte vraiment la réécoute. On sent, dans les deux suivants, qu'ils ont du mal à être ensemble : qu'entendent-ils, sinon une masse globale de son, trois ans avant qu'on sache installer des « retours » ? Ensuite, c'est sept minutes de *Like a Rolling Stone*, et huit minutes de *Tombstone Blues*. Sifflets. On va jusqu'au bout, on quitte sous les huées.

Sous l'estrade, Johnny Cash attend son tour. Il tend à Dylan sa Gibson Jumbo, un modèle bien trop grand pour Dylan, et le pousse : « Vas-y, remonte… »

Il paraît qu'il en a une poussée de larmes, Dylan, de cette impression de n'avoir pas été compris. Peter Yarrow, qui a vu Johnny Cash prêter sa guitare à Dylan, tient le public en attente : « Il va revenir, on l'attend, il est juste parti prendre une guitare. » Dylan joue *It's All Over Now (Baby Blue),* on lui fait une ovation. On tranche pour lui sur ce que doit être sa musique. À nouveau il quitte la scène, on le force au rappel : il demande si quelqu'un dans le public a un harmonica en *mi*, on lui en lance une dizaine, il chante *Mister Tambourine Man*. Il a sauvé la face, et c'est une de ses plus belles versions. Mais la rupture avec Lomax et Pete Seeger est définitive.

On peut faire rétrospectivement d'autres hypothèses : il n'y aurait pas eu l'averse, et le passage du Butterfield Blues Band reporté juste avant son propre passage, avec le matériel prêt installé, Dylan ne se serait-il pas contenté de jouer avec sa guitare ? Mais Dylan, s'il est retourné dormir à New York, est revenu le dimanche à Newport avec sa Fender électrique, et non sa vieille Gibson. Il n'a pas eu l'intuition, formule qu'il choisira pour la tournée, de proposer d'abord ses chansons acoustiques, puis d'inviter le groupe à le rejoindre : est-ce qu'alors ça se serait passé autrement ? Et s'il n'y avait pas eu l'altercation entre Grossman et Lomax, et si Fariña n'avait pas fait venir Al Kooper avec lui, et probablement n'avait pas poussé Dylan à la provocation ?

Al Kooper, mais lui seul, donne une version plus aseptisée : les gens avaient payé leur billet très cher principalement pour voir Dylan, alors qu'il fasse trois chansons et fini, ça les a déchaînés, on n'avait pas joué si mal que ça (c'est vrai), et Dylan avait la certitude que c'était ce qu'il devait faire (vrai aussi).

Le problème, c'est l'écho dans la presse : on n'évoquera ni le Butterfield Blues Band, ni Fariña, ni Howlin' Wolf, ni Johnny Cash, qui tous ont joué amplifié. N'empêche que le schéma va être celui de toute l'année à venir. On ne parlera que de la transgression de Bob Dylan, comme si ce n'était pas la même musique que dans *Bringing It All Back Home* ou dans le dernier 45 tours.

Affronter une adversité déclarée d'avance : c'est ce qui l'attend. Dylan jouera obstinément ce qu'il a décidé qu'était sa musique, avec cette combinaison voix, guitare électrique et section rythmique, plus fort qu'aucun groupe à l'époque n'ose jouer, et comme déjà les

Shadow Blasters. On l'acclamera dans sa partie acoustique, on se moquera de lui, par principe, dès que le groupe électrique montera sur scène, simplement parce qu'à Newport ça s'est fait comme ça.

Avec Bloomfield et Al Kooper, ils sont au studio Columbia dès le jeudi qui suit. Columbia a proposé à Grossman un autre producteur, Bob Johnston, lui aussi employé à demeure par les disques Columbia.

Les musiciens disent que Johnston est encore moins interventionniste que Wilson. Un jeune type (dix ans de plus que Dylan), mais de l'école de John Hammond, passant ses coups de téléphone pendant l'enregistrement, notant le numéro de chaque prise et se contentant de dire : « Très bien, les gars, suivante. »

Mais Johnston est aussi un professionnel endurci, qui comprend Dylan, et veut respecter sa volonté d'installer lui-même sa couleur de son. Sa responsabilité, pense-t-il, c'est de tout organiser autour de Dylan. Il a l'œil sur les bandes : il n'y aura jamais trois minutes de musique sans que tourne un magnétophone. Johnston dira :

« Je considérais que la musique de Dylan était si importante que tout ce qu'il jouait devait pouvoir devenir un disque. S'il me disait : – Tu en penses quoi ? Je répondais : – Ça change quoi, ce que j'en pense ? »

Découvrant le mode de travail de Dylan, il fait démonter les pendules des studios : la seule horloge, ce sera le petit homme échevelé au micro, derrière ses lunettes noires. Et il est constamment sur le dos des musiciens : être prêt à jouer dès que le demande Dylan. Aux musiciens, Dylan d'abord explique le morceau, lui au piano, les autres autour de lui. Ensuite, chacun essaye sa partie, prévoit ses changements d'accords. Quand on lance la machine, Dylan exige qu'on puisse tout attraper en une prise, deux au maximum. Entre-temps, il continue de peaufiner ses paroles, gribouillant sur le dessus du piano : « On avait du mal à comprendre ce qui se passait », disent les musiciens. Côté console, à la réécoute, c'est Grossman, Neuwirth et Dylan qui décident du son et des prises, et surveilleront le mixage.

Les mêmes musiciens que pour *Like a Rolling Stone*, mais Russ Savakus, le bassiste, a du mal avec la méthode de travail, et ce que les structures récurrentes des chansons de Dylan lui imposent. Al Kooper pro-pose un de ses copains : Harvey Brooks, né en juillet 1944 (de son vrai nom Harvey Goldstein – comme si tout patronyme judaïque devait entraîner, pour Dylan comme pour Ramblin' Jack Elliott ou pour les nou-veaux arrivés, l'adoption d'un pseudo), n'a rien enre-gistré mais joue depuis deux ans de la basse électrique, ce qui est rare encore, auprès de groupes croisant le folk, le jazz et le blues.

Trois chansons les 29 et 30 juillet, très proches de l'esprit électrique de *Like a Rolling Stone*. C'est un vendredi, on ne disposera à nouveau du studio que le lundi, Dylan repart à Woodstock avec Al Kooper (qui donc a pris la place de Bloomfield comme intermé-diaire, assistant) et Tony Glover, le copain de Minnea-polis qui sera là en spectateur et grâce auquel on a témoignage de ce détail. Dylan travaille sur les parti-tions et les grilles d'accords du lundi : pas moins de cinq morceaux le 2 août, dont *Ballad Of a Thin Man*, à deux heures du matin, en deux prises avec Dylan au piano.

« C'était plutôt fait à la rigolade, dit Bloomfield, même si on voyait les accords, ça ne nous disait pas du tout à quoi la musique allait ressembler. Alors, des fois, ça devenait de la franche rigolade, on essayait juste de ne pas trop se marcher sur les pieds. »

Parce que le vendredi on était resté très proches de ce rock blues (*Positively 4th Street*) et qu'on ne doit pas s'y laisser enfermer, Johnston, qui travaille principalement au studio Columbia de Nashville, téléphone à un des musiciens les plus expérimentés qu'il y connaît, le multi-instrumentiste Charlie McCoy, et lui demande de prendre l'avion.

Nashville, pour ceux de New York, est associé au mauvais Presley, et à la sauce country. Dylan reprend avec McCoy *Desolation Row* laissé de côté depuis le jeudi précédent. McCoy :

« Ils m'ont juste dit d'entrer, de prendre une guitare et de jouer ce que je sentais. »

Il laisse d'ailleurs entendre que c'est en play-back, seul dans l'immense pièce boisée, Dylan et Johnston derrière les vitres de la régie : on est entré dans l'âge des *overdubs*, les pistes rajoutées à la maquette de base.

« J'ai fini, je suis revenu et j'ai demandé à Dylan ce qu'il en pensait, il m'a dit que ça allait, et c'est tout. »

McCoy enregistre aussi le vibraphone sur la chanson-titre. On grave un exemplaire de démonstration sur acétate. Dylan repart à Woodstock, mais le surlendemain, le mercredi 4 août, il prend un autobus et revient avec Tony Glover au studio, uniquement pour reprendre *Desolation Row*, cette fois avec à nouveau la guitare basse de Harvey Brooks et Bloomfield à la guitare électrique.

La façon qu'a Dylan d'accepter certains titres après seulement une prise, et de s'obstiner sur d'autres, restera toujours obscure : ce qui fait qu'un morceau fonctionne ou pas est une énigme avec une large part d'irrationnel. Qu'est-ce qui lui déplaît ? Parce que ça s'est fait trop vite ? Parce que la piste de guitare de McCoy lui semble trop à l'écart du reste du disque ?

On connaît aussi cette version avec guitare électrique : des deux versions, il faut en choisir une. C'est facile, pour nous, à distance. Pour eux, sur le moment même, ce n'est pas le monument *Desolation Row*, c'est juste une chanson de plus.

McCoy, le lundi, avait affaire en ville et ne se souvient plus d'aucun détail. Comment il en juge, Dylan, à quel balancement, à quelle énigme ? De cet enregistrement du mercredi, Tony Glover dira :

« La guitare de Dylan était un peu à la peine, Neuwirth a proposé d'arrêter, Albert a dit qu'on les laisse. Dylan ensuite a dit : – Mais pourquoi vous m'avez laissé continuer ? »

La force d'un artiste, c'est ce qu'il parvient à se refuser à lui-même : c'est la première version, celle avec Charlie McCoy, que d'abord il n'avait pas aimée, et qui donne à sa chanson cette légèreté paradoxale, qui sera la version du disque, et non la version électrique du mercredi. Pour la première fois, l'univers country a rejoint le monde de Bob Dylan.

Et on s'amuse aussi. *Highway 61*, c'est l'autoroute qui part de Duluth et suit le Mississippi presque tout droit jusqu'à son embouchure. C'est la route par laquelle on quittait la ville natale, la route qu'on prenait en moto ou en auto-stop pour Minneapolis. Bien plus qu'une route, la fenêtre par quoi le pays natal ouvre sur l'Amérique. Bien plus bas, mais toujours sur la route 61, le carrefour où fut tué Robert Johnson : la route des racines, celle par laquelle le blues du Mississippi est monté à Chicago. Al Kooper a sur lui un de ces petits sifflets d'enfant, et ça tourne au jeu entre eux : finalement, Dylan insère le petit bricolo de plastique à trois sous dans son porte-harmonica pour une imitation de sirènes qui restera l'emblème du disque. Une fois de plus, on aura détourné le sérieux et tout le processus industriel en affichant le brin d'insolence nécessaire.

Problème pour Dylan : partir en tournée, mais avec qui ? Bloomfield préfère son groupe de blues et refuse – Grossman, qui produit le Butterfield Blues Band, ne doit pas trop insister pour le débaucher. John Sebastian a fondé son Lovin' Spoonful, et Dylan pourrait embarquer le groupe. Mais, pour eux, ce serait se mettre au service d'un chanteur : « On était tous à la recherche de la recette magique, dit-il en substance, on n'a pas voulu partir avec Dylan, on a été aveugles sur ce coup-là, maintenant je ne comprends pas. »

De ceux qui ont participé au disque, Dylan peut compter sur Al Kooper et Harvey Brooks, mais il lui faut d'abord un guitariste. On reparle de celui avec lequel l'an dernier a enregistré John Hammond : ces types de Toronto, The Hawks, qui jouent dans un bar, six jours sur sept, les morceaux des autres, des reprises des Beatles ou des Rolling Stones. La secrétaire de Grossman, Mary Martin, est en contact avec eux. Eux, inconnus partout ailleurs qu'à Toronto et un peu dans l'Arkansas, ne demandent qu'à tourner, ensemble ou séparément. On les retrouve dans un patelin perdu du New Jersey : « À Nowheresville », se moque Dylan, qui demande au guitariste de venir à New York. Ce qu'il avait cherché d'abord avec Bruce Langhorne, puis avec John Sebastian, enfin avec Mike Bloomfield, il le trouvera avec Robbie Robertson.

Robert, fils de Robert, n'a vraiment rien à voir physiquement avec Dylan. Il est bien plus grand, un rien enveloppé, avec ce visage poupin que certains étudiants

327

américains gardent jusqu'à l'âge de Bill Gates. Deux ans de moins que Dylan : il est né en juillet 1943 (le même âge qu'Al Kooper et Bloomfield), de mère indienne, une Mohawk, et de père juif – ça a compté, pour l'amitié ? Mais lui aussi a ce profil presque immuable de ces gamins qui, à quinze ans, jouent déjà dans le groupe local et en font leur vie. Ça ne doit pas être facile d'apprendre en quelques jours les parties de guitare jouées avant vous par les trois autres, sans même penser y imposer sa griffe : il semble que Robertson y parvienne, et que la synchronisation soit bonne.

Le premier concert est prévu dans moins de trois semaines à Forest Hills, ce stade de tennis dans les hauts de Queens, où Joan Baez, deux ans plus tôt, avait lancé Dylan. On a trouvé le concept : première partie acoustique, puis le groupe rejoint Dylan pour la deuxième partie. « Ça voulait dire, précise Robertson, qu'en deux concerts de quarante-cinq minutes j'aurais vu autant de monde qu'en cent concerts de The Hawks. »

On répète pendant les deux semaines : preuve que Dylan cette fois prend la scène au sérieux. On a à disposition les batteurs Bobby Gregg et Sam Lay, mais ce sont des musiciens de studio, peu tentés de tourner. Robertson suggère à Dylan d'auditionner le batteur de The Hawks, et Levon Helm les rejoint dans la salle qu'on a louée, Carroll's Rehearsal Hall.

Levon Helm est né le 26 mai 1940, juste un an de plus que Dylan, dans l'Arkansas. Il fait partie de cette génération qui découvre le premier rock, le country et le blues tout à la fois. Il est embauché dès 1959 par le chanteur Ronnie Hawkins, né en 1935, deux jours après Presley, dit-il fièrement. Après son premier 45 tours, en 1958, Hawkins a formé son premier Ronnie Hawkins

Quartet. Et comme le hasard les fait jouer souvent à Toronto, c'est là qu'il prendra les autres musiciens de The Hawks, tous canadiens.

À Forest Hills, le temps est nuageux, avec du vent. Pas les conditions idéales. Dylan termine sa partie acoustique par un *Desolation Row* quasi inaudible : mais comment, l'interprétant en public pour la première fois, serait-on rodé à faire entendre des paroles aussi complexes ? Au public, la chanson doit sembler dite en langue étrangère. Avec Al Kooper pour assurer la marche harmonique, et la précision remarquable de Robertson, Dylan se sent prêt. Et si le public, lui, n'est pas prêt ? « S'ils n'aiment pas cette musique, il faudra qu'ils apprennent à l'aimer. » Les organisateurs ont choisi, pour présenter Dylan, Murray the K, un animateur radio dont le succès tient au programme variétés : sa seule présence est une insulte au public folk.

Il existe un (rare et) mauvais enregistrement de Forest Hills, mais celui d'Hollywood, cinq ans plus tard, le 3 septembre, est remarquable de précision, de tension. Pourtant, au troisième morceau le public se tait, quand s'annonce *Like a Rolling Stone* il commence à huer et siffler.

Dylan choisira l'indifférence. En arrivant à San Francisco, il détourne la conférence de presse, question après question, et cela deviendra un jeu pour toute l'année à venir :

« Qu'est-ce que c'est pour vous, la chose la plus importante au monde ? » Réponse : « Je fais collection de clés à molette, en ce moment, ouais, c'est ça en ce moment ce qui m'intéresse le plus. »

Ou bien : « Est-ce que votre imaginaire est spécifiquement urbain ? – C'est que je regarde trop la télé. »

Il gagne cette sorte de bras de fer lorsqu'un journaliste lui demande : « Vous êtes combien, aujourd'hui, de chanteurs protestataires ? », et qu'il répond, imperturbable : « Cent trente-six, environ. – Cent trente-six, vous êtes sûr ? – Cent trente-six, ou cent quarante-deux. »

Mais quand on lui demande de s'expliquer sur ce que ça fait d'être hué par les milliers de personnes qui sont devant soi, que répondre ?

La fée électricité, Nashville et l'homme hué

Dylan, la trahison ?

Robertson dira, plus tard : « Quand même, quand on disait : – Ils basculent dans l'électricité, c'était comme dire : – Tiens, ils se sont acheté une télévision… Elle était où, la trahison ? »

La trahison : ce 25 septembre 1965, Joan Baez et tous les grands du *protest song* sont au Carnegie Hall pour un concert contre les premiers bombardements américains au Vietnam. Tous, sauf l'auteur de *Masters Of War*. Parce qu'il n'a pas pardonné à Pete Seeger depuis Newport ? Parce que plus question de montrer quoi que ce soit de commun avec Joanie ? Parce que les journaux folks sont remplis de jérémiades sur Dylan devenu commercial, et l'idole dorée des adolescents ?

Dylan a un bon prétexte : il joue à l'université de Dallas, après avoir joué la veille à Austin – deux concerts de rodage, parce qu'il jouera lui-même, au Carnegie Hall, le 1er octobre. Mais on aurait pu arranger les dates, et Grossman prévoir un avion.

Il y a aussi que votre tête devient un étrange écran noir : dans l'interview que Dylan donne à *Playboy* ce mois de septembre, témoignant de la naïveté provisoire d'une société qui n'a pas commencé à réagir, il dit en quoi la marijuana et « l'acide » contribuent à la perception artistique. *Opium, and hasch, and pot, these things aren't drugs, they just bend your mind a little...* « La métamphétamine fait qu'on se sent bien, même en univers hostile, soumis à la pression ou la critique. » On a retrouvé quelques-unes des ordonnances de Dylan cet hiver, par exemple celle que lui délivre un certain docteur Rothschild, consulté le lendemain d'un concert à Hampstead : métamphétamine, associée à deux somnifères, Desbutal et Pentobarbital, pour compenser l'effet de la première.

1965, c'est le moment où quelque six mille conseillers militaires de l'Armée populaire de libération chinoise viennent appuyer Hanoï. La Chine envoie deux escadrons anti-aériens, et peu à peu des milliers de soldats. L'affrontement au Vietnam est en passe de devenir le banc d'essai de ce qu'on a évité pendant la guerre froide. Dans trois ans, en 1968, il y aura cinq cent mille soldats américains au Vietnam, et plus de cent morts par semaine. La résistance des intellectuels et des étudiants aux États-Unis est le premier point d'appui : ce concert au Carnegie Hall une date, mais Dylan n'y paraît pas.

Après le concert d'Hollywood, Al Kooper a prévenu Dylan que lui non plus ne souhaite pas partir en tournée. Par méfiance vis-à-vis de Dylan, qui n'est pas facile à vivre, par peur de ne pas exister suffisamment s'il reste dans son ombre ? Pourtant, Dylan en a fait comme son double, ce sera encore le cas dans *Blonde On Blonde*, et c'est grâce à Al Kooper qu'il a mis au point cette relation orgue-voix-guitare qui permet le passage du chanteur seul au groupe. Ou est-ce l'engrenage qui lui fait peur : l'argent, les foules, les hôtels et leur faune, quand on croise Marlon Brando ou que l'égérie fofolle d'Andy Warhol, Edie Sedgwick, veut vous embarquer dans ses jeux érotiques (Neuwirth se dévoue) ? Ou bien parce qu'il rêve pour lui d'un destin à la Beatles ou à la Rolling Stones et n'a pas compris que Dylan rendait cela possible ? Il rejoint Danny Kalb et Steve Katz dans leur Blues Project, puis Katz et Kooper quitteront Kalb pour former Blood, Sweat and Tears.

Levon Helm propose alors à Dylan, plutôt que de recruter un organiste, de prendre avec lui l'ensemble des Hawks, soit l'organiste Garth Hurdson, mais aussi le pianiste Richard Manuel et le bassiste Rick Danko. La solution a l'avantage d'être toute prête, et les cinq musiciens se synchronisent instinctivement : on remercie Harvey Brooks.

Grossman a eu la précaution de programmer ces deux concerts au Texas, à Austin et Dallas, avant le rendez-vous au Carnegie Hall qui doit lancer la tournée : pour Dylan, six mois à écumer les villes, et l'argent est au rendez-vous, celui qui intéresse Grossman, le pactole. Une semaine avant le concert d'Austin, Dylan part avec Neuwirth à Toronto, puisque The Hawks ont repris leur concert quotidien dans un club, The Friars. On répète pendant deux nuits. La batterie et la guitare sont déjà d'aplomb, ça se passe bien avec les trois autres : on arrive ensemble au Texas. À Austin et à Dallas, on joue très fort, et ce seront les deux seuls concerts sans huée : la preuve qu'on peut y croire ?

Du Texas on va à Woodstock, et le groupe répète chez Dylan ou chez Paturel. Oui, on peut y croire : au Carnegie Hall, ce 1er octobre, tout se déroule relativement bien aussi, sinon que tout le monde folk, emmené par ceux de la revue *Sing Out*, quittent très visiblement la salle à l'entracte.

Ensuite : Newark, Baltimore, Atlanta, Worchester, Princeton, Providence, Burlington, Detroit, Boston, Hartfort, Boston, Madison, Minneapolis, Buffalo, Cleveland, Toronto, Cincinnati, Columbus, Rochester, Syracuse, Chicago, Washington, Seattle sans discontinuer. Puis onze concerts début décembre dans la Californie plus accueillante, où on se loge dans l'hôtel le plus luxueux, Château Marmont, qui accueillera plus tard les frasques des Rolling Stones et de Led Zeppelin. Soit trois mois pendant lesquels on joue en général trois soirs d'affilée, après quoi on a trois jours pour récupérer, et le cycle recommence.

Albert Grossman dispose de deux avions, dont un réservé uniquement à Peter, Paul & Mary. Deux vieux Lockheed de treize places, traînards, à hélices. « On a eu la frousse plus d'une fois, dans cet avion », diront-ils. Dylan précisant : « Les trous d'air, quand on dormait… » Au point qu'on ne sait même pas ce que ça lui fait de tenir la scène à l'Auditorium de Minneapolis, une salle de dix mille places construite en 1927 en l'honneur des basketteurs de la NBA, avant qu'ils ne déménagent à Los Angeles.

C'est Levon Helm, fin novembre, qui craque le premier, et quitte complètement la musique pour se faire embaucher en Floride, sur une plate-forme pétrolière, on le retrouvera seulement dans trois ans. Raison explicite : les huées. « Ils n'arrêtaient pas de crier et de siffler. Plus Bob les entendait huer, plus il voulait imposer ses chansons. Nous, on ne voulait pas jouer si fort, mais Bob disait que c'était le seul moyen de s'imposer : jouer plus fort qu'eux. Et cette vie, avion, limousine, avion, limousine, juste pour être hué, hué… »

Confirmé par Robertson : « Je ne voudrais jamais revivre ça. »

On remplace Helm par Bobby Gregg. Mais la raison profonde est peut-être plus complexe : The Hawks, quelques mois en amont, s'étaient séparés de leur fondateur, Ronnie Hawkins, parce qu'ils souhaitaient s'affirmer comme groupe à part entière et pas seulement à l'arrière du chanteur. Et sur le chemin, Helm a pris la place du leader, au point qu'on s'appelle Levon Helm and The Hawks. Précisément la place dont Dylan vient de se saisir : finalement, on n'aura réussi qu'à remplacer Hawkins par un autre, dans le même rôle.

Et les inconnus de Toronto, ces types de province qui font de la musique de bar pour cinquante personnes le samedi soir, apprennent à maîtriser ce qu'il faut de son pour les plus grandes salles du pays : des salles à l'acoustique ingrate, des murs qui résonnent. Et si c'était cela, le génie de Dylan ? Préférer un groupe approximatif, mais au son parfaitement monobloc ? On joue encore sans haut-parleurs de « retour », on ne s'entend qu'approximativement. La voix de Dylan est souvent mangée par les amplis électriques.

Lui, il les rassure : on fait ce qu'on a à faire, et si ça ne plaît pas, tant pis. Il confirmera dans les grands entretiens de 1978 : « Je n'ai jamais pensé qu'un artiste devait se conduire selon ce que son public attend de lui. »

L'hostilité devient une routine. Et, pour Dylan, deux concerts en un seul : le premier seul avec sa guitare et ses harmonicas, le second avec la Fender, applaudissements pour la première partie, huées pour la seconde.

Cela n'empêche pas quelques îles plus secrètes : mariage avec Sara en novembre. Excursion de cinq jours dans le désert californien avec Allen Ginsberg et son compagnon, Peter Ostrovski, en combi Volkswagen. On a une photo d'eux trois, complétés de Robertson, dont

335

ce n'est pourtant pas le monde : preuve d'une relation qui s'approfondit avec Dylan ?

Répit après le 20 décembre, pour la naissance du premier des quatre enfants de Dylan et Sara, Jesse Byron, le 6 janvier 1966.

Maintenant, ceux qui s'intéressent à lui, ce ne sont plus les gratteurs de guitare du folk. À New York, par exemple, c'est Andy Warhol, lequel lui demande de rester immobile huit minutes dans un fauteuil pendant qu'il le filmera en gros plan. Quand Dylan s'en va, Warhol lui offre une grande toile : Elvis Presley grandeur nature en surimpression (Warhol appelle ça ses *Double Elvis*) sur toile de soie. Dylan d'abord ça le fait rire : il rejoint Neuwirth, puis accroche Elvis à l'antenne de sa Ford pour le rapporter à Woodstock et le montre à Grossman : « Qui c'est, ce cinglé, pourquoi il m'a donné ce truc ? » Grossman le lui échange contre un canapé. À la mort d'Albert Grossman, Sally revendra le Elvis deux cent trente-cinq mille dollars. Reste ce film de huit minutes, d'un seul gros plan, génie contre génie : ce qu'on laisse passer alors de vérité.

Le paradoxe de 1966, c'est qu'on refuse à Dylan toute écoute, toute confiance. Dylan au plus haut, sa réception au plus bas, et au bout un homme brisé, qui s'enferme. Paradoxe : on joue dans les plus grandes salles et partout c'est comble. On vous hue, mais on paye pour cela.

Et si les Byrds, Peter, Paul & Mary ou Hugues Aufray ont commencé, si Joan Baez garde à son répertoire les chansons de celui qui l'a repoussée, maintenant c'est une vague : Odetta sort un disque *Odetta chante Dylan*, il y a Manfred Mann et tant d'autres. *Highway 61 Revisited* a confirmé que Dylan, pour les

336

ventes, était au niveau des Beatles et des Rolling Stones.

En janvier on recommence. Pour remplacer Levon Helm, les Hawks ont proposé Sandy Konikoff : un type né en 1943, le plus jeune du groupe, qu'ils connaissent parce qu'il est maintenant le batteur de Ronnie Hawkins, lequel lui imposera un préavis de quinze jours avant de le laisser rejoindre la tournée de Dylan.

Ce n'est pas encore celui qui convient : c'est mystérieux, le rapport de la percussion à la voix, et la force que peuvent prendre certains binômes quand ils mûrissent. Mickey Jones, qui a l'âge de Dylan, a commencé tôt sa vie professionnelle, suivant le chanteur Trini Lopez, avant de rejoindre une des valeurs sûres du rock traditionnel, Johnny Rivers. Deux ans plus tôt, Dylan a croisé Mickey Jones, et lui a demandé de passer discuter chez Grossman. Mais Jones se trouve immergé dans une fête où tout le monde boit et fume, Dylan est constamment entouré de parasites, le salue de loin et ne s'occupe pas de lui. Jones attend trois heures du matin, Dylan est toujours inaccessible, il le coince pour lui dire qu'il s'en va : « Il faut qu'on bosse ensemble, *man*, tu es le meilleur que je connaisse pour le rock. » C'est ce que Dylan appelle *discuter*. Mickey Jones est sensible au compliment, sans doute, mais n'a plus de nouvelles pendant deux ans exactement, donc jusqu'à ce que son téléphone sonne encore à trois heures du matin : « Je vous passe Dylan. »

Le 1er avril 1966, pour les deux derniers mois de la tournée, Mickey Jones parachève le groupe et l'exact son que voulait Dylan : trop tard ?

Le batteur a une autre qualité : il est fou de sa petite caméra Super 8. Pour lui, ce sont des souvenirs de tournée : à Honolulu on filme l'hôtel, les palmiers, la plage, à Melbourne et Sidney les monuments, à Paris la tour Eiffel. Mais quand Dylan fait seul en scène sa première partie, Jones laisse tourner, en muet, sa petite caméra : en muet, mais à trois mètres. Il y a deux ans, il a exhumé d'un carton, au fond de son garage, cette suite de courtes bobines rondes en boîtes métalliques : c'est grâce à Mickey Jones qu'on connaît un peu mieux ces deux mois cruciaux.

Même avec Mickey Jones, les huées continuent. Après les concerts, Dylan et Robertson écoutent les bandes, cherchent à comprendre pourquoi les sifflets : ils n'ont rien à changer, pensent-ils, à leur façon de jouer, ni à la musique qu'ils délivrent. D'ailleurs, quand ils jouent *Like a Rolling Stone*, la chanson qui a brutalement fait monter d'un cran le statut et la célébrité de Dylan, les huées s'arrêtent, les autres, les plus jeunes chantent avec eux. En fait, huer Dylan, traître au folk, traître au *protest song*, c'est inclus dans le billet. Ils ne trouvent pas le groupe à la hauteur : mais c'est le concept décidé par Dylan, que cette voix psalmodiante avec, dessous, cette masse métallique et compacte, avec les trilles de la guitare pour faire le lien. Les grandes adaptations pop, comme le *All Along the Watchtower* de Jimi Hendrix, démontreront que d'autres approches sont possibles pour ses chansons. Mais qu'on réécoute, aujourd'hui, Dylan and The Hawks, et qu'on prétende qu'il n'est pas fidèle à lui-même…

Il dit dans ses conférences de presse : « Toutes mes chansons sont des chants de contestation… *All of them are protest songs*. » Il ne chante plus *Masters Of War* ni *Blowin' In the Wind*, mais est-ce qu'il y a un fond, dans *Ballad Of a Thin Man*, qui laisse place au confort d'exister ?

338

Même la partie acoustique, ce n'est plus le Dylan d'avant 1966 : un orchestre à lui seul, une rage. Et lui : « Tout seul avec une guitare, et faire la même chose tous les soirs dans toutes les villes, c'est ça qu'ils voulaient ? Moi je ne pouvais pas... » D'autres pourtant s'en seraient accommodés.

En novembre 1965, Grossman et Columbia le poussent à enregistrer de nouveau. À distance, nous voyons surtout les albums, mais tous les trois mois Grossman lance chez les disquaires un 45 tours : lors des sessions de *Highway 61*, par exemple, on a mis de côté l'étrange *Can You Please Crawl Out the Window*, et *Positively 4th Street* dans la série de 45 tours qui suivra *Like a Rolling Stone*. Tous, à commencer par Dylan, se disent probablement qu'on a la chance d'être dans cette même furie qui porte les Beatles et les Rolling Stones. Juste après le *Like a Rolling Stone* de Dylan, c'est au tour de *Satisfaction* des Rolling Stones d'élargir comme on ne l'aurait jamais cru possible le territoire que peuvent embrasser ces petits 45 tours désormais distribués le même jour autour du monde : ce qui pousse Dylan à déclarer que, certainement, il aurait pu écrire *Satisfaction*, mais que jamais les Stones n'auraient pu écrire *Like a Rolling Stone* (Jagger ne le lui pardonnera jamais, ni d'être toujours placé, comme symbole, un palier au-dessus de lui) : mais combien de temps l'engouement va durer, qui le saurait ?

Johnston pousse Dylan à tenter Nashville, il réserve même le studio. Grossman est réticent, et Dylan au dernier moment annule. Il revient dans le studio A de Columbia et demande à être accompagné par son groupe de tournée. Le 5 puis le 20 octobre, le 30 novembre puis le 21 janvier on enregistre chaque fois deux chansons, Dylan avec Robertson, Danko, Manuel et Hudson,

Levon Helm les deux premières séances puis Bobby Gregg à la batterie les suivantes.

Mais ça ne fonctionne pas. Dylan utilisera ces enregistrements bien plus tard, pour le coffret *Biograph* qui rassemblera toutes ces chansons laissées de côté. Les Canadiens sont solides sur scène, même sous le mur de huées, mais en studio aussi ils accompagnent. Dylan a inséré dans ses tardives *Bootleg Series* (il ne peut pas contrôler toutes ces musiques qui circulent dans les circuits pirates, alors il les commercialise lui-même) la version de la chanson sur laquelle, fin novembre, puis en janvier, on achoppe : *Visions Of Johanna*.

Tout est presque pareil, mais un balancement ne s'opère pas. En janvier, Dylan garde Robertson, Danko, Manuel et Gregg mais demande à l'organiste des Hawks, Garth Hudson, de céder sa place à Al Kooper. On réenregistre *Visions Of Johanna*, et ce n'est pas encore ça. Qu'est-ce qu'il entend, intérieurement, qu'il ne parvient pas à obtenir de ses musiciens ?

En février, on réembarque dans le vieil avion treize places de Grossman : on n'a pas de chauffage, ou insuffisant – on se cale comme on peut sous des couvertures, et on reprend la litanie des villes : le 4 à Louisville (Kentucky) pour se remettre en doigt (et huées), le 5 à White Plains, le 6 à Pittsburgh, le 10 à Memphis, le 11 à Richmond, le 13 à Norfolk, et c'est ainsi que, le 14, Dylan, Robertson et Al Kooper arrivent par une ligne commerciale à Nashville : on veut tenter ce qu'a proposé Johnston.

Les musiciens de Nashville témoigneront que Dylan, pour ces trois jours, ne s'était pas encombré de vêtements de rechange et qu'il avait de l'odeur : sans doute étaient-ils habitués à plus gominé. Les mercenaires de luxe s'appellent Hargus Robinson, dit *Pig* Robinson au piano (né en 1938, devenu aveugle à l'âge de trois ans à la suite d'un accident), Kenneth Buttrey à la batterie, et trois guitaristes multi-instrumentistes : Wayne Moss, Jerry Kennedy, et bien sûr McCoy, qui alternera guitares, mandoline, harmonica et trompette. Ils ne connaissent pas Dylan, n'ont pas écouté ses disques, mais – dit Al Kooper – « ils savaient que c'était quelqu'un ». Eux ont enregistré avec Elvis, travaillent avec Johnny Cash (même le chauffeur et garde du corps qu'on embauche, c'est celui de Presley).

Clinton Heylin, qui est remonté jusqu'aux journaux de bord que Columbia tient dans chaque studio, a pu prouver que, ce premier jour, Dylan a proposé trois chansons qu'il tenait prêtes : *4th Time Around* (qu'on pourrait traduire par « Un dernier pour la route »), *Leopard Skin Pill Box Hat* et celle qu'on a enregistrée trois fois sans parvenir à ce que souhaite Dylan : *Visions Of Johanna*.

C'est aussi une façon pour les musiciens de s'accorder avec les matrices déjà rodées que leur proposent en trio Dylan, Kooper et Robertson : les deux premières chansons n'éloignent pas les hommes de Nashville de ce qu'ils savent faire – une rengaine acoustique légère pour McCoy, très proche de celle qu'il a installée dans *Desolation Row*, avec la voix sur un tempo très lent quand la musique est jouée presque allegro, pour la plaintive *4th Time Around*, et un son très blues pour *Leonard Skill Pill Box Hat*.

Bob Johnston a fait démonter les boxes du studio : ici, la tradition veut qu'on enregistre chaque instrument séparément, les musiciens isolés par des cloisons. Avec Dylan, on sera tous à vue.

Dans *Visions Of Johanna*, Dylan commence seul, la batterie le rejoint, puis la basse se synchronise très discrètement sur les tambours et cymbales : c'est gagné en une seule prise. Et comme cela résonne avec cette image, qui vient dans le premier couplet, d'un poste de radio jouant en sourdine de la musique *country* (*the country music plays soft*). Robertson, bien reconnaissable, rajoute quelques notes glissantes dans l'aigu, McCoy s'est greffé pour des accords qui renforcent électriquement ceux de Dylan. Au refrain et sous l'harmonica, Buttrey prend une brosse pour faire sonner les cymbales : c'est tout. Chacun cherche dans son propre registre, et personne n'a encore l'assurance suffisante pour rejoindre la place qu'occupe seul, devant, Dylan. Sans doute qu'il fallait les deux premiers morceaux, plus aisés, pour qu'ils se risquent ensemble dans ce qui est définitivement, avec *Ballad Of a Thin Man* et *Desolation Row*, une des chansons les plus absolues de Dylan. Et, comme d'habitude, les musiciens ne savent pas combien la chanson compte de couplets, n'ont aucun indice pour savoir si elle touche à sa fin ou va reprendre le mouvement en spirale de son recommencement éternel, alors on installe des intensités suspendues, aussi susceptibles de s'arrêter que de poursuivre le mouvement circulaire.

Initiée par le mot-titre *visions*, où l'univers de la drogue est si rémanent (la *poignée de pluie* désigne explicitement la cocaïne), nulle chanson plus mystérieuse que celle-ci :

*On est ici échoués, on voudrait bien se faire croire que
   non*
*Et Louise tient une poignée de pluie en main, voudrait
   que tu la défies*
*Dans la chambre le tuyau de chauffage est enroué il
   tousse*

342

La radio variété se la joue douce
Mais il n'y a rien, vraiment rien à couper
Juste Louise et son copain sur le lit emmêlés
Et ces visions de Johanna qui m'assaillent la tête

Toute une traversée de nuit mais, paradoxalement, des images si concrètes que pas une chanson de Dylan n'est peut-être aussi simple à traduire. Ces dames sur le terrain vague, c'est leur immobilité qui effraie : un tableau d'Edvard Munch :

Sur le terrain vague des dames jouent à malin-gaillard
     avec un porte-clé
Et les filles service de nuit chuchotent par saccades
     sur fond de train express
Le vigile fait sa ronde tu te prends sa lampe torche
Va savoir si c'est lui si c'est elles qui sont ici devenues
     malades
Louise, elle ça va, elle est près de toi tout près
Fine délicate et comme dans le miroir
Mais à cause d'elle c'est trop évident c'est trop vrai
Que Johanna n'est pas là

Ce sont les assonances qui en font le velours. Louise et Johanna toutes deux divisées, assemblées dans l'entité Mona Lisa : en janvier 1963, André Malraux avait imposé au conservateur du Louvre de convoyer par paquebot *La Joconde* pour l'exposer deux semaines à New York. Suze revenait d'Italie, probablement qu'ils l'ont découverte ensemble. La chanson vous hurle dans les os :

Le fantôme de l'électricité hurle dans les os de son
     crâne

Où ces visions de Johanna maintenant ont pris ma
   place

Et le mot *Infinity*, le prendre comme infini, ou au
sens de l'éternité de Rimbaud ? Soudain on revient à
la chambre des premières strophes, mais elle est
devenue un tableau :

Aux murs des musées, on met l'éternité en procès
Un bruit de voix au loin ça doit être ça le salut, il vient
   du temps
Mais Mona Lisa a le blues de la grand-route
La façon qu'elle a de sourire
Regarde sur le papier peint d'autrefois elles sont gelées
   les bouches
Et quand les femmes à face de gelée se mouchent
Il y a le type à la moustache qui hurle : – Ouche je
   m'écroule
Et les diamants et le télescope restent pendus au cou
   de la mule
C'est que les visions de Johanna sont un monde cruel

À mesure qu'on avance dans la narration de Dylan,
on prend conscience de cette grammaire : on ne développe pas l'histoire, on la recadre, on la reprend identique dans un autre dispositif de représentation, tout se
reconstruit alors en décalage. Un manteau abandonné
dans une cage rouillée, et reste l'irruption du narrateur
à la fin sous la pluie : qui charge un camion de caisses
de poissons, sur quel port, et qui sont pour chacun de
nous les parasites sinon d'autres figures de soi ?

Le violoneux est reparti sur les chemins
Il écrit que tout ce qui était dû fut rendu

À l'arrière du camion de poissons qu'on charge
C'est ma conscience qui explose
Même l'harmonica fait des fausses notes et sous la
    pluie
Ces visions de Johanna maintenant tout ce qui luit

Nashville, c'est la capitale de la musique blanche, une usine à enregistrer, mais on y fabrique à la chaîne la musique la plus normative, la plus triste. Des musiciens très réputés et très chers, qui font plusieurs sessions par jour, arrivent, jouent, s'en vont. Dylan en studio ne leur parle pas. Il ne mange pas avec eux, n'entre dans aucune relation amicale ou seulement cordiale. Leurs noms, par contre, figureront sur l'album : une marque de reconnaissance à laquelle ils ne sont pas habitués. Mais on ne se préoccupera pas de leur envoyer ne serait-ce qu'un disque gratuit, en remerciement.

On a fini la veille très tard, et ce deuxième jour, on s'est fixé rendez-vous pour six heures de l'après-midi. Dylan explique, ou fait dire par Al Kooper, que la chanson qu'il compte enregistrer n'est pas terminée, qu'on le laisse quelques dizaines de minutes seul dans le studio. Alors les musiciens les mieux payés de tout le pays s'assoient à côté. Comme Dylan ne reparaît pas, on sort les cartes et on joue au poker. N'importe, on est payé. Vers une heure du matin, ils s'enquiètent auprès de Bob Johnston : ils aimeraient partir, on ne va pas travailler maintenant, on a perdu assez de temps ? Bob Johnston leur dit qu'on restera tant que Dylan lui-même restera. On enregistrera à deux heures du matin, trois prises.

La chanson s'intitule *Sad Eyed Lady Of the Lowlands*, un hommage à Sara, évocation de ce qui les sépare, lui et elle. Une ballade très lente, qui dure plus de onze minutes, Dylan au piano, Al Kooper très proche, la batterie sur les bois et charleston étouffée, presque juste un compte de mesure, et les musiciens comme un nuage assourdi et indémêlable, Charlie McCoy encore à la guitare acoustique (il semble qu'on entende aussi une mandoline), allant d'accord en accord comme on descend dans une suite de niveaux souterrains. Et c'est tout ce qu'on enregistrera, hors un instrumental d'échauffement.

Le rendez-vous du lendemain est fixé à nouveau en fin d'après-midi, et à nouveau les musiciens trouvent porte close : Dylan travaille avec Kooper et Robertson. À nouveau la chanson dure plus de sept minutes : la Telecaster et l'orgue entourent de très près la guitare acoustique, mais c'est sur la batterie qu'on se fixe. La musique semble légère, aisée, seule la voix serait perdue au-dessus, tournoyante, à nouveau presque parlée, et jamais Dylan n'est meilleur que lorsqu'il ne s'éloigne pas du parlé. Perdu dans la ville, un type marche en rond, et c'est Shakespeare qu'il croise (il y a un tableau de Hopper avec Shakespeare dans un parc, ignoré de tout le reste de la ville) :

Oh le clodo dessine des cercles
Tout autour des immeubles
Je lui ai demandé mais y a une raison
Pourtant je savais qu'il ne dirait rien
Les dames étaient gentilles avec moi
Elles m'ont donné ce qui bande
Mais au fond tréfonds de moi-même
J'ai compris qu'échapper non
Oh maman tu crois que c'est comme ça la toute fin
D'être coincé là dans Mobile
Alors que c'est Memphis que j'ai aux tripes

346

Ouais j'ai vu Shakespeare il passait dans la rue
Avec des chaussures pointues et trois grelots
Parlant à une touriste française
Qui lui disait qu'elle me connaissait bien

Mobile est en Alabama et Dylan n'y est jamais
allé. Mobile vante ses plages et ses bals, le golfe du
Mexique, ses casinos et ses attractions. Il y a la majus-
cule, mais c'est le nom commun *mobile* qui percute le
titre : coincé dans un mobile façon Calder, et tout bascule. Alors ce n'est plus de Memphis qu'on a la nos-
talgie, mais de la forme musicale qui s'appelle le *blues*,
de la même façon qu'on est enfermé dans la musique
d'après le blues, la musique des savants à tout jouer
de Nashville.

On croise un sénateur invitant avec démagogie la
population au mariage de son fils, puis un curé (*prea-
cher*) bizarrement nu, avec toute la presse du jour
agrafée à même la chair. On recroise à nouveau *Mona
Joconde* (le visage énigmatique de Sara qui sera si
rarement photographiée – laissée seule avec l'enfant ?),
et on affiche directement son goût des drogues qui font
voir sous la poudre en pluie le monde au-delà du visible
et du conforme :

L'homme pluie m'a refilé deux pilules
Il m'a conseillé : – Vas-y lance-toi.
La première une sorte de truc du Texas
Et la deuxième juste du gin de poivrot.
Comme un idiot je les ai mélangés
Ça m'a étranglé la cervelle
Les gens je les trouve pas beaux même très laids
Et j'ai perdu le sens du temps.

Dans sa maison d'Hi Lo Ha, Dylan a accompli un vieux rêve : une pièce entière uniquement pour les livres d'art. Ici on dirait Chirico. La ville s'assemble en géométries parfaites, des types grimpent là-dessus et le narrateur s'assoit avec eux pour attendre :

Maintenant les briques étalées sur la rue principale
Et les fous de néon grimpent là-dessus
Ça s'est effondré de façon si parfaite
C'était calculé pile poil
Alors moi je me suis assis là tranquille
Je me disais que je saurais bien le prix
À payer pour en finir
De vivre tout ça deux fois.
Oh maman tu crois que c'est comme ça la toute fin
D'être coincé là dans Mobile
Alors que c'est Memphis que j'ai aux tripes

Le même mois, John Lennon écrira pour son *Norvegian Wood* des descriptions similaires : ce qu'ils découvrent par l'hallucination chimique devient le principe même de la succession discontinue des images.

Symptomatique croisement : Elvis a joué la première fois à Mobile les 4 et 5 mai 1955. Sa chanson *Guitar Man* c'est l'histoire d'un type qui vient en autostop de Memphis, et voudrait qu'à Mobile on le laisse jouer de la guitare, mais il se fait refouler. Biographiquement, exactement ce qui s'est produit pour Dylan à Denver, puis Central. Ce 16 février 1966, Dylan enregistre dans la ville où Elvis a enregistré, dans le studio où se tenait Elvis deux semaines plus tôt, avec les mêmes musiciens. Comment Dylan n'y penserait-il pas ? C'est trois ans plus tard qu'Elvis reviendra à Nashville, et enregistrera *Guitar Man*, au point qu'aujourd'hui Mobile, la ville-casino et bains de mer pour les éleveurs d'Alabama, est le paradis des sosies d'Elvis et des imitateurs des Beatles. Mais si chez Elvis il y a Mobile, il n'y a pas Shakespeare avec ses grelots, ni Chirico ni la poudre.

Le lendemain, à l'aéroport, Bob Johnston emporte dans des boîtes métalliques les bandes de ces trois jours : cinq chansons (plus deux enregistrements qui ne serviront pas). Mais, à elles cinq, elles sont déjà plus longues que ce que permet un 33 tours. Dylan a les yeux cernés, la voix éteinte, il grommelle : « Alors on fera deux disques, un double album. » Les idées simples qui dérangent l'ordre des choses, elles lui viennent comme ça, avant tout le monde.

Bob Johnston fait la grimace. Ses patrons vont râler, on va lui demander de justifier, de calculer. Mais il appelle Columbia, prévient aussi Grossman, et on réserve à nouveau le studio et les mêmes musiciens (un autre bassiste, Henri Strzelecki).

Il fait moins vingt degrés Celsius au Canada, quand le vieux Lockheed de Grossman les dépose le 19 février à Ottawa, le 20 à Montréal, le 22 à Vancouver, puis le 24 à Philadelphie, le 26 à Hampstead. Dylan a cinq jours de répit avec Sara à Woodstock, mais on est le 3 mars à Miami, puis à Jacksonville le 5. On doit jouer à Saint Louis dans le Missouri le 11, à Lincoln dans le Nebraska le 12, avant Denver (cette fois dans bien plus grand que l'Exodus) le 13 mars : et c'est juste dans ce trou d'entre Floride et Missouri que Dylan et Robertson rejoignent à nouveau Al Kooper à Nashville.

J'aime bien le mot anglais *a bunch*, qui désigne le trousseau de clés, le bouquet de fleurs, la botte de radis ou la grappe de raisin, la touffe de cheveux, ou les expressions comme on a, nous, « le meilleur du panier » (*the pick of the bunch*), ou « le meilleur de la bande ». *Bunch*, c'est aussi pour l'équipe de foot, ou le groupe de copains : Dylan dispose d'un *bunch* de nouvelles chansons, mais quand on les met ainsi en fagot, ça veut dire une vague ébauche sur un papier à en-tête de l'hôtel, quelques images écrites, et de l'autre côté une musique tenue sur quelques accords, un changement de tonalité, un arpège au piano, pas plus.

Le rôle de Robertson a changé. Dans les images de la tournée, on le voit en permanence avec Dylan dans les loges, ou à l'hôtel, jouant à deux guitares. Dylan s'est procuré une guitare acoustique Fender : le fabricant des Telecaster et Stratocaster ne réussira pas à s'imposer dans le domaine acoustique : Dylan reviendra vite, et définitivement, à des Martin (Marc Silber, son luthier de New York, et un des plus fins du jeu à trois doigts, fait le voyage de Woodstock quand il a une rareté à lui proposer, Dylan est suffisamment amoureux des guitares pour en collectionner, mais, dira Silber, il est dur en affaires, s'imaginant toujours qu'on veut lui soutirer plus qu'il ne faut). Est-ce à cause des huées électriques, lorsqu'il est armé de sa Stratocaster ? La guitare acoustique Fender a ce même haut de manche avec les six clés sur la face supérieure, et c'est une manière discrète d'affirmer sa détermination. Et la Gibson de 1937 est alors entre les mains de Robertson, un Robertson plus pâle, qui doit aussi partager avec Dylan les amphétamines et l'acide. La frange sur le front et arborant lui aussi des lunettes noires, il devient comme un double discret de Dylan : il semble bien que l'atelier de composition du futur *Blonde On Blonde*, ce soit ce jeu à deux guitares acoustiques, avec près de soi et sans cesse disponible ce grand type mutique qui vous sert de mémoire. Le *bunch* des chansons en travail, ce n'est jamais que deux ou trois à la fois. Mais, si cette année 1965 sont apparus les magnétophones à cassette, et qu'on dispose déjà des magnétophones portables à bande plus légers et plus fiables (c'est ainsi qu'en mars Keith Richards a fixé en pleine nuit son riff de *Satisfaction* d'après une chanson de Martha & The Vandellas), on ne constate jamais la présence de tels appareils dans l'environnement immédiat de Dylan qui, lui, connaît des dizaines et dizaines de chansons du répertoire par cœur.

Pour ces trois jours du retour à Nashville, Johnston a pu obtenir de Dylan un peu plus de rationalité dans l'organisation : on demande aux musiciens d'être là à vingt heures. Mais vers quatorze heures Al Kooper rejoint Dylan dans son hôtel, où un piano est installé dans sa chambre. Dylan montre à Al Kooper où il en est de son ébauche, Kooper prend le relais au piano, et rejoue alors ce même fragment en boucle récurrente, « comme une cassette ». Le germe de ce qu'on cherche est là, ne cesse pas, s'éloigne puis revient : Dylan complète le texte sur les feuilles de papier à lettres à en-tête de l'hôtel, il n'a plus le temps de s'embarrasser d'une machine à écrire.

À vingt heures, Al Kooper arrive au studio et explique aux musiciens la structure de la chanson. McCoy et ses collègues savent désormais ce qui caractérise Dylan, cette façon de porter d'emblée à son intensité une matière *pauvre*, au sens de l'*arte povera* italien : ce dépouillement d'accords, par quoi la voix seule deviendra récurrente. On enregistrera trois chansons le premier soir, deux le deuxième, deux plus la finale le troisième et ultime soir.

La chanson pivot du premier soir : *Just Like a Woman*. Quand Dylan a demandé à Mickey Jones de les rejoindre, ils ont répété, et le soir Otis Redding chantait à New York. Otis et Bobby ont le même âge, à quatre mois près. Né d'une famille noire du Sud, le père d'Otis Redding était pasteur le dimanche, travaillait sur une base aérienne la semaine. Son père atteint de maladie doit abandonner son travail, Otis quitte l'école à treize ans et doit faire sa route de petits boulots. Il chante dans les chorales, et devient une minicélébrité locale pour gagner quinze samedis d'affilée le prix du meilleur soliste. À quinze ans, il joue de la batterie dans un groupe de gospel pour six dollars la soirée, puis est embauché comme chanteur dans le groupe de Johnny Jenkins, un guitariste qui se veut prodige, jouant de la guitare à l'envers, ou les yeux fermés, ou dans son dos. Quand le groupe décroche son premier disque, on leur demande un instrumental, chance ratée. Pour le deuxième disque, en fin de session, on demande au chanteur un complément : six mois plus tard, on a oublié le guitariste, et le chanteur est célèbre.

Ce printemps 1966, Mickey Jones a assuré à Dylan qu'Otis souhaitait le rencontrer. Apparemment ça se passe avec simplicité : Jones et Dylan rejoignent Otis dans sa loge, et Dylan s'assoit au piano, dit à Otis qu'il a écrit une chanson dont il pense qu'elle lui irait bien, c'est *Just Like a Woman*. Ce qui frappe, comme avec Johnny Cash ou John Lennon, c'est l'immédiateté : on est membre de cette tribu restreinte des chanteurs – et ça relègue tellement loin les questions de folk et de rock, de politique et d'électricité. Otis mourra l'année suivante, quand son avion s'écrasera dans un lac du Wisconsin, à vingt-six ans : encore un fantôme sur la route. Ç'aurait été Dylan à la place, nous écouterions *Blonde On Blonde* comme un testament.

Le deuxième soir, à Nashville, on enregistre *Temporary Like Achilles*, une ballade, et *Most Likely, etc.* (le titre précis : « Ce serait aussi bien que j'aille mon chemin et que tu ailles le tien »), où McCoy introduit de la trompette.

Troisième et dernier soir. Dylan propose *I Want You*, qui est un défi pour tous les musiciens tant ce morceau est simple, et toute sa difficulté extrême dans cette simplicité apparente. Orgue et guitare presque à l'unisson, une basse qui danse, comment se contraindre à en faire si peu, et que s'accomplisse ainsi l'essence même d'une chanson, cette impression, dit-il, que tout est déjà dans l'air et qu'il n'y a qu'à capter ?

On est en fin de soirée, on va se séparer. Dylan a une dernière chanson. – *What Do You Do, There ?* C'est de l'anglais, c'est simple à comprendre, mais eux, les musiciens, ils ne comprennent pas : – Vous faites quoi, dans ce patelin ?

Dylan insiste un tout petit peu, très légèrement, sur ce verbe *faire*. – La chanson s'appelle *Everybody Must Get Stoned*, alors il faudrait quand même prendre un petit quelque chose avant…

Ça ne s'est jamais vu, à Nashville, où les musiciens viennent au studio comme à Manhattan on va au bureau. On envoie chercher des cocktails au bar d'à côté : après tout, on est fier du travail qu'on a fait, ça peut s'arroser. Alors cocktail, et puis un autre. On enregistre une prise : Dylan veut que ça s'entende, le petit verre, le « brutal », comme disent les jazzmen. Mais ça ne marche pas : des musiciens de ce gabarit, même bourrés comme des coings, ça jouerait droit. Alors nouvelle tournée, et Dylan leur propose, comme une bonne farce, que chacun change d'instrument : Al Kooper à la basse, Kenny Buttrey se charge de la caisse claire façon fanfare et McCoy jouera de la trompette d'une main, de la grosse caisse de l'autre. « Façon Armée du Salut », leur enjoint Dylan.

Et, jouée de cette façon-là, *Everybody Must Get Stoned*, en somme l'obligation de se défoncer, sera la chanson phare, la chanson d'ouverture du disque, l'habituelle marque d'insolence, son *carelessness* qui est presque un slogan. Dix mois plus tard, quand la police fouillera la maison de Keith Richards à la recherche de drogue, c'est celle-là que Richards mettra sur l'électrophone, plein volume, par provocation.

Pour Nashville, c'est une réhabilitation : les affaires reprennent.

Détail : Dylan choisit lui-même le portrait qui figurera, sans autre indication, sur la pochette (ce n'est pas Led Zeppelin, qui invente la pochette sans nom ni titre). Il choisit délibérément, sur la planche-contact de Jerry Schatzberg, une photo légèrement floue. À côté des normes, toujours.

Et pourquoi ce titre *Blonde On Blonde* ? Parce que les initiales en sont BOB, tout simplement BOB, et une fois de plus la volonté que le disque soit comme un autoportrait.

Après quoi Dylan et Robertson retrouvent The Hawks et on reprend l'avion, à nouveau on supporte les huées en paquet, quand bien même *Blonde On Blonde* est sur toutes les radios, qu'il s'en vend des millions.

Un disque immensément *contemporain*. Le sait-il ?

La moto, la rupture et Big Pink

Deux concerts en Californie (dont Santa Monica, tout près de chez Joan Baez, mais peu probable qu'elle se soit déplacée), puis Seattle et Tacoma dans l'État de Washington, avant un crochet à Vancouver : zigzags du Lockheed aux treize places dans tout le ciel du continent.

Retour à Los Angeles où, pendant deux jours, Dylan et Johnston (en présence de l'inamovible Neuwirth qui a mot sur tout, et probablement en présence aussi de Robertson) mixent les prises de Nashville – première fois que l'étape du mixage est traitée par Dylan lui-même, de façon indépendante de l'enregistrement du disque : mais aucun ajout ni *overdub*.

Ça pourrait être des vacances, arriver à Honolulu (le 9 avril) et visiter Hawaii : on a d'ailleurs quelques images de plage sur les bobines Super 8 de Mickey Jones. Mais Robertson et Dylan sont moins curieux de tourisme que les autres de l'équipe. Suivent sept concerts en Australie, salles immenses et dures (Sidney le 13 avril, Brisbane le 15, Sidney à nouveau le 16, puis Melbourne le 19 et le 20, Adélaïde le 22, plus Perth le 23 : et bien vaste l'Australie qu'on arpente).

Puis vol direct jusqu'à Stockholm, où on joue le

29 avril : on les voit descendre de l'avion, exténués et fragiles, Dylan les yeux perdus.

Pennebaker les rejoint au Danemark et les filme dans la cour du château d'Elseneur, une idée de Dylan. Mais drôle de caravane, avec leurs habits colorés, ces coiffures variétés et lunettes noires, que ce caravansérail en marche sous les murs où Hamlet attendait son fantôme.

Un autre fantôme attend ce jour-là, à Copenhague, Bob Dylan. La veille au soir, très loin, à Carmel, il y a une fête avec dédicaces pour le livre que Richard Fariña vient enfin de faire paraître : *Being Down So Long It Looks Like Up To Me*, proses autobiographiques et inventions pas si éloignées de ce que Dylan cherche dans *Tarantula*. Plutôt une ambiance vernissage à la librairie de Carmel : Thunderbird, la clientèle est surtout faite d'artistes. Le premier disque de Fariña et Mimi Baez a été un succès modeste, mais a suffi à les faire considérer, Fariña comme musicien et inventeur de musique, Mimi Baez non plus comme la sœur de… mais comme guitariste engagée dans un travail personnel. Ils ont rompu avec la dèche de Boston, et ont trouvé à se loger pas loin de Joan, dans ce qui est leur fief, ces montagnes bleutées au-dessus du Pacifique.

Ça ne va pas si bien pour autant : Fariña n'a rien réglé de ses démons. Il ouvre d'office le courrier de son épouse, y répond parfois sans la consulter. Elle n'a pas le permis de conduire (aux États-Unis, où c'est si facile, et si indispensable), même pas de carnet de chèques. Elle a vingt et un ans et il la traite comme une enfant. Alors, « tout ce mois-là, on s'était pas mal disputés… Je n'arrêtais pas de découvrir combien il pouvait être égocentrique », dit Mimi Baez. Fariña signe ses livres, écrivant chaque fois *Zoom !*, un seul mot plus point d'exclamation, au-dessus de sa signature : dédicaces artistes au temps de la *beat generation*. On fête ensuite l'anniversaire de Mimi chez la sœur aînée, Pauline, une surprise. Fariña repère, devant la maison, une Harley Sportster dernier modèle. « Hé, à qui elle est, la moto ? » Elle appartient à un collègue du mari de Pauline, un grand blond à cheveux longs et moustache tombante, chercheur en biologie. « On fait un tour ? » C'est le soir, il y a un peu de brouillard. Les deux hommes ont des casques. Une heure et demie plus tard, alors qu'on commence à s'inquiéter, on entend vaguement des sirènes au loin, en contrebas, et puis finalement c'est le coup de téléphone. Willie Hinds, le propriétaire, a survécu, mais quand il a dérapé dans un virage de la montagne Fariña a été éjecté, il est mort sur le coup. Dylan n'a jamais fait le moindre commentaire.

De Copenhague on s'envole pour Dublin, de Dublin à Belfast, et c'est ainsi qu'on aborde le rendez-vous d'Angleterre : à bout. Bristol le 10 mai, Cardiff le 11, Birmingham le 12, repos le 13, puis Liverpool le 14, Leicester le 15, Sheffield le 16, Manchester le 17, Glasgow le 19, Edinburgh le 20, Newcastle le 21. Dylan a imposé à Grossman d'éviter les grandes salles, de rester dans ces « théâtres » où la proximité est encore palpable, alors c'est l'assaut. Places vendues des jours à l'avance, foules qu'on peine à contenir. Son état nerveux :

« Un type incapable de se tenir tranquille un instant, disent la plupart des témoins, le pied qui tape sans arrêt, des mouvements brusques de la tête, et toujours à se relever, marcher… »

On tourne à l'héroïne insufflée, et quand il passe du set acoustique au set électrique, à l'entracte, Dylan prend ce qu'ils appellent du *speed ball*, mélange d'héroïne et de cocaïne : « Il ne pouvait même pas attendre qu'on soit sur scène, il prenait sa Telecaster et commençait tout de suite à jouer, là, pour nous, dans la loge… » Et pas question avec ça de dormir ensuite : vous restez trois jours éveillé, la nervosité gagne encore, et puis on s'effondre pour un temps indéterminé.

Peut-être ici, où la musique des Who, par le volume et le rythme, est sans doute celle qui ressemble le plus à la leur, comptent-ils sur une acceptation, une reconnaissance ? Mais l'explosion des Who et des Kinks ce sera plutôt l'année suivante. En Angleterre aussi, Dylan est celui qui doit payer. Ainsi à Liverpool, la ville des Beatles, pour calmer les sifflets, il est obligé de dire : « Ce n'est pas de la musique anglaise, c'est de la musique américaine, d'accord ? »

Et les rituels toujours vides des conférences de presse, avec les questions qu'il désamorce une par une. Mais que répondre quand on vous demande : « Est-ce que vous avez une raison pour expliquer l'enthousiasme des gens pour ce que vous faites ? »

Pour l'Angleterre, on a requis les services de Tom Keylock : un bonhomme qui a servi dans les commandos, auquel il manque des dents à un bon quart de la mâchoire supérieure gauche, et qui s'est reconverti en loueur de voitures de luxe. Les Rolling Stones avaient régulièrement des problèmes avec les loueurs, les voitures étant esquintées par les fans à chaque fin de concert, ils se sont attaché les services exclusifs de Keylock. C'est lui qui emmènera l'an prochain au Maroc Keith Richards, Brian Jones et Anita Pallenberg dans la Bentley de Keith, lui le premier qui mettra discrètement de l'ordre avant l'arrivée des officiels lorsqu'on apprendra la mort de Brian Jones.

Keylock sera le chauffeur et garde du corps de Dylan : sa petite fille a publié son journal, mais il n'y fait pas référence. Pour lui, Dylan est un jeune illuminé du même genre que les Stones, qui d'ailleurs ne doit pas s'embarrasser de vraiment lui adresser la parole, et avec le défaut supplémentaire d'être américain. Un soir, dans un hôtel, le serveur qui monte dans la chambre boissons, thé et sandwichs apostrophe Dylan, disant qu'il a trahi la cause du folk – on ne peut donc nulle part être tranquille ? – « Fiche-le dehors », dit Grossman. Dans le couloir, le type sortira un couteau pour se défendre de Keylock, qui n'est pas le genre à se laisser impressionner pour si peu, mais voilà l'ambiance.

Grossman a de nouveau demandé à David Pennebaker de filmer la tournée, et cette fois-ci en couleurs. Non pas tant les concerts ni la vie dans les loges ou les coulisses comme l'an dernier que des scènes de fiction qu'ils construiront à mesure. Ainsi, dans la banlieue de Sheffield ou Birmingham, on escalade par un échafaudage le toit d'une maison, devant les ouvriers du carrefour, interloqués. Ou bien, dans une rue de maisons pauvres, on achètera un bouquet de fleurs, et on l'offrira à la première fille qu'on aperçoit embrasser son amoureux. Mais quoi faire des huées ? Quoi faire, lorsqu'à Manchester il y a ce type qui crie du fond de la salle : – Judas… ? Et que Dylan lui répond, avec plus de fatigue que de colère : – *I don't believe you. You're a liar…* Je ne te crois pas, tu mens. Avant de se retourner vers le groupe : – Jouez putain fort… *Play it fuckin' loud.*

Mickey Jones pense que ce n'est pas Dylan, qui a crié aux musiciens le signal *Play it fuckin' loud*, plutôt un des techniciens de plateau, révolté par l'accueil qu'on leur fait. En tout cas, quand Dylan tourne le dos au public et lance le rythme sur sa Telecaster, le « jouez plus fort qu'eux » est manifeste, même si c'est s'attaquer à un mur.

Parce qu'on rêve d'un disque enregistré en public, il se trouve que ce concert de Manchester est enregistré sur un magnétophone multipistes. Il circule dans le circuit pirate (sous la fausse appellation de *Royal Albert Hall Concert*) bien avant de devenir un des plus beaux fleurons de la série *Bootleg*. Celui qui a crié, John Cornwell, se fera plus tard connaître : il ne se serait pas attendu à un tel écho.

De la fatigue de Dylan : cette scène filmée par Pennebaker dans la Rolls conduite par Keylock, où il est assis à l'arrière avec Lennon. C'est censé être le morceau de résistance du film, la rencontre des deux héritiers du surréalisme, *Strawberry fields meets the thin man*. On rêve d'un événement digne des dadaïstes ? Mais Lennon ne fait pas des vannes sur commande, enfermé avec caméra sous le nez. Et Dylan, blême et la tête ballante, demande à Keylock de les ramener à l'hôtel, tellement il n'en peut plus de son envie de vomir : tentative pour rien.

Et Paris. On aurait pu souffler, à Londres, mais la séance avec Lennon prouve que ce n'est pas le cas. Columbia et son diffuseur français ont souhaité marquer le coup pour le vingt-cinquième anniversaire de Dylan. Dylan a dû faire réparer en Australie sa Gibson de 1937, il l'a remplacée là-bas par une guitare de location. Est-ce simplement cette nervosité et cette fatigue, il ne parvient pas à s'accorder. Grossman s'énerve, Robertson envoie chercher dans les loges la Fender acoustique qui leur sert pour les duos, l'accorde en un tournemain et se prépare à l'apporter à Dylan : mais il reste inaccessible, dans sa bulle de lumière, marmonnant que cette guitare est définitivement inaccordable, tandis que trois mille personnes patientent. Ceux qui y étaient disent qu'il a chanté comme s'il était très loin, et séparé d'eux. Qu'il y avait bien sa voix, mais comme s'il avait fermé les yeux et chanté pour lui seul, qu'on ne reconnaissait rien des chansons. À l'entracte, on a préparé un cocktail pour ses vingt-cinq ans : du beau monde en costume. Le public attend, sans trop protester, mais aperçoit le ballet des serveurs. On reprend avec retard. À Paris, il n'y a pas eu de huées : du moins, elles n'étaient pas le fait de l'ensemble du public. Mais la sensation jamais éprouvée de se tenir face à un mur de son. Aucun soliste, cinq instruments ensemble, et les mots de Dylan au milieu. Un volume comme personne n'avait supposé que ce soit possible. Qu'ils étaient plutôt abasourdis. Mais que oui, c'était de la musique : seulement, le champ de réception de Dylan n'est pas celui des Who, et ce qu'on admire chez les uns on le retient à charge contre l'autre.

La soirée est enregistrée pour être diffusée dans le « Musicorama » d'Europe 1. Dylan, sitôt le concert fini, met son veto : pour la partie acoustique ratée ? On n'a jamais retrouvé les bandes : ils ne s'en consolent pas, les témoins, et disent que ce concert électrique – pureté d'un son tendu et fort comme jamais entendu, précision des musiciens – était meilleur que tous ceux qu'on a pu retrouver de la tournée américaine puis de la tournée anglaise.

Retour à Londres pour un dernier concert, celui du Royal Albert Hall, et tout le gratin du rock est dans la salle : eux, ils retiendront la leçon. Huées comme jamais. Puis vacances en Espagne avec Sara (Marbella comme les Rolling Stones, ou faut-il l'imaginer dans la magie de Tolède ?). Dormir, peut-être seulement dormir, et Marbella quand même. Laisser revenir le silence. Calmer l'agitation des pieds et des membres. De l'Espagne à Tanger il n'y a pas loin, on peut continuer le haschich.

Ces six semaines du début de l'été, les Dylan sont à Woodstock. Enfin le répit. Dylan a repris la machine à écrire, et le paquet accumulé des proses brèves. Il a choisi leur titre, *Tarantula*, d'après un passage du *Zarathoustra* de Nietzsche. On s'en est beaucoup moqué, on a ri de Dylan en disant que s'il était un magnifique auteur de chansons, pour la prose il ne valait rien. Ces proses, à quarante ans de distance, sentent l'influence de Ginsberg et Burroughs : c'est juste que Dylan n'est pas chez lui.

À Woodstock, on ne reçoit personne. « Je n'ai jamais été trop accroché aux drogues », dira Bob Dylan. Mais une autre fois, à propos du film *Eat the Document* sur la tournée de 1966 : « Peut-être que j'ai fait un film sur les drogues sans le savoir. » Est-ce qu'on se sort si facilement de deux ans en continu d'une telle danse ? Neuwirth, Maymudes, Robertson lui rendent assez souvent visite pour l'approvisionner.

Grossman a vendu les droits du film de la tournée à la chaîne ABC et Pennebaker prépare pour eux une séquence de trente minutes.

Mais Dylan trouve qu'on est trop dans l'idée de l'an dernier, celle de *Dont Look Back*. Il veut un montage plus éclaté, plus fictionnel, quelque chose qui soit en cinéma comme ce qu'il essaye dans les proses de *Tarantula*. Neuwirth, dont l'influence semble grande, lui met dans la tête qu'il peut faire le montage lui-même, Dylan contraint alors Pennebaker à lui remettre l'ensemble des rushes. Pennebaker suggère qu'on fasse auparavant une copie de sécurité des pellicules originales, il ne recevra même pas de réponse : une bonne partie des rushes seront détruits dans les manipulations d'apprentissage.

Ce mois de juillet, les Stones sont à Forest Hills, un de ces concerts débordés de cris où rien n'est audible : bientôt eux aussi rendront leur tablier pour trois ans. Bringue la nuit suivante au Chelsea Hotel, Dylan en est.

Sara et Sally Grossman sont toujours amies. Ce soir-là, Grossman est à New York, Sally est seule, les Dylan la rejoignent pour la soirée. Cela pourrait commencer comme pour l'histoire Fariña : il y a dans le garage de Grossman une vieille et lourde moto, que Dylan doit convoyer à Byrdcliff pour la remettre en état. Il a gardé depuis Hibbing et leurs bricolages d'adolescents ce goût de la mécanique, et quel bon dérivatif aux pressions. On le lui avait demandé, dans cette conférence de presse filmée de San Francisco : « Pourquoi il y a des motos, dans vos chansons ? » Il aurait pu parler de James Dean, quand il était ado, ou tout simplement du goût du vent sur le visage. Il dit simplement : « C'est tous les garçons, plus ou moins, qui aiment ça, non ? »

Il paraît que c'est au matin, dans le jour naissant, et qu'il a été aveuglé par le soleil. Difficile cependant de penser que Sara et Sally aient passé la nuit à parler. Plus tard, en 1987, il lâche qu'il n'avait pas dormi depuis trois jours : plus probable. Dylan, à moto, ne porte pas ses lunettes de vue : la route est floue. Il dira aussi, plus tard, et dans une autre variation, qu'il connaissait mal cette moto et qu'en freinant il a bloqué la roue arrière.

Sara le suit en voiture, ils ont à peine huit kilomètres à faire, une route parcourue des centaines de fois. Quand ils partent, Sally appelle Grossman. Elle est encore au téléphone lorsqu'elle entend la voiture revenir, quelques minutes d'écoulées, pas plus. Dylan est assis par terre sur le seuil, secoué. Quand Sally veut appeler un médecin, Sara refuse.

On n'en saura jamais plus sur l'accident de moto de Bob Dylan.

Tout ce qu'on y a mis, c'est la presse qui l'invente. Et comme ça rend service, on laisse faire. Qui, même, a ramené la moto chez les Grossman, et ce qui s'est vraiment passé, personne pour accepter de le dire. Il y a des hôpitaux à proximité, mais non. Ils connaissent un médecin, à quatre-vingts kilomètres d'ici : Sara va l'y emmener. On ne s'en va pas à une heure de voiture si c'est grave. Il n'y a pas eu de radiographie ni d'hôpital, du moins pas à Woodstock, et pas cette nuit-là. Quand on lui demandera, plus tard, s'il s'agissait de rompre avec les drogues, tant qu'il était temps, il réfutera aussi, disant qu'il pouvait arrêter à volonté, et qu'il était déjà chez lui depuis plusieurs semaines.

Dylan restera six semaines chez ce médecin, Ed Thaler, qui refusera lui aussi de témoigner sur quoi que ce soit : « Il ne s'agissait pas de le tenir à l'écart de la drogue, mais juste à l'écart de vous, la presse. »

Pas de visites, hormis celles de Sara, des Grossman, ainsi que Robbie Robertson et Allen Ginsberg, qui viendra de Californie juste pour lui apporter des livres : cela lui ressemble, à Ginsberg (un choix de poésie anglaise classique, un William Blake complet et les lettres de Rimbaud).

Reste qu'à suivre la piste Ed Thaler, on apprend qu'Odetta, elle aussi, venait régulièrement y séjourner.

Une clinique privée, en somme. Pas d'orthopédie, mais du soin, du silence, du repos. Maison spécialisée pour artistes surmenés ? Cures de sommeil, ou sevrage des amphétamines ?

Et si, même, le séjour chez Ed Thaler était déjà prévu, parce que, six semaines après la tournée européenne, Dylan n'avait coupé avec rien, consommait plus que largement les chimies à ne plus dormir ? Il semble que le rôle de Sara ait été fondamental. L'accident de moto aurait alors été le déclencheur.

Robertson et Pennebaker, séparément, confirmeront qu'au retour de la clinique il portait une minerve, et Dylan confirmera sur le tard : « J'avais une vertèbre cervicale fêlée. »

D'autres : il se plaignait du dos, il s'est remis à la natation pour guérir. Mais rien de plus.

Ce matin même du 30 juillet, où Dylan entre dans la clinique du docteur Thaler, presque une ironie, *Blonde On Blonde* est mis en vente. Il sera vite à la troisième place aux États-Unis, la première en Angleterre : le combat esthétique pourrait enfin être gagné, et sa musique respectée, trop tard. Il n'y aura, par le fait, aucune interview, aucune émission de radio ou télévisée : immédiatement, la légende va sourdre. *Blonde On blonde*, à peine paru, est traité comme un ouvrage posthume.

Grossman annule le concert prévu au Hollywood Bowl en août, puis décommande la tournée qui se construisait pour l'automne. Complément : c'est en juillet aussi, par Victor Maymudes, que Dylan semble avoir naïvement découvert que les revenus de l'ami Albert sont trois ou quatre fois supérieurs aux siens. Au point que lorsque Maymudes lui décortique le système mis au point par Grossman, Dylan le fiche dehors et sera plusieurs jours sans lui parler, avant de le rappeler. La décision de renoncer à la tournée presse-citron, avion, hôtel, avion, pourrait autant être liée, côté Dylan, à sa fragilité vis-à-vis de l'engrenage drogue qu'à ce soudain dépit envers le système Grossman.

Le paradoxe est connu : confiné à Woodstock, refusant toute apparition publique, mais avec un disque qui, dans le monde occidental, révolutionne la musique populaire, c'est par son retrait que Dylan devient légende. En quelques semaines, tandis que les articles, qui n'ont à se mettre sous la dent que d'anciennes photos de lui posant à la James Dean sur sa Triumph 650, le donnent pour paralysé, incapable de revenir sur scène et ayant tout brûlé de lui en trois ans : Dylan, qui avait tant cherché à devenir le Rimbaud d'Amérique par ses auto-biographies fictives, le devient soudain grâce à ce qu'on écrit sur lui, sans qu'il y soit pour rien. Météore surgi de ce patelin du Nord, qui a commencé à vingt et un ans, écrit quelques-unes des plus puissantes chansons à changer le monde, et puis a disparu le lendemain de ses vingt-cinq ans, la nuque brisée par sa moto. Sauf que voilà, il n'y a pas eu d'accident.

Bob Dylan, quand il revient de ses six semaines d'isolement dans la clinique d'Ed Thaler, est provisoirement sevré. Il est à Woodstock et s'occupe de ses enfants, reprend du poids, nage, aménage en contrebas de la maison un terrain de basket. Le disque que Columbia sort en septembre sous le titre : *Bob Dylan Greatest Hits*, les grands succès de Bob Dylan, se vend à plus de deux millions d'exemplaires. Dylan existe d'autant plus qu'il ne s'en mêle plus. Assez des huées, des sifflets.

L'automne est beau, à Woodstock. Dylan se remet au travail : pour monter *Eat the Document*, il s'est acheté du matériel très cher, le meilleur matériel du moment et prétend s'y comporter en génie comme il l'a été de la guitare. Mais le cinéma a ses lois, art difficile quand on y est apprenti. Il se fait aider d'un monteur professionnel, Howard Alk, mais entend bien qu'il ne soit que l'exécutant. Il a aussi demandé à Robbie Robertson d'être présent : comme si leur complicité et leur efficacité musicales n'avaient qu'à être transposées. Pennebaker, qui a dû lui remettre la totalité des bobines originales, lui en voudra beaucoup du massacre.

Après cinq ans comme ceux qu'il vient d'enchaîner, ouvrir la porte du temps semble d'abord sans limite. Dormir, lire, promener les enfants, apprendre à ne rien faire. On gribouille des feuilles, on se met quelques heures l'après-midi au banc de montage, mais les images qu'on regarde, de soi agité et blême, de soi dans le paraître et ce cirque faux, est-ce qu'on y attache finalement tant d'importance ?

Allen Ginsberg séjourne fréquemment à Byrdcliff. Il est à son sommet, il écrit ce qui deviendra *Fall Of America*, on est du même côté de la compréhension du monde. Dans ce qu'il tente cet été-là, ces poèmes écrits en avion quand on approche d'une grande ville, Kansas City, Los Angeles, Washington, Chicago, et puis cette *Litanie des bénéfices de guerre* qui est, sous la forme d'une liste précise d'entreprises américaines, mais en reprenant l'en-tête biblique d'*Exode* : « Voici les noms des sociétés qui ont fait de l'argent avec cette guerre... », un des textes politiques les plus efficaces jamais commis. Ou encore, dans cette façon au contraire très douce de Ginsberg, cette *Autoroute à péage de Bayonne à Tuscacora* incluant choses vues, radios écoutées, monologues intérieurs :

367

« Radio injectant / son rock'n roll artificiel Beach Boys / & la fille Sinatra hypertrafiquant le microphone / tableau de bord vibrant de la voiture antennée / fausses émotions retransmises pour tout le pays / voix naturelles faites synthétiques / toux gommée / les vrais malins bossent dans l'électronique / c'est quoi les tubes spécialité Autoroute ? »

Les classiques de notre modernité urbaine peuvent rester confidentiels : je vous assure qu'au mois de mai 2007 on ne trouvait *The Fall Of America* dans aucune librairie new-yorkaise. Et Ginsberg : « Ce qu'on discutait, avec Dylan, ces mois-ci, c'est comment ne pas se laisser entraîner. Écrire des lignes courtes, mais chacune avec sa signification propre. Il avait complètement laissé le travail d'assonance, chaque ligne ferait avancer l'histoire, pousserait la chanson plus loin. Que l'imaginaire devait être fonctionnel et non ornemental. »

Confirmation de Dylan : « Ce que j'essaye maintenant, c'est d'utiliser moins de mots. Qu'on ne puisse pas enfoncer le doigt dans un vers. Pas de trous dans les strophes. Chaque ligne dit ce qu'elle a à dire. »

Beatty Zimmerman : « Leur maison débordait de livres, des livres partout. Et dans sa pièce à lui, sur un pupitre, en plein milieu, la Bible. »

Les cheveux courts, une petite barbe, des lunettes de vue à monture métallique fine. Interview de Dylan, début 1967 :

« Ce que j'ai fait, c'est juste de voir quelques vrais copains, lire un peu à propos du monde extérieur (*readin' little'bout the outside world*), lire des livres de gens dont on n'a jamais entendu parler, et penser à où j'étais parti, et pourquoi j'y allais, et est-ce que j'ai mélangé tout ça un peu trop, et de quoi je suis sûr, ou qu'est-ce que j'ai donné, qu'est-ce que j'ai pris. Les chansons continuent d'être dans ma tête comme elles l'ont toujours été. Mais il n'y a pas à les écrire avant que les choses se mettent en place (*they're not goin' to get written down until some things are evened up*). »

Est-ce que c'est tenable ? Les Dylan se préparent pour leur deuxième enfant (Anna Lee naîtra en juillet 1967). L'argent n'est pas un problème, on a sa légitimité d'artiste. On ne veut plus des tournées et des huées, mais on est de la tribu des chanteurs. Dylan a son piano, il s'est racheté une guitare Martin. Il semble que ce soit seulement tard dans l'automne qu'il se souvienne qu'il est aussi musicien.

Durant toute cette période, Robertson est très présent : pas forcément du côté musique, plutôt comme assistant ou confident. Déjà, dans la tournée, les mauvaises langues l'appelaient « la bernique » pour sa façon mutique de se coller à Dylan. Sans doute à tort : Robertson prépare sa propre mue, qui le verra éclore en auteur-compositeur majeur pour The Band. Dylan a désormais une secrétaire, Naomi Saltzman, qui travaillait auparavant pour une des agences de production de Grossman. On ne peut plus joindre Dylan par téléphone : on laisse le message à Saltzman, et Dylan rappelle si intéressé, protection nécessaire. Naomi s'occupera aussi des droits musicaux, de l'agenda et du suivi de presse. Elle et son mari Ben seront des proches du couple Dylan : c'est d'ailleurs Naomi qui conduira Sara à la clinique pour le prochain accouchement, et c'est pour Dylan la première étape de l'indépendance à conquérir vis-à-vis de Grossman.

L'hiver est beau, à Woodstock, quand en janvier 1967 Dylan invite The Hawks pour quelques jours de travail. On doit compléter des scènes pour le film en projet, et produire quelques raccords musicaux pour la bande son de *Eat the Document*.

On répète chez Dylan, dans la chambre dite « rouge », et le groupe loue des chambres dans un motel proche. On joue, et la fascination revient : on est à nouveau en place. Ce qu'on a appris pour être ensemble dans les huées, on l'a gardé dans les doigts. C'est mystérieux, la musique : la façon de ces types de jouer chacun pour soi et que ça fasse un ensemble. Dylan, semble-t-il, a même appris à parler : et si on tentait autre chose ? L'époque est aux communautés : sur la côte Ouest naissent ces groupes à configuration variable, mais où on mêle la vie et la musique. Grateful Dead par exemple, Zappa aussi commence comme ça, et il y en aura bien d'autres.

Non plus composer seul, mais travailler en artisan : on fabriquera ici les chansons, et Albert Grossman ira les vendre, on vivra des droits d'auteur. Les musiciens de The Hawks sont disponibles. Dylan assume les frais, et se rattrapera sur le copyright des chansons. Mais une fois le système en place, il associera volontiers tel ou tel des musiciens de The Hawks aux chansons composées ensemble (Richard Manuel pour *Tears Of Rage*, Richard Danko pour *The Wheel's in Fire*). Le soir, dans le bistrot où The Hawks se retrouvent pour dîner (une vie pas très différente pour eux de ce qu'elle est à Toronto ou lors de leurs tournées dans le New Jersey), ils apprennent que le patron loue, pas loin dans la campagne, pour deux cent soixante-quinze dollars par mois, une maison un peu déglinguée, mais entourée d'un pré facile à surveiller : Dylan n'aime pas qu'on l'approche. Ça revient moins cher que le motel, et au sous-sol, dans le *basement*, avec sa porte de garage, il y a toute la place qu'on veut pour jouer.

Une drôle de grosse maison, un chalet en bois, peint d'un rose bonbon du meilleur effet : pour le prix que ça coûte, peu importe. On l'appellera *Big Pink*. The Hawks sont depuis longtemps des oiseaux de nuit, ils mettent du temps à comprendre que ce n'est plus tout à fait le même Dylan qui leur a proposé de le rejoindre.

Un Dylan qui, le matin, conduit la fille de Sara, cinq ans maintenant, à l'école, et qui, dans la vieille Ford Station Wagon ou un coupé Mustang plus mode, rejoint la maison rose, lance lui-même la cafetière et puis, disent-ils, tape si fort à la machine à écrire qu'on était bien obligés de descendre. Peter, Paul & Mary ont prêté des baffles et une console de mixage. Le chien de Dylan, Hamlet, se couche au milieu des musiciens et attend que ça se passe.

Cela va durer sept mois, de février à septembre : Dylan, depuis Minneapolis, avait-il jamais eu sept mois d'affilée pour construire un projet ? Le monde entier l'imagine colonne verticale brisée, dans le coma ou pire, et lui, simplement, il joue et travaille avec ses amis.

On s'est organisés. Robertson a loué sa propre maison, parce qu'il est marié. Pas de batteur : Mickey Jones est un homme de tournées, il est reparti vivre à Los Angeles, alors on se relaiera aux percussions (Manuel, Robertson). Levon Helm, qui travaille depuis un an sur les plates-formes pétrolières de Floride, doit commencer à trouver le temps long : on finit par le convaincre de revenir. Il ne s'agit pas seulement d'accompagner Dylan, font-ils valoir, mais d'élaborer leur propre musique. Dans un hameau des hauteurs, pas loin, au bout d'un chemin, ils ont fait connaissance d'un original, dont la maison est un capharnaüm de choses récupérées, qui recouvrent sa façade, et dont la barbe tombe jusqu'au nombril : quelquefois c'est chez lui qu'on enregistre, parce que l'ambiance convient bien à l'étrangeté qu'ils recherchent, d'autres fois on reste à Hi Lo Ha chez Dylan.

Ils en parlent avec une sorte d'étonnement, même aujourd'hui : les deux premiers mois, Dylan leur joue chaque jour les versions les plus anciennes des ballades des Appalaches, ou des morceaux apportés par les colons irlandais. Un répertoire où il semble inépuisable. Robertson dit qu'il ne savait même plus si une chanson était de Dylan ou simplement un vieux folksong comme *Royal Canal*. Danko et Helm, eux, jouent du rock, tandis que l'organiste, Garth Hudson, leur joue au piano Bach ou Scriabine, ils complètent leurs expériences. Bob Dylan : *Just educating us a little*, « juste, on s'éduquait un peu ».

À partir du mois de mai, ça devient une habitude : quand on a passé la journée à jouer tel ou tel morceau de Johnny Cash ou Hank Williams, ou telle vieille rengaine anonyme, souvent Dylan en cours de route avait changé les paroles, et on s'était éloignés de la source. Alors Garth Hudson, qui en a la charge, met en route le magnétophone et on joue une dernière fois le morceau. Le magnétophone, c'est le vieil Uher quatre pistes qu'ils avaient pour la tournée. On le relie à deux préamplis à lampe, chacun capable de mixer trois entrées. On a cinq micros Neumann. « C'est comme ça qu'on doit enregistrer, dit plus tard Dylan, la fenêtre ouverte, décontractés, avec du temps devant soi et le chien couché au milieu. »

Les studios, en 1967, sont mille fois mieux équipés. Un claquement de doigt, et Dylan aurait eu sur place le meilleur magnétophone seize pistes avec console analogique, et il a de quoi aussi rémunérer un technicien : mais ils ne le font pas.

Une part de la légende future de The Band (dont le premier disque, *Music From the Big Pink*, sera enregistré à Los Angeles, mais en reprenant les arrangements de ces mois-ci), c'est ce son chaud et brutal, ce dispositif sommaire qui les obligeait en permanence à contrôler leur son, à écouter les autres, et à placer les micros en fonction des instruments et de la résonance de la pièce.

Des soixante-dix chansons enregistrées dans ce sous-sol, qu'on appelle les *Basement Tapes*, on retrouve des compositions de Johnny Cash ou de John Lee Hooker, mais Dylan en aura écrit plus de trente. Bien sûr, Grossman les vend, toujours moitié-moitié : ainsi Dylan restera présent dans les meilleures ventes, grâce à Manfred Mann (*Mighty Quinn*), The Byrds, Julie Driscoll.

Et qui se souvient que ses musiciens s'appellent The Hawks ? Toujours on a dit *Dylan and his band*, cela suffisait pour signifier, avec un peu de mépris, qu'il trahissait le chanteur folk à la guitare. Un jour du mois d'avril précédent, à Sheffield ou Liverpool, en plein concert, une fille dans le public tend un papier à Dylan : il le lit, puis le met dans sa poche. Robertson, avant de lancer la chanson suivante, lui demande ce que c'était : « Une connerie », répond Dylan. *Forget it.* Il y avait juste écrit : *Tell the band to go home.* Renvoie ces types.

Ici aussi, à Woodstock, *The Band* c'est l'appellation convenue entre eux, *tell the band to be ready around four*, tu dis aux gars qu'on se voit à quatre heures ? Ainsi va naître, cet été 1967, The Band, et comme on a des chansons prêtes, que chacun des musiciens chante, mais que Dylan refuse de reprendre la route, The Band va signer avec Grossman et devenir autonome.

Ainsi, du printemps jusqu'à l'automne, il y aura musique à Big Pink sept jours sur sept. Ils sont encore à Big Pink, le 3 octobre, quand on apprend la mort de Woody Guthrie.

Difficile à distance de reconstituer, à partir d'aussi peu d'événements publics, le bruit qui grandit pour faire de Dylan cette légende. Les deux albums, *Blonde On Blonde* en août, *Dylan Greatest Hits* fin septembre, l'imposent définitivement en dehors des querelles folks, sur la même scène symbolique où arrive Jimi Hendrix, où vont les rejoindre les Doors, les Who et quelques autres. Et Bob Dylan est mort pour la société, qui se repaît encore des bruits de l'accident, et mort pour son public : plus de concerts. Mais toutes les trois semaines, Grossman fait circuler auprès de qui veut, et qui souhaite enregistrer, la maquette d'une chanson nouvelle, créée à Big Pink. Chansons prêtes à reprendre, que leur auteur-compositeur ne souhaite pas imposer lui-même. Musique au second degré.

Ainsi, six hommes travaillent avec des instruments électriques dans le sous-sol d'une vieille maison très kitsch à la campagne, mais renversent en douceur la technique traditionnelle du studio. Pas de producteur pour décider à leur place du son, des prises, des musiciens. Pas de leader, même pas Dylan. Un travail énorme sur les voix et sur les harmonies. Surtout, un positionnement technique des micros, des amplificateurs, des balances, qui fait qu'on prend en direct le son électrique, ouvrant aux morceaux une autre temporalité, celle de leur gestation, du chemin fait ensemble. Si le public ne sait absolument rien des *Basement*

Tapes, l'ensemble du monde musical se les échangera progressivement comme une découverte essentielle, qui fait encore l'admiration des musiciens d'aujour- d'hui. Elles seront publiées bien plus tard, et c'est leur fausse simplicité, rétrospectivement, qui frappe.

Cette année 1967, les Beatles comme les Stones se sont retirés eux aussi de la scène. À Abbey Road ou à Atlantic, ils réservent leur studio de prédilection pour des semaines : la souplesse du « Double Blanc » des Beatles, la rigueur du *Beggars Banquet* des Rolling Stones, c'est en partie Dylan qui les a mis sur le chemin.

Il s'efforce de reprendre en main ses affaires. Le renouvellement du contrat avec Columbia va durer trois mois. La maison de disques MGM est prête à faire monter les enchères. Allen Klein, le futur pro- ducteur des Rolling Stones, et à côté duquel Albert Grossman semble un ingénu, est dans les parages. Il semble dès lors que Dylan et Grossman ne se parlent plus que par avocats interposés, et que c'en soit terminé de l'amitié, de la confiance : Grossman a trop tiré sur la ficelle, cela n'ira qu'en se dégradant.

À Stockholm, dans le grand tunnel de la tournée sifflets plus amphétamines, Grossman, accompagné de son avocat, a fait signer à Bob Dylan le renouvellement de leur contrat pour l'édition des chansons. Il prétend qu'ils ont tout expliqué dans le détail à Dylan, et qu'il était d'accord avec le principe de la création d'une nouvelle société intermédiaire détenue en commun. Que si Dylan avait eu des soupçons, il n'avait qu'à faire relire par un avocat. Dylan, lui, répond qu'il avait alors d'autres soucis en tête, et bien trop de fatigue. Que tout cela s'est fait très vite, il n'y a vu que quelques papiers de plus à signer, comme ceux que

Grossman lui a présentés tant de fois. Il a compris qu'il toucherait plus sur ses chansons, mais n'a pas compris que cette société intermédiaire permettait à Grossman de continuer à prendre 50 % sur les droits d'auteur de ce qu'il écrirait désormais. Et pourquoi se serait-il fait accompagner d'un avocat, quand il considère qu'Albert Grossman est justement l'interface entre lui et les soucis du monde ?

Dylan crée sa propre compagnie musicale, même si, par contrat, il est encore forcé d'y établir Grossman pour moitié des bénéfices. En faisant traîner le renouvellement du contrat pour Columbia, il fait monter l'avance à la somme considérable de deux cent mille dollars (cinq fois environ le prix de sa maison de onze pièces), et 20 % de droits sur les albums à venir, plus 5 % de mieux sur les anciens. C'est une façon de restaurer l'équilibre sur ce que lui prend Grossman, qui reste l'interlocuteur obligé. Mais Columbia demande en contrepartie un engagement de quatre disques pour les cinq ans à venir, dont le premier avant quatre mois. Et les frais de production seront à la charge de Dylan.

Il répond par une sorte de pied de nez. Mais pas seulement à Columbia : au monde entier. On l'attendait électrique, on s'est moqué de lui, on a fait de lui un traître ? Il se rend à Nashville, reprend Charlie McCoy à la basse, et le batteur, Kenny Buttrey, plus Peter Drake pour un peu de *steel guitar*, Bob Johnston aux manettes.

C'est comme une vengeance : vous voulez à tout prix me remettre dans la machine à succès, vous ne me laissez pas le temps de reconstituer ce jaillissement qui a été celui de la grande trilogie ?

Il est à Nashville le 17 octobre : Woody Guthrie est mort le 3, on vient de disperser ses cendres au large

376

de Coney Island, à une portée de train de la ville, là où elle respire (mal, entre fête foraine et frites-beignets) l'odeur de la mer. Comment cette figure tutélaire, si longtemps portée, n'imprégnerait-elle pas chacune des chansons qu'il prépare pour le disque ? Il puise dans sa réserve personnelle. Alors qu'il vient de travailler sept mois avec The Band, et a écrit trente chansons parmi ce qu'ils ont joué ensemble, il n'en utilise aucune pour le disque : juste un homme et sa guitare.

Les chansons de *John Wesley Harding* ont-elles été écrites dans le petit mois qui a suivi l'arrêt des répétitions à Big Pink, ou bien Dylan, évoluant avec The Band vers une musique orchestrée, lourde de voix, forgeait-il par contrepoids les chansons mi-parlées du *John Wesley Harding* pour son propre usage, déportant toute harmonie et ornement, et la tentation électrique, vers le travail collectif ? Aucun point d'intersection entre les *Basement Tapes* et le roc rugueux et dépouillé de *John Wesley Harding*.

Il reviendra à Nashville le 6 novembre, avec notamment *All Along the Watchtower*, une nouvelle balise de l'œuvre (plus tard, c'est l'arrangement de Jimi Hendrix que Dylan reprendra pour son compte : seul exemple d'importation retour), et une ultime séance le 21 novembre. A-t-il seulement dormi à Nashville, entre les allers-retours en avion ? Un disque austère, juste la guitare claire de Dylan sur la basse omniprésente de McCoy et l'appui du batteur. Frais quasi nuls, disque impeccable, et retour à la maison. Il y aurait une étude à faire sur l'importance de la basse chez Dylan, ses propres tentatives de s'approprier l'instrument au temps de John Sebastian, la charge laissée à McCoy comme à d'autres bassistes plus tard, Tony Brown dans *Blood On the Tracks*, ou Don Was plus récemment.

Seulement, c'est la période où les voisins de la haute scène se perdent dans les arrangements immenses, le mellotron, les cuivres et la masse psychédélique de *Sgt. Pepper's* pour les Beatles, *2000 Light Years From Home* pour les Stones (« un paquet de merde », dira plus tard Keith Richards). Celui qui vient tout juste de conquérir sa légitimité dans le rock revient avec un album qui pourrait être folk, une simple suite de chansons sur de vieux thèmes, les *hoboes*, les hors-la-loi.

Remarque qui n'est pas accessoire, venant de Dylan : « De toutes les chansons de *Wesley Harding*, il y en a deux qui sont venues air et paroles. Toutes les autres, j'avais juste écrit les textes sans musique, c'est la première fois. »

Des textes qu'il appelle, comme nous-mêmes écrivains ne l'oserions jamais, des « objets rythme », *just rhythm things* : si on se lance dans une biographie, c'est aussi pour y recueillir, à suffisant grossissement de microscope, ces graviers qu'on garde, et qui nous déplacent dans notre propre rapport au langage.

Bémol : quand il dispose des premières maquettes, il les fait écouter à Garth Hudson et Robbie Robertson. En fait, l'idée de Dylan, c'est de rajouter en studio la guitare électrique et l'orgue qui sont sa marque. Honneur à Robertson, qui y était convié, d'avoir poussé Dylan à garder le disque tel quel. Le coup de génie de *John Wesley Harding*, une fois de plus, s'est imposé à Dylan involontairement.

Et même la pochette : une tribu de musiciens nomades du Bengale, les Bauls (ils continuent aujourd'hui, d'ailleurs), a tourné l'été précédent dans les clubs folks et les festivals, encore une production

Grossman. Ils ont même résidé chez lui à Bearsville, avec leurs violons, leurs harmoniums et tablas. Ils fascinent les musiciens qui les découvrent. C'est avec eux que Dylan se fait photographier pour la pochette du disque (dans un vague reflet sur l'arbre derrière eux, quelques commentateurs ont voulu reconnaître le profil des Beatles : les mêmes probablement qui entendront dans *Sgt. Pepper's,* disque que Dylan déteste, que McCartney a été remplacé suite à son décès prématuré).

Comment ne pas entendre Woody Guthrie (sa *Ballad Of Joe Hill*) dans la chanson que Dylan intitule *I Dreamed I Saw St. Augustine* ? Le même thème de la misère américaine urbaine, et cette figure du prophète marchant parmi la ville, appelant au martyre et personne qui répond – le chanteur même appelant alors à la mise à mort du prophète arpentant la ville, et le réveil empêtré de terreur et de colère, *I put my fingers against the glass / And bowed my head and cried* : « J'ai posé mes doigts sur la vitre / Et j'ai courbé la tête et pleuré », ce Dylan de la maturité qui nous accompagnera depuis lors.

Le soir même de l'annonce de la mort de Woody Guthrie, Dylan avait téléphoné à Harold Leventhal, le producteur du vieux barde et de Pete Seeger, l'homme que Dylan aurait bien voulu séduire à son arrivée à New York. Il lui promet sa participation aux deux concerts d'hommage, l'un sur la côte Est, l'autre sur la côte Ouest. Mais il y viendra accompagné par The Band, qu'on programme sous le nom de The Crackers.

Au Carnegie Hall, ce 20 janvier 1968, on joue en hommage au clochard céleste. Il y a aussi Arlo Guthrie, Judy Collins et Tom Paxton, bien sûr Pete Seeger et Odetta : mais la même fraternité ? Un an et demi que

Dylan n'est pas monté sur scène, mais c'est le dernier cadeau reçu de Woody Guthrie : la cohésion, l'invention et le plaisir de jouer – Dylan affublé d'un chapeau de cow-boy et de broderies – sont telles que plus personne pour siffler ou huer. Partie gagnée.

Mais Dylan confirme : plus de concerts, plus jamais de concerts. Parce qu'il a encore au cœur ces *larmes de colère* enregistrées à Big Pink, les larmes versées à Newport, et jamais pardonnées ?

On t'a montré le chemin à prendre
On a raclé ton nom dans le sable
Tu as beau n'avoir cru que ce n'était rien de plus
Que l'endroit où enfin rester
Maintenant sache, sache-le : pendant qu'on te regardait
T'apercevoir que personne n'avait dit vrai
Eux tous ou presque ils pensaient
Que c'était une connerie de gosse que tu faisais

Larmes de colère, larmes du chagrin
Pourquoi toujours à moi les torts
Viens à moi, maintenant reviens
On est tellement seuls
Et la vie si courte

Grande panne et matin neuf

La panne. La grande panne.

Robbie Robertson : « On aurait dit que Dylan ne faisait rien. Des périodes entières, il ne faisait réellement rien. »

La panne de Dylan, ce n'est pas après l'accident de moto : l'année qui suit, avec le laboratoire Big Pink et l'érection de *Wesley Harding*, est un monument de symétrie inverse, mais de même taille, que *Blonde On Blonde* finissant la trilogie électrique.

La panne c'est maintenant, après l'hommage à Woody Guthrie, et Dylan seul à Woodstock, même plus Robertson à ses côtés.

Par exemple, personne pour savoir ou dire quoi que ce soit à propos de ce qu'il fait de janvier jusqu'au 5 juin 1968, quand son père, Abe Zimmerman, qui n'a que cinquante-six ans, meurt d'une crise cardiaque à Hibbing. Décès qui semble l'enfoncer pour six mois supplémentaires dans encore plus de silence, plus de solitude. Dylan, alors que Sara attend leur troisième enfant (Samuel Abram, avec pour second prénom celui du grand-père disparu, naîtra en juillet à New York), est occupé, entre deuil et naissance, aux simples choses de la vie.

Il a vingt-sept ans : Rimbaud, à cet âge, avait abandonné la poésie, il arrivait au Harar. Faisant connaissance avec Patti Smith et découvrant qu'elle parle un peu français, quelques années plus tard, c'est encore la première chose qu'il lui demande : – Tu lis Rimbaud en français ? Alors Rimbaud accompagnant à pied ses caravanes sous les palmiers, par le désert, comme allégorie de Dylan à Woodstock, cette année 1968, coupé même de la musique ?

La grande maison dans les collines, les enfants qui naissent et grandissent, le studio de musique qu'on y a installé dans la pièce peinte en rouge. Rien de tout cela, ni la mort d'Abe Zimmerman, n'est évoqué dans le premier livre des *Chroniques*. Depuis combien de mois Dylan n'était-il pas revenu à Hibbing ?

Il demande à Paturel de l'emmener à New York pour prendre l'avion. C'est seulement au retour que Paturel, pourtant un proche, saura la raison du voyage – dans tous les témoignages des proches de ces années-là, concernant aussi bien Grossman que Dylan, revient cette remarque : hommes qui ne parlent pas, savent se contraindre à ne dire que ce qu'ils doivent dire.

Il retrouve là-bas sa mère et son frère. La relation des deux frères, avec les cinq ans qui les séparent, n'a jamais eu le temps de se fabriquer : David avait quatorze ans quand l'aîné est parti pour Minneapolis, mais là, en 1968, la différence d'âge est déjà moins sensible. De cette date, apparemment, les deux frères apprennent à se connaître.

Pas de photographies. Des Rolling Stones à l'enterrement de la mère de Mick Jagger, on a des dizaines d'occurrences dans les archives des agences de presse. La vaste communauté familiale, côté maternel et Hibbing comme côté paternel et Duluth, a probablement dû se rassembler pour la suite des cérémonies juives.

Il n'est même pas sûr qu'on considère comme une bête curieuse le fils aîné de Beatty : ici il est toujours Bobby, l'aîné des Zimmerman, peut-être même oncles et tantes l'appellent-ils par son prénom juif, Shabtai. On sait qu'il a réussi dans la musique, qu'il est parti loin dans l'Est pour cela, mais le bruit de la révolution rock n'a pas forcément rejoint les générations précédentes. Et difficile de deviner sur ce type à visage encore poupin sous une jeune barbe, avec ses lunettes sages, le fantôme blême à lunettes noires devenu millionnaire avec ses guitares électriques. Il revoit des cousins et cousines : Harriet qui lui a enseigné le piano, et celui de Duluth avec qui on avait monté The Satin Tones. Est-qu'on sait rouvrir les anciennes portes de fraternité ?

Dylan n'a pas eu le temps de se réconcilier vraiment avec son père. Ses parents sont venus leur rendre visite à Woodstock, mais comment le vieil électricien (vieux, parce que depuis si longtemps dans cette vie toute tracée) ne se méfierait-il pas d'une fortune si rapide, quand lui et Beatty sont encore dans le choc de Minneapolis qu'ils ont fui, des études à vau-l'eau ? Son fils est l'ami et l'égal des Beatles, lui dit-on : ce n'est pas vraiment rassurant, et sûrement pas gage de solidité.

Si Bobby envoie à son frère et ses parents chacun de ses nouveaux disques, comment Abe aurait-il pu aimer *Blonde On Blonde* ? Ou ne pas y entendre d'abord la justification arrogante de l'usage des drogues ?

Ce dialogue qui n'a pu se nouer, et que le changement de vie côté Bobby aurait pu rendre possible, contribue-t-il au coup de massue du deuil ?

Dylan reste à Hibbing toute la semaine qu'exigent les cérémonies traditionnelles, avec chacune de leurs phases réglées. Les deux frères ont à accomplir des formalités, on s'organise pour que Beatty puisse revendre la maison, ne s'enferme pas dans la figure du disparu. Elle ira vivre à Minneapolis pour être plus proche de ses sœurs, là où David s'est installé lui aussi. Elle fera, dans les trois ans à venir, de fréquents et longs séjours à Woodstock auprès de ses petits-enfants et trouvera plus tard, à Minneapolis, un nouveau compagnon.

Au retour, à New York, Dylan s'arrête chez Harold Leventhal, l'ancien manager de Guthrie : il lui dit sa surprise d'avoir trouvé, dans les affaires de son père, tous les articles de presse le concernant. Il est vrai que, même l'accident de moto, c'est par la presse que les Zimmerman l'ont appris. Leventhal le pousse à renouer avec ses racines juives : pas de réponse. Aucun des enfants de Dylan et Sara ne sera éduqué religieusement, pas de bar-mitsva.

Le matin, quand Dylan emmène la petite Maria à l'arrêt du bus pour l'école, il croise son voisin d'en face, Bruce Dorfman, un peintre dont la fille, du même âge que Maria, s'appelle Lisa. On sympathise. Dorfman a quatre ans de plus que Dylan, ne s'intéresse pas au show-business et n'y a aucun repère. Pour vivre, il peint des filles grandeur nature. Dylan visite son atelier, on parle art et artistes. Dorfman lui propose de s'installer à un chevalet, prendre des couleurs et tenter, depuis un Matisse ou un Braque des débuts, d'en retrouver la démarche, il l'aidera. Dylan, pendant des mois, va venir tous les après-midi.

Dorfman n'a qu'une idée vague de qui est son voisin. Hors la peinture on parle plus de la politique, de la vie locale, des enfants. On s'échange des livres. L'atelier donne sur les collines, pas d'autre bruit que ceux du travail.

Il est le témoin privilégié de cette année de retrait. Le style de vie de Dylan a changé : non plus la simplicité de l'an dernier, quand il prenait sa Ford pour rejoindre Big Pink avec son chien et sa guitare, et préparer le café en arrivant. Bernard Paturel a laissé à sa compagne la charge du Café Espresso et a été embauché par Dylan comme intendant, homme à tout faire, chauffeur puisque son patron s'est acheté une Cadillac avec vitre de séparation entre le chauffeur et les passagers, plus un système jamais vu pour écouter de la musique avec haut-parleurs dans les portières et commandes intégrées à l'accoudoir central. Au demeurant, rien pour choquer à Byrdcliff, qui est le quartier riche de Woodstock. Et Dylan, quels que soient ses revenus, n'est pas un extravagant. Son jouet préféré : un camion Grumman acheté d'occasion, un vrai camion, comme ceux qui livrent les colis, de la même marque que les camions de pompiers. Pour transporter du matériel, justifie-t-il. En fait, pour toutes les virées à proximité. Par exemple, il ne s'habille pas à New York, quand il lui faut une veste ou un costume il embarque Dorfman et on va en camion au Sears & Roebuck de Kingston. La vie duale de Bob Dylan, monsieur tout le monde d'un côté, vedette difficile à vivre de l'autre, commence à s'organiser : quand le modèle parviendra à maturité, il pourra reprendre la vie musicale.

Chez Dorfman, chaque après-midi, Dylan apporte un livre d'un de ses peintres préférés, puisqu'à Hi Lo Ha toute une pièce leur est consacrée. Chirico serait son absolu. On analyse les toiles, et Dorfman propose un exercice. Progressivement, Chagall s'impose comme la meilleure école : copier, apprendre, construire. Dylan se lance dans des toiles sans modèle, mais toujours dans l'atelier de Dorfman. Ainsi, le premier disque de The Band sera illustré par une peinture de Bob Dylan. Écartons tout jugement esthétique : pendant cinq mois, tout un été et tout un automne, maintenant à un an de distance de Big Pink puis de *John Wesley Harding*, Dylan est exclusivement peintre. Là où on avait intuition et rage, on a construction et patience. Preuve de la complicité entre les deux voisins : Dorfman se porte garant de Dylan pour l'adoption officielle de Maria, la fille aînée de Sara, et Dylan fera une lettre de recommandation pour Dorfman (ça ne marchera pas, d'ailleurs), qui postule pour une bourse de la prestigieuse fondation Guggenheim.

La peinture, puis la sculpture deviennent une permanence pour les vingt ans à venir : à cause du silence, à cause de la lumière ? À cause de cet autre rythme plus profond : trois années successives, pour Anna en juillet 1967, Jesse en juillet 1968 et Jakob en juillet, Sara est enceinte. Il y a des jeux d'enfants sur la pelouse, un trampoline pour les plus grands.

Alors non, rien pour la chanson, de juin à décembre 1968. La marche pour la paix et l'assassinat de Martin Luther King, en avril, ne suscitent ni réaction ni texte. En juin, la revue folk *Sing Out*, qui avait si durement traité Dylan, est en difficulté financière, on fait appel à la célébrité du folk traître pour un coup de pouce, et il accepte un entretien avec Happy Traum, qui habite aussi Woodstock. Maintenant que Robertson est en tournée, il est le seul avec qui Dylan sort parfois une des Martin de leurs étuis, dans la chambre rouge. La compagne de Traum s'entend bien avec Sara (les Traum resteront proches de Sara après le divorce), et les enfants ont le même âge. Happy Traum mènera l'entretien avec John Cohen, des New York City Ramblers. D'abord, on veut l'amener à se prononcer sur la guerre du Vietnam : une année de tempête pour les États-Unis. Lyndon Johnson tente de se représenter pour un second mandat et est évincé par son vice-président, Hubert Humphrey, tandis que Robert Kennedy est assassiné en août. Et c'est Richard Nixon qui emportera la mise en janvier 1969, ayant prétendu durant toute sa campagne avoir un « plan secret » pour terminer la guerre. Mais Dylan, s'il s'explique en profondeur sur l'écriture, ne dira pas un mot sur le mouvement anti-guerre.

Dans un autre entretien (Hubert Saal), Dylan déclare que « vivre à la campagne, ce n'est pas une retraite de quoi que ce soit : on ne fait rien de bien si on n'a pas des périodes vraiment livré à soi-même » (*you have to be let alone to really accomplish anything*) : une solitude donc revendiquée, un arrêt programmé.

Mais en 1978, l'année des grandes interviews, de cette période blanche il dira : « J'étais comme embourbé, et la lumière s'est éteinte. Un moment où c'était devenu comme une amnésie. Et depuis ce point, qu'il me fallait apprendre consciemment ce que jusque-là j'avais fait inconsciemment. »

En septembre, Naomi Saltzman s'installe à New York, et dirige, à Grammercy Park, dix minutes à pied de MacDougal, le bureau où elle aura deux assistants pour gérer les affaires de Dylan. Et premier procès contre Grossman : Dylan prétendant que lui avoir fait signer son renouvellement de contrat en pleine tournée, au mois de mai dernier à Stockholm, tenait de l'abus de confiance.

Fin novembre, dinde et tarte à la citrouille chez les Dylan comme dans toute l'Amérique. Dylan est chez Dorfman et travaille, quand Paturel téléphone : George et Patti Harrison viennent d'arriver. Dylan plaque le travail en cours : d'un seul coup, il est redevenu l'homme à lunettes noires, l'homme aux millions de disques. Il commande à Dorfman, comme s'il s'agissait d'une chance inaccessible au commun des mortels, de poser ses pinceaux et de le suivre. Alors le peintre envoie Dylan balader : il s'en fiche, de Harrison, il a un tableau à finir. Ou plutôt il n'a pas aimé qu'on lui parle soudain comme à un valet. Dylan lui envoie à la figure un mot pas gentil du tout. La semaine suivante il s'excusera, par Sara interposée, mais la relation avec Dorfman ne sera plus vraiment la même.

De Dylan vu par Harrison : « Il ne se ressentait plus de son accident, il était bien plus calme, mais on aurait dit qu'il manquait de confiance. De deux jours, à peine s'il a dit un mot. »

Pourtant, les deux hommes en auraient, des sujets de conversation : le « Double Blanc » des Beatles sort précisément cette semaine, et il a dû en apporter un exemplaire aux Dylan. Mais l'ambiance chez les Quatre Fabuleux est détestable : Lennon en fin de divorce ne voit plus que par Yoko Ono, Ringo a récemment claqué la porte des studios, pensant qu'on ne le trouvait pas assez bon. Et Harrison, six semaines plus tard, en janvier, quittera le groupe quand ils enregistreront *Let It Be*, amorçant le processus de fin. Pourtant, ce qui se noue ou se confirme à Woodstock entre les deux hommes est solide : Harrison sera même pour Dylan une corde de sauvetage ou presque, au temps du concert du Bangla Desh, puis de l'enregistrement du disque *New Morning*, enfin de leur équipée commune des Traveling Wilburys.

Ainsi finit, à blanc, l'année 1968 : une mutation intérieure. Par exemple, même s'il s'est équipé du meilleur studio de montage à domicile, l'expérience cinéma avorte. La chaîne ABC a refusé la diffusion du film de trente minutes proposé par Pennebaker, et le patchwork surréaliste du montage Dylan-Robertson restera vingt ans sur les étagères. Dylan accepte une proposition du cinéaste Otto Preminger : né à Vienne au début du siècle, il a d'abord été metteur en scène de théâtre, migrant à New York au temps du nazisme. La judéité, l'avant-garde, et une réputation majeure (*Bonjour tristesse* en 1958, *Porgy And Bess* l'année suivante), cela a de quoi attirer Dylan pour une fois hors de sa maison et sa peinture. Mais Preminger n'a pas bien compris à qui il a affaire, pense qu'on lui a fourgué pour raisons de production un chanteur à la mode. Quand Dylan aurait souhaité échanger sur Brecht ou l'expressionnisme, on ne lui demande que livrer sa musique.

Il emmène Sara, un soir, visiter la maison de Preminger sous prétexte d'un nouveau visionnage, mais exige que ce soit en l'absence du propriétaire : il veut lui montrer les meubles et tableaux. Preminger apprécie peu.

Et puis les musiques promises ne viennent pas : comme si, au moment de se remettre au travail, la machine renâclait, endormie.

Peut-être que Dylan s'imaginait que la vie ainsi serait plus simple : composer à la maison. Il a accepté une seconde commande, pour un réalisateur dont l'image est a priori plus conventionnelle, et le thème plus proche de ce qu'on fait à Nashville : *Midnight Cowboy* (*Macadam Cowboy*) de John Schlesinger, né en 1926.

Dylan écrit, mais trop tard. Fred Neil le remplacera dans le film. Du moins a-t-il une chanson prête : celle par laquelle il ouvrira son prochain rendez-vous de Nashville, pour satisfaire aux obligations de Columbia.

Ce début février 1969, il se rend à Nashville, pour la première fois sans Grossman. McCoy, Buttrey et Drake sont présents comme les fois précédentes : le noyau. Dans le studio d'à côté enregistre Johnny Cash, on invite en complément quelques-uns de ses musiciens, deux guitaristes : Charlie Daniels et Norman Blake. Si le premier a le profil *country* type (il joue aussi du violon, grand professionnel des sessions de studios), la rencontre avec Norman Blake aurait pu être productive. Né trois ans avant Dylan, lancé tôt dans le folk, Norman Blake constitue ses premiers groupes quand il fait son service militaire au Panama, y élargit ses techniques, et devient professionnel à son retour. Vivant à l'écart, ne prenant jamais l'avion, quitte à promener en train, d'une rive à l'autre des États-Unis, l'ensemble des instruments qu'il utilise en concert (mandoline, dobro, violon), Blake est probablement le plus respecté et le plus inventif de ceux qui, après Doc Watson, renouvellent le jeu de guitare acoustique au médiator. Un jeu dépouillé, presque grammatical, venant en *cross picking* fouiller les cordes basses de l'instrument, il délaissera complètement sa réputation de guitariste prodige pour une carrière vouée à la restitution d'anciennes chansons. Bien plus que Happy Traum, Norman Blake aurait pu ensemencer le jeu rythmique et l'inventivité harmonique de Dylan, et la rencontre ne s'est pas faite. Dylan n'aura vu en lui qu'un musicien de studio, chargé de la mandoline et du dobro sur les disques de Johnny Cash, juste un peu plus lourdaud que les autres. Mais qui est le Dylan qui enregistre *Nashville Skyline* ?

Un musicien qui arrive au studio avec très peu de matière, et compte peut-être sur un miracle comme il s'en était produit lors des sessions de *Blonde On*

Blonde, écrivant à l'hôtel pour enregistrer le soir même. Mais Dylan passe son temps dans les agences immobilières, à visiter des maisons pour un éventuel déménagement. Il semble que le génie ne revienne pas sur commande.

Le 13 et le 14 février, puis le 17, on enregistre un monument, ce *Lay Lady Lay* composé pour *Midnight Cowboy*, et une poignée d'autres chansons : le disque au total fera moins d'une demi-heure. Une provocation. Dylan prétendra plus tard qu'il s'agissait seulement de matériau pour un disque ultérieur. Qu'il devait revenir à Nashville. Il est certain que Columbia, après des mois de retard, devait avoir hâte de disposer d'un produit à lancer dans le circuit maintenant mondial. Mais jamais personne n'a décidé à la place de Dylan pour ces questions : s'il accepte que *Nashville Skyline* sorte de cette façon, régime mince, vingt-sept minutes dont plusieurs morceaux sans intérêt, c'est complètement de son fait.

Et puis on découvre encore un nouveau Dylan : une voix lisse, tenue dans le registre aigu. Pour justifier : « C'est que je ne fumais plus, c'est tout. » Manière de se proclamer chanteur-interprète à la façon de Johnny Cash ou de Hank Williams, reléguant au second plan la figure de l'icône rock ? La photographie sur la pochette, Dylan dans son jardin de Woodstock, saluant avec son chapeau de cow-boy, tendrait à le confirmer.

Encore dans le disque a-t-on laissé un instrumental : quelques accords de *bluegrass* et chacun prend le solo à son tour, la guitare de Norman Blake bien reconnaissable. Mais justement : un morceau pour s'échauffer les doigts, comme on l'a toujours fait dans chaque session, sans jamais le reprendre sur le disque. Un thème qui est une sorte de lieu commun des accords *bluegrass*, sans plus. À faire honte à Clarence White ou Norman Blake.

Le 18 février, Dylan se mêle à l'équipe de Johnny Cash : on va jouer pour le plaisir, reprendre de vieux classiques comme *Careless Love* (trois versions), essayer des duos, se montrer ce qu'on sait faire. Bob Johnston laisse tourner les bandes : encore un classique des échanges sous le manteau que cette séance de chansons toutes simples. On gardera le vieux *Girl From the North Country*, chanson de Dylan que Cash joue depuis longtemps, et elle fera l'ouverture du disque.

Était-il obligé pour autant de participer au show télévisé de Johnny Cash au Grand Ole Opry ? Une émission de variétés, la plus emblématique de la musique *country* à succès. Johnny Cash peut se le permettre, pour Dylan c'est le renoncement à tout ce qu'il a été, rébellion, poésie. Qui plus est, il semble terrorisé lorsqu'il joue. Pour ne pas avoir fait de scène depuis si longtemps ? Johnny Cash fait le travail pour deux.

Alors s'ouvre une nouvelle phase de la légende : un homme reclus, qui refuse de paraître en public. *Nashville Skyline*, malgré sa brièveté et sa pauvreté d'inspiration, fera son chemin dans le nouveau public que s'est construit Dylan : la chanson américaine. De ce point de vue, c'est le disque qui sera considéré comme l'album du retour, après l'accident de moto, faisant oublier l'explosion austère et contenue de *John Wesley Harding*, bien plus ambitieux.

Commence pour Dylan une légende comme celle d'Elvis : être devenu si jeune comme un musée de lui-même. Encaisser à distance les bénéfices du travail d'une phase de sa vie avec laquelle on croit en avoir terminé. Quel beau thème de reportage pour les journaux, que la figure du reclus génial, du père de famille tranquille de qui toute la nouvelle génération rock se revendique. Alors le dimanche on vient à Woodstock en balade, et quand on repère la Cadillac ou la Mustang, on le suit. On retrouve des gens perchés dans les arbres, qui photographient sa terrasse et son jardin.

Là où personne ne se mêlait de leur vie privée, la dimension prise par le mouvement pop va rendre Woodstock invivable aux Dylan. Plusieurs fois, il doit en appeler au shérif de Byrdcliff pour déloger des intrus, sans jamais porter plainte. Une autre fois, il téléphonera en urgence à Dorfman : il y a des gens dans la maison, qu'il vienne avec lui… On trouvera un couple de hippies nus dans le lit de Dylan et Sara. Une autre fois encore, ils se réveillent au matin pour découvrir quelqu'un dans leur chambre, qui les regarde dormir.

Alors ils déménagent. Non pas un événement en soi, mais pour Dylan ces changements interfèrent en profondeur avec le travail. Le renoncement à Hi Lo Ha déclenche chez lui une instabilité, une insécurité qu'il ne parvient pas à enrayer, où il entraîne ses proches et qui, finalement, aura raison de sa relation avec Sara.

On trouve, de l'autre côté de Woodstock, une maison de treize pièces, séparée de la route par de la forêt, et dont le parc est plus facilement protégé. La route d'accès en impasse dissuade les rôdeurs. Les Dylan y font construire une piscine. L'ancienne propriétaire vit dans un pavillon près de la route que Dylan voudrait racheter aussi pour y installer Paturel, alors on serait vraiment à l'abri (on apprend ces détails parce que la propriétaire a un chimpanzé, qui vient parfois farfouiller dans la cuisine, et qu'elle s'étonne de la liberté laissée aux enfants des Dylan pour un pipi dans le parc). On n'a donc pas le droit de vivre à sa guise, se balader en camion, aller chercher ses gosses à l'école et inviter ses copains pour une fête ? Dylan prend ce déménagement comme une obligation déplaisante : il ne s'y fera pas, à la nouvelle maison.

L'été précédent, les Dylan avec leurs enfants ont loué ou se sont fait prêter une maison à Fire Island : ils auraient pu aller plus loin, partir en Californie ou à Hawaii. On a de l'argent : Dylan est devenu le producteur de The Band avec la société qu'il a créée sans Grossman – leur succès suffirait à faire de lui un homme prospère.

Fire Island : une bande de sable le long des dunes de Long Island, à moins d'une heure au nord-est de New York. Si Long Island est la plage des New-Yorkais, on doit prendre une navette à Hampton pour rejoindre Fire Island : c'est un endroit sans voiture, juste le sable et la mer, où se nichent quelques villas extravagantes de magnats du spectacle ou de l'industrie.

La mer n'a jamais été présente dans l'univers ni l'imaginaire de Dylan : elle le devient en ces jours de l'été 1968. Il achète, un peu plus haut que Fire Island, une maison en vue de mer où ils vont habiter à temps complet, délaissant rapidement la seconde maison de Woodstock. Il retrouve du plaisir à se laisser vivre : balades à pied seul sur la plage, et on vous fout la paix. Des amis à visiter, écrivains ou musiciens, la facilité de parler. Et même, si on le souhaite, pouvoir sortir un soir dans un bar sa guitare et chanter du folk avec le musicien du jour. Une fois, deux gamins sortent en catastrophe en plein milieu d'une chanson, lui quand même il est vexé : c'est que les gamins avaient pris du LSD, et soudain ils avaient cru voir Bob Dylan sur scène à trois mètres d'eux, ils ont pensé que l'hallucination devenait grave.

C'est l'été des festivals, l'intronisation officielle des nouvelles musiques dans tout le pays, musiciens de la côte Ouest avec ceux de la côte Est. Cet été, les Who, le nouveau Led Zeppelin, Eric Clapton accumuleront des fortunes en les éclusant l'un après l'autre. L'été des cheveux longs, des joints et des baignades tout nus. Et le plus grand des festivals, le plus emblématique, on l'appellera plus tard, tout simplement, Woodstock. Si les organisateurs ont choisi de le faire ici, c'est en partie à cause de Dylan : Woodstock est devenu le symbole de la ville pour artistes. À deux heures de New York, d'accès facile, et un contrat de cession de droits audiovisuels (pour la télévision, puis pour le film), tout convergeait pour organiser ici l'immense festival qui doit prendre, à quatre ans de distance, le relais de ce qu'était Newport. Et si cette communauté qui s'organise autour de la musique électrique s'enracine sur une image, Dylan en est le symbole. Mais Dylan ne participera pas à Woodstock, quand bien même les organisateurs en laisseront le plus longtemps possible courir le bruit : pensez, c'est un voisin, c'est à sa porte. Sauf que Dylan, à ce moment-là, en sera loin, de Woodstock.

Est-ce seulement pour l'argent qu'il déroge à ce qu'il proclame depuis deux ans, et revient à la scène ? Ou parce que la proposition que lui fait le festival de l'île de Wight lui permet de rester grand prêtre du nouveau culte ?

Quand on le lui propose, Dylan fixe un tarif exorbitant : cinquante mille dollars. À l'évidence, les organisateurs ne suivront pas, et il restera dans sa coquille dorée. Mais les organisateurs acceptent.

Au programme de Wight ces 30 et 31 août 1969, deux semaines après Woodstock, joueront Jimi Hendrix, Blodwyn Pig, Joe Cocker, Ainsley Dunbar, Family, Free, The Moody Blues, le Pentangle de Bert Jansch et John Renbourn, enfin Pretty Things et, pour conclure le dimanche, comme Dylan aura été le point fort du samedi, les Who. Cent cinquante mille personnes attendues dans l'île à l'accès normalement réservé : la première édition du festival, l'année précédente, en avait accueilli dix mille.

Grossman a négocié (il viendra, mais lui et Dylan veilleront à n'être jamais ensemble au même lieu en même temps), et obtenu, en plus des cinquante mille dollars pour Dylan, seize mille dollars pour The Band qui l'accompagnera et aura son propre set à l'ouverture, plus huit mille dollars encore pour Richie Havens, Grossman exigeant d'avoir un troisième artiste invité. Les Who, qui pourtant mouilleront autrement leur chemise que Dylan lors de leur prestation, et qui sont avec lui le point fort de l'affiche, ne seront payés que cinq mille dollars. À noter que les Who, avec Hendrix, ont aussi été le sommet de Woodstock : rien n'aurait empêché Dylan d'enchaîner les deux festivals. Grossman, sur l'ensemble, se verra reverser quelque chose comme dix-huit mille dollars.

Dylan a ajouté quelques clauses supplémentaires : demandant par exemple à venir avec Sara et les enfants sur le *Queen Mary II*, partant de New York une bonne semaine auparavant. Mais, alors qu'on embarque, Jesse, l'aîné, glisse et heurte durement une porte, on doit l'emmener d'urgence à l'hôpital (rien de grave, d'ailleurs). Reste que le paquebot de luxe est parti sans eux. Dylan prendra tout simplement l'avion, et seul, trois jours avant le concert. La date du voyage sur le

Queen Mary avait été choisie pour lui laisser une semaine de répétition avec The Band : le temps de la reprise en main (même si, en juillet, Dylan s'était fendu d'une apparition surprise, sous pseudo, dans un concert de son ancien groupe).

Dylan est hébergé sur l'île, dans une ferme à proximité immédiate du festival. On aura quand même deux jours pour répéter, mais à peine a-t-on commencé qu'un hélicoptère se pose, c'est Lennon, McCartney et Harrison venus en visite, et décidés à rester jusqu'au concert. Alors vingt-quatre heures d'affilée on boit, on fume, on fait vaguement sonner les guitares. On est les premiers au monde à écouter *Abbey Road*, le dernier des Beatles… Il paraît que ces deux nuits avec ceux de Liverpool on a joué de vieux rocks classiques, la musique qui a emmené les Golden Beatles à Hambourg, du Elvis, du Chuck, du Buddy Holly : mais pas de magnétophone dans les parages, aujourd'hui on le saurait.

Quand Dylan monte sur scène, en costume blanc impeccable et lesté d'une Gibson Jumbo à la plaque de protection incrustée du motif à fleurs typique de la *country*, ils jouent le strict temps minimum défini par le contrat : une heure et pas une minute de plus. Il est déjà tard dans la nuit, dans la fatigue de trois jours d'insomnie, mais cent cinquante mille personnes auraient voulu autre chose que cette prestation sage : on sait qu'on participe d'un renversement du monde, et celui qui vous l'a appris se tait. Bref rappel à la guitare acoustique, et au revoir. On a cru à de l'arrogance, du cynisme : mais non, c'est que Dylan et son groupe n'auraient pas su faire plus. John Lennon, qui est avec Paul et George sur la pelouse au premier rang,

dira, mais les Beatles n'ont jamais été des tendres :
« Un bon concert, juste un peu plat. »

Dylan est secoué par *Abbey Road*, secoué sans doute
aussi par la grande vague qui suit le festival de Woodstock, les musiques qui surgissent, l'une surpassant
l'autre, sur la côte Ouest : Jefferson Airplane, les Doors,
le Grateful Dead. Tous ces gens-là, il entend bien ce
qu'ils lui doivent. Mais le poète maudit, la quintessence
du chanteur, c'est Jim Morrison, et non plus Bob Dylan.
La faute à la campagne, pense-t-il. Son énergie lui venait
de New York, MacDougal Street, entre le Gaslight et le
Gerdes. Et Long Island est une maison de vacances,
isolée dans ses sables.

Alors à nouveau on déménage de cette grande
maison de Woodstock où, probablement, Dylan n'a
même pas déballé ses livres : il ne remettra plus les
pieds dans cette ville. Qu'est-ce qui lui prend d'acheter
une maison en plein Greenwich Village, une maison
enclavée avec les trois maisons voisines, et un jardin
commun ? « On n'aurait jamais dû faire ça, dit deux
ans plus tard Bob Dylan, c'était tout de suite invivable… »

On est MacDougal Street, là même où il a commencé, mais devant la maison, le samedi, il y a des
groupes avec des pancartes : « Dylan, reviens ! » Et si
on joue de la guitare ou si on invite du monde le soir
à la maison, les voisins vous tombent dessus avant
même qu'on ait entendu quoi que ce soit.

Et bientôt, on a ce cloporte sur le dos : un type qui
passe sa vie à examiner celle de Dylan. Sa spécialité,
ce sera de fouiller les poubelles familiales pour y récupérer la moindre trace manuscrite, lettres reçues et
envoyées, textes gribouillés. Vous savez ce que c'est,
les poubelles d'une famille de cinq enfants dont les

deux derniers portent des couches ? Il faudra un recours en justice pour se débarrasser du *garbage man*.

À New York, par contre, Dylan retrouve les anciens copains musiciens, Al Kooper ou Dave Bromberg. Surtout, il est à dix minutes du vieux studio Columbia. Comme si, pour reprendre la musique, il fallait la reprendre du départ : il enregistre, en février et mars 1970, un nouveau double-album, *Selfportrait*.

L'autoportrait, c'est une tradition dans la peinture. Dylan, avec Dorfman, s'y est risqué. On porte en soi-même la totalité de ce qui nous a fait. Un autoportrait en musique, quand on a accumulé toutes les chansons du folk, tous les styles du blues, et qu'on a initié une bonne part de ce qui s'entend à la radio, et qu'on se veut soi-même un de ces hommes comme l'ont été Hank Williams, Hank Snow, Hank Perry, de quoi serait-il fait ?

Dylan a ébauché ce travail lors des *Basement Tapes*. Avec The Band, on explorait les chansons des autres, des plus anciennes aux plus récentes. S'y ajoutent la brouille avec Grossman, les procès qu'on ajoute aux procès. En enregistrant les chansons dont il n'est pas l'auteur, Dylan chanteur prive Grossman d'une bonne part de ses revenus. Il se punit aussi, mais on verra bien qui sera le vainqueur du bras de fer.

Selfportrait n'est pas une affirmation, c'est d'abord un grenier : on reprend des bandes enregistrées à Nashville en avril, on reprend des morceaux joués à Big Pink (mais sans retrouver la magie), on déballe des partitions de Johnny Cash, on revient à de vieux standards folks de Big Bill Broonzy. Et là où, deux ans plus tôt, Dylan s'appuyait sur la basse de McCoy et la batterie de Kenny Buttrey, il enregistre avec de l'orgue et des guitares électriques, puis envoie les morceaux à

Nashville pour qu'on y rajoute après coup la partie rythmique et le reste des arrangements : comment peut-il croire qu'un tel contresens est possible ? « C'était plutôt casse-gueule (*weird*) », dit Buttrey. « Et la guitare n'était pas vraiment régulière (*steeady*) », dit McCoy.

C'est la première fois que Dylan laisse derrière lui une musique mort-née. *Selfportrait* est le premier échec de Dylan. Même le fidèle *New York Times*, via Greil Marcus, demandera : – *What's that shit* ? : « C'est quoi cette merde ? »

Une *parodie*, dira Dylan : « Qu'ils comprennent que ce qu'ils attendaient de moi, c'était fini. » Il essayera de se justifier en disant qu'il voulait un disque qui dissuade définitivement ses admirateurs, fasse vraiment comprendre que le Dylan d'avant 1966 avait disparu. Comment le croire ?

Est-ce qu'il lui fallait l'échec pour enfin rebondir, sortir de la panne ? Le disque s'enfonce dans l'oubli. C'est dans le choc même que Dylan, dès mai et juin, revient avec les mêmes musiciens, et enregistre, sous la direction d'Al Kooper qui produit, avec la participation de George Harrison le 1er mai, une suite de chansons personnelles qui sont vraiment, cette fois, des autoportraits en miniature, des autoportraits écrits, et qu'il forge un disque de retour, un disque solide, au titre emblématique : *New Morning*, matin neuf.

Lorsque le disque sort, en octobre, réactions unanimes : on a retrouvé Dylan. *Day Of the Locusts*, par exemple : cette capacité d'offrir en une chanson un monde d'hallucinations sur rythme obsessif. À la source de la chanson, la remise qu'on lui fait, à l'université de Princeton (lui qui, à Minneapolis, séchait tous les cours), d'un diplôme *honoris causa* : c'est

400

vide, dira-t-il. Juste on entendait les grillons chanter, et moi je croyais que ma tête allait exploser. Il insiste : c'est qu'il y avait si peu à dire. *There was little to say*.

Dylan a livré ses albums à Columbia, il a rompu avec Albert Grossman, il n'a plus rien à dire.

Évidemment, pendant les deux ans à venir, 1971 et 1972, il le dira quand même en chansons – *When I paint my masterpiece* : un jour tout sera autrement, et je peindrai mon chef-d'œuvre. Au futur. En attendant, dit *New Morning* : « Le temps passe lentement ». En attendant, dit *New morning* : « Un écriteau à la fenêtre dit : *tout seul*. » En attendant, dit *New Morning* : « L'homme qu'il y a en moi se cache. » Bob Dylan s'occupe de ses enfants, qui le lui reprocherait ?

Bob Dylan est enfin, on dirait, un homme tranquille. Mais quand on a connu ces vagues, ces furies, ces emportements, ces suites d'images discontinues et sauvages, est-ce qu'on se supporte dans la paix ? Et entend-on, dans le fond du crâne, tout au bord des paumes, encore un peu de la folie qui gronde ? Ce que chante Dylan, finalement, c'est le fait même d'être en panne sèche.

Il le dit en chanson, mais le dit comme une fin.

Corps écorché sur un disque

Un Dylan en pointillés. Un homme à terre, le Dylan de *Selfportrait*, mais un homme qui a su aussi, en remerciant Bob Johnston et en le remplaçant par Al Kooper, en revenant à sa vieille tentation de s'enfermer toute une nuit dans un studio et de saisir ce qui vient (la session avec George Harrison), produire *New Morning* et se rétablir au plus haut.

Alors pourquoi ne pas dormir tranquille ? On dirait qu'il hésite. En octobre 1970, sur la lancée de *New Morning*, il semble s'interroger vraiment sur comment se réatteler au métier. On apprend par Harvey Brooks que Dylan loue ou bien a acheté, Houston Street, un studio-atelier. Si sa maison de MacDougal Street est bien repérée, c'est le premier exemple d'un de ces lieux qu'il va désormais affectionner, où être seul, où travailler sans repères de durée.

L'idée serait de repartir en tournée à quatre ou cinq, formation minimum, Al Kooper à l'orgue, Harvey Brooks à la basse. Ils essayent différentes combinaisons de musiciens pour la guitare et la batterie, on prépare quelques versions de scène des chansons récentes, et puis on laisse tomber. « Ça ne prenait pas », dit Brooks. Qui note que, dans ce studio, Dylan faisait surtout de la peinture, qu'il y avait beaucoup de toiles.

Vraiment un obstacle musical, ou bien la volonté de le surmonter n'est-elle pas au rendez-vous ?

Leur dernier enfant, Jakob, n'a pas encore un an, Dylan n'a probablement pas envie de s'éloigner. Et repartir en tournée voudrait dire se replacer sous la domination de Grossman : leur contrat signé en 1963 pour dix ans est enfin presque à terme. De même, le contrat Columbia finit en 1972, alors un Dylan qui attend.

Le 18 septembre 1970, mort de Jimi Hendrix, et mort de Janis Joplin le 4 octobre : une des principales artistes de Grossman. Tout cela résonne très près de Dylan : le virage d'août 1966 était justifié. Mais au prix de perdre ses repères, ou de s'interdire la plus haute instance ?

En mai 1971, Sara et lui partent en voyage en Israël. Dans un monde qui n'en finit pas de s'interroger sur son rapport aux religions, ou l'impossibilité de s'en défaire, on voudrait que les prophètes du jour vous éclairent aussi sur ce point. Quel touriste, à Jérusalem, n'irait pas se recueillir devant le mur des Lamentations ? Le photographe qui prend à cet instant Bob Dylan est un humble marchand d'images qui laisse sa carte aux touristes pour leur vendre sa photo-souvenir. Il ne découvrira qu'à son retour, en procédant aux tirages, qui il a photographié. Mais cette photo-là fera le tour du monde, comme plus tard Bob serrant respectueusement la main de Jean-Paul II : est-ce qu'il est devenu mystique pour autant ?

Il est sûr que Dylan cherche, se cherche. « On voulait un endroit pour se cacher. » Artiste en construction éternelle : le peintre, le poète enfin en paix avec lui-même, se représente volontiers adressant au reste du monde des signaux sous forme d'œuvres, une chanson, un livre (*Tarantula*, enfin paru en décembre dernier, est tombé à plat). Le contact apparemment a été établi par Harold Leventhal (il laissera même entendre qu'à l'époque Dylan envisageait de revenir à son nom d'origine, Zimmerman) : les Dylan sont en discussion avec les responsables d'un kibboutz. Ils se verraient bien vivre là un an, au milieu des orangers, les enfants à l'école, autour d'eux les lieux de la Bible, et enfin cette paix qu'on leur refuse à New York. Mais Dylan demande quand même, moyennant rétribution bien sûr, à être dispensé de travail communautaire : lui, son travail c'est à la maison, entre les livres et le piano. On le lui refuse, ils ne s'installeront pas là, retour à Greenwich Village. Dorfman, qui continue de les voir, dit que Bob « se cherchait une ancre » : les livres que lui procure Leventhal, la réflexion sur le judaïsme et son histoire sont devenus son occupation principale. Relit-il Kafka, écrit-il à ce propos dans ses carnets personnels ?

Et quelle étrange réponse, tellement typique de Dylan : à leur retour d'Israël, il achète un ranch dans l'Arizona. On compensera New York par des tranches de vie dans la nature. On n'a pas vendu encore la maison de Woodstock, on est propriétaire à Hampton (la maison sur Long Island) et New York : l'achat du ranch est la première étape du nomadisme qui va devenir peu à peu mode de vie, jusqu'aux dix-sept maisons répertoriées d'aujourd'hui.

La porte d'entrée de leur maison donne directement sur MacDougal. Certes, les articles de journaux se font plus rares, on ne peut pas sans cesse rabattre le même thème, mais il se trouve toujours quelques badauds ou provinciaux pour passer là trois heures, histoire d'apercevoir la silhouette en blouson de cuir et lunettes noires, ou simplement la nounou chargée d'aller promener les enfants.

Dylan n'est pas un ermite. Mais on n'a plus accès à sa vie que par surprise, lorsqu'un incident ouvre brusquement la porte sur la scène privée. Les projecteurs les plus puissants sont braqués sur l'univers rock, on laisse dans l'ombre d'autres rencontres, qui pourtant ont pu être bien plus constitutives. Ainsi David Amram : né en 1930, compositeur et chef d'orchestre accueilli par le New York Philharmonic, l'un des premiers à avoir brisé la cloison séparant l'univers occidental savant des grands inventeurs du jazz. Amram joue du cor d'harmonie ou de la flûte, avec Charlie Mingus, Thelonious Monk et Dizzy Gillespie. Mais son grand-père lui a appris l'hébreu et a contribué au mouvement juif américain qui a soutenu la création d'Israël. Amram collectionne et pratique les instruments de musique des civilisations primitives. Et il a été proche aussi de Kerouac, il a participé, avec lui, Ginsberg et Corso, au film maintenant culte de *Pull My Daisy*, Kerouac improvisant à voix haute tandis que les trois autres miment la vie quotidienne selon les critères *beat* (on peut le visionner aisément sur Internet).

Amram habite East Village, à six cents mètres de chez Dylan, il n'y a qu'à traverser Broadway Avenue : mais, à commencer à connaître Dylan, comment ne pas l'imaginer avec une rage intérieure secrète de ne pas savoir, lui, conduire un orchestre ou composer une symphonie, ou bien d'avoir manqué la rencontre avec Mingus ? Dylan s'est toujours élevé au contact des territoires qu'il investit. Impossible que la relation avec quelqu'un de la stature de David Amram soit d'ordre mineur. Et si la trappe se lève un instant, voilà : ce soir-là, Allen Ginsberg est aussi l'invité d'Amram, à peine Dylan est-il entré qu'on lui colle une guitare dans les mains, et que Ginsberg crie : « C'est un truc en *sol*, joue en *sol* ! » Ginsberg improvise des paroles, et Dylan repère tout de suite qu'on vient de brancher un magnétophone : « Arrête ce truc tout de suite… » Il est sur ce point intraitable, immédiatement en colère. Ginsberg s'est réellement mis en tête de devenir chanteur, et il a besoin de Dylan : en septembre, Dylan emmènera avec lui son fidèle Happy Traum pour enregistrer quelques structures musicales de base qui feront support à la voix de Ginsberg. On éprouve une certaine dérision à voir l'auteur de *Fall Of America* prendre comme un adolescent le chemin des idoles pop. David Amram, qui ajoute des flûtes à ces « chants de l'innocence » improvisés ensemble, ne dira pas ce qu'il en a pensé.

Les Beatles ont éclaté, George Harrison produit son premier disque solo. Proche toujours de Ravi Shankar, il découvre par celui-ci la guerre civile et la famine qui ravagent le Bangla Desh. Comme Lennon deux ans plus tôt à Toronto dans son *Live Peace*, il décide d'organiser au Madison Square Garden, le 1er août, un concert dont les bénéfices seront redistribués par l'Unicef : le concert Bangla Desh, et le triple-album qui suivra, sont la première initiative du genre. Quand Harrison demande à Dylan s'il voudra bien chanter *Blowin' In the Wind*, Dylan répond agressivement : « Et toi, tu chanteras *I Wanna Hold your Hand* ? » Il accepte cependant. Mais la veille, quand on doit répéter, Dylan est assailli par les caméras de télévision, il plaque tout et s'en va : « Je n'en peux plus, de cette foire. »

Ainsi, alors que depuis six ans il s'est tenu à l'écart de toute action militante, il lui suffit de paraître auprès de l'ancien Beatles pour découvrir que l'imagerie liée à l'ancien Dylan est intacte. Sur la première moitié de son programme, Harrison a écrit : « Bob ? » avec un point d'interrogation. Mais Dylan surgit au bon moment, et mieux : il chante *Blowin' In the Wind*, qu'il n'a pas chanté depuis huit ans, reste vingt minutes sur la scène, accompagné par George et Ringo, Leon Russell à la basse. Plus, quand on rejoue le soir, il remplace *Love Minus Zero – No Limit* par *Mister Tambourine Man*. « Voici quelqu'un qui est notre ami à tous, monsieur Bob Dylan », l'a présenté Harrison.

Et Dylan a un vrai plaisir à chanter. Parce que sans enjeu, parce que l'arrangement tout simple fonctionne ? Pour le plaisir de tenir sur scène une Martin ancienne ?

Faute d'album, Dylan approvisionne cependant Columbia et Grossman en 45 tours qui assurent l'intendance. Cet automne, la mise en circulation du concert « Judas » de Manchester, en avril 1966, est une révélation musicale, mais qui ne rapporte pas un sou à Dylan. Juste une réhabilitation. Il s'enferme une journée en studio avec Happy Traum, sa basse et son banjo, pour enregistrer six titres, dont cet étrange destin de peintre en attente de son chef-d'œuvre, *When I Paint my Masterpiece*.

En novembre, découvrant dans les journaux l'assassinat – un de plus, un de trop – d'un militant noir en Californie, George Jackson, il écrit une chanson et en fait un 45 tours : une face en version acoustique, une face électrique en groupe. Le disque est dans le commerce trois semaines plus tard : un sursaut, un réveil ?

Non : Columbia sort un nouveau double-album, *Bob Dylan Greatest Hits Volume II*, qui se vendra à cinq millions d'exemplaires rien qu'aux États-Unis : l'artiste peut dormir tranquille.

On pourrait même se dispenser de parler de l'année 1973 : celle, pourtant, qui marquera le retrait des troupes américaines du Vietnam et le coup d'État de Pinochet contre Allende au Chili. Les Dylan sont toujours à New York, on voit Bob assister souvent à des concerts, du Grateful Dead ou d'Elvis Presley. Et même, alors qu'il suffirait d'un coup de fil de Naomi Saltzman aux organisateurs, il paye sa place, il se fond dans le public : la tentation de n'être qu'un *Mister Jones*, le droit de vivre en anonyme.

Ou bien exactement le contraire : et si vouloir s'imposer au cinéma c'était vouloir incarner cette légende qu'on tisse autour de vous, mais en la séparant de ce qui est votre fondation artistique, pour Dylan la musique ? Il accepte la proposition de jouer dans un western, et d'en composer la musique. Le film est intitulé *Pat Garrett & Billy the Kid*, il joue des codes éprouvés du genre, mais les détourne dans une sorte de second degré. Le réalisateur, Sam Peckinpah, n'a apparemment jamais entendu parler de Dylan, c'est un type coléreux et alcoolique (un jour qu'une panne de caméra a rendu floue une partie de l'image, en visionnant les rushes, Peckinpah a pissé sur l'écran).

Dylan joue l'idiot du village, son nom : Alias. Dans la principale scène où il apparaît, sans qu'il soit possible de savoir si elle a été écrite ainsi dans le scénario ou bien s'est imposée en cours de tournage, afin qu'il n'écoute pas telle conversation, on lui fait déclamer à voix haute toutes les mentions figurant sur les boîtes de conserve de la petite épicerie Far-West qui sert de décor. Alors, un instant, sans doute retrouve-t-il le goût du langage, de la liste, de l'inventaire, qu'il explorait dans *It's Allright Ma' (I'm Only Bleeding)*.

Le tournage a débuté en décembre de l'an passé à Mexico. Sara ne s'y plaira guère : milieu exclusivement masculin, hygiène minimum et beaucoup d'alcool, plus une sévère épidémie de grippe (le responsable des effets spéciaux de Peckinpah en meurt).

Ils se rendent pour le nouvel an en Angleterre et séjournent chez les Harrison – mais, dans les *Chroniques*, pourquoi rien sur ces moments, les conversations, et si on sort les guitares ? Attendre la suite… Quand Dylan, en janvier, repart pour le tournage, Sara le laisse partir seul. Dater de ce moment la séparation qui s'amorce, et va rythmer les deux ans à venir ?

En janvier, à Mexico, il s'attaque à la bande son. Il n'a rien composé au préalable, et demande à travailler en semi-improvisation : le film est projeté directement dans le studio où on enregistre, et on fixe chaque scène presque en direct. Il dispose d'autant de musiciens qu'il veut, à condition qu'ils soient inscrits au syndicat des musiciens professionnels du Mexique : outre quelques ambiances, on ne mettra au point qu'une seule chanson (*Billy*).

On déménage fin janvier à Los Angeles, où Dylan peut choisir ses musiciens : première collaboration avec un jeune bassiste de deux mètres de haut, Booker T Jones, et il retrouve Bruce Langhorne (sur les deux thèmes instrumentaux, *Billy* et *River Theme*) : pour la seule raison qu'il vit désormais sur la côte Ouest et travaille pour les studios de Hollywood, ou par remords de n'avoir plus jamais fait travailler celui qui avait donné sa première couleur à sa musique ? Il recrute aussi quelques pointures comme Jim Keltner (le batteur d'*Instant Karma* de Lennon), Roger McGuinn ou le violoniste Byron Berline (celui du *Honky Tonk Blues* des Stones). Les producteurs trouvent trop mince ce qu'il leur offre et, à nouveau, la traversée du miracle : Dylan ajoute une chanson, *Knockin' On Heaven's Door*. Elle sort en 45 tours en septembre, et sera reprise par tant et tant de voix et de guitares, dont celles d'Eric Clapton. À nouveau un thème et cette façon de tordre trois mots à peine qui propulsent Dylan dans le haut des ventes (douzième meilleure vente, Dylan n'a plus accès aux toutes premières places), faisant oublier les échecs. Le film, en revanche, souffrira d'un conflit entre la MGM, qui le produit, et son réalisateur, Sam Peckinpah. Version commerciale réduite de plusieurs scènes, montage refait : parce qu'il a perdu son originalité, il n'est qu'un demi-succès.

Dylan ne reviendra pas enregistrer à Nashville. McCoy laissera échapper quelques paroles amères : « Jamais un coup de fil ni un merci, ni dire pourquoi il ne voulait plus de nous. Et jamais il ne nous aurait envoyé un de ses nouveaux disques… » Mais un déclic certain : d'autres musiciens, une nouvelle façon de répéter ou d'approcher la musique, d'échapper à cette promiscuité qui est leur quotidien depuis l'installation MacDougal Street. Deux jours auront suffi. Dylan loue une maison à Malibu, et on s'y installe avec la famille. Par ailleurs, c'est ici, à Los Angeles, que s'est installé The Band.

Dylan a les mains libres pour une vie neuve. Le monde musical est petit, on sait qu'il n'a pas renouvelé son contrat avec Columbia. David Geffen a fondé en 1970 une petite compagnie de disques, Asylum. Grâce à Joni Mitchell et The Eagles, il la développe rapidement, et la revend bientôt à Elektra pour une somme confortable et même plus (sept millions de dollars, alors qu'il n'a même pas trente ans), tout en gardant sa direction. Geffen encercle d'abord Robbie Robertson :

voyage d'une semaine à Paris offert à sa compagne, prêt d'argent pour sa maison à Malibu. En échange : rencontrer Dylan et obtenir son appui. On convient d'un disque et d'une tournée, moyennant une avance de quatre cent mille dollars.

Garth, Hudson, Helm, Danke, Manuel et Robertson retrouvent en quelques heures aisance et complicité en présence de Dylan : on enregistrera en six jours, courant novembre. Et toujours, parmi la dizaine de titres qui composeront le disque, la chanson qui semble s'échapper du lot pour rejoindre *Knockin' On Heaven's Door*, *All Along the Watchtower*, ou *Lay Lady Lay* : cette fois-ci, c'est *Forever Young*. La seule chanson dont ils feront cinq versions, balançant entre acoustique et électrique, Dylan hésitant jusqu'au dernier moment, faisant cette réflexion étrange : « Cette chanson-là, je l'ai portée dans ma tête pendant cinq ans, je ne l'ai jamais écrite et maintenant je ne sais même pas comment la jouer… » Par le vers de Keats qui exhausse l'expression populaire, elle est associée à la peinture : *For Ever Painting, And For Ever Young* – une chanson écrite alors par Dylan peintre, ou bien la chanson réalisant le rêve de peintre de Dylan ?

À noter qu'on a dû vendre, avec la maison de Woodstock, les voitures qu'on y avait : le véhicule favori de Dylan est un van, une camionnette tôlée avec deux sièges à l'avant et plancher métallique à l'arrière.

Le disque s'appellera *Planet Waves*, et la tournée commence dès le 3 janvier à Chicago devant 18 500 spectateurs, après seulement deux jours de répétition.

Approches différentes. « On était vraiment loin d'être prêts », dira Levon Helm. « Juste une équipe de types qui jouent ensemble et qui se disent : – Allez, on y va et on le fait », dira Dylan.

Geffen s'est associé avec le plus efficace marchand de spectacles américain, Bill Graham. Un jet privé, celui qu'ont utilisé les Stones ou Led Zeppelin l'an passé, quarante concerts en six semaines, et dans les plus grandes salles, billets vendus uniquement par correspondance et sans intermédiaire aux 650 000 spectateurs (4 % de la population, dira fièrement Geffen). Une musique rapide et violente, à l'opposé des arrangements sophistiqués et de la lenteur de *Planet Waves*, comme à vouloir affirmer sa fidélité au chemin suivi en 1965-66. Robbie Robertson : « Dès qu'on commençait à jouer, les chansons devenaient agressives, grandiloquentes (*bombastic*). Le contraire de ce qui se passait en studio. On en revenait automatiquement à une certaine attitude vis-à-vis de ce qu'on jouait : les chansons étaient rudes, dures, explosives. »

On est en plein scandale du Watergate, qui aura raison de Richard Nixon : dans sa partie acoustique, quand il reprend *It's Allright Ma (I'm Only Bleeding)*, la strophe où les puissants sont nus fait s'exclamer le public – Dylan coïncide enfin avec son rôle. Les spectateurs allument leur briquet et le lèvent à bout de bras : ça ne s'était jamais vu (tout le monde a un briquet, tout le monde fume), on le verra souvent ensuite. Après la partie acoustique où Dylan est seul en scène, les musiciens de The Band jouent leurs propres morceaux avant qu'on enchaîne ensemble : *All Along the Watchtower* tourne à l'hommage posthume à Hendrix, dont on reprend exactement l'arrangement. Là même où on les huait, maintenant on communierait presque : « C'est un peu hypocrite, non ? » demande Robertson.

Dans l'élan de la tournée, on enregistre le concert pour un disque *live*, tandis que *Planet Waves* devient numéro un des ventes, et que Columbia édite les chansons laissées pour compte de la période *Selfportrait* et *New Morning*, sous le titre le plus simple qui soit : *Dylan*.

Dans ce contexte, pas étonnant que *Planet Waves* disparaisse des classements aussitôt que les concerts s'arrêtent. D'autant que The Band est un groupe qui a imposé ses propres disques. Peut-être aussi qu'à se retrouver entre vieux guerriers de la musique telle qu'on la jouait à Big Pink, et malgré la chanson-phare, *Forever Young*, le disque n'a pas la rigueur de *New Morning*. Dylan ne s'embarrasse pas de tout cela : il en conclut simplement qu'Asylum, la maison de Geffen, n'a pas la taille suffisante pour le diffuser, et le 1er août 1974, il signe à nouveau avec Columbia, qui lance aussitôt dans le commerce l'enregistrement réalisé au terme de la tournée, lors des trois concerts donnés au Forum de Los Angeles : *Before the Flood*.

En fait, libéré de Grossman, après un entracte de sept ans et demi, il reprend le collier de la plus traditionnelle façon : disque, tournée, et on recommence. Au point même qu'il participe, le 9 mai, au Felt Forum de New York, à un concert de solidarité au bénéfice des victimes de la dictature chilienne, organisé par son ancien rival du *protest song*, Phil Ochs. Que Phil Ochs soit devenu alcoolique explique d'ailleurs peut-être pourquoi ce concert se soit étiré à n'en plus finir, et qu'en coulisses (il y a là aussi Pete Seeger et Arlo Guthrie) Van Ronk et Dylan aient fêté leurs retrouvailles avec vin chilien à volonté, au point que Dylan aura surgi titubant sur la scène, posant même à ses pieds la bouteille entamée. Des quatre chansons, qu'il aura jouées seul avec sa guitare acoustique, il en aura choisi une de Woody Guthrie (*Deportee*), une traditionnelle (*Spanish Is the Loving Tongue*), une autre de ses propres débuts (*North Country Blues*) avant de finir par *Blowin' In the Wind* : comme de renfiler pour l'occasion de vieux habits – on peut être surpris du choix. Signifier à Seeger et Van Ronk que, malgré le chemin parcouru, on est toujours dépositaire du patrimoine commun ?

Preuve publique que les six semaines de tournée, avec l'adrénaline et la dépense nerveuse des concerts, la fatigue et la vie en groupe, l'argent qui circule massivement et la sensation d'irréalité que l'on éprouve face à ces foules qui surgissent à heure fixe, ont gommé d'un coup les efforts de six ans, sous la vigilance de Sara. La cocaïne est au rendez-vous. Et si Dylan n'a jamais été un abstinent de l'alcool, le couloir noir de 1966 s'est brusquement rouvert.

À Oakland, le 12 février, Dylan plaisante avec Ellen Bernstein, une jeune attachée de presse de Columbia, parce qu'ils se vantent tous les deux d'être très forts au backgammon. Ils joueront jusqu'au matin : Dylan jouant aux dés une décision grave pour lui ? Il reste dormir chez elle, et n'en repart que pour le concert du soir. La liaison va durer presque un an, Bernstein la racontera en détails. Et se double, en Californie, d'une relation à une actrice Ruth Tyrangiel, relation intermittente mais qui se prolongera plusieurs années.

C'est la façon à la fois double et erratique de Dylan : il réintègre le domicile familial, mais il s'est de fait libéré du lien à Sara. Et quel domicile : au printemps 1973, les Dylan ont acheté une propriété en bord de mer, à Point Dume, à quinze kilomètres de Malibu, une autre enclave artistique où vivent des réalisateurs de films, des écrivains comme John Fante. C'est aussi une ville avec de bonnes écoles à proximité, il y a cinq enfants. Les années passant, Dylan rachètera les huit

414

maisons ou terrains voisins, pour finalement disposer d'un domaine de près de six hectares, où les routes sont devenues privées. La maison bâtie sur ce terrain a vue sur la mer, mais on doit la réaménager et l'agrandir. L'architecte le plus à la mode de Malibu est convoqué, il saura soigner la lubie des Dylan.

La spécialité Malibu, c'est la maison style faux Tudor anglais, faux château normand, ou hacienda mexicaine. Dylan rétorque que s'il s'agit de vivre dans un manoir anglais, autant aller vivre là-bas (il achètera effectivement, bien plus tard, une *mansion* près d'Édimbourg). « Autant construire d'après sa propre imagination », suggère-t-il alors. Or, Dylan rêve d'une coupole transparente, comme celle d'un observatoire, et Towbin imagine une maison tout en bois qui s'articulerait autour. Finalement, on érigera un bulbe doré façon église orthodoxe. Vingt chambres, plus une pièce au plafond voûté assez haut pour servir de salle de répétition et studio d'enregistrement, une cuisine au sol d'ardoise, un appartement séparé pour Dylan et Sara à l'étage. L'âge d'or de la profusion hippy offre aux Dylan toutes les combinaisons de verres colorés, de tissus et tentures, de bois sculptés. Une cheminée pour le grand salon changera quinze fois d'emplacement. Chaque enfant aura dessiné sa propre salle de bains et son décor. La piscine est dissimulée comme s'il s'agissait d'une pièce d'eau naturelle, et chaque porte intérieure est sculptée à la main selon un modèle différent. Enfin, Dylan a une requête : tout doit paraître *ancien*. Et cette lubie, qui lui fait appeler l'architecte en pleine nuit : il vient de trouver la trace, à Hibbing, de sa première voiture, la fameuse Ford rose dans laquelle il promenait Echo Halstrom, il voudrait la suspendre à la coupole. L'architecte endormi répond mécaniquement : « Avec ou sans le moteur ? » Le problème, évidemment, c'est que chaque aménagement accroît le coût et le délai. Et en attendant le palais, en 1973 ils vivent dans une maison de location. « Quand tous ces types s'en iront-ils de chez moi ? » demande Sara.

Revers noir : quand la maison sera enfin accessible, Dylan sera parti vivre à New York, seul. Il a trente-trois ans.

Période mystérieuse. On ne sait même pas s'il habite dans leur maison de MacDougal ou vit dans son atelier-studio, dont si peu connaissent l'adresse. Il boit, lourdement, et a recommencé à fumer cigarette sur cigarette. Il ne change jamais de chemise ni de pantalon, se présente mal rasé, émergeant d'une veste en cuir qui en a trop vu, le soir, dans les clubs.

Dylan entre un après-midi dans la classe d'un peintre de soixante-treize ans, Norman Raeben, et s'inscrit à son cours. On ne sait pas comment la jonction s'est faite, mais apparemment par l'entremise d'un Américain d'origine française, Jacques Lévy, compositeur de variétés et de comédies musicales, qui sera le co-auteur avec Dylan d'*Isis*. Dans un studio installé dans l'immeuble du Carnegie Hall, au onzième étage, où les élèves sont « des dames mûres, des richardes de Floride, un policier dégagé de ses heures de service, un chauffeur de bus, un avocat... », Raeben travaille sur la vision, et comment par le dessin on peut dépasser le regard.

Le premier jour, alors que Dylan, selon ce qu'il prétend, ne voulait pas prendre de cours, mais seulement « voir ce qui se passait » (*what was going on*), le vieil homme lui montre un vase, puis le range dans un placard : « Vous avez bien vu ce vase ? Dessinez-le, maintenant... »

Dylan (notamment dans l'entretien avec Jonathan Cott, dans *Rolling Stones*, en 1978) : « Il n'apprenait pas le dessin, mais juste à placer la main, l'œil et le mental dans le même axe. » À nouveau, l'hésitation, le doute : le rêve d'être artiste ne coïncide plus avec la silhouette à la guitare.

Il s'y rend tous les jours pendant deux mois. Et pendant deux mois, pas une seule fois il n'adressera la parole aux autres élèves. Sa façon de s'habiller, ses manières sont telles que Raeben, un soir, lui propose un marché : s'il accepte de faire le ménage de l'atelier, il pourra y dormir.

Le clochard de New York, loin de sa famille, continue cependant à imaginer la suite : de façon très symbolique, il retourne à Minneapolis, où sa mère s'est remariée, et où vit aussi son frère. Besoin de retrouver les ciels, l'air de l'enfance et des camps scouts, le climat du Nord ? Près de la rivière Crow, il achète une ferme de trente hectares. Il aura l'eau et la forêt, comme au temps des camps d'été avec Larry Kegan. Il s'y installe pour l'été, justement : il y accueillera ses enfants, comme les étés suivants d'ailleurs, mais Sara n'y sera jamais venue.

La ferme est bientôt mise en exploitation (dans un entretien : « On fait pousser du blé et des pommes de terre, mais ce n'est pas moi qui suis assis sur le tracteur, si c'est ce que vous voulez dire… »), et son frère viendra vivre dans la maison de maître. Dylan se réserve, à son seul usage, une grange gigantesque : énorme bâtisse sans fenêtres, au toit en voûte arrondie. Percée d'une verrière exposée au nord, elle est transformée en atelier de peinture.

L'atelier du peintre n'est pas incompatible avec le salon de musique et la proximité de Minneapolis lui

417

est psychologiquement favorable. Début septembre, quand il reviendra à New York, Dylan aura une dizaine de chansons prêtes, pour la plupart composées sur la guitare accordée en *ré*.

« J'avais voulu travailler sur les structures temporelles, dira-t-il : hier, aujourd'hui et demain dans la même pièce, et il n'y a pas beaucoup de ce qu'on ne peut imaginer qui ne puisse s'y produire (*yesterday, today and tomorrow all in the same room, and there's very little that you can't imagine not happening*). »

L'accord ouvert permet de simplifier les positions et le doigté : on l'utilise pour le blues. Les cordes à vide font résonance. Mais les possibilités harmoniques sont restreintes. Dylan utilise au contraire les dissonances, change de clé ses chansons sans le secours du capodastre. Et les musiciens, tous pourtant de solides professionnels, qui enregistreront *Blood On the Tracks*, auront énormément de difficulté à comprendre les accords. On n'a jamais évoqué le fait, dans ses biographies, que cet usage détourné du *ré* ouvert, dans *Tangled Up In Blue* ou *Idiot Wind*, par lequel Dylan enfin remonte au sommet d'où il était descendu au temps de *Blonde On Blonde*, a été composé cet été-là dans la ferme qu'il vient de s'acheter, avec rivière attenante, et la grange dont lui seul a la clé. Ellen Bernstein est avec lui.

Quand Dylan revient à New York, si l'épisode du divorce n'a pas commencé, la séparation avec Sara est consommée, et elle conditionne la totalité du disque, y compris l'ironie à double détente de ces titres façon variétés : « Si tu la vois, salue-là » (*If You See Her Say Hello*), ou « T'es une grande fille, maintenant » (*You're a Big Girl Now*). Ou, de façon encore plus directe, par celle qui deviendra un classique des reprises : « Juste

418

un virage du destin », *a simple twist of fate* (ou plus littéralement : « simple ironie du sort » ?). Et ce travail de guitare et d'écriture, tout cet été, pas de Robertson ni de Happy Traum, ni aucun autre pour l'élaborer avec lui en duo. Affronter seul ses démons, et qu'il en sorte ces chansons dissonantes, d'un magistral lyrisme : *Tangled Up In Blue* ou *Shelter From the Storm*, ou les presque neuf minutes d'*Idiot Wind* – et comment ne pas y voir la mise à terre de ce qui a fait Dylan, le retournement littéral de *Blowin' In the Wind* ?

« Je ne comprends pas comment les gens peuvent accrocher à ce disque, dira Dylan, vu ce que je traversais en l'écrivant… »

Peut-être pour cela même, justement. Et il ne s'expliquera jamais sur le titre. Traduire par « du sang sur les pistes », quelle banalité. Et il y a trop de notre *Marseillaise* dans les sillons des 33 tours pour qu'on puisse traduire par « du sang dans les sillons ». On gardera le titre anglais. Mon corps écorché sur le disque, voilà ce qu'il faudrait proposer : et ce par quoi il fallait en passer pour autoriser la renaissance de Bob Dylan.

Comme d'habitude, il cherche quelqu'un pour l'épauler. Lors d'un séjour chez Ellen Bernstein, à Oakland, il retrouve Mike Bloomfield : « Il me jouait ces chansons à toute allure, en me disant de jouer avec lui, moi je ne comprenais rien à ces accords… » Toutes ces semaines, il joue les nouvelles chansons à tous ceux qu'il rencontre, manière de tester et de polir (en particulier à Graham Nash et à Stephen Stills).

Le 16 septembre, il a demandé à Eric Weissberg d'être présent avec ses musiciens. Weissberg, il le connaît depuis son passage à Chicago, avant de venir à New York. Le succès du duo de banjo, dans le film

Délivrance, lui assure un énorme travail de studio, et il dispose d'un groupe rodé, permanent. Mais Dylan en est resté aux méthodes de *Blonde On Blonde* : on joue une fois le morceau seul, puis on demande aux musiciens de se lancer et d'accompagner, puis on enregistre en deux prises maximum. Nulle explication sur pourquoi il ne s'adresse ni à Al Kooper ni à Harvey Brooks.

Quand Weissberg lui demande qui il souhaite utiliser parmi ses musiciens, Dylan répond : « Tous. » En fait, hormis Weissberg lui-même (qu'on entendra finalement à peine sur le disque), il s'appuie essentiellement, comme d'habitude, sur orgue, basse, batterie. « On regardait ses mains, et on espérait qu'on avait fait le bon changement d'accord », dit le guitariste Charles Brown. « Si ça avait été n'importe qui d'autre, dit Weissberg, je l'aurais plaqué immédiatement. » Aucun d'eux ne conservera un bon souvenir de la rencontre.

Dès le lendemain, parce qu'on commence à entendre le son du disque, on joue plutôt à deux, voire trois guitares acoustiques, plus la basse électrique. Quand on revient enregistrer au début de la semaine suivante, Dylan ne veut plus que le bassiste. « J'ai demandé où étaient les autres, on m'a dit que je serais tout seul avec Dylan, dit Tony Brown. Alors j'ai paniqué un peu, et j'ai décidé d'être le plus près possible de ce que faisait Charlie McCoy dans *John Wesley Harding*. » Et, une fois encore, ces chansons de Dylan uniquement accompagnées d'un fond de basse électrique sont le sommet du disque.

L'expérience Weissberg a tourné court, et, les derniers jours, Dylan ajoute une *pedal-steel* (Buddy Cage) et demande l'assistance de Paul Griffin.

Le disque doit paraître mi-décembre. Dylan dispose d'un pressage provisoire lorsque, le 6 décembre, de retour dans la ferme du Minnesota, il le fait écouter à son frère. Que se passe-t-il obscurément, alors qu'il dispose depuis deux mois de cette maquette dont il a approuvé le mixage, et dont la pochette est déjà imprimée ? Encore une décision de génie, dont jamais il ne se justifiera vraiment.

David Zimmerman produit à Minneapolis de la musique pour publicités radiophoniques, et enregistre des groupes locaux. Il propose à Bobby de réenregistrer *Idiot Wind*, Dylan trouvant à la version de septembre des résonances trop directes avec sa séparation. David convoque alors un bassiste, un batteur, un technicien. Dylan ne leur parle pas, laisse son frère faire l'inter-médiaire, mais, tout à la fin, dit au technicien : « J'aime bien votre façon de prendre les choses en main, ici. » Et ils n'en reviennent pas que Dylan ait pu aller au bout d'une phrase aussi longue. On rajoute une piste d'orgue ici, on reprend *You're a Big Girl Now*, on essaye un premier mixage.

Le surlendemain, on a réservé le studio toute la journée. On amène même les enfants, parce que Dylan a eu envie de la mandoline d'un musicien de Minnea-polis, Peter Ostroushko. Finalement, on réenregistrera trois titres. Des musiciens certainement moins précis et aguerris que ceux de New York, mais c'était l'ultime touche. Retrouver l'esprit des débuts de Minneapolis, et cette façon provinciale qu'il avait, lui aussi, en venant de Hibbing. Trois jours avant de diffuser le disque à des centaines de milliers d'exemplaires, Columbia se voit enjoindre de remplacer le « master » prévu par les bandes de Minneapolis. Accessoirement, *Blood On the Tracks* paraîtra avec cette touche finale enregistrée là même où les chansons ont été composées. Moins accessoirement, Dylan permet à son frère de gravir un échelon dans l'exercice de son métier de producteur.

Entre septembre et décembre, Dylan est resté vivre seul à New York. Bizarrement, alors qu'on le pourchassait deux ans plus tôt, il passe plutôt inaperçu. De ce moment date sa rencontre avec Ron Wood, qui, le mois suivant, rejoindra les Rolling Stones, et qui devient alors pour Dylan un proche : leurs habitudes et leurs heures sont les mêmes. Le soir, dans les tout petits clubs du Village, et sans être jamais à l'affiche, il accompagne à la guitare et à l'harmonica Ramblin' Jack Elliott ou Fred McNeil. Quelquefois, on fait remarquer après coup à l'un des deux que leur accompagnateur, mal rasé et bien nerveux, « a un petit air de Bob Dylan, vous ne trouvez pas ? ».

Dylan et Sara tentent une réconciliation. On passe les fêtes de fin d'année ensemble avec les enfants dans la nouvelle maison. On essaye vraiment, au moins jusqu'à février. Encore une énigme, alors, que le départ de Dylan pour la France, pays qu'il n'a jamais aimé ou, tout simplement, qui n'a jamais suscité chez lui d'intérêt. David Oppenheim a une maison en Savoie : à Chamonix ? Dylan s'y trouve de début mai à mi-juin. Sara doit le rejoindre, elle ne viendra pas. Oppenheim dira qu'il lui a téléphoné tous les jours. Ils feront une virée en Camargue, pour un festival de musique gitane aux Saintes-Maries-de-la-Mer, auquel participe probablement Manitas de Plata. Dylan, apparemment, attendait depuis longtemps cette rencontre, dont on entendra l'écho dans *One More Cup Of Coffee*.

Fin juin, Robbie Robertson mixe et édite chez Columbia un double-album extrait des *Basement*

Tapes, histoire d'assurer une présence commerciale continue à Dylan. Et fin juillet 1975, pendant quatre jours d'affilée, il se trouve à nouveau dans le studio Columbia. Dans cette incertitude qui semble préluder aux enregistrements, il a convoqué bien plus de musiciens qu'il ne lui sera nécessaire (une vingtaine, dont quatre guitaristes) : au point qu'on doit réquisitionner le studio voisin, où sera installé le buffet à l'intention de ceux qui attendent. Dylan distille aussi, selon sa plus vieille recette, une dose d'arbitraire. Peut-être que la vérité n'est pas aussi simple qu'il le dit : selon sa version, il aperçoit plusieurs fois, traversant le Village par MacDougal, la silhouette d'une fille mince à longue chevelure rousse, portant un étui à violon et disparaissant au coin de la rue. Il l'interpelle sans la connaître : « On a eu une discussion vraiment intense », dira Scarlet Rivera. Dylan lui propose de passer à ce studio-atelier qui est sa base new-yorkaise, et lui dit, après qu'on a essayé quelques-unes des prochaines chansons, que « c'est exactement ce qu'il cherchait ». Elle est convoquée en studio deux semaines plus tard. Son style deviendra plus complexe, mais dans *Desire*, Dylan la place toujours au premier plan, à égalité de la voix, et cette façon de jouer encore intimidée ou bridée donnera sa tension au disque. En particulier en contrepoint du jeu complexe d'un des meilleurs batteurs dont Dylan ait disposé depuis Buttrey, Howie Wyeth (un cousin du grand peintre Andrew Wyeth). Il est tellement euphorique, après une séance d'enregistrement, qu'au feu rouge il joue aux autotamponneuses en poussant du pare-chocs la voiture du producteur, Don Devito.

Confirmation que cette tension entre éléments complexes et fragiles est délibérée, le témoignage d'Emmilou Harris, invitée pour installer tout au long du disque une seconde voix : « J'étais surprise, parce qu'on enregistrait chaque chanson en deux prises. Alors, moi, je regardais sa bouche, et j'essayais de me synchroniser. C'est pour ça, si souvent, que je chante bouche fermée, ou juste l'air sans les paroles, ou que j'essaye des harmonies. Une fois que ç'a été fini, je lui ai demandé d'écrire les paroles définitives, pour qu'on enregistre ma voix : je n'avais pas compris qu'il garderait ce qui était déjà en boîte. Pas d'*overdub*, chez Dylan. »

La performance de la chanteuse est d'autant plus remarquable. On n'est jamais d'accord, entre amateurs de Bob Dylan : si tout le monde considère *Blood On the Tracks* comme un pur bloc de lave noire, d'aucuns trouvent *Desire* un peu facile, voire kitsch (comme cette *Romance In Durango* de bal du samedi soir avec accordéon). *Isis*, et évidemment la chanson-testament (il paraît qu'à la dernière séance d'enregistrement, Dylan a fait entrer son épouse, et lui a dit : « Écoute, c'est pour toi »), *Sara*, suffiraient à faire de *Desire* un disque inaltérable.

Et si Dylan, en produisant *Desire* après *Blood On the Tracks*, revendiquait cette victoire sur lui-même qu'il avait manquée avec *Blonde On Blonde* ?

Il a conquis sa renaissance. Étrange, juste, qu'il en attribue la réussite au vieux peintre Norman Raeben. Mais au prix de son divorce.

La tournée qui ne finit jamais

Un homme aux rêves qui s'obstinent à de mêmes figures : fidélité à lui-même qui permet toutes les traverses, de remonter le col et continuer jusqu'à ce que reviennent les temps meilleurs.

Ainsi, et comme autrefois Woody Guthrie arpentait l'Amérique, et comme lui-même l'avait tenté aux temps de la Ford Station Wagon, l'idée du saltimbanque arrivant dans une ville avec sa guitare pour chanter.

La tournée s'appellera la *Rolling Thunder Review*. On aura des camions et des caravanes, on arrivera dans de petites villes (parfois, on ira même pousser la chanson l'après-midi à la maison de retraite) sans autre nom ni affiche, avec pour seul passeport la qualité de la musique.

La boîte à sous, la tire-lire, une fois de plus on en confie le rôle au film : vendre les droits au préalable, et embarquer une équipe avec caméras. Une fois de plus, Dylan ne souhaite pas un documentaire sur la tournée, mais une fiction : le téléphone sonne chez le scénariste Sam Shepard : « Je vous passe monsieur Dylan. » Shepard sera chargé d'observer, de noter, et d'écrire à mesure des scènes qu'on puisse filmer, avec pour acteurs les musiciens de la tournée.

Le premier noyau de la troupe donne plutôt confiance : Booker T. Washington, Roger McGuinn et quelques autres piliers de scène et studio. La garde rapprochée : Ramblin' Jack Elliott est une figure emblématique du folk, le lien direct à Guthrie, il a accepté tout de suite. Comment Dylan s'y prend pour demander à Joan Baez, aucun des deux pour le dire. Ni ce qui la pousse à accepter. Le grand renom que Dylan s'est acquis par le rock, alors qu'elle est dans une passe plus difficile ? Ce n'est pas déterminant pour quelqu'un de la hauteur de Joanie. Prouver à Dylan qu'on peut assurer sa partie en professionnelle, passer par-dessus la façon dont, dix ans plus tôt, on a été traitée ? Peut-être.

En tout cas, si le spectacle commence avec Roger McGuinn, l'ancien des Byrds, chantant des chansons de Dylan, personne ne reconnaît le petit guitariste aux cheveux frisés qui s'installe sur un recoin de la scène. Quand Joanie commence elle-même à chanter, la voix qui se joint à elle pour un duo, ça ressemble à s'y méprendre à du Bob : et quand ils chantent *Blowin' In the Wind*, on comprend qu'il s'agit vraiment de Dylan.

Souvent, il paraîtra le visage entièrement maquillé de blanc. Et quand à la fin il occupe le centre de la scène, il demande aux musiciens un accompagnement bien plus ancré dans le rock que ce que proposait The Band. On répète à Grammercy Park Hotel, là où Dylan a ses bureaux, sous la direction de Jacques Lévy, le coauteur de *Desire*. Et on offre une générale au Gerdes, le jour des soixante-cinq ans de Mike Porco : manière de prouver qu'on n'a rien renié. Même si, dans un moment pathétique de la soirée, Phil Ochs – à qui Dylan vient de refuser la participation à la tournée – chante *Lay Down your Weary Tune*, une des chansons les plus belles et les plus ignorées de Dylan jeune. Phil Ochs est rongé par l'alcool, et quatre mois plus tard il se pendra : son manageur dira publiquement que Dylan l'a tué – est-ce si simple ? Quand Sonny, la sœur de Phil Ochs, organise le 28 mai un concert d'hommage et l'invite, il ne répondra même pas. À noter que Dylan propose en revanche à Patti Smith, encore une quasi-inconnue, de les rejoindre, mais elle refuse.

En cours de tournée se joindront et repartiront d'autres musiciens. Dylan rêve d'artistes de cirque, d'équilibristes, d'artificiers. Allen Ginsberg est là pour réciter des poèmes. Le spectacle dure quatre heures d'affilée et, comme il faut bien assurer la logistique et que tout cela coûte beaucoup plus cher que prévu, la *Rolling Thunder Review* passera par Chicago, Montréal, Toronto, Plymouth, et on finira par le Madison Square Garden en décembre.

La proximité souhaitée, les repas pris ensemble, l'idée semble forte : mais Shepard découvre que Dylan s'est offert un camion-caravane luxueusement équipé où personne d'autre que lui n'a accès. Et si, à trois reprises, Dylan le convoque au milieu de la nuit, on échange trois paroles et on s'en tient là. Le journal que publie Shepard témoignera de l'équipée, mais surtout du rêve qu'elle poursuivait, peut-être trop gros pour elle.

Le film existera pourtant, il dure quatre heures et s'intitule *Renaldo & Clara*. Il oscille entre fiction et réel – ainsi, quand on investit un vieux bistrot de campagne, et que Joan Baez sort soudain de son rôle pour apostropher Dylan : « Et si on s'était mariés il y a dix ans, on serait là aujourd'hui, tu crois ? », il esquive. Ou bien lorsque Sara les rejoint, et qu'elle joue – volontairement ou pas – son propre rôle : celle qui poursuit le saltimbanque alors que le rêve d'amour est fini. Et, là encore, c'est Joanie qui joue les intermédiaires.

Bob Neuwirth est présent et sert d'amuseur, la cocaïne multiplie les énergies.

Comme on l'avait voulu pour *Eat the Document*, on crée des situations réelles censées devenir les moments forts du film. Ainsi la visite à Robin Carter en prison. Carter a toujours eu, depuis l'adolescence, des ennuis avec la police et la justice : tempérament violent, vols à l'arraché. Il aspire à la rédemption en se convertissant à l'islam et en se faisant boxeur, le célèbre Hurricane Carter. Nouveaux ennuis parce qu'il a déclaré publiquement quelque chose comme « un bon flic est un flic mort ». Arrêtés après une fusillade dans un bar (trois morts), deux escrocs à la petite semaine, Alfred Bello et Arthur Dexter Bradley, dénoncent Carter, qui est condamné à la prison à perpétuité en 1967. Cet automne 1974, Bello et Bradley viennent de se rétracter, disant avoir obéi aux policiers moyennant remise de peine. La chanson *Hurricane* est une version adoucie (à cause de la censure) du texte que Dylan avait d'abord écrit, qu'il reprendra en public au cours de la tournée, et qu'on a enregistré sur un magnétophone pour la faire écouter à Carter.

Et on ira tous ensemble, derrière Ginsberg et Bob, avec caméra, sur la tombe de Kerouac.

L'année suivante, *Desire* paraît en janvier. On donne au Texas un concert dont le bénéfice ira à Carter (mais on a du mal à vendre la totalité des billets). Puis, à Los Angeles, on prépare la deuxième partie de la tournée : on écumera le sud et l'ouest du pays. Par deux fois on filmera le concert, Dylan refusant la diffusion du premier enregistrement (celui de Floride, au Bitmore Hotel, en avril), retenant celui de Fort Worth

428

pour la retransmission télévisée et le disque *Hard Rain*. Une tournée boiteuse, avec plusieurs concerts annulés faute de spectateurs, et plus rien du côté saltimbanque qui en était le prétexte.

À la fin de l'année, Dylan participe au concert d'adieu de The Band, dont les musiciens, minés par l'alcool et la cocaïne, rendent les armes. Martin Scorsese filme ce concert : *The Last Waltz*, malgré l'interdiction de Dylan.

Sara et Bob divorcent. La maison folle de Point Dume, et les deux millions et demi de dollars qu'ils y ont engouffrés font le bonheur des magazines : alors ça recommence comme à Woodstock, et Dylan embauche des gardes du corps pour se protéger des incursions. Avec le réalisateur Howard Alk, qui avait travaillé sur sa version de *Eat the Document*, il commence à Point Dume même, sur du matériel dernier cri, le montage de *Renaldo & Clara*.

En mars Sara est installée à l'hôtel, le ballet des avocats commence. Elle perd la première manche, l'usage exclusif de la maison de Point Dume, sous prétexte qu'il s'agit aussi d'un lieu professionnel, mais on transigera sur le partage des droits d'auteur de tout ce qu'a écrit Dylan entre 1965 et 1977, pour une somme de trente-six millions de dollars. Les cinq enfants ont entre six et quinze ans. Sara se fait aider par une jeune femme d'origine égyptienne, Faridi McFree. En juin, alors qu'elle est en vacances avec les enfants à Hawaii, McFree devient la nouvelle compagne de Dylan. Le trouble des enfants ne peut alors que s'accroître, d'où nouvelle bataille d'avocats : Sara demandant par voie de justice que McFree ne se trouve plus jamais en présence de ses enfants, Dylan interdisant à Sara de s'établir avec eux à Hawaii comme elle en avait l'intention, pour pouvoir exercer son droit de garde.

McFree et les enfants résident avec Dylan dans la ferme de Minneapolis lorsque Elvis meurt le 16 août 1977. McFree dira que Dylan est resté mutique pendant une semaine.

La triste chronique du divorce reprend à l'automne. On a des photos de Dylan au tribunal, dans un costume emprunté à un assistant d'Howard Alk, mais avec des ongles longs de trois centimètres. Expertises psychiatriques. Les enfants vivent à Point Dume, et Sara doit littéralement les enlever de l'école pour les revoir. Ce n'est qu'au printemps 1978 qu'ils se mettront d'accord, Sara partant vivre avec les enfants dans une maison de Beverly Hills, Dylan restant à Point Dume et les prenant en charge aux vacances scolaires : rien qu'une histoire très ordinaire. Commentaire désabusé de Faridi McFree : « Il en avait tellement assez de toutes ces histoires de divorce, qu'une fois tout ça fini, il n'a plus voulu me voir, moi non plus. »

Dylan a acheté tout près, à Santa Monica, une salle d'enregistrement qu'il équipe en studio, créant une société d'exploitation spécifique, Rundown Studios, qui va devenir sa base de travail pour les cinq prochaines années (il y a même aménagé un coin pour dormir). Mais comment ce qu'il y enregistre (les chansons écrites à nouveau l'été précédent dans la grange de Minneapolis) pourrait-il venir à la hauteur de *Sara* (dans *Desire*) ou *Idiot Wind* (dans *Blood On the Tracks*) ? Rien qui permette à *Street Legal*, le nouveau disque, d'échapper au destin le plus morne.

Alors 1978 doit faire diversion, et, accessoirement, le renflouer. Jamais jusqu'ici Dylan n'était entré dans le circuit dont les Rolling Stones ou Led Zeppelin,

430

avec d'autres, se sont fait les spécialistes : le tour du monde des grandes salles.

Il se fait épauler à nouveau par un producteur, Jerry Weintraub, et – comme cela lui arrivera régulièrement plus tard – par un bassiste, Rob Stoner. Il reprend deux pointures de la *Rolling Thunder Review*, David Mansfield et Steven Soles, le batteur de King Crimson, l'Anglais Ian Wallace (que Jimmy Page avait sollicité au temps de la formation de Led Zeppelin), et, pour la première fois, il leur adjoint ce qu'en jazz on appelle un *big band* : un percussionniste, un saxophone, un violoniste, et trois choristes. On aura des costumes dessinés par un modiste de Hollywood, ce qui n'est pas du goût des musiciens : « On avait l'air de souteneurs (*pimps*), on avait l'air malin, à jouer *Blowin' In the Wind* avec les seins à l'air, de vrais travelos (*hookers*) ! »

Anecdote : Dylan envoie Joel Bernstein, un technicien, acheter à la librairie voisine le recueil publié deux ans plus tôt de ses *Writings And Drawings* : c'est ce qu'il y a de plus simple, apparemment, pour retrouver les paroles. Alors que dans la *Rolling Thunder Review* personne n'avait le droit de lui parler – et que lui n'adressait la parole à personne –, il vivra constamment avec eux, partagera repas et hôtels.

Un Dylan en perdition ? Non, le contraire. Comme en témoigne la publication d'une suite d'entretiens qui sont pour nous aujourd'hui un vrai repère pour le comprendre, en particulier avec Jonathan Cott pour *Rolling Stones*, ou Ron Rosenbaum pour *Playboy*, où il aborde pour la première fois des questions autobiographiques et d'autres relatives à l'écriture :

– Est-ce que vous vous considérez vous-même comme poète ?

– Il y a des gens qui écrivent des poHèmes, et d'autres qui écrivent des poèmes. Est-ce que tous ceux qui écrivent des poèmes vous les nommez poètes ? Il faut une certaine qualité de rythme, une certaine façon de rendre visible. On n'a pas forcément besoin d'écrire pour être poète. Il y a des types qui bossent dans une station-service et ce sont des poètes. Moi je ne m'intitule pas poète parce que je n'aime pas ce mot-là. Je suis un artiste, un trapéziste.

– Est-ce que vous pensez qu'un auteur de chansons c'est un genre de médium ?

– Je n'écris pas vraiment sur quelque chose. Je ne sais pas d'où ça me vient. Quelquefois je me retrouve dans des périodes que j'ai traversées autrefois. Je devais être au bon endroit de l'expérience qu'il fallait pour ces chansons, parce que la plupart du temps je ne savais pas sur quoi j'étais en train d'écrire, mais là, des années plus tard, quelquefois ça devient clair.

On commencera par le Japon, et on négocie avec une maison de disques japonaise la parution exclusive d'un double-album enregistré en public le 20 février (sans doute trop tôt dans la tournée pour qu'on soit suffisamment rodé, mais c'est cette fragilité qui fait l'intérêt) au Budokan Hall, cette salle octogonale voisine du Palais impérial. Si *Street Legal* n'est pas obligatoire dans la discothèque de l'amateur de Bob Dylan, le *Budokan* s'y trouve toujours. Est-ce qu'on doit aussi noter que Dylan trouve parmi ses choristes noires, la première s'appelant Helena Springs, la suivante Ra Alanga, de quoi échapper à la solitude affective ? La prétendante délaissée quittant finalement la tournée,

432

une troisième, Debi Dye-Gibson, laissera la place à Carolyn Yvonne Dennis, qui tient son second prénom de sa mère Madelyn Quebec, laquelle chantait avec Ray Charles.

Une enfance dans le gospel, un parcours de choriste professionnelle, Dennis est en tournée avec Burt Bacharach quand son agent lui propose de rejoindre Dylan. « Qui est Bob Dylan ? » demande-t-elle. Carolyn Dennis est chrétienne comme ses collègues, elle sera la prochaine épouse de Bob Dylan, ils auront ensemble une fille, Désirée Gabrielle, en 1986 (six jours après la crise cardiaque qui emporte Albert Grossman dans un avion reliant New York à Londres), et lorsqu'ils se sépareront, leurs voisins de Los Angeles (leur maison se trouve au numéro 2035 de l'avenue) s'étonneront : « Quoi, le petit monsieur à moustache si poli, c'était Bob Dylan ? »

Voir donc, dans la tournée de 1978, la matrice de ce que sera désormais la vie de Dylan, dans son *never ending tour* ?

De retour à Los Angeles en avril 1978, après le Japon et l'Australie, et des concerts où c'est chaque fois le Dylan de l'âge d'or qu'on revisite, sept concerts d'affilée au Los Angeles Universal Theater (vingt-six chansons et un *bis*, chaque soir les mêmes, un exceptionnel second rappel le dernier soir), puis l'Europe : Londres, Rotterdam, Berlin puis Nuremberg (magnifique version de *Masters Of War*), Paris (Pavillon de Paris, cinq concerts les 3, 4, 5, 6 et 8 juillet), enfin la Suède, et quatre mois de concerts, de septembre à décembre, à travers les États-Unis : Dylan aura tourné pendant un an d'affilée, et les derniers concerts s'en ressentent, de désintérêt, de lassitude. On joue plus vite, on joue plus fort, on ne fait plus dans la nuance.

« Quand il nous parlait, ce n'était plus *le poète* », commente un musicien. À Noël, on les remercie tous : Bob Dylan prend un nouveau virage.

Une de ses compagnes d'une semaine ou d'un mois, une actrice de série télévisée *(The Beverly Hillbillies)*, Mary Alice Artes, et qui ne sait pas que Dylan partage un autre pan de sa vie avec Carolyn Dennis, demande, au pasteur de l'église où elle vient d'assister au service, en cette fin janvier 1979, de bien vouloir passer chez elle pour parler avec son *boyfriend*, lequel leur déclarera très simplement que sa vie est vide *(empty)*. Ils ont probablement été prévenus de qui serait leur interlocuteur, parce qu'ils sont venus à trois. Les deux assistants du pasteur Kenn, Paul Emond et Larry Myers, conduisent chaque matin un atelier de lecture de la Bible : trois mois durant, ils verront y assister l'auteur de *Desolation Row* et *Visions Of Johanna*. Dylan : « Je ne pouvais pas croire que j'étais là. » Il est baptisé par immersion ce printemps.

Howard Sounes, le plus remarquable biographe de Dylan, est celui qui a poussé cette enquête dans le plus grand détail. Si c'est Mary Artes avec qui il partage sa provisoire conversion, c'est Carolyn Dennis qui lui a demandé d'écrire pour elle des chansons qu'elle pourrait enregistrer pour enfin se produire sous son nom : Dylan les lui écrit, et finalement les enregistre lui-même.

Cinq jours aux studios Muscle Schoals, début mai. Un son renouvelé, une musique très solide, et qui s'accroche aux racines gospel : *Slow Train Coming*. Et, pour les paroles :

Tu peux être un rock'n roll addict te secouant sur une scène

Avoir des drogues tant que tu veux, élever des femmes
*   en cage*
Ça ne te dispense pas de servir, ou bien sûr
Avoir quelqu'un à servir
Que ce soit le diable ou le bon dieu
Mais servir

Chansons qu'on ira jouer quatre mois en tournée, de novembre à février. Avant d'entrer en scène, on se met tous en rond et on se prend par la main pour une prière : « La foi, c'est notre message », après quoi une des choristes vient dire un monologue, ses collègues la rejoignent pour quatre chansons de gospel, d'abord *a cappella*, puis avec piano.

Dylan paraît toujours en veste de cuir noir, mais s'en tient aux nouvelles chansons, que le public reprend en chœur. « On était juste en train d'explorer un autre monde », dit le batteur Jim Keltner. La presse évidemment s'en donne à cœur joie.

En février 1980, il enregistre avec les mêmes musiciens un disque hésitant et répétitif, malgré la présence de Keltner. Ils se connaissent trop bien, et la déstabilisation que Dylan cherche à obtenir en studio n'est pas au rendez-vous. L'élan de *Slow Train Coming* s'est perdu, et *Saved* n'apparaîtra jamais dans les classements.

Ainsi passeront 1980 et 1981, alternant disques (le prochain s'appelle *Shot Of Love*, avec cependant le magnifique *Every Grain Of Sand*, plus un petit coup de main de Ringo Starr, « qui voulait jouer sur quelque chose ») et tournées commençant toutes par *I Gotta Serve Somebody*, incluant des concerts au bénéfice du mouvement chrétien dirigé par le pasteur Kenn, World Vision. Dylan commence-t-il à trouver le temps long ?

435

Il apostrophe, comme en 1966, les gamins venus le voir parce qu'il est Bob Dylan : « Si c'est du rock'n roll que vous voulez, allez voir Kiss… » Et si l'alcool est un peu trop souvent au rendez-vous, il présente ses choristes comme « ma fiancée de la semaine dernière, ma fiancée de cette semaine, ma prochaine fiancée… » Harold Leventhal, croisé dans un restaurant, se moque de la croix d'or qu'il porte ostensiblement au cou.

Alors qui accorderait encore un grain de confiance à Dylan au printemps 1983, quand il cherche un producteur pour son prochain disque ? Il paraît qu'on le voit un matin d'hiver sonner sans rendez-vous chez Frank Zappa : Zappa refusera. Il prend aussi contact avec David Bowie, puis Elvis Costello : deux nouveaux refus.

Mark Knopfler, lui, acceptera : il a participé à l'enregistrement de *Slow Train Coming*, et emmené depuis son groupe, Dire Straits, dans le peloton des meilleures ventes. Un guitariste très précis, mais spécialiste des ambiances feutrées, un peu lisses.

Qu'aurait donné la rencontre Dylan-Zappa ? Comme s'il importait de confirmer qu'il s'agit bien d'une fin de période, Dylan revient enregistrer à New York, au studio Power Station, pendant près d'un mois, du 11 avril au 8 mai 1983, et trois semaines encore en juillet pour les *overdubs*. Dylan a, paraît-il, choisi lui-même deux musiciens d'exception pour le rythme : les Jamaïcains Sly Dunbar et Robbie Shakespeare, puis un guitariste dont la présence n'est pas neutre, puisqu'il a été une icône de légende dans les années soixante, l'ex-Rolling Stones Mick Taylor.

Étrangement, certains des morceaux laissés de côté lors des enregistrements, et qui réapparaîtront dans les *Bootleg Series* (comme l'hommage au vieux bluesman

Blind Willie McTell) paraissent plus audacieux que les morceaux retenus pour le disque. *Jokerman*, par exemple, sonne comme un effort désespéré pour retrouver la veine lyrique de *Blonde On Blonde*. Knopfler, immédiatement après l'enregistrement, a dû rejoindre Dire Straits en tournée. Il s'imaginait participer au choix des morceaux et au mixage définitif à son retour, mais un télégramme non signé, transmis depuis le bureau de Bob Dylan, lui annonce qu'on n'a plus besoin de ses services. Le disque aurait pourtant été différent : au moins, avec le titre qu'il a choisi, *Infidels*, Dylan aura-t-il signifié que la récréation chrétienne est finie (la célèbre photographie où il serre la main de Jean-Paul II sera prise douze ans plus tard, et le bon pape s'est endormi tandis que Dylan chantait *Blowin' In the Wind*).

En 1984, il repart sur les routes avec une formation qui lui assure un son rock très lourd : Mick Taylor avec Ian McLagan, ex-Faces, et qui sera bientôt le pianiste arrangeur des Rolling Stones, plus basse et batterie. À nouveau on revisite le répertoire d'avant 1966, dans une relecture pour groupe amplifié avec tout ce que Dylan autrefois détestait : batterie binaire, solos de guitare, comme si Mick Taylor voulait chaque fois faire la preuve qu'il est toujours le jeune homme timide aux cheveux longs qui jouait les accords de *Brown Sugar* pour Keith Richards.

Mais *Knocked Out Loaded*, disque dont Dylan exigera qu'il ne soit jamais réédité, le remise encore sur l'étagère des gloires passées. Le disque ne se vend pas, on doit déprogrammer les tournées. Il cherche, s'obstine. Participe à des concerts avec des groupes punks qui, eux, connaissent ses chansons par cœur. Cette errance aussi, il la décrit dans les *Chroniques* : même

437

chanter lui est impossible. Il en retrouvera le goût avec Jerry Garcia, le guitariste des Grateful Dead : des concerts mi-improvisés, où il ose se lancer dans des chansons moins connues de son répertoire. Il obtient du Grateful Dead l'organisation d'une tournée commune : à nouveau un Dylan ouvert à la scène, ayant goût au public. Mais quand il choisit parmi les enregistrements ceux qui en seront la trace pour le disque, il se rabat sur les classiques.

Un épisode qui sonne encore comme ce dont rêvait la *Rolling Thunder Review* : George Harrison lui téléphone, il doit procéder à des enregistrements avec un producteur, Jeff Lynne, pour un 45 tours à paraître en Angleterre, mais ses musiciens et lui n'ont ni lieu ni matériel. Dylan a revendu le Rundown Studio : quelques mois plus tôt, Howard Alk y est mort d'une overdose d'héroïne, il était un des très proches de Dylan. On se retrouve à Point Dume.

En chemin, Harrison s'est arrêté chez Tom Petty, à qui il avait prêté une de ses vieilles Telecaster, et Jeff Lynne arrive avec le chanteur Roy Orbison, dont il produit le nouveau disque. Jim Keltner vient tenir la batterie et Dylan s'installe à la console ; on finira en jouant et en chantant ensemble. Et puisqu'on s'amuse, pourquoi ne pas s'abandonner complètement ? Le groupe s'appellera The Traveling Wilburys, on enregistrera trois disques (le souffle manque un peu au troisième), on donnera des concerts – et la musique est généreuse : lorsque les musiciens s'amusent, elle est toujours au rendez-vous. Dans la fiction, George Harrison est Lucky Wilbury, et Dylan Boo Wilbury : le même radical que dans le verbe *huer*, ce mot qui revient sans cesse dans leur bouche lorsqu'il est question de la tournée 1966.

Un Dylan pourtant mûri, et qui cherche sans cesse à casser ce qui peut s'installer de routine. Ainsi, un soir où on a beaucoup parlé, le chanteur de U2, Bono, appelle leur producteur, Daniel Lanois, et met le téléphone dans les mains de Dylan. La spécialité de Lanois : on loue une maison entière, et on l'aménage en studio provisoire et lieu de vie à la fois, avec des amplificateurs, des micros et des instruments tous choisis parmi le plus ancien matériel. Dans les *Chroniques*, cela devient un des récits les plus beaux de Dylan : les frictions avec Lanois, les pannes d'inspiration, et puis, au détour d'une journée de moto ou d'une nuit de frustration, des paroles comme celles de *Political World*, où il semble que tout Dylan depuis le début résonne, et qu'il nous parle pour notre présent aussi...

Dans notre monde trop politique
La pitié l'enjambe sur une planche
On vit
Dans une vie de miroirs, la mort ils l'effacent
Elle grimpe aux marches de la banque d'à côté

Dans notre monde trop politique
Ça tourne ça bouillonne ça brille
Ça vit
À peine tu es réveillé regarde on te montre
Par où c'est la sortie la plus facile

Dans notre monde trop politique
Il n'y a que la paix qu'on n'invite pas
On vit
Mais on la laisse frapper à la porte d'à côté
Ou simplement clouée à la porte de la grange

439

On vit dans un monde politique
Propriété privée pour tout pour tous
Le nom de Dieu
Grimpe sur les toits escalade et crie-le
Comment tu serais sûr de ce que c'est

Le dernier couplet peut prêter vaguement à sourire
si on le rapporte aux deux années « chrétiennes » de
Dylan…

Et sans doute, même si leur seconde collaboration
sera moins miraculeuse que dans *Oh Mercy*, il y a pour
Dylan un avant et un après Lanois : c'est le producteur
de Louisiane qui extorque à Dylan, avec son art des
Neumann placés près, cette voix juste chuchotée qui
enfin arrêtera de chanter pour en revenir au registre
presque parlé qui a fait de lui, autrefois, une légende.

Savoir conserver le parlé dans ce qu'il chante : il
aura, après le disque avec Lanois, l'audace de bâtir des
disques seuls avec sa guitare acoustique, de reprendre
de vieilles chansons du répertoire, de jouer en formation réduite (les accords ouverts de *Good As I Been To
You*) – comme un trait d'union déterminé avec les tout
débuts, un ultime hommage à Woody Guthrie : on a
vieilli, l'apprentissage, les écarts, les erreurs, on a su
les inclure dans le mystère toujours renouvelé, la simplicité d'une chanson, et ce qu'elle transporte.

Un homme secret : une nouvelle compagne, pendant
près de dix ans, à Point Dume, et cette nouvelle séparation qui donnera le départ à cette « tournée qui ne
finit pas », Dylan autour du monde, près de cent fois
par an. Ce visage émacié, mais aux yeux qui regardent
droit.

« Je ne suis pas un mélodiste, dit Bob Dylan, je

prends un vieil hymne protestant ou une vieille balade de la Carter Family, et je médite avec. Il y a des gens qui méditent en regardant une fissure au plafond, moi c'est à partir d'une chanson. »

Ou bien : « Les chansons on ne les écrit pas volontairement, elles sont là, et quand c'est prêt elles viennent vite. Peut-être, ce qu'on apprend, c'est qu'avant il faut tenir tous ces morceaux collés, longtemps… »

Ou encore, ce rare témoignage concernant Point Dume, période récente : la route est privée, il y a des gardiens à l'entrée. On passe les barrages, on se gare. On aperçoit l'immense maison de vingt chambres, sous sa coupole. On n'entrera pas. On sera invité dans une des autres maisons de la propriété, là où sont l'atelier de peintre, ou les chambres d'amis. Là, de vieilles voitures et des camions qui rouillent. Puis, au-delà, un mobil-home, comme en disposent les travailleurs qui vivent sur les chantiers, ou comme on en trouve dans les campings l'été. Le type qui en sort est accompagné de trois ou quatre chiens, dont l'un est le plus grand molosse qu'on ait jamais croisé sur son chemin. Quand on repartira, trois ou quatre jours plus tard, on ne sera pas entré dans la grande maison : on a la certitude qu'elle est déserte. Et que lui vit là, avec ses chiens, dans le mobil-home, à proximité des voitures rouillées.

Et coda

Priorité chaque fois de l'Amérique, et même, lorsqu'en 1966 à Paris, en pleine guerre du Vietnam, il déploie ce drapeau géant en fond de scène. Comme à dire : – C'est de là que je viens, à cela que je m'en prends. Ceux qu'il reconnaît comme ses pairs, de Frank Sinatra à Elvis Presley et Johnny Cash : choisir pour titre *Bob Dylan, un destin américain* aurait été envisageable.

L'atelier de soudure à l'arc installé dans sa maison de Malibu, un sol de ciment, un coin de linoléum, une fenêtre donnant sur le ravin : il écrit là, sans instrument, met les chansons dans le tiroir, pour qu'elles attendent.

En studio avec Daniel Lanois : les gars ont des Harley Davidson. Il dit qu'il lui en faut une, une vieille. Un technicien du son la lui trouve. Il est capable, à quinze ans d'écart, d'en décliner les moindres caractéristiques techniques.

Il est capable de réciter la route compliquée qui mène à Alexandria, dans le Minnesota, où il est attesté que des Vikings se sont installés vers 1300 : une statue kitsch en bois, de soldats avec kilts et casques à ailes en témoigne, au-dessus d'un parking. Dylan se sent plus d'origine en partage avec ces émigrants anonymes qu'avec quoi que ce soit de l'Amérique : il n'y a pas de distance mentale, chez lui, entre ceux-là et ceux d'Odessa.

Mick Jagger, en Touraine, avec sa casquette et ses vieilles bagnoles : parmi nous tous, pourvu qu'on lui fiche la paix. Dylan dans la vie civile : invisible, anonyme.

D'être propriétaire de dix-sept maisons : et s'en être encore rajouté une il y a peu, une sorte de manoir près d'Inverness, dans la brutalité de l'Écosse. Est-ce qu'il y invitera Bert Jansch ?

La gentillesse de George Harrison : dans leur amitié et sa densité, les paroles n'ont pas été ce qui comptait en premier. Mais lorsque Harrisson meurt du cancer, le 29 novembre 2001, Dylan écrira pour la première fois un hommage funèbre.

Une connaissance me raconte avoir croisé Dylan pour de vrai. À Londres dans un hall d'hôtel, où il vient pour un rendez-vous, et il a à la main une valise. Un type qu'il croise lui demande s'il a un rasoir, c'est Dylan : – *Come !* On monte à la chambre qu'il occupe, luxueuse, mais sans bagage. Il prend le rasoir électrique, se rase, et le redonne à la personne qui me raconte l'histoire. – *Thanks…* Et qu'il était congédié, voilà, c'était sa rencontre avec Bob Dylan (et ce n'est pas une histoire si ancienne).

Écrasement du spectre des temps. Une biographie travaille au présent, laisse glisser le présent au long des événements qu'elle présente.

Dylan dit : « Pour me comprendre, il faut aimer les puzzles. » Chaque événement ici comme une pièce de puzzle. Pas possible de traiter un flux : chaque pièce comme une carte immobile, avec ses contours bien visibles. En souffrir parfois : mais tant d'énigme en chaque point.

Un livre à grains. Écarter la langue. Dans ses chansons, la force d'image tient à l'emplacement des mots et à l'ordre dans lequel ils se suivent : pas facile, dans la phrase française.

Le livre de Sam Shepard sur la tournée *Rolling Thunder Review*. Plein de détails. Il est payé pour ça, raconter tout ce qu'il voit, mettre en forme pour que ça devienne scénario ou script pour le film. Seulement, Dylan a son propre camion-caravane. Parfois, on mange en groupe, on le voit qui s'escrime sur la steel-guitar laissée libre : un instrument impossible à jouer pour quiconque n'est pas formé à ça. Deux fois, il reçoit Shepard : à peine des monosyllabes. Il n'apparaît qu'au moment de jouer, ne parle à personne, pas plus à Joan Baez qu'aux autres. Belle scène tout à la fin, quand Dylan emmène tout le monde, y compris Shepard, dans son camion, depuis le parking souterrain du Madison Square Center : « son étonnante facilité à disparaître », commente Shepard.

Lui marchant dans la rue, et un bistrot où on joue du jazz, un petit bistrot en longueur avec peu de monde. Des types en chapeau et tenue de scène, le chanteur inconnu devant, qui chante pour personne qui l'écoute. Dylan entre et s'assoit au bar, tout près du chanteur, prend un gin-tonic. Le type chante comme chantaient les vieux jazzmen autrefois, c'est décontracté, détendu. Il dit : « Tout d'un coup, une révélation. Je devais être comme ça il y a vingt ans. » Il ne s'enquiert pas du nom du type, et lui personne ne l'a reconnu. Il dit : « J'étais dans une impasse, d'un coup je n'y étais plus. »

Réflexion qu'il livre un jour sur le fait qu'écrire une chanson soit plus facile, ou permette d'aller plus loin si on est soi-même mobile (train, bateau, voiture), plutôt qu'immobile.

Réflexions sur la chanson : « leur piquer dans le vif, en percer la surface ». Ou encore : « traversées de courants trop sombres ». Ou bien : « une de ces chansons qui s'immiscent quand le corps est endormi, que l'esprit et les sens sont encore en éveil ». Ou bien : « chanson qui ressemble à des mots projetés sur un miroir, qu'on s'efforce de lire dans le bon sens ». Ou bien : « j'ai eu moins l'impression de l'écrire que d'en hériter ». Ou encore : « une chanson qui tape où ça fait le plus mal, les mots qui tombent comme des couperets ». Personne d'autre que lui n'aurait pu écrire ses *Chroniques*.

Chemins d'auto-stop, entre Minneapolis et Duluth, Duluth et Denver, Chicago et Wisconsin : un jeune type mal peigné encombré d'une énorme guitare, et qui vous fait comprendre, malgré ses genoux et pieds qui ne tiennent pas en place, combien c'est sérieux l'instrument qu'il transporte.

Curiosité : pour chaque lieu ou chaque ville dont il est question dans ses *Chroniques*, Dylan cite toujours exactement les noms de fleurs (je ne saurais pas).

Dans la tournée de 1966, il se fait filmer en train d'improviser une suite d'interpolations vocales à partir d'une affiche publicitaire (repris dans Martin Scorsese, *No Direction Home*) : il y a précisément, à cet instant, un bonheur à jouer avec les mots, à s'affirmer dans ce jeu, sans doute un bonheur à être. Il rit, il rit comme un gosse.

Dylan, des Beatles : « Ils vous offraient leur camaraderie et leur intimité comme aucun autre groupe. » Liste restreinte de ceux à qui il a offert, lui, la même chose.

Deux réflexions complémentaires de Bob Dylan : qu'il oublie souvent le nom des gens, alors il se fait des descriptions qui les lui rappellent, et d'autre part qu'il n'oublie jamais un visage. Personnellement, je suis exactement symétrique.

Choses qu'on voudrait demander à Dylan de raconter avec précision : son voyage en camping-car de Paris à Berlin en mai 1964. L'intérieur du café cow-boy de Central (Colorado), de cette façon dont il sait si bien construire un intérieur, en juillet 1960. Ce qui se passait au Gaslight, en mars 1962, non pas dans les coulisses où on joue aux cartes, mais sur scène.

Le bateau qu'il se fait construire fin des années soixante-dix : les navigations à la voile en mer des Antilles (Caribbean wind) – la distance que cela donne à tout ce qu'on raconte sur vous.

Avoir Dylan sous la main, dans cette même concentration mêlée d'abandon qu'il a, yeux bleus regardant droit, dans le film de Scorsese : et on lui passerait chacune des chansons des *Minnesota Tapes*, à charge pour lui de dire depuis quelle rencontre venue, quelle chambre et quels amis, et ce qu'il entendait au travers, pour l'avoir choisie.

Années 1987-1988 : à nouveau l'emprisonnement par l'alcool. On ne peut donc pas se battre contre soi avec les armes qu'on a portées au-dehors ?

Les éclats de rire de Dylan ; quand il enregistre, et qu'on les garde sur le disque, ou avant d'entrer sur scène en se retournant d'un seul coup, au festival de New York, ou à la conférence de presse de San Francisco et que même le rôle qu'il joue le fait rire : ce type-là aura eu son lot de bonheur. Ces premières années, presque un vrai bonheur de gosse.

446

Période triste, celle où il montre sur scène ses trois choristes, dit que celle-ci a été sa fiancée hier, que celle-ci l'est ce soir et que celle-là le sera demain. Ou bien, à Londres, celle qui est la maîtresse en titre vient faire du raffut parce qu'il est avec une autre, et la troisième sur scène il est marié avec elle et en a une petite fille. Goût des femmes noires au physique généreux, et toutes chrétiennes pratiquantes : lui, il s'enfonce.

Que tous ceux qui l'ont fréquenté ou connu disent qu'il est dur et arrogant, qu'en affaires il ne connaît personne. Les mots : *weird*, ou *tough*. Et pour la bande rapprochée, le contraire : la bande rapprochée ne concerne pas la musique. C'est la musique qui vous rend sauvage, ou coriace (les mots français, avec leurs trois syllabes, rendent mal l'anglais).

Parler de Bob Dylan le plus près possible : perdre d'abord la légende trop simple, puis, à la recomposition plus précise de chaque figure du puzzle, palper peut-être un peu mieux comment la légende même est possible, dans le poids contemporain du monde.

Tournée anglaise de 1965 : Dylan essaye des *boots*, ces chaussures mi-hautes, à talons et bien lisses, qui posaient votre différence. Il en a des dizaines de paires. Fin des années quatre-vingt : il accueille les visiteurs dans son palais face au Pacifique, habillé en clochard et pas rasé.

L'immense gravité des chansons de 1963 : pas seulement les paroles, mais l'engagement musical (*Rocks And Gravel*, *Moonshiner*) et le gandin de vingt-deux ans qui s'agite, rit, fume et boit plus qu'il ne faudrait, fait la fête et écrit dans les bistrots. Qu'est-ce que nous avons à comprendre de cela, qui nous concerne ?

À l'époque de Woodstock c'est Marc Silber qui vient à domicile lui proposer d'anciennes guitares. Plus tard, à Nashville ou Los Angeles, il n'y a que deux ou trois adresses pour ceux qui peuvent se doter des meilleures guitares. Pour les trois premières, et l'électrique achetée à Los Angeles, c'est lui qui entre en magasin et essaye : un texte à faire juste sur ces quatre occurrences. Jamais pris en défaut, comme Eric Clapton en a fait une spécialité, de revendre aux enchères les instruments dont il s'est servi deux mois.

Du costume ouvrier avec casquette affecté pendant les deux premières années de New York au discret sous-pull noir du festival de Newport 1964 : qui le conseille, qui l'accompagne ? Regrette-t-il sa casquette, au moment où il chante pour la première fois, le visage ainsi nu ?

Dylan en voiture, conduit par Maymudes. Sur le siège arrière, à travailler sa guitare. Avec Joan Baez au volant de la Jaguar XKE, quand elle prend la route montagneuse du retour à Carmel Highlands : les deux étuis de guitare noirs côte à côte dans l'étroite partie arrière de l'habitacle. Ça ne tiendrait pas dans le coffre. Voir photos du modèle 1961 sur Internet (on en trouve) : à cet âge-là, c'est cette voiture-là que je dessinais dans mes cahiers, devais pas être le seul. Le volant à structure inox ajourée, les cadrans circulaires, le levier de vitesse au milieu entre eux deux. Le profil de Joanie quand il la regarde : on ne peut pas se déconcentrer vraiment, en conduisant ça. Replier la capote noire quand on laisse la voiture à l'aéroport où elle va vous attendre.

Dylan et son camion : plaisir qu'on peut avoir de conduire autour de chez soi un camion.

Depuis deux ans, sur scène, jouant surtout de son clavier électrique, qui l'oblige à se mettre de profil par rapport au public : à cause d'arthrite dans les mains, comme Keith Richards et Jimmy Page ? On ne le lui souhaite pas. Mais il continue, sachant pourtant ce qu'on lui reprochera.

Dylan jouant au go : si cela lui arrive encore et avec qui ? Lui envoyer, si je le trouve en anglais, le livre de Perec et Roubaud (il n'a que quatre ans de moins que ce qu'aurait aujourd'hui le vénéré Georges Perec).

Dylan et ses chiens : pour Keith Richards j'avais pu suivre même le nom successif des chiens. Lui, il pousse le secret jusque-là (sauf période *Basement Tapes*, le chien s'appelle Hamlet).

L'abandon de Joan Baez à lui, et ne pas être apte à recevoir. Savoir que, dans ce qu'on réserve, il y a le *coin* obscur où on écrit. Étrange, c'est elle qui le dit, rayonnante sexagénaire, d'une lucidité si belle.

Comment il apprend le décès de Richard Fariña, si ça l'affecte et comment, la première fois qu'ensuite il reprend la moto tout seul. Si chacun on sait faire pour soi la liste de ses morts, dans quel ordre dresserait-il celle qui le concerne ? (Il y a Buddy Holly, et il parlera du décès d'Elvis, et a-t-il pardonné à Albert Grossman, le jour que l'autre est enterré et qu'il ne s'y rend pas ?)

Homme de silence. Et remarque souvent de ses proches : a toujours aimé être accompagné d'un causeur (Maymudes, Neuwirth, Fariña : des *trop* causeurs).

Les élucubrations qu'on a faites sur ses références à Mona Lisa comme si c'était un hommage au sourire de Joan Baez : et qu'il puisse confondre les traits mexicains de Baez avec l'italianité découverte par Suze – il ne serait pas allé voir les peintres sans Suze. Et comme si chaque métaphore dans une chanson supposait de s'appuyer sur une relation vécue, Sara ou d'autres dans la valse. On a longtemps assigné Balzac à la même étroitesse.

Quand j'ai visionné à Harlem les prises faites par Albert Maysles en 1983. Il joue en playback, il fait des mines. À quoi bon faire des mines, si on est en play-back ? Il ferme les yeux et pousse la lèvre. Mick Taylor se marre sans en rajouter. Dylan n'a pas compris ce qu'il pouvait tirer de Maysles.

Dylan à partir des années quatre-vingt : même les coups de téléphone aux filles qu'on a embarquées la nuit d'avant c'est par l'intermédiaire d'un homme du premier cercle, et pas lui. Quelques silhouettes franchissent les cercles : il y a eu George Harrison, il y aura l'Irlandais Bono (qui sait que si on vient un soir chez Dylan pas la peine d'en faire une montagne, mieux vaut se prémunir simplement, dans le coffre de sa voiture, de bière de son pays). Dans la logique du secret, pas question de connaître ceux du premier cercle : on peut relire *Le Château* de Franz Kafka. Est-il heureux, dans ses dix-sept châteaux ? Oui, si on en croit les *Chroniques*, surveillant la cuisson d'une soupe de poisson, retournant à son établi avec le poste à soudure pour fer forgé, et gribouillant trois mots dans un carnet qu'il stocke ensuite dans un tiroir.

Principal intérêt de suivre la vie de Bob Dylan : comment si longtemps il cesse d'être lui-même – artiste en panne, artiste en doute. On ajouterait presque : artiste en peur. Mais l'écriture et la peinture qui continuent : artiste comme interrogation.

Qu'il appelle ses textes des « objets rythme » (*rhythm things*). À intégrer période *John Wesley Harding*. Ne pas hésiter à répéter que ce disque est un des rares à se forcer d'écouter, et même à répétition, négatif pur de *Blonde On Blonde*.

Écrire sur le rock n'induit pas de particularité obligatoire pour l'écriture : complexité d'autant plus rude à saisir qu'elle paraît abrupte, doit être traitée dans son mouvement, son surgissement, ses à-peu-près. Juste, qu'on *autorise* l'écriture : par exemple, à intégrer en elle du bruit. Aimer qu'une syntaxe affleure disloquée, aimer qu'une phrase soit en distorsion. Puis rupture rapide. Prendre temps d'accumuler de la lourdeur.

Un ami qui revient du concert Bercy, 23 avril 2007 à Bercy, alors que moi je vérifie tous mes détails et lieux à New York : « Il est arrivé à vingt heures trente pile, pas une minute après, dix morceaux, entracte quinze minutes puis dix morceaux à nouveau, un seul rappel et parti. Pas parlé sauf à la fin pour présenter ses musiciens. » Commentaire sur le public : lui-même avait fièrement offert le billet à ses petits-enfants. Témoignage d'un autre spectateur, probablement plus lointain dylanien : « Ils portaient tous des chapeaux, et pas de grand écran, à peine si lui on le reconnaissait des autres. Et il chantait de profil, en jouant de son piano, les chansons non plus on ne les reconnaissait pas. »

Périodes fréquentes où il ne parle pas à ses musiciens, même en tournée. Tel bassiste, deux ans durant, est l'intermédiaire. Quoi faire de tout ce silence ? Témoignage de Robert Plant, récemment, sur Dylan changeant de chaussures avant d'entrer en scène : c'est un festival en plein air, on a appendu des tissus pour séparer des loges pour chaque artiste. Dylan est là en chaussettes et même lui, Plant, n'ose pas l'interrompre. Finalement, il entre et lui demande s'il a des nouvelles du guitariste Stephan Grossman. On s'en tiendra là. Fierté de Robert Plant d'avoir osé parler à Dylan et qu'il lui ait répondu. Surtout ne pas dire ce qu'on aurait envie, ce qu'on lui *doit*.

Fin 1979, début 1980 : avant chaque concert on se met en cercle, Bob, les choristes, les musiciens, on se tient par la main et on prie. Merci, Jésus, de nous maintenir en santé et bonne volonté. On dit la prière à tour de rôle. Une fois, Dylan a une laryngite qui l'inquiète, on prie, et il chante comme si de rien n'était. Après le spectacle, on remercie Jésus.

Est-ce qu'une biographie doit tout dire ? En quoi la liaison de dix ans avec Carole Childs modifie la trajectoire Dylan ? Il l'installe dans une maison Beverly Hills, et puis un jour, tout simplement, ne vient plus. Elle garde la maison. Ou l'épisode de la péricardite infectieuse de 1997 : on dirait que l'événement principal n'est pas l'hospitalisation d'urgence, mais bien ce qu'en fait la presse. On le voit déjà « rejoindre Elvis ». On rejoue l'accident de moto. Guéri, Dylan reprend les tournées.

Entré hier dans un grand magasin tout neuf d'instruments de musique en plein centre de Paris. Décor design. Par réflexe, j'inventorie les guitares accrochées plus haut que la tête. Les guitares chères servent de produit d'appel pour les fabrications industrielles qui doivent fournir rentabilité. Pourtant, une série de Martin, dont une D 28 et une D 18 : il suffit de pouvoir payer pour s'offrir une D 18 ? Celle que Martin fabrique aujourd'hui, le bois et la finition m'émerveillent moins que celles qu'on entendait au début des années soixante-dix (celle de Steve Waring qu'il prête à Marcel Dadi pour son premier disque), ou au festival folk de Saint-Laurent-du-Cher : comme elles sonnaient clair. Je ressors du magasin sans avoir rêvé : construire une telle biographie pour précisément faire rempart à ce rêve ?

Figure de Dylan en grand-père. Rapport de ses enfants à la peinture, à la musique. Témoignages très rares. Une phrase peut-être pour piste : « À la maison, il y avait toujours toutes sortes d'instruments partout, pour qu'on puisse en jouer. »

452

Dans le film de Scorsese, le biographe n'a pas de révélation qu'il ne puisse tenir du gigantesque travail de Clinton Heylin. Mais l'assaut brutal par l'image de détails qu'on n'aurait pu rejoindre sinon : la bouche d'Odetta. Et les visages sexagénaires revenant sur les années de l'explosion : densité minérale de Suze Rotolo ou Joan Baez, Dave Van Ronk en bon père Noël, et l'étonnant Izzy Young de naïveté plus intacte que les souvenirs. Puis le trait vertical qui transperce tout : regard bleu froid de Dylan qui commente. Précision de ce qu'il nomme : artiste est celui qui se place du point de vue de l'énonciation pour tout abstraire du reste. Violence que cela exerce sur une vie. Qu'on n'entreprend à son tour le récit des mille figures fixes et déjà décrites que pour en recomposer la même figure où c'est ce mot-là qui devient énigme, *artiste*. Ce que Dylan y met, comme provocation, d'humilité saltimbanque.

Difficulté permanente de qui tient récit : non pas accumuler les faits et la documentation, mais ramper soi-même d'une figure du temps à une autre, la laisser se recomposer. L'ivresse lente que parfois on y prend.

Dylan, après des mois de travail : quand il me hante en rêve (toujours cette phase-là, dans un livre), si souvent je le vois de dos, toujours de dos.

Bob Dylan, une vie américaine. Peut être fier. Et ce qui reste sur les côtés : ne pas se retourner.

Si ce livre mène à lire autrement les secrets sous la surface de ses *Chroniques*, le premier tome ou ceux qui peut-être suivront, il n'aura pas été inutile : il n'y a pas à comprendre un artiste, il y a se glisser avec lui pour approcher mieux l'incompréhensible. Qu'on le relise en disposant du soubassement, des données massives de l'expérience, sur lesquelles il jongle. J'ai pensé appeler ce livre, un temps : *Solitude de Bob Dylan*.

DOCUMENTATION SUCCINCTE, ET CHRONOLOGIE

Bibliographie

Bien sûr, *Chronicles volume 1*, les notes autobiographiques de Bob Dylan (*Chroniques*, Fayard, 2005), en attendant la suite éventuelle.

Dans l'océan des livres consacrés à Bob Dylan, à signaler plus particulièrement :

Bob Dylan, Antony Scaduto, à la fois parce que première biographie consacrée à Bob Dylan, malgré l'étroitesse des sources disponibles, et pour le statut de ce livre, un des premiers à ériger un chanteur contemporain comme digne du travail du biographe.

Bob Dylan, Robert Shelton. On a vu que Robert Shelton, journaliste au *Times* en 1962, a joué un rôle important dans le lancement de la carrière de Bob Dylan. Sa connaissance de Greenwich Village et sa participation à l'histoire font aussi de ce livre un repère pour cette période.

Down the Highway, the Life Of Bob Dylan, Howard Sounes, Doubleday édition, 2001. Des centaines de témoignages recueillis et compilés, les sources élargies et vérifiées, une écriture : c'est la biographie de référence de Dylan.

Bob Dylan, Behind the Shades, Clinton Heylin, Vicking 2000 et Penguin Books 2001, édition révisée et complétée. L'autre grande biographie-document, avec un fil continu de témoignages directs sur Dylan, et une attention très précise aux compositions, séances de studio, analyse de la production musicale. Dans l'apport de Clinton Heylin à la connaissance précise de Dylan, l'autre livre : *The Complete Recording Sessions*.

Bob Dylan, The Essential Interviews, édité par Jonathan Scott, Rolling Stone, 2006. Inclut les premières conférences de presse et émissions de radio, et les grandes interviews de 1978.

A Rough Guide To Bob Dylan, Nigel Williamson, Rough Guides, 2004. Un manuel de taille restreinte, mais très précis, et surtout une conception très juste de Dylan, avec un système d'entrées biographiques, par chansons ou par albums.

The Bob Dylan Encyclopedia, Michael Gray, Continuum International Publishing Group, 2006. Un dictionnaire tout entier consacré à Bob Dylan, qu'on pourra prendre en défaut par des lacunes parfois surprenantes (Martin Carthy, George Jackson) ou par sa subjectivité trop affirmée. Mais un document indispensable pour les centaines de biographies et discographies résumées.

Wanted Man, In Search Of Bob Dylan, sous la direction de John Bauldie, Citadel Press, 1991. Rassemble des entretiens de témoins directs de l'histoire de Dylan, publiés dans la revue de référence *Isis*.

The Wicked Messenger, Bob Dylan And the 60s, Mike Marqusee. Une lucide et intelligente approche des rapports de Dylan et de la politique.

Positively 4th Street, David Hadju, New Point Press, 2001. Obligatoire pour la relation Baez-Dylan, et l'histoire parallèle Fariña et Mimi Baez.

The Mayor Of MacDougal Street, Dave Van Ronk avec Elijah Wald, Da Capo Press, 2005. Évidemment, le complément indispensable aux *Chroniques* pour la fresque « New York 1961 ».

A Simple Twist Of Fate, Andy Gill et Kevin Odegard, Da Capo Press, 2004. Pour ce qui concerne la genèse de *Blood On the Tracks*.

Broadside. On trouve en bibliothèque ce coffret rassemblant les deux premières années de la revue, fondamental pour la période 1961-1963. Idem pour les lettres publiées dans *Sing Out*.

Like a Rolling Stone, et *The Basement Tapes*, Greil Marcus. Hommage à l'auteur pour avoir été l'un des premiers à associer des contenus liés à la musique populaire, à des symboliques et des réflexions issues de l'univers intellectuel, mais l'absence d'éléments concrets limite l'intérêt de ces contributions.

Les citations des chansons de Bob Dylan sont présentées dans les traductions de l'auteur.

Iconographie

Dylan, Visions, Portraits And Back Pages, Mojo, 2005, version anglaise recommandée.

The Bob Dylan Scrapbook 1956-1966, Greywater Park Diffusion, 2005. Beaucoup plus qu'un simple assemblage de fac-similés.

Forever Young, Photographs Of Bob Dylan, Douglas R. Gilbert, Da Capo Press, 2005, quand Dylan privé était encore photographiable. Important.

Early Dylan, photographies de Barry Feinstein, Daniel Kramer, Jim Marshall, Bulfinch Press, 1999. Permet de suivre la construction et l'invention de l'image Dylan.

Filmographie

No Direction Home, Martin Scorscese. Une biographie richement documentée (Odetta, Suze Rotolo, Joan Baez, Van Ronk, Izzy Young…), et qui, pour les amateurs, aurait pu couvrir 4 DVD au lieu de 2, avec commentaires par Dylan lui-même.

Dont Look Back, rééditon en 2007 du disque historique de 1965 avec documents complémentaires.

Eat the Document, le patchwork reconstitué par Dylan pour illustrer la tournée 1966.

Booed, la tournée 1966 vue par la caméra amateur du batteur Mickey Jones.

Dylan Speaks, la conférence de presse intégrale de San Francisco, décembre 1965.

Festival, Murray Lerner, trois ans de Newport, 1962-1965, plongée physique dans le temps.

Renaldo & Clara, l'aventure de 1975.

Unplugged, Dylan en concert acoustique, 1981. Plus tous les bootlegs des différentes tournées.

Depuis la parution des *Chroniques*, on note un grand nombre de témoignages supplémentaires, et surtout l'éclosion de sites Internet avec documents d'époque pour la quasi-totalité des musiciens évoqués ici (Fariña, Baez, Van Ronk, Koerner, Glover, von Schmidt, Bloomberg, Langhorne, Kooper, McCoy) et des dizaines d'autres, qui marquent une nouvelle étape dans la documentation disponible. Sur le Net, pour s'y retrouver parmi les sites de référence (le site officiel bobdylan.com, mais aussi les forums de *Expecting Rain*, le travail quasi encyclopédique concernant dates et playlist des concerts, instruments, bootlegs de Eyolf Soberg), se reporter à www.tierslivre.net.

Chronologie

24 mai 1941 : naissance de Robert Allan Zimmerman à Duluth, Minnesota

7 décembre 1941 : Pearl Harbor

1946 : naissance de David Zimmerman

1947 : installation familiale à Hibbing, Minnesota

1953 : décès de Hank Williams

1954 : Bar-mitsva

septembre 1955 : décès de James Dean, et sortie de son film *Rebel Without a Cause*

été 1956 : rencontre au camp de vacances Larry Kegan,

forme avec lui le noyau de The Jokers, assiste à un concert de Gene Vincent

hiver 1956-1957 : groupe The Shadow Blasters

hiver 1957-1958 : trio The Golden Chords, première moto et rencontre d'Echo Halstrom

hiver 1958-1959 : groupe Elston Gunn And His Rock Boppers

31 janvier 1959 : assiste à un concert de Buddy Holly, qui décède le 3 février dans un accident d'avion, à 22 ans

printemps 1959 : forme à Duluth The Satin Tones, intérêt croissant pour le rhythm'n blues et la musique noire, fréquents allers-retours Minneapolis

juillet 1959 : baccalauréat (*graduation*), et voyage à Fargo (Dakota), joue avec Bobby Vee

septembre 1959 : inscrit à l'université de Minneapolis (Minnesota), rencontre de Bonnie Beecher, et pour la musique Dave Whitaker, découverte de l'univers de Woody Guthrie, exclusion du bâtiment universitaire de la Fraternité juive

juillet 1960 : voyage à Denver, assiste à des concerts de Jesse Fuller, retour à Minneapolis, amitié avec Tony Glover

janvier 1961 : départ pour Chicago, retour à Madison (Wisconsin) pour un concert de Pete Seeger

24 janvier 1961 : arrivée à New York, joue au café The Wha ?, puis au Gaslight, découvre le Folklore Center d'Izzy Young

avril 1961 : en première partie de John Lee Hooker au Gerdes Folk, visites à Woody Guthrie, puis premier retour à Minneapolis (1re série des *Minnesota Tapes*)

juillet 1961 : date probable de la rencontre avec Suze Rotolo

septembre 1961 : emménage avec Suze au 161 Quatrième Rue Ouest, premiers enregistrements en studio (harmonica pour Carolyn Hester), rencontre de John Hammond

du 26 septembre au 8 octobre 1961 : première partie des Greenbriar Boys au Gerders Folk, et article de Robert Shelton dans le *NY Times* le 29 septembre

29 octobre 1961 : contrat avec Columbia Records

4 novembre 1961 : Izzy Young organise le premier concert solo dans la petite salle du Carnegie

20 et 22 novembre 1961 : enregistre avec John Hammond le disque *Bob Dylan*

noël 1961 : retour à Minneapolis, enregistre la troisième des *Minnesota Tapes*

5 janvier 1962 : contrat d'édition musicale avec Duchess, dépose *Death Of Emmett Till* puis *Let Me Die In Your Footsteps*, chansons qui seront désormais publiées mensuellement dans la revue de Pete Seeger, *Broadside*

mars 1962 : mise en vente de l'album *Bob Dylan*, et contrat avec Albert Grossman

avril 1962 : écrit *Blowin' In the Wind*

juin 1962 : départ de Suze pour l'Italie

juillet 1962 : s'engage officiellement avec Albert Grossman, contrat avec Witmark Music, voyage à Minneapolis

août 1962 : change officiellement son nom pour celui de Bob Dylan

septembre 1962 : crise des missiles cubains, écrit *Hard Rain Gonna Fall*

octobre, novembre 1962 : enregistrements pour *The Freewheelin' Bob Dylan*, dont la plupart ne figureront pas dans l'album

décembre 1962 : voyage à Londres, rencontre de Martin Carthy, puis bref séjour à Rome, où il retrouve Odetta et Albert Grossman

janvier 1963 : reprise de la vie commune avec Suze

avril 1963 : concert au New York Town Hall, et refus de participer à l'Ed Sullivan Show ; Columbia bloque la parution du second disque avec le *Talkin' John Birch Society Blues*

mai 1963 : mise en vente de *The Freewheelin' Bob Dylan*

mai 1963 : en club à Chicago, puis Boston

juin 1963 : festival de Monterey, premier duo avec Joan Baez, et reçu chez elle à Carmel, assassinat du militant noir

Medgar Evers (*Only a Pawn In Their Game*), succès de Peter, Paul & Mary avec *Blowin' In the Wind*, repris en un an par plusieurs dizaines de chanteurs, dont quelques-uns de premier plan

juillet 1963 : premier voyage dans le Sud, à l'invitation de Pete Seeger, concerts pour l'inscription des Noirs sur les listes électorales

28-29 juillet 1963 : première participation au festival folk de Newport, fin de la vie commune avec Suze

août 1963 : tournée avec Joan Baez, premiers séjours à Woodstock chez Albert Grossman

28 août 1963 : Dylan chante lors de la marche de Washington pour les droits civiques, discours de Martin Luther King

septembre 1963 : séjour prolongé chez Joan Baez à Carmel

octobre 1963 : finit d'enregistrer son troisième album *The Times They Are a-Changin'*

22 novembre 1963 : assassinat de John F. Kennedy à Dallas

décembre 1963 : attribution à Dylan du Tom Paine Award pour les libertés civiques, prononce discours injurieux

février 1964 : tournée de concerts dans le Sud et l'Ouest, en voiture à quatre, découverte des Beatles, rejoint Joan Baez en Californie à Carmel

mars 1964 : séparation définitive d'avec Suze Rotolo

mai 1964 : second séjour à Londres, puis Paris et Berlin, passe une semaine en Grèce (peut-être avec Nico)

juin 1964 : enregistre *Another Side Of Bob Dylan* plus le single *Mister Tambourine Man*

été 1964 : à Woodstock chez Albert Grossman ou dans le café des Paturel, rencontre Sara Lownds, seconde participation au festival de Newport, première rencontre avec les Beatles

novembre 1964 : s'installe à New York au Chelsea Hotel avec Sara et sa fille Maria janvier 1965 : enregistre à New York l'album *Bringing It All Back Home*

avril 1965 : tournée anglaise filmée par D. A. Pennebaker dans *Dont Look Back*, rupture avec Joan Baez, séjour au Portugal avec Sara

juin 1965 : enregistre avec Mike Bloomfield et Al Kooper *Like a Rolling Stone*

25 juillet 1965 : troisième participation au festival de Newport, prestation électrique huée ; installation à Woodstock, maison Hi Lo Ha

août 1965 : enregistre album *Highway 61 Revisited*, puis répétitions avec les Hawks en vue d'une tournée avec groupe électrique

septembre à novembre 1965 : tournée mi-acoustique, mi-électrique avec les Hawks

6 janvier 1966 : naissance de Jesse Dylan

janvier 1966 : enregistrements studio avec les Hawks, morceaux non retenus

février et mars 1966 : enregistre à Nashville, en deux sessions de quatre jours, le double-album *Blonde On Blonde*

janvier à avril 1966 : concerts et tournée avec les Hawks

mai et juin 1966 : tournée anglaise (filmée pour *Eat the Document*, et reprise dans *No Direction Home*) puis Honolulu, Australie, Suède, et sifflé à Paris, rentre épuisé

29 juillet 1966 : (faux) accident de moto, Dylan à l'isolement pendant six semaines dans une clinique privée, puis période d'isolement à Woodstock, repousse la parution de son livre *Tarantula*

février à août 1967 : les musiciens des Hawks s'installent à proximité de Bob Dylan, travail régulier de composition et improvisation, The Hawks devient The Band (*Basement Tapes* et *Music From the Big Pink*)

11 juillet 1967 : naissance de Sara Lea Dylan

3 octobre 1967 : décès de Woody Guthrie

octobre-novembre 1967 : nouveau contrat Columbia, Dylan enregistre à Nashville *John Wesley Harding*

20 janvier 1968 : participe avec The Band aux deux

concerts d'hommage à Woody Guthrie à New York (Carnegie Hall)

avril 1968 : marches contre la misère, assassinat de Martin Luther King

juin 1968 : décès à Hibbing de Abe Zimmerman, 56 ans – Dylan pratique assidûment la peinture avec un de ses voisins, Dorfman.

30 juillet 1968 : naissance de Samuel, troisième enfant de Bob et Sara Dylan

février 1969 : enregistrement de *Nashville Skyline*

juin 1969 : duo télévisé avec Johnny Cash

juillet 1969 : découverte de Fire Island, près de New York, qui va devenir un lieu de séjour régulier

31 août 1969 : concert à l'île de Wight

automne 1969 : déménagement de Hi Lo Ha, installation à The Weil, de l'autre côté de Woodstock.

9 décembre 1969 : naissance de Jakob Dylan, dernier des quatre enfants de Bob et Sara

janvier 1970 : installation à New York, MacDougal Street.

février 1970 : sessions à New York pour *Selfportrait*

juin 1970 : sessions à New York pour *New Morning*

1971 : achat d'un ranch dans l'Arizona, revente de la maison de Woodstock, achat d'une maison sur la côte à Long Island

1er août 1971 : concert pour le Bangladesh avec George Harrison au Madison Square Garden

automne 1971 : écrit et enregistre *George Jackson*, séances d'enregistrement avec Allen Ginsberg

novembre 1972 : début à Mexico du tournage de *Pat Garrett & Billy the Kid* avec Sam Peckinpah

janvier 1973 : installation familiale sur la côte Ouest, bande son de *Patt Garrett & Billy the Kid*

mars 1973 : acquisition et travaux de la propriété à Point Dume

novembre 1973 : enregistrement à Los Angeles avec The Band de l'album *Planet Waves*

janvier-février 1974 : tournée américaine avec The Band,

463

public à grande échelle, gros bénéfices dont une partie perdue en spéculations : achat d'un domaine avec fermes en bord de rivière près de Minneapolis

mai-juin 1974 : Dylan vit seul à New York, travaille avec le peintre Norman Raeben

9 mai 1974 : deux concerts de soutien pour les victimes de la dictature chilienne, Dylan et les autres chanteurs ivres sur scène

été 1974 : achat d'une ferme à Minneapolis, liaison avec Ellen Bernstein

septembre 1974 : enregistre à New York avec Eric Weissberg et ses musiciens, ce qui deviendra *Blood On the Tracks*

décembre 1974 : réenregistre avec des musiciens locaux, produits par David Dylan, une partie des morceaux enregistrés en septembre

janvier 1975 : parution de *Blood On the Tracks*

mai-juin 1975 : nouvelle séparation d'avec Sara, passe six semaines en France

juillet 1975 : enregistrement à New York de *Desire*, avec la violoniste Scarlet Rivera

août et septembre 1975 : Dylan vit seul à New York ou Long Island, joue dans les clubs avec Neuwirth et les anciens de 1961

septembre 1975 : début de l'action pour le procès en révision de Rubin Carter, condamné en 1966 pour un double meurtre après faux témoignage

novembre 1975-janvier 1976 : *Rolling Thunder Review*, en tournée avec Joan Baez, Allen Ginsberg, Roger McGuinn, Jack Elliott et autres musiciens

avril-mai 1976 : *Rolling Thunder Review*, seconde partie de la tournée

mars 1977 : séparation d'avec Sara ; Dylan monte avec Howard Alk le film *Renaldo & Clara*

juillet 1977 : Dylan signe un contrat avec David Geffen, directeur d'Asylum/Elektra

1978 : tournée Japon et Australie en février-mars, enregistrement en public au Buddokan Hall, enregistrements

Street Legal en avril-mai au Rundown Studio, tournée européenne pendant l'été et tournée américaine à l'automne

1979-1980 : Dylan s'approche d'une communauté évangélique et se fait baptiser ; enregistrement de *Slow Train Coming* (mai 1979) puis de *Saved* (février 1980), tournées avec choristes noires dont sa nouvelle compagne Carolyn Dennis

1981-1982 : fin de la période chrétienne, enregistre *Shot Of Love*, navigue en mer des Antilles ; un accident cause deux morts lors d'un concert à Avignon en 1981 ; suicide par overdose de Howard Alk dans le studio de Dylan en janvier 1982

1983-1984 : enregistre *Infidels*, produit par Mark Knopfler, puis tournée de retour au rock avec notamment le guitariste Mick Taylor

1985-1986 : désastreuse participation de Bob Dylan, Keith Richards et Ron Woods au concert Live Aid, échec commercial et artistique de *Knocked Out Loaded* et *Down In the Groove* ; Carolyn Dennis donne naissance à leur fille Désirée-Gabrielle

1987 : retrouve le goût de la scène lors d'une tournée avec The Grateful Dead

1988 : enregistre avec George Harrison sous le nom de *Traveling Wilburys*

1989 : enregistre avec Daniel Lanois *Oh Mercy*

1990-1992 : *Under the Red Sky* et parution du coffret *Bootleg Series 1/3*

octobre 1992 : concert de prestige au Madison Square Garden pour fêter ses trente ans de carrière, divorce officiel avec Carolyn Dennis

1993 : fin de sa liaison de dix ans avec Carole Childs, deux disques enregistrés seul chez lui avec guitare acoustique et harmonica : *Good as I been to You* et *World Gone Wrong*

novembre 1994 : concert acoustique pour *MTV Unplugged*, album et film suivent

1995 : reprise du *Never Ending Tour*, donnera désormais une moyenne de cent concerts par an, tout autour du monde

1997 : une péricardite infectieuse tardivement détectée devient un événement de presse considérable

2000 : décès de Beatty Zimmerman le 25 janvier

2002 : publie le premier volume annoncé d'une série autobiographique, *Chronicles*

2006 : parution du disque *Modern Times*.

Great white wonder

Et deux ans après, Dylan ?

Les concerts continuent. Il était en France au printemps dernier. Ceux qui ont fait le voyage de Grenoble l'ont à peine aperçu parmi ses musiciens, de profil à son piano électrique, marmonnant ses titres. Mais ceux qui avaient fait le voyage de Toulouse deux jours plus tôt avaient trouvé *leur* Dylan, voix éraillée déconstruisant les airs reconnus, fabriquant la musique à mesure. Il ne ralentit pas : a-t-il seulement un point fixe, à tant voyager, pour le même inamovible rituel, jamais une chanson de plus, jamais une parole au public ?

Et parution du huitième opus de la *Bootleg Series*. À nouveau, ce qui est offert c'est l'atelier : la même chanson, *Mississippi* (« La seule erreur que j'ai faite / Partir du Mississippi un jour trop tard »), ouvre les deux disques, dont une extraordinaire de dépouillement, au niveau des plus hautes pépites méconnues de Dylan. Et deux versions aussi de *Dignity*, qui nous sont offertes comme pour nous dire : « Vous voyez, ça ne marche pas, il a fallu ces erreurs-là pour arriver à la version que vous connaissez… » Comme pour nous dire que la musique est une alchimie imprévisible, qui

467

ne participe pas de l'intention : ce sont parmi les plus belles pages de ses *Chroniques 1*, celles concernant les enregistrements avec Daniel Lanois, et les survenues du miracle – maintenant, on peut juger sur pièces. Et pourquoi avoir choisi, et parmi combien d'autres, ce moment où les spectateurs du Kursaal Côte d'Opale, à Dunkerque, le 30 juin 1992, ont vu Dylan reprendre comme trente ans plus tôt sa guitare acoustique et venir seul au micro ?

Il y a eu aussi Dylan l'archéologue, cette série d'émissions de radio où, soudain, le continent oublié de la chanson de variété, de ses interférences avec le vieux jazz (ou le rôle de Charles Aznavour) devenait une arborescence, une encyclopédie : comme si jamais le rock et le pop, ou la mutation politique que Bob Dylan avait symbolisée, n'avaient aussi peu compté par rapport à la tâche du chanteur, du baladin…

Combien de fois m'a-t-on demandé, depuis le livre, si je « comprenais mieux » Bob Dylan ? Non, radicalement non. Mais des plus fins, des plus renseignés dylaniens que j'ai rencontrés, idem. Et c'est bien pour cela que nous continuons la marche d'approche. Immense artiste, immense chantier où deux dimensions interfèrent et se superposent en permanence : le chantier d'un siècle (et la récente investiture de Barack Obama prouve combien ce qui s'est passé au mois d'août 1963 a des implications dans notre présent), un siècle qui se cherche, se fissure, se crée de fausses idoles, quitte à les écraser comme Jimi Hendrix ou quelques autres qui s'y sont laissé prendre. Et de l'autre côté, celui qui, au nom même de son travail, lui échappera toujours par une sortie latérale. Et quelquefois, ce n'est pas la bonne sortie, on se trompe : il y a toujours des disques entiers de Dylan où il me semble l'apercevoir au loin, prisonnier de lui-même. Et d'autres fois, le miracle qui se refait, aussi imprévisible à lui qu'à nous-mêmes : magie que *lui* dira ne devoir qu'au chant, à la vie quotidienne, à ce quasi-anonymat qui est le sien hors scène. Mais, pour appréhender ce qui s'est passé, *nous* on ira voir de plus près les guitares, les dates, la préparation, on scrutera encore les paroles : et si cette part irréductible de génie, c'était comme ce qu'il a exploré avec systématique les premières années, à changer les règles du studio, à se porter soi-même à l'endroit où on ne maîtrise pas ?

Et à nouveau, sur l'autoroute, on a remis dans la voiture *Bringing It All Back Home*, ou *Blonde On Blonde*, ou *Blood On the Tracks*, ou les *Minnesota Tapes*, ou *John Wesley Harding*, et d'avoir passé deux ans de sa vie à décortiquer celle de Bob Dylan ne diminue en rien la portée esthétique, ni l'émotion immédiate, ni ce mystère de la voix déconstruite. Au contraire on écoute avec encore plus d'intensité. Une œuvre, et voilà.

Et d'autres livres surviennent (les mémoires de Suze Rotolo, mais qui n'ont pas bouleversé notre connaissance de l'époque), quelques images qui réapparaissent.

Mais on est tous à la même enseigne : si ce qu'on va pêcher, c'est cela, qui tient de l'énigme et n'est accessible que *via* le portrait d'artiste, il faut l'inventer. C'est dans les zones blanches de la carte que ça se passe. Et c'est bien aussi parce qu'il n'y a plus de zones blanches sur la carte de cette vieille terre qu'on va fouiller plus en profondeur, là où les routes (cette Highway 61 qui part de Duluth et suit le Mississippi jusqu'à l'embouchure) semblent déjà tracées. Avec Dylan, il y a toujours au bout une zone blanche. Ce qu'on peut disposer par l'écriture, c'est le *puzzle* de l'ensemble des éléments dont on dispose, aller les chercher (le plaisir, c'est l'enquête), et les reconstruire : on a six cents pages d'entretien de Dylan, c'est une somme. Et pas beaucoup de ceux qui l'ont croisé qui n'aient tenu à en témoigner. Alors l'énigme restera ouverte, mais, dans ces échafaudages provisoires qu'on aura dressés, et que la chanson souffle, on l'aura peut-être un peu circonscrite : elle ne parle pas alors de Dylan, mais nous renvoie à nous-mêmes dans une autre exigence. Et c'est cela, ce qu'on lui doit.

Lorsque *Bob Dylan, une biographie* est paru, dans les interviews ou émissions radio qui ont suivi, les mêmes questions revenaient souvent, et immanquablement : « Et votre chanson préférée ? » Alors, tout aussi immanquablement, je répondais *Moonshiner*. Et c'est vrai que je l'aime beaucoup, cette vieille balade en mineur, du temps du Gerdes Folk Club. Mais c'était surtout pour le plaisir de voir mon intervieweur acquiescer d'un ton pénétré, alors qu'il n'en avait jamais entendu parler (la preuve : dans toutes ces émissions radio, c'est toujours *Blowin' In the Wind* à quoi j'avais droit ; j'avais pourtant cru passer assez de pages à en démonter la genèse).

Moonshiner, parce que j'avais beaucoup hésité à aller voir le film de Todd Haynes sorti quelques semaines après mon livre, intitulé *I'm not There*. Une de ces chansons de Dylan qui sont comme des puits en plein désert, un pic d'intensité dépouillée et d'apparence maladroite, mais qui, une fois en vous-même, ne vous quitte plus – et pas beaucoup d'artistes à pouvoir y prétendre.

Todd Haynes procède par fables : il en superpose sept. Dont celle où un clone du Dylan de vingt ans, habillé en Rimbaud et filmé en plan fixe, débite des phrases empruntées aux interviews du vrai Dylan, et compose ainsi une magistrale leçon sur l'art, ce qu'il impose d'erratique, de jamais conquis – *s'implanter des verrues sur le visage*, disait Rimbaud. Ou bien, tout à la fin du film, un sosie du véritable Dylan venant délivrer le Dylan fictif. Culot de Todd Haynes de se saisir de la représentation que nous avons, à distance, de la vie réelle de Dylan et d'en faire matière à fiction, avec grossissements et raccourcis. Mais demeure une interrogation sur ce processus lui-même. Ainsi, qui, parmi les spectateurs qui ont découvert le film de Todd Haynes comme une réelle biographie filmée de Dylan, pouvait s'apercevoir de la reconstruction détail par détail d'une simple photographie rare, en contre-jour, de Dylan et Joan Baez sur scène ? Ou bien de la recons-titution à l'identique de plans tirés des films qui nous permettent de renseigner la vie du Bob Dylan réel : *Festival*, séquences sur Newport 1963-1965, tel couloir d'avant-scène dans le magnifique *Dont Look Back*, ou bien encore – et il est décidément fort, Todd Haynes – de cette autre reconstitution, avec actrice devant feu de cheminée, du magnifique entretien avec Joan Baez qui figure dans le *Bob Dylan* de Martin Scorcese : même eux, les cinéastes, avec cette énormité de moyens, ne pouvaient venir plus près de Bob Dylan que nous ne savions faire avec les mots… et l'indépassable passeport qu'offre à la littérature Bob Dylan, puis-qu'il est aussi ou d'abord cet arrangeur de mots, et quel arrangeur – prisme pour la question même de la poésie, quand les passagers s'appellent Brecht, Gins-berg, Amram, Lennon (*via* Gertrude Stein) ou Franz Kafka.

La première chanson de la bande-son du film de

Todd Haynes, c'était évidemment *Moonshiner*. « Il a compris Bob Dylan », j'ai pensé aussitôt, mais que nous ayons pu choisir, en même temps, la même chanson – est-ce que ce n'est pas cela, l'activité en retour de Bob Dylan sur nous-mêmes ?

Avez-vous regardé en vue aérienne, sur Google Earth, cette plaie sur la terre qu'est Hibbing, Minnesota, avec ses mines à ciel ouvert, sa rue principale encore visible, et ce désert humain alentour ? Avez-vous, d'un coin de Starbucks, regardé ces carrefours venteux de Minneapolis ? Avez-vous repensé à Bob Dylan dans la pacotille qu'est devenue Bleecker Street ?

C'est l'histoire du monde qui basculait, mais depuis des points précis de nulle origine, ces lieux que nous arpentons tous les jours, faisant alors lien avec notre propre histoire, nous questionnant sur notre propre destin. La part de radicalité et d'écart qui est nécessaire, fragilité sans promesse, qui vous détruit comme elle vous agrandit. N'interroge que sur le temps et sur l'art, vous traversant comme ce visage anonyme du Dylan à la petite moustache, dans le livret de *Tell Tale Signs*, le double album *Bootleg Series Vol. 8*, avec *Mississippi*. Avec ce double disque, l'histoire musicale des vingt dernières années de Dylan va peut-être devenir possible, comme on a pu le faire de ses débuts : nous y aidera-t-il par un autre ensemble de *Chroniques*, ce livre tout à la fois d'incroyable précision matérielle et de parfaite fiction par son caractère lacunaire, aux points de plus grande intensité ? De toute la galaxie des hommes-légende qu'a produits le rock, Dylan est le seul à s'être emparé – et comment – lui-même et seul de l'écriture. Et je ne me serais jamais lancé dans cet essai, biographie, parcours, sans cette focale propre aux *Chroniques*, et la nouvelle fiction de Bob Dylan qu'elles construisaient : quand Louis-Ferdinand Destouches, médecin à Clichy-sous-Bois, et insomniaque depuis la Grande Guerre, crée un personnage qui s'appelle Bardamu pour parler en son nom, et en publie le *Voyage au bout de la nuit* sous le nom de Louis-Ferdinand Céline, personne pour le traiter de menteur – le dispositif fictionnel, les noms et les vies en miroir de celui qui dit « Je suis Bob Dylan quand j'ai besoin d'être Bob Dylan » sont partie intégrante de sa production artistique.

Croise le plus névralgique, nous y saisit, et se tient à distance. Mais nous enseigne par les deux.

Rares sont les points focaux qui vous ouvrent la totalité du présent. Ce qu'on aurait tendance à dire, après le voyage Dylan : lui non plus n'en a pas la clé. Lui aussi, s'il continue, c'est qu'il s'interroge. Restent ces merveilles sur la route : la musique est un tunnel aussi bien vers soi-même que vers ce premier moment où on la découvrait. À nous de nous en saisir, et pour cela, aller y voir de près, le plus près possible.

F.B., février 2009.

Table